W. SIUDMAK

LA CITÉ MIRAGE

SCIENCE-FICTION
Collection dirigée par Jacques Goimard

MARION ZIMMER BRADLEY
LA ROMANCE DE TÉNÉBREUSE

LA CITÉ MIRAGE

*Traduit de l'américain
par Simone Hilling*

POCKET

Titre original :

City of Sorcery

Publié avec l'accord de
Scott Meredith Literary
Agency, Inc. 845 third
Avenue, New York, NY 10022.

PRESSECO

PAPIER RECYCLÉ
NATURE PROTÉGÉE

© 1984 by Marion Zimmer Bradley

© 1994, Pocket, pour la traduction française
et la présente édition.

ISBN 2-266-00015-2

CHAPITRE 1

Le messager était une femme. Malgré son costume, elle n'était pas Ténébrane, et, la nuit, les rues de la Vieille Ville ne lui étaient pas familières. Elle avançait avec circonspection, se répétant qu'on importunait rarement les femmes respectables si elles ne se mêlaient que de leurs affaires et si elles marchaient d'un pas décidé, sans flâner.

Elle avait si bien appris sa leçon qu'elle traversa le marché fermement, sans regarder à droite ni à gauche, les yeux fixés droit devant elle.

Le soleil rouge de Cottman Quatre, familièrement appelé Soleil Sanglant par les employés de l'astroport terrien, s'attardait au bord de l'horizon, enveloppant la ville d'un agréable crépuscule rougeâtre. Très haut dans le ciel et disparaissant rapidement, la tache violette d'une unique lune. Au marché, les vendeurs fermaient les volets de leurs échoppes. Une poissonnière écumait les dernières miettes de sa bassine de friture, qu'elle jeta à une bande de chats en maraude, provoquant une ruée miaulante qu'elle observa quelques instants avec un demi-sourire ; puis, inclinant sa bassine, elle filtra son huile sur des linges. Non loin de là, un sellier claqua ses volets d'un coup sec et les ferma au cadenas.

Prospère, se dit la Terrienne en costume ténébran. *Il a les moyens de s'offrir une fermeture métallique*. Ténébreuse — Cottman Quatre pour les Terriens — était une planète pauvre en métaux. D'autres marchands fermaient leurs échoppes à l'aide de cordes, s'en remettant au veilleur de nuit pour repérer quiconque chercherait à les dénouer. Une boulangère liquidait ses derniers petits pains rassis ; elle leva les yeux au passage de la messagère terrienne.

— Holà, Vanessa n'ha Yllana ! Tu es bien pressée ! Où vas-tu donc ?

Vanessa marchait si vite qu'elle dépassa l'échope avant d'entendre la fin de la phrase. Elle revint sur ses pas, souriant à la petite femme rondelette qui rendait la monnaie à un garçonnet mordant dans un petit pain.

— Sherna, s'écria-t-elle. Je ne t'avais pas vue.

— Je m'en doute, dit la boulangère avec un grand sourire. Tu n'aurais pas eu l'air plus concentrée si tu étais partie exterminer une colonie de banshees ! Un petit pain ?

Comme Vanessa hésitait, elle ajouta :

— Allez, prends-en un ; inutile de ramener tout ça à la Maison de la Guilde ; ce n'est pas comme s'il en restait juste assez pour tout le monde au dîner.

Vanessa y mordit à belles dents. Confectionné avec de la farine de noix pour économiser le grain, le petit pain était nourrissant, et sucré aux fruits secs. Elle se rangea machinalement quand la boulangère se mit à balayer devant son échoppe.

— Tu rentres à la Maison ? demanda Sherna.

— En effet, répondit Vanessa. J'aurais dû penser à passer te prendre pour traverser la ville avec toi.

Elle s'en voulait de cet oubli ; où avait-elle la tête ?

— Parfait, dit Sherna. Tu pourras m'aider à porter mes paniers. La Chaîne d'Union se réunit, ce soir ?

— Non, pas que je sache, dit Vanessa, prenant un panier. J'ai un message pour Margali n'ha Ysabet. Je ne comprends pas pourquoi les Mères refusent d'avoir un communicateur à la Maison ; ça éviterait d'envoyer des messagères traîner dans les rues, surtout après la nuit tombée.

Sherna eut un sourire indulgent.

— Ah, les *Terranans* ! dit-elle en riant. Supporter toute l'année ce bruit infernal juste pour épargner à une messagère une promenade de quelques minutes ! Tes pauvres pieds martyrisés ! Mon cœur saigne rien que d'y penser !

— Il ne fait pas toujours aussi beau qu'aujourd'hui, protesta Vanessa.

C'était là un vieux débat, où il fallait lancer avec bonhomie des répliques toutes faites.

Les deux femmes étaient membres de la Chaîne d'Union, *Penta Cori'yo*, fondée quelques années plus tôt quand les Amazones Libres — *Comhi'Letziis*, de la Guilde des Renonçantes — avaient proposé de travailler au Q.G. Terrien, en qualité de techniciennes médicales, guides de montagne et de voyage, traductrices et professeurs de langues. Grâce à la Chaîne d'Union, ces hardies novatrices trouvaient un foyer et des amies ténébranes ; pour les Terriennes qui acceptaient de vivre selon les règles des Renonçantes, mais ne voulaient pas s'engager de façon irréversible envers la Guilde, il y avait même une version modifiée du Serment.

La Société était ouverte à toute Ténébrane ayant travaillé pendant trois cycles lunaires et quarante jours au Q.G. Terrien et à toute Terrienne ayant séjourné le même laps de temps dans une Maison de la Guilde. Sherna n'ha Marya, Renonçante de la Maison de la Guilde de Thendara, avait travaillé un semestre comme traductrice, participant à la compilation d'œuvres standard en *casta* et *cahuenga*, les deux langues de Ténébreuse. Vanessa ryn Erin, diplômée de l'Académie Terrienne du Renseignement d'Alpha, vivait maintenant depuis quatre ans sur Ténébreuse, et venait de passer près d'un an à la Maison de la Guilde, pour se préparer au travail sur le terrain.

Sherna tendit ses derniers petits pains à une pauvresse serrant un bébé dans ses bras tandis qu'un jeune enfant s'accrochait à ses jupes.

— Non, non, protesta-t-elle, comme la femme fouillait dans ses poches à la recherche d'une pièce. On les aurait jetés aux poules. Tiens, Vanessa, on s'est bien débrouillées ; seulement deux pains à remporter, et la cuisinière pourra nous en faire du pudding.

— Alors, on y va ?

— Pas si vite, dit Sherna.

Vanessa connaissait assez bien Ténébreuse pour s'abstenir de protester, malgré l'urgence de son message. Elle aida Sherna à attacher tranquillement les volets de son échope, puis elles ramassèrent leurs paniers.

Soudain, il se fit une grande agitation à une porte du marché, et une caravane d'animaux de bât s'avança, dans un grand bruit de sabots claquant sur les pavés. Des enfants, qui jouaient au roi-de-la-montagne sur le toit d'une échope abandonnée, détalèrent. Une femme grande et mince, dans la tenue ordinaire des Renonçantes — tunique floue et pantalons enfoncés dans des bottines, avec, à la ceinture, un couteau d'Amazone long comme une courte épée — s'avança vers elles.

— Rafi ! la salua Sherna. Je ne savais pas que tu rentrais ce soir.

— Moi non plus, répondit Rafaella n'ha Doria. Voilà trois jours que ces gens traînassent et discutaillent sur le chemin du col. Heureusement, les bêtes ont dû flairer l'écurie, sinon, ils seraient toujours là-haut à regarder l'herbe pousser et à chercher des champignons dans les pommiers. Attendez-moi, je vais me faire payer. Je les aurais bien laissés aux portes de la ville, mais d'après ce que j'en ai vu, je suis sûre qu'ils se seraient perdus entre leurs étables et le marché. Que les scorpions de Zandru me cinglent si j'accepte une autre mission avant que tout le monde ait bien compris que c'est moi qui commande ! Je pourrais vous raconter de ces histoires...

Elle s'éloigna et échangea quelques mots avec le chef de la caravane. Des pièces changèrent de mains. Vanessa vit Rafaella s'arrêter pour les compter soigneusement — c'était une terrible injure de le faire en public. Puis Rafi les rejoignit, salua Vanessa de la tête, balança le dernier panier d'osier sur son épaule, et les trois femmes se mirent en route.

— Qu'est-ce que tu fais là, Vanessa ? Il y a du nouveau au Q.G. ?

— Pas tellement, répondit Vanessa, évasive. Un de nos avions du service Cartographie et Exploration s'est abattu dans les Heller.

— Alors, ça nous donnera peut-être du travail, dit Rafaella. L'année dernière, quand on nous a engagées pour récupérer une épave, tout le monde a eu de quoi s'occuper.

Rafaella était organisatrice de voyages, et était très demandée par les Terriens qui devaient s'aventurer dans les montagnes des Domaines septentrionaux, mal connues et dépourvues de routes.

— Je ne sais pas ce qu'ils ont en tête. Je ne crois pas que l'appareil soit dans un endroit où on puisse le récupérer, dit Vanessa.

Les trois femmes continuèrent en silence dans les rues silencieuses, et s'arrêtèrent devant une grande maison de pierre à façade aveugle. Sur la porte, une petite pancarte annonçait :

MAISON DE LA GUILDE DE THENDARA
SORORITÉ DES RENONÇANTES

Sherna et Vanessa étaient chargées de paniers ; seule Rafaella avait une main libre pour tirer la sonnette. Dans le hall, une femme sur le point d'accoucher leur ouvrit la porte, qu'elle referma à clé derrière elles.

— C'est la soirée de la Chaîne d'Union, Vanessa ? J'avais oublié.

Puis, sans donner à Vanessa le temps de répondre, elle reprit :

— Rafi, ta fille est ici !

— Je croyais qu'elle était toujours chez les *Terranans*, dit Rafaella, assez peu aimable. Qu'est-ce qu'elle fait là, Laurinda ?

— Elle fait une conférence, avec la boîte qui fait des images lumineuses sur le mur, pour sept femmes qui vont suivre les cours d'infirmière à partir de la prochaine décade. Elle doit avoir presque fini ; tu peux sans doute aller lui parler.

— Margali n'ha Ysabet est dans la Maison ? demanda Vanessa. J'ai un message pour elle.

— Tu as de la chance, dit Laurinda. Elle doit partir pour Armida avec Jaelle n'ha Melora. Elles seraient parties aujourd'hui avant midi, mais un de leurs chevaux a perdu un fer, et le temps que la forgeronne l'ait referré, la pluie menaçait. Alors, elles ont remis leur départ à demain matin.

— Si Jaelle est là, j'aimerais bien la voir, dit Rafaella.

— Elle aide Doria pour sa conférence ; nous savons toutes qu'elle a travaillé chez les *Terranans*, dit Laurinda. Vas-y donc ; elles sont dans la Salle de Musique.

— Je vais d'abord poser mes paniers, dit Sherna, tandis que Vanessa suivait Rafaella à la Salle de Musique, dans le fond de la maison, et se glissait discrètement à l'intérieur.

Une jeune femme aux cheveux courts de Renonçante finissait une conférence illustrée de diapositives ; à leur entrée, elle récapitulait quelques points importants sur ses doigts avant d'éteindre son projecteur.

— On vous demandera d'écrire correctement, de lire couramment, de vous rappeler ce que vous aurez lu et de le noter par écrit avec précision. On vous fera des conférences préparatoires en anatomie, hygiène personnelle et observation scientifique, et on vous enseignera à enregistrer vos observations, avant même de vous autoriser à apporter le dîner ou le bassin à un patient. Dès le premier jour de cours, vous travaillerez comme assistantes, aidant les infirmières qualifiées à soigner les malades ; et dès que vous connaîtrez quelques techniques de soins, vous serez autorisées à les mettre en pratique. Vous devrez attendre votre second semestre d'études pour être autorisées à assister les chirurgiens et les sages-femmes. C'est un travail sale et fatigant, mais je l'ai trouvé très gratifiant, et je crois qu'il en sera de même pour vous. Il y a des questions ?

Une jeune femme assise par terre leva la main.

— Mirella n'ha Anjali ?

— Pourquoi nous donner des cours d'hygiène personnelle ? Les Terriens prennent-ils les Ténébranes pour des crasseuses ou des souillons, qu'ils veulent nous enseigner ça ?

— Il ne faut pas prendre cela pour vous, dit Doria. Même les Terriennes doivent apprendre des méthodes de propreté nouvelles quand elles font leurs études ; la propreté courante n'a rien à voir avec la propreté chirurgicale pour travailler près des grands malades ou des blessés, comme tu l'apprendras vite.

Une autre demanda :

— Il paraît que les *uniformes* des Terriennes sont aussi impudiques que les vêtements des prostituées. Est-ce que nous devrons les porter, et, ce faisant, violerons-nous notre Serment ?

Doria montra de la main sa tunique et ses pantalons blancs.

— Les coutumes diffèrent, dit-elle. Leurs idées sur la pudeur sont différentes des nôtres. Mais la Société de la Chaîne d'Union a pu obtenir un compromis. Les Ténébranes employées au Service Médical Terrien portent un uniforme spécial, conçu pour ne pas nous choquer, et il est si chaud et confortable que beaucoup d'infirmières terriennes l'ont adopté. Quant au motif imprimé sur la poitrine, poursuivit-elle, montrant les deux serpents rouges enroulés autour d'un bâton, c'est un très antique symbole terrien désignant les services médicaux. Vous devrez connaître une douzaine de ces symboles pour vous orienter dans le Q.G.

— Que veut dire ce dessin ? demanda une adolescente d'une quinzaine d'années.

— J'ai moi-même posé la question à mon professeur. C'était le symbole d'un très ancien Dieu terrien de la Guérison. Il n'a plus de fidèles, mais le symbole est resté. Autres questions ?

— Il paraît, dit une autre, que les Terriens sont licencieux et considèrent toutes les Ténébranes comme... comme les filles des bars de l'astroport. C'est vrai ? Faudra-t-il emporter nos couteaux pour nous défendre ?

— Jaelle n'ha Melora a vécu un certain temps parmi eux, dit Doria en riant. Elle va te répondre.

Une petite femme au cheveux roux flamboyants se leva au fond de la salle.

— Je ne peux pas parler de tous les Terriens, dit-elle. Même parmi les Dieux, Zandru et Aldones n'ont pas les mêmes attributs, et un moine *cristoforo* ne se conduit pas comme un fermier des plaines de Valeron. Il y a des rustres et des malotrus chez les Terriens comme dans les rues de Thendara. Mais je peux vous assurer que vous n'avez rien à craindre des hommes des Services Médicaux ; leurs médecins jurent de traiter patients et collègues avec la plus grande courtoisie. En fait, vous trouverez peut-être gênant qu'ils ne semblent pas s'apercevoir que vous êtes une femme, un homme ou une machine, mais qu'ils vous traitent comme des Gardiennes novices. Quant à emporter vos couteaux, ce n'est pas la coutume chez les Terriens, et vous ne serez pas autorisées à introduire des armes au Service Médical. Mais les Terriens n'en ont pas non plus ; c'est interdit par leur règlement. Les seuls couteaux que vous verrez jamais à l'hôpital, ce seront les scalpels des chirurgiens. Autre question ?

Vanessa réalisa que les questions pouvaient continuer jusqu'à la cloche du dîner, et cria de la porte :

— J'ai une question moi aussi. Margali n'ha Ysabet est-elle dans cette salle ?

— Je ne l'ai pas vue depuis midi, répondit Doria, puis, avisant Rafaella debout sur le seuil près de Vanessa : Maman ! s'écria-t-elle, courant la serrer dans ses bras.

Jaelle s'approcha en souriant de sa vieille amie ; les trois femmes restèrent enlacées un moment.

— Quelle joie de te voir, Jaelle. Bon sang, ça fait un bout de temps ! Depuis trois ans, nous n'arrêtons pas de nous rater ; chaque fois que je suis à Thendara, tu es à Armida, et quand tu viens en ville, je suis toujours quelque part au nord de Caer Donn !

— Et cette fois, c'est un coup de chance ; je devais partir à midi avec Margali, dit Jaelle. Voilà deux décades que je n'ai pas vu ma fille.

— Dorilys n'ha Jaelle doit être une grande fille maintenant, dit Rafaella en riant. Cinq ou six ans, c'est bien ça ? Assez grande pour venir à la Maison comme pupille.

— Rien ne presse, dit Jaelle, qui, détournant les yeux, salua Vanessa de la tête.

— Je t'ai vue il y a quelques jours à la Chaîne d'Union, mais je ne me rappelle pas ton nom.

— Vanessa, lui rappela Doria.

— Désolée d'interrompre la conférence, dit Vanessa, regardant les jeunes femmes qui rangeaient les coussins éparpillés dans la pièce, mais Doria haussa les épaules.

— C'est aussi bien. Toutes les questions importantes avaient été posées. Mais la perspective de ce nouveau travail les rend nerveuses, et elles auraient posé des questions idiotes jusqu'à la cloche du dîner !

Revenant au centre de la salle, elle se mit à ranger ses diapos et son projecteur.

— Quelle chance que tu sois venue. Tu pourras rapporter tout ça au Service Médical à ma place et m'épargner la traversée de la ville de nuit. J'ai tout emprunté à la directrice de l'École d'Infirmières. Tu peux les prendre en partant, non ? À moins que tu ne passes la nuit ici ?

— Non. Je suis venue porter un message à Margali...

Doria haussa les épaules.

— Je suis sûre qu'elle est quelque part dans la Maison. C'est bientôt l'heure du dîner. Tu l'y verras sûrement !

Vanessa avait vécu assez longtemps sur Ténébreuse et dans des Maisons de la Guilde pour ne plus s'étonner de cette désinvolture. Pourtant, elle était encore assez Terrienne pour trouver qu'on aurait dû envoyer quelqu'un la chercher, ou du moins lui dire où elle pourrait la trouver ; mais elle était dans la partie ténébrane de la ville ; résignée, elle dit à Doria qu'elle rapporterait avec plaisir son matériel au Q.G. — en fait, elle trouvait que c'était une corvée, et elle en voulait un peu à Doria de la lui imposer. Mais Doria était une sœur de la Guilde, et il n'y avait aucun moyen courtois de refuser.

— On a des nouvelles de l'avion qui s'est écrasé dans les Heller ? demanda Doria.

Un grognement dédaigneux de Rafaella épargna à Vanessa la peine de répondre.

— Quels imbéciles, ces Terranans ! dit Rafaella. Qu'est-ce qu'ils croient ? Même nous autres, pauvres ignorants privés du bénéfice de la science terrienne, dit-elle avec un mépris souverain, nous savons que c'est une folie de dépasser les Heller quelle que soit la saison, et même un Terrien devrait savoir qu'il n'y a qu'un désert glacé entre Nevarsin et le Mur-autour-du-Monde ! Bon débarras pour cette sale ferraille ! Et s'ils envoient là-bas leurs avions, il faut qu'ils s'habituent à les perdre !

— Je trouve que tu es trop dure avec eux, Rafi, dit Doria. Je connais le pilote, Vanessa ?

— Elle n'est pas membre de la Chaîne d'union. Elle s'appelle Anders.

— Alexis Anders ? Je l'ai rencontrée, dit Jaelle. Ils n'ont pas retrouvé l'avion ? C'est terrible !

Rafaella prit Jaelle par la taille.

— Ne perdons pas notre temps à parler des Terriens, *Shaya*, ma chérie ; nous nous voyons si rarement ces derniers temps. Ta Dorilys est une grande fille ; quand l'amènes-tu à la Guilde comme pupille ? Et alors, peut-être que tu reviendras parmi nous.

Jaelle s'assombrit.

— Je ne sais pas si je l'amènerai jamais ici, Rafi. Il y a … des difficultés.

Rafaella s'emporta.

— Ainsi, c'est vrai. Je ne voulais pas croire ça de toi, Jaelle, que tu retournerais vers ta famille comyn qui t'avait rejetée ! Mais on aurait dû savoir que les Comyn ne te lâcheraient jamais, et surtout pas après que tu leur as donné une héritière ! Ça m'étonne que personne n'ait encore remis ton Serment en question !

Ce fut au tour de Jaelle de s'empourprer de colère ; elle avait, pensa Vanessa, le tempérament explosif traditionnellement associé par les Terriens avec les cheveux roux.

— Comment oses-tu me parler ainsi, Rafaella ?

— Tu nies que le père de ton enfant est le seigneur comyn Damon Ridenow ?

— Je ne le nie pas, dit Jaelle avec colère, et après ? Toi, entre toutes, me reprocher cela, Rafi ? N'as-tu pas trois fils ?

Rafaella lui cita le Serment des Renonçantes :

— « *Mendia pre'zhiuro*, à partir de ce jour, je jure de ne jamais donner un enfant à un homme pour sa maison ou son héritage, pour sa situation ou sa postérité ; je jure de décider seule de l'éducation et de l'avenir de tout enfant que je mettrai au monde, sans considération pour la situation ou l'orgueil d'un homme. »

— Comment oses-tu me citer le Serment sur ce ton, insinuant que je l'ai violé ? Cleindori est *ma* fille. Son père est Comyn ; mais si tu le connaissais, tu saurais qu'il n'y attache guère d'importance. Ma fille est une Aillard ; seule parmi les sept Domaines, la Maison Aillard observe la transmission matrilinéaire depuis l'époque d'Hastur et Cassilda eux-mêmes. J'ai eu ma fille pour ma maison, pas pour celle d'un homme ! Quelle Amazone n'en fait pas autant, à moins qu'elle n'aime les femmes avec tant de constance qu'elle ne laisse jamais un homme l'approcher même dans ce but.

Mais déjà, la colère de Jaelle retombait, et elle reprit Rafaella par la taille.

— Ne nous querellons pas, Rafi ; tu es ma plus vieille amie, et ne va pas croire que j'ai oublié l'époque où nous étions associées ! Mais tu n'es pas la gardienne de ma conscience.

Rafaella resta sur une réserve dédaigneuse.

— Non, cet office est maintenant rempli par le Gardien de la Tour Interdite — Damon Ridenow, c'est bien ça ? Comment lutter contre une telle concurrence ?

Jaelle branla du chef.

— Quoi que tu en penses, Rafi, je suis fidèle à mon Serment.

Rafaella ne semblait pas convaincue, mais à cet instant, la cloche du dîner tinta doucement.

— Bientôt le dîner, et je suis encore couverte de la crotte des bêtes et du voyage ! Il faut que j'aille me laver, même si je ne suis pas une des infirmières de Doria ! Viens avec moi, Shaya. Tu as raison, ne nous disputons pas, nous nous voyons si rarement maintenant qu'il ne faut pas perdre notre temps à contester ce que nous ne pouvons pas changer. Vanessa, tu viens avec nous ?

— Non ; il faut que je trouve Margali n'ha Ysabet.

Vanessa regarda Jaelle et son amie monter l'escalier en courant, puis se dirigea vers la salle à manger d'où lui parvenaient de bonnes odeurs de ragoût, de pain tout chaud sorti du four, et le fracas des bols et des assiettes que les femmes disposaient sur les tables.

Si Magdalen Lorne, connue à la Guilde sous le nom de Margali, était dans la Maison, elle devrait passer par là pour aller dîner. Vanessa se demanda si elle la reconnaîtrait de vue. Elle ne l'avait rencontrée que trois ou quatre fois, dont la dernière, une décade plus tôt, à une réunion de la Chaîne d'Union, ici même.

À cet instant, elle leva les yeux et vit Magdalen Lorne venir vers elle, sortant de la serre située au fond de la Maison, des melons plein les bras. À son côté, également chargée de melons, marchait une grande femme dégingandée, couverte de cicatrices — une *emmasca*, de ces femmes ayant subi l'opération de la castration, illégale, toujours dangereuse et souvent mortelle. Vanessa savait son nom, Camilla n'ha Kyria ; elle savait aussi qu'elle avait été autrefois mercenaire, qu'elle était maintenant monitrice d'escrime à la Maison de Thendara, et qu'on la disait amante de Magdalen Lorne. Cela gênait encore un peu Vanessa, quoique beaucoup moins qu'avant d'avoir passé plusieurs mois dans la Maison, où elle avait appris que c'était très courant. Cela ne lui semblait plus ni mystérieux ni pervers, mais, étant Terrienne, cela continuait à l'embarrasser.

Avant même de venir sur Ténébreuse, et dès le début de ses études à l'Académie du Renseignement, Vanessa avait entendu parler de la légendaire Magdalen Lorne. Elle connaissait son histoire : née sur Ténébreuse, dans les montagnes proches de Caer Donn, avant la construction de l'astroport de Thendara, Magda avait été élevée avec de jeunes Ténébrans et parlait la langue comme une indigène. Comme elle, Magda avait fait ses études à l'Académie du Renseignement d'Alpha, sous la conduite du propre chef de Vanessa, Cholayna Ares, alors directrice des études et qui n'était elle-même venue sur Ténébreuse que par la suite. Magda avait, pendant un certain temps, été mariée avec le Légat actuel, Peter Haldane, et elle avait été la première femme à travailler sur le terrain sur Ténébreuse, et l'une des rares à l'avoir fait où que ce soit. Magda avait été la première à infiltrer la Guilde des Renonçantes, elle était même parvenue à prêter le Serment, qu'elle avait chevaleresquement voulu respecter, allant même jusqu'à accepter la période de réclusion, qui, avant la création de la Chaîne d'Union, était exigée même des Terriennes. Quelques années plus tôt, Magda avait quitté la Maison de la Guilde et résidait maintenant à Armida, chargée de quelque mission mystérieuse. Cela, c'était la légende, mais elle n'avait rencontré la femme en chair et en os que quelques jours plus tôt, et elle n'était pas encore habituée à son apparence. Elle s'attendait à voir quelqu'un plus grand que nature.

À la Guilde, la courtoisie exigeait qu'elle emploie uniquement son nom ténébran.

— Margali n'ha Ysabet ? Puis-je te parler quelques minutes ?

— Vanessa ? Quel plaisir de te voir !

Magda Lorne, Margali, paraissait grande, quoique de taille peu supérieure à la moyenne ; au milieu de la trentaine, avec d'épais cheveux noirs coupés court selon le style des Renonçantes, elle avait des yeux gris et éveillés qui se posèrent avec curiosité sur Vanessa.

— Tiens, débarrasse-moi un peu, dit-elle, passant quelques melons à Vanessa, puis fronçant le nez. On dirait qu'il y a des tripes. Tu peux avoir ma part. Je n'oublierai jamais comme ça m'a dégoûtée la première fois que j'ai dîné ici ! Mais peut-être que ça te plaira ; il y en a qui aiment. Enfin, il y aura toujours du pain et du fromage à volonté, et des melons pour dessert. Camilla, donne-lui-en quelques-uns ; si tu les faisais tomber ici, il faudrait courir après dans tout le couloir, et si certains s'ouvraient, ce serait un beau gâchis à nettoyer ! Et, pour ma part, je n'ai pas envie de laver par terre cette semaine !

Camilla, plus grande encore que Magda, se déchargea de quelques melons dans les bras de Vanessa. Ils embaumaient, mais Vanessa s'impatienta de cette intrusion. Camilla la vit froncer les sourcils.

— Que fais-tu ici, Vanessa ? Si c'est la soirée de la Chaîne d'Union, je l'avais oublié.

Irritée, Vanessa se dit que si elle entendait cela encore une seule fois, elle allait lâcher une bordée de jurons.

— Non, mais j'ai un message pour toi, Margali. De Cholayna n'ha Chandria, dit Vanessa, lui donnant son nom de la Guilde.

Magda branla du chef, perplexe.

— Au diable Cholayna ! Que veut-elle ? Je lui ai parlé il y a seulement trois jours, et elle sait que j'étais sur le départ. J'aurais dû partir avec Jaelle cet après-midi. Au cas où vous l'auriez oublié, nous avons des enfants à Armida.

— Il s'agit d'une mission. Elle a dit que c'était important. Peut-être une question de vie ou de mort, dit Vanessa.

— Cholayna n'est pas femme à exagérer, dit Camilla. Si elle a dit que c'était une question de vie ou de mort, c'est vrai.

— J'en suis sûre, dit Magda, fronçant les sourcils. Tu as idée de ce que c'est, Vanessa ? Je n'ai pas envie d'être retenue trop longtemps ici. Comme je te l'ai dit, on a besoin de moi à Armida. La fille de Jaelle est assez grande pour qu'on la laisse un certain temps, mais Shaya n'a pas encore deux ans, et si je reste trop longtemps en ville, elle va oublier à quoi je ressemble.

— Je ne saurais le dire, éluda Vanessa, évitant soigneusement de dire qu'elle ne savait pas.

On lui avait appris pourquoi Magda avait quitté la Maison de la Guilde, et communiqué une partie des fiches les plus secrètes sur le travail de Magda à Armida, mais elle n'en savait toujours pas assez pour le comprendre.

Pour elle, il était inconcevable qu'un Agent de la stature de Magda aille s'embarrasser d'un enfant à moitié Ténébran, et, comme toutes les femmes qui ont choisi de ne pas avoir d'enfant, elle jugeait Magda avec sévérité.

Elle admirait la Magda légendaire, mais elle n'était pas encore habituée à la réalité vivante de la femme. Marchant au côté de Magda, elle fut troublée de constater qu'elle était d'un ou deux pouces plus grande qu'elle.

— Il n'est pas très tard. Nous avons peut-être le temps de dîner ? Non. Je suppose que si Cholayna a parlé de vie ou de mort, elle ne plaisantait pas. Attends-moi ; je vais prévenir Jaelle n'ha Melora que je ne pourrai peut-être pas partir à l'aube, tout compte fait.

Elle attaqua l'escalier, le visage sombre, ajoutant :

— Et permets-moi de te dire, Vanessa, que s'il s'agit d'une fantaisie, Cholayna regrettera d'avoir connu le chemin de la Maison ! Je pars demain, un point, c'est tout !

Elle sourit soudain, et pour la première fois, Vanessa sentit, sous la façade de la femme comme les autres, la puissante personnalité qui était devenue une légende.

— Oh, et puis, s'il faut en passer par-là, le moment ne pouvait pas être mieux choisi, après tout. Au moins, ça me permettra d'échapper aux tripes !

CHAPITRE 2

Il faisait nuit noire maintenant, et il pleuvait, une rafale de neige fondue se mêlant parfois à la pluie. Les rues étaient pratiquement désertes quand Magda et Vanessa traversèrent enfin la place où s'ouvrait l'entrée du Q.G. Terrien, et donnèrent les mots de passe au garde en uniforme de cuir noir. Il était emmitouflé jusqu'au menton dans une écharpe de laine noire, qui n'était pas réglementaire, et il portait une grosse veste de duvet sur son uniforme, qui n'était pas réglementaire non plus, mais aurait dû l'être sur cette planète, la nuit. Magda savait qu'on fermait les yeux sur ces entorses au règlement, mais c'était insuffisant ; on aurait dû changer le règlement pour les autoriser.

Et ils reprochent aux Ténébrans leur réticence à modifier leurs habitudes primitives !

Actuellement, Magda ne connaissait plus les gardes de la Force Spatiale. L'année précédente encore, elle se serait présentée ; aujourd'hui, cela lui semblait inutile. Elle repartait pour Armida dès le lendemain matin ; maintenant, c'est là qu'était sa vie. Elle était restée en contact avec Cholayna, pour collaborer à la création de la Société de la Chaîne d'Union qui, maintenant, fonctionnait très bien sans son aide. Et elle avait un enfant qui l'attachait encore plus fortement à Armida et à la Tour Interdite. Cholayna Ares, Chef des Services de Renseignement de Cottman Quatre n'aurait qu'à se débrouiller sans elle, un point c'est tout.

Si elle croit qu'elle peut m'expédier en mission au débotté, elle se trompe lourdement.

Magda vivait depuis si longtemps sous le soleil ténébran qu'elle cilla dans l'éclatante lumière jaune, la lumière normale de la Terre, en entrant au Q.G. Mais elle monta sans hésitation dans l'ascenseur. Elle avait développé une certaine intolérance pour ces commodités terriennes, mais elle n'allait certainement pas monter à pied quarante-deux étages pour l'afficher.

À cette heure, le secteur réservé au Renseignement était sombre et désert ; seul un faible rai de lumière filtrait du bureau de Cholayna Ares, et Magda réalisa que si elle l'attendait là et non pas dans son confortable appartement, c'est que la situation devait être critique.

— Cholayna ? Je suis venue aussi vite que j'ai pu. Mais par tous les dieux — ceux de ce monde ou d'un autre — qu'y a-t-il de si pressant qui ne pouvait pas attendre à demain matin ?

— Demain matin, j'avais peur que tu sois partie, répondit Cholayna. Je n'étais pas très chaude pour t'envoyer un messager à Armida, mais je l'aurais fait, si nécessaire.

Cholayna Ares, des Services de Renseignement Terriens, était une femme de haute taille, avec une épaisse chevelure argentée formant un contraste saisissant avec sa peau noire. Elle se leva pour accueillir Magda, et lui fit signe de s'asseoir. Magda resta debout.

— C'est gentil de ta part d'être venue, Magda.

— Ce n'est pas une question de gentillesse ; tu ne m'as pas donné le choix, rétorqua Magda avec irritation. Tu as parlé de vie ou de mort. J'ai pensé que ce n'était pas à la légère. Je me suis trompée ?

— Magda, te rappelles-tu un Agent féminin nommée Anders ? Alexis. Elle est arrivée ici voici deux ans, venant de Magaera. Diplômée du Renseignement, elle a choisi ici le Service Cartographie et Exploration.

— Lexie Anders ? Je l'ai peu connue, dit Magda, et elle m'a bien fait comprendre qu'elle n'avait pas envie de me connaître davantage. Plus tard, je lui ai suggéré que, pour apprendre à comprendre les femmes de Ténébreuse, elle pouvait adhérer à la Société de la Chaîne d'Union, et elle m'a ri au nez. J'avoue que je ne l'aime guère. Pourquoi ?

— Je crois que tu es trop dure avec elle, dit Cholayna. Dès son arrivée ici, elle s'est trouvée confrontée à la Légendaire Lorne.

Magda eut un geste d'impatience, mais Cholayna poursuivit, imperturbable :

— Non, non, ma chère, je parle sérieusement. Sur un monde où il était pratiquement impossible à une femme de se faire une place dans le Renseignement, tu en avais fait plus qu'Anders n'en avait accompli au cours de ses trois précédentes affectations. Dans tout ce qu'elle a entrepris, elle s'est trouvée en concurrence avec toi, et par conséquent, elle savait qu'elle était surclassée avant d'avoir commencé. Je n'ai pas été étonnée qu'elle demande son changement pour la Cartographie et l'Exploration.

— Je ne vois pas pourquoi elle se sentait obligée de rivaliser avec moi... commença Magda avec irritation.

Cholayna l'interrompit du geste.

— Quoi qu'il en soit, son avion s'est abattu au-dessus des Heller il y a trois jours. Nous avons reçu un message — elle était perdue, ne pouvait plus naviguer — quelque chose qui n'allait pas dans le compas-ordinateur. Puis, plus rien. Silence de mort. Pas même une onde de repérage pour le satellite. Pas même un signal émanant de la boîte noire.

— Cela semble très improbable, dit Magda.

La « boîte noire », ou appareil d'enregistrement automatique d'un avion cartographe était censé émettre des signaux de détresse, du moins sur les nouveaux modèles, pendant au moins trois ans après la chute. Et Magda connaissait assez Alexis Anders pour savoir qu'elle n'aurait jamais accepté de partir sans un équipement dernier cri.

— Improbable ou pas, c'est un fait, Magda. L'avion n'a émis aucun signal, la boîte noire et l'enregistreur de guidage sont restés silencieux, le satellite n'a rien pu repérer.

— Alors, elle s'est crashée ?

Magda se trouva mesquine ; elle n'aimait pas particulièrement Lexie Anders, mais elle regrettait d'avoir parlé si peu charitablement de cette femme — maintenant présumée morte.

Bien sûr, certains Terriens avaient survécu au crash d'un avion cartographe, trouvé un abri, et, dans au moins un cas connu de Magda, une nouvelle vie et un nouveau foyer. Mais pas dans les Heller, les montagnes les plus sauvages, inconnues, impénétrables et désertes de Ténébreuse ; et peut-être les pires montagnes de toutes les planètes habitables ou colonisées. Il était presque impossible de survivre dans les Heller, du moins en hiver, pendant plus de quelques heures, sans un équipement spécial de survie. Et au-delà des Heller, pour autant qu'on le sût, (et actuellement, l'Empire connaissait Cottman Quatre considérablement mieux que les Ténébrans eux-mêmes) il n'y avait rien, à part l'impénétrable chaîne montagneuse connue sous le nom de Mur-Autour-du-Monde. Et au-delà du Mur, rien que des immensités glacées s'étirant d'un pôle à l'autre.

— Alors, elle est présumée morte ? Dommage.

En dire plus aurait été pure hypocrisie. L'aversion de Lexie pour Magda n'avait d'égale que celle de Magda pour Lexie.

— Non, dit Cholayna. Elle est en bas, au Service Médical.

— Vous avez récupéré l'avion ? Mais...

— Non, nous *n'avons pas* retrouvé l'avion. Crois-tu que je t'aurais fait traverser la ville au pas de charge pour un sauvetage ou un rapport de routine ?

— Tu n'arrêtes pas de me dire ce qui n'est pas, dit Magda, mais tu ne m'as pas encore donné la moindre idée de ce qui est...

Cholayna hésitait encore. Elle dit quand même, assez cérémonieuse :

— Magda, je te rappelle que tu es toujours un Agent de Renseignement assermenté, et comme telle, assujetie aux Provisions des Secrets Officiels du Service Civil...

— Cholayna, je ne comprends même pas de quoi tu parles, dit-elle, cette fois sérieusement contrariée.

Que signifiait ce cinéma ? Elle n'avait jamais mis en question son Serment envers le Renseignement, sauf pendant la pénible crise d'identité subie durant ses six premiers mois chez les Renonçantes. À l'époque, il n'existait pas de Société de la Chaîne d'Union pour faciliter la transition. Elle avait été la première.

— Tu sais que j'ai bataillé pour te faire accorder la mise en congé illimité au lieu d'accepter ta démission, dit Cholayna. L'un des principes du Renseignement — et, incidemment, cela vaut pour toutes les planètes de l'Empire, et pas seulement pour Ténébreuse —, est le suivant : quand un de nos agents saute le mur — adopte la vie des indigènes, acquiert un partenaire et des enfants indigènes — l'expérience dit que cela en fait un meilleur agent. Bien que la question reste ouverte quant aux décisions qu'il pourrait prendre en cas de conflit entre ses deux allégeances. Je suis certaine que tu le sais.

— Je pourrais te citer des pages de règlements à ce sujet, dit Magda, ironique. Je m'y attendais. Je suppose que cela s'applique à moi parce que j'ai un enfant, quoique, à ta connaissance, je ne sois pas mariée. Exact ? Eh bien, tu te trompes.

— Alors, tu es mariée ?

— Pas au sens où l'entendrait la loi terrienne. Mais j'ai échangé le Serment d'Union Libre avec Jaelle n'ha Melora : ce qui est l'équivalent d'un mariage selon la loi ténébrane. Spécifiquement, cela signifie qu'en cas de mort de l'une de nous, l'autre a non seulement le droit, mais l'obligation légale, d'élever le ou les enfants de l'autre, exactement comme le ferait une épouse ou un mari. Selon la loi, ce serment l'emporte sur toutes prétentions du père de l'enfant. Ainsi, dans la pratique, la situation est identique à celle du mariage. Est-ce clair ?

Cholayna dit, d'une voix dure :

— Je suis sûre que le Département de Xénoanthropologie trouvera cela fascinant. Je veillerai à ce qu'ils en soient informés. Mais je n'avais pas l'intention de te demander des détails sur ta vie privée.

— Je n'avais pas l'intention d'en donner, dit Magda, tout aussi inflexible, bien qu'en fait, Cholayna fût une des rares personnes à qui elle les aurait donnés si elle les avait demandés. Je t'informais simplement des dispositions légales. Je suppose donc que ces suppositions standard sur les hommes de l'Empire pourvus d'une épouse et d'enfants indigènes s'appliquent aussi à moi, et que je suis priée d'agir en conséquence.

— Tu supposes à tort, Madga. Oui, c'est vrai, en théorie ; mais dans la pratique, — et attention, il s'agit d'une information classée — dans les occasion, qui, soit dit en passant, sont très rares, où une femme saute le mur, l'habitude est de la désactiver immédiatement. Les raisons données à cela sont nombreuses, mais se résument toutes à une seule. La politique officielle du Renseignement suppose qu'un homme peut rester objectivement détaché de sa femme et de ses enfants plus facilement que nous le pourrions, toi et moi, parce que — et n'oublie pas, Magda, que je cite, il ne s'agit pas de mes opinions personnelles — parce que, disais-je, elle est plus profondément attachée aux siens. On suppose qu'un homme se détache plus facilement de sa femme que le contraire, et que les enfants sont, toujours censément, plus proches de la femme qui les a portés que de l'homme qui les a engendrés.

Magda poussa un juron.

— J'aurais dû m'y attendre. Faut-il que je te dise ce que je pense de ce *reish* ?

Ce terme était un gros mot enfantin signifiant littéralement « balayures d'écurie », mais son visage se convulsa de colère en le prononçant.

— Bien sûr que non. Ce que tu en penses est très proche de ce que j'en pense, mais ce que nous pensons est totalement à côté de la question. Je te parle de la politique officielle. J'étais censée accepter ta démission la première fois que tu l'as donnée.

— Je suppose qu'il figure aussi dans ces fichiers classés et ultra-confidentiels que je suis de celles qui aiment les femmes ? demanda Magda, ironique. Je connais la politique terrienne sur les homosexuels mâles — légalement, ils sont protégés par les principes officiels de non-discrimination. En fait, tu sais et je sais, qu'ils sont harcelés sous le moindre prétexte.

— Tu te trompes, dit Cholayna, ou du moins, ce n'est pas vrai dans tous les cas. Il existe une échappatoire juridique : un homme vivant avec une femme et des enfants, quelles que soient ses préférences personnelles privées, ne peut pas officiellement être classé comme homosexuel. En pratique, il est couvert et peut combattre tout acte discriminatoire. Tu t'es couverte contre ce genre d'action quand tu as eu un enfant, Magda. Personne ne se soucie vraiment si tu as ou non épousé le père. Mais en t'immunisant contre *ce* genre de persécution, tu es devenue vulnérable à l'autre ; maintenant, on suppose que tu es tout à fait incapable de travailler pour le Renseignement, parce que tu feras passer avant tout ton enfant et l'homme qui l'a engendré. Selon le règlement, j'aurais donc dû accepter ta démission la première fois que tu me l'as donnée.

— Cela m'aurait parfaitement convenu, dit Magda.

— Je sais. Et Dieu m'est témoin que tu m'en as donné assez d'occasions, dit Cholayna. Tu me l'as présentée si régulièrement que j'ai fini par me demander si c'était ta façon de célébrer les Solstices d'Été et d'Hiver ! Mais je persiste à croire que je vois un peu plus loin que toi. Nous ne pouvons pas nous permettre de perdre ainsi des Agents féminins qualifiés.

— Pourquoi me dis-tu tout cela ?

— Pour t'expliquer en quoi ma demande est officieuse, et pourquoi tu dois quand même m'écouter et m'aider. Magda, tu disposes à mon égard de l'arme absolue ; tu peux m'envoyer promener et, d'après le règlement, je n'ai aucun recours. Légalement, tu as sauté le mur, et je n'ai pas le droit de faire appel à toi. Mais je transgresse le règlement parce que tu es la seule personne capable de comprendre ce qui nous arrive.

— Ah, on y vient enfin, à la raison pour laquelle tu m'as convoquée d'urgence par cette nuit pluvieuse, dit Magda.

— Ici, toutes les nuits sont pluvieuses, et c'est encore à côté de la question.

— Lexie Anders ?

— Dix minutes, environ, avant la chute de son avion, elle a transmis un message par satellite ; elle approchait du Mur-Autour-du-Monde, et se préparait à faire demi-tour. Son message final disait qu'elle avait repéré quelque chose, comme une cité, *ne figurant pas* sur la carte radar. Elle descendait à cinq mille mètres pour préciser ses observations. Puis nous l'avons perdue, avec son avion. Plus rien. Pas même un signal de la boîte noire, comme je te l'ai dit. Pour autant qu'en savent le Q.G. et les satellites, l'avion s'est évanoui de la planète, boîte noire et tout. Mais Lexie Anders s'est présentée ce matin aux grilles du Q.G., sans uniforme et sans carte d'identité. Et son esprit était vidé. Complètement nettoyé. Amnésie totale. Magda, elle parle à peine le Terrien Standard ! Elle parle la langue indigène de sa planète natale, Vainval, mais uniquement au niveau infantile. Donc, à l'évidence, nous ne pouvons pas lui demander ce qui s'est passé.

— Mais — c'est impossible, Cholayna ! Je ne comprends pas...

— Nous non plus. Et c'est un euphémisme. Et dans son état, ça ne sert à rien de questionner Anders.

— Alors, pourquoi m'as-tu envoyé chercher ? demanda Magda.

Mais elle avait peur de savoir, et cela l'irrita. À la connaissance de Magda, Cholayna n'avait pas de *laran*, mais elle sembla percevoir sa contrariété, car elle hésita ; puis, comme Magda savait qu'elle le ferait, elle dit quand même :

— Tu es technicienne-psi, Magda. La plus proche que nous ayons, la seule correctement entraînée d'ici à la colonie d'Alpha. Tu peux découvrir ce qui s'est réellement passé.

Magda garda un moment le silence, considérant Cholayna avec colère. Elle aurait dû s'y attendre. C'était sa faute, se dit-elle, puisqu'elle n'avait pas rompu un lien qui n'avait plus de sens pour elle. Comme Cholayna le lui avait rappelé, elle avait tenté de démissionner, et Cholayna l'en avait dissuadée ; Magda, disait-elle, était la mieux qualifiée pour établir de meilleures communications, des liens, un pont entre le monde de sa naissance et celui qu'elle avait choisi. Et c'était ce que Magda désirait aussi : la Société de la Chaîne d'Union était la preuve vivante de son désir de renforcer ces liens. Pourtant, quand Magda avait quitté la Maison de la Guilde pour devenir membre de l'unique cercle de télépathes entraînés travaillant hors de l'environnement soigneusement protégé d'une Tour, elle aurait dû savoir que ce problème la poursuivrait.

Non que l'Empire n'eût aucune connaissance des techniques psi. Mais pas aussi communes ni aussi bien développées que sur Ténébreuse. Peu de planètes de l'univers connu possédaient ce don de télépathie et autres talents para-psychiques que les Ténébrans nommaient *laran*. Pour autant qu'on en pouvait juger, Ténébreuse était unique à cet égard.

Mais on savait maintenant que ces talents faisaient partie intégrante de l'esprit humain. Bien qu'il y eût encore quelques sceptiques convaincus — et, pour quelque raison inconnue, les sceptiques convaincus semblaient la preuve vivante de leurs convictions, car peu d'entre eux développaient jamais des dons parapsychiques — là où il y avait des humains, il y avait aussi des dons psi, qui faisaient partie de l'esprit humain. Ainsi existait-il ailleurs quelques télépathes entraînés, mais peu, et même quelques sondes psi mécaniques qui pouvaient faire à peu près le même travail.

— Seulement, il n'y en a aucune sur Ténébreuse, la plus proche se trouvant à l'Académie du Renseignement d'Alpha, dit Cholayna. Et il faut absolument que nous sachions ce qui lui est arrivé. Tu ne comprends donc pas, Magda ? Il le faut absolument !

Comme Magda ne répondait pas, elle poussa un profond soupir.

— Écoute, Magda, tu sais aussi bien que moi ce que cela signifie ! Tu sais qu'il n'y a rien au-delà des Heller, rien ! Elle signale qu'elle a repéré quelque chose, puis son avion s'abat. Rien sur la photo satellite, pas de boîte noire, pas d'enregistreur de vol, rien. Mais s'il n'y a rien là-bas, elle est quand même tombée avec son avion. Nous avons déjà perdu des avions de Carto et Explo avant ça. Nous avons perdu des pilotes aussi. Mais elle n'est pas tombée. Quelque chose l'a saisie en plein ciel — *et nous l'a rendue ! Dans l'état où elle est !*

Magda réfléchit un moment, puis elle dit enfin :

— Cela signifie qu'il doit y avoir quelque chose là-bas ; quelque chose au-delà du Mur-Autour-du-Monde. Pourtant, c'est impossible.

Elle avait vu les photos météo satellites de Cottman Quatre. Planète froide, fortement inclinée sur son axe par la présence des hautes chaînes montagneuses des Heller, le Mur-Autour-du-Monde faisant office de troisième pôle. Planète habitable uniquement sur une partie relativement petite d'un seul continent, le reste n'étant qu'un désert glacé sans trace de vie.

— Tu commences à comprendre ce que je veux dire, dit sombrement Cholayna. Et tu as ce que les Ténébrans appellent un *laran* entraîné.

— Quelle idiote de te l'avoir dit !

Magda savait qu'elle avait fait une erreur en conservant cette attache, même fragile avec son monde. Quand elle avait rompu ses liens avec la Maison de la Guilde, elle aurait dû faire ce qu'Andrew Carr avait fait avant elle, et laissé croire aux Terriens, et peut-être même aux Renonçantes, qu'elle était morte.

À la Tour Interdite, elle avait trouvé un foyer, un monde d'êtres semblables à elle, d'êtres ne s'intégrant pas dans des mondes qui leur demandaient de se couler dans des moules étroits. Callista, Gardienne, exilée de la Tour parce qu'elle ne voulait renoncer ni à son amour humain ni à l'exercice de son puissant *laran* pour lequel elle avait failli perdre la vie. Andrew Carr, Terrien, qui avait découvert ses pouvoirs psi, un nouveau monde et une nouvelle vie. Damon, exilé d'une Tour, le seul homme à avoir eu le courage de devenir ce qu'aucun homme n'avait jamais été depuis des siècles ; Gardien de la Tour qu'on appelait Interdite, et qui luttait pour avoir le droit d'établir sa Tour au grand jour. D'autres étaient venus les rejoindre, rejetés par les Tours régulières, ou qui, malgré leur don, n'y avaient jamais été admis ; et parmi eux, Jaelle et elle-même.

Et elle avait eu la bêtise de le dire à Cholayna...

— Tu veux que je sonde son esprit, Cholayna ? Pourquoi ne fais-tu pas venir un technicien d'Alpha ? Tu pourrais envoyer un message et en avoir un d'ici une décade.

— Non, Magda. Si elle reste dans cet état, elle pourrait entrer en catatonie, et alors, nous ne saurions jamais rien. De plus, s'il y a quelque chose là-bas, il faut que nous le sachions. *Maintenant*. Nous ne pouvons pas envoyer un autre avion avant de savoir ce qui est arrivé à celui-là.

— Il n'y a rien là-bas, dit Magda, plus durement qu'elle n'en avait l'intention. Les photos satellites ne mentent pas.

— C'est ce que j'ai toujours dit jusque-là.

Cholayna fixait les panneaux lumineux devant elle ; comme Magda ne disait plus rien, elle se leva, contourna son bureau et saisit Magda par les épaules.

— Il s'est passé quelque chose, sapristi ! La chute de l'avion, je peux comprendre. Je n'ai jamais essayé de survoler les Heller, mais je connais des gens qui l'ont fait. Ce qui m'effraie, c'est sa réapparition ici, et son état actuel. Si c'est arrivé à Lexie, ça peut arriver à n'importe qui. Personne de Carto et Explo, ou de n'importe où ailleurs en dehors de la Cité du Commerce, ne sera en sécurité tant que nous ne saurons pas ce qui s'est emparé d'elle et de son avion — et pourquoi et comment *on* l'a renvoyée. Il faut que tu nous aides, Magda.

Magda s'éloigna de Cholayna et s'absorba dans la contemplation des lumières de l'Astroport. D'ici, elle voyait tout le Q.G. Terrien et toute la cité jusqu'à la Vieille Ville. Il y avait un contraste saisissant entre les brillantes illuminations de la Cité du Commerce Terrienne, et les rares lumignons dispersés dans la Vieille Ville, déjà presque plongée dans l'obscurité à cette heure. Quelque part dans cette ombre se trouvaient la Maison de la Guilde et ses amies, et au-delà du col, qui n'était qu'une tache plus sombre sur le noir de la nuit, s'étendait le domaine d'Armida, à un peu plus d'un jour de cheval vers le nord, où se trouvait son nouvel univers. Si seulement elle pouvait consulter l'un d'eux, leur Gardien Damon, ou Andrew, qui, comme elle, avait lutté pour résoudre le conflit entre son identité terrienne et son monde ténébran ! Mais ils étaient *là-bas*, et elle était *ici*, et elle était seule devant cette épreuve et ce problème insoluble.

— Je suis bien la dernière personne que Lexie voudrait voir trifouiller dans son esprit, tu peux me croire.

Cholayna répondit, et il n'y avait aucune objection possible :

— Elle ne voudrait pas non plus rester éternellement dans cet état. Elle est à l'hôpital, au Service d'Isolement total. Nous ne voulons pas qu'on sache ce qui s'est passé.

Un jour, pensa Magda, le personnel du Q.G. Terrien réaliserait peut-être qu'il existait certaines choses que même eux ne pouvaient pas contrôler. Elle se moquait comme d'une guigne que les Terriens parviennent à conserver leur façade d'omnipotence, mais il y avait en jeu un être humain, une femme. Elle dit, plus bourrue qu'elle n'en avait l'intention :

— Alors, allons-y. Mais je ne suis pas une technicienne-psi entraînée, alors ne me fais pas de reproches si j'empire son état. Je ferai de mon mieux. C'est tout ce que je peux promettre.

CHAPITRE 3

Magda détestait tirer la cloche de nuit à la Maison de la Guilde ; quelqu'un aurait à se lever, descendre et tirer le verrou. Pourtant, elle préférait cela, malgré cette importunité, à l'offre de Cholayna de coucher au Quartier des Personnels Célibataires du Q.G., ou même à l'Hôtel de la Société de la Chaîne d'Union, où logeaient certaines Ténébranes qui faisaient leurs études d'infirmières au Q.G.

Elle attendit sur le perron, frissonnante, car même en plein été, il faisait toujours froid à cette heure, écoutant la cloche tinter à l'intérieur. Puis elle entendit le long grattement du verrou qu'on tirait et enfin, la porte s'ouvrit comme à regret et une jeune voix féminine demanda :

— Qui est là ? Vous voulez voir la sage-femme ?

— Non, Cressa, c'est moi, Margali n'ha Ysabet, dit Magda en entrant. Je m'excuse de te déranger. Je monte me coucher tout de suite.

— Ça ne fait rien, je ne dormais pas. On vient de venir chercher Keitha. La pauvre, elle a travaillé dehors toute la journée ; elle venait juste de s'endormir quand un homme l'a demandée : sa femme attendait son premier bébé, alors elle sera dehors toute la nuit. Il y a quelques lunaisons, quelqu'un a suggéré à une Assemblée de la Maison, que les sages-femmes soient portières de nuit puisque les visiteurs sont presque toujours pour elles.

— Mais ça ne serait pas juste, dit Madga. Elles ont bien le droit de dormir quand elles peuvent, ne serait-ce que parce qu'elles passent beaucoup de nuits blanches. Je m'excuse encore de t'avoir réveillée. Tu veux que je t'aide à pousser le verrou ?

— Merci ; il est vraiment trop lourd pour moi.

Magda l'aida à reverrouiller la porte. Cressa regagna la chambre de la portière de nuit, et Magda monta lentement à la chambre qu'elle partageait avec Jaelle pour la durée de ce séjour. Elle s'arrêta devant la porte, puis se détourna et alla frapper à une porte voisine. Au bout d'un moment, elle entendit une réponse étouffée, tourna la poignée et entra.

— Camilla, murmura-t-elle, tu dors ?

— Naturellement ; pourrais-je te parler si j'étais réveillée ? dit Camilla en s'asseyant. Margali ? Qu'est-ce qu'il y a ?

Sans répondre, Magda s'assit au bord du lit et enfouit son visage dans ses mains.

— Qu'est-ce qu'il y a, *bredhiya* ? demanda doucement Camilla. Qu'est-ce qu'ils ont exigé de toi, cette fois-ci ?

— J'aime mieux ne pas en parler.

Sa sensibilité était si excitée — ayant utilisé son *laran* à un tel niveau — qu'elle entendait les pensées de Camilla presque comme si elle avait parlé tout haut.

Bien sûr ; c'est parce que tu ne veux pas en parler que tu me réveilles en pleine nuit au lieu d'aller tranquillement te coucher dans ta chambre !

Mais tout haut, Camilla dit simplement :

— Tu as manqué le dîner ; est-ce qu'ils t'ont au moins nourrie, les Terriens ?

— C'est ma faute. Depuis le temps que je me sers du *laran*, je devrais savoir qu'il faut manger, dit Magda, mais il me tardait de partir, je ne pouvais plus les supporter. Cholayna m'a offert...

Camilla haussa les sourcils dans le noir.

— Tu t'es servie du *laran* dans la Zone Terrienne ? Et tu ne veux pas en parler. Je n'aurais jamais attendu ça de Cholayna n'ha Chandria.

Elle se leva, jeta un gros châle de laine sur sa chaude chemise de nuit et enfonça ses pieds minces dans des pantoufles de fourrure.

— Descendons à la cuisine te chercher quelque chose de chaud.

— Je n'ai pas faim, dit Magda avec lassitude.

— Ça ne fait rien ; si tu t'es servie de ton *laran* — tu sais que tu dois manger pour reconstituer tes forces...

— Par tous les enfers de Zandru, qu'en sais-tu ? grogna Magda, et Camilla haussa les épaules.

— Je sais ce que tout le monde sait. Je sais ce que savent les petits enfants du marché. Et je te connais, toi. Descendons ; tu pourras au moins boire du lait chaud, après cette longue marche dans le froid. Ote tes bottes, et mets tes pantoufles.

— Arrête de me materner, sapristi, Camilla !

Nouveau haussement d'épaules.

— Si tu veux passer la nuit en vêtements mouillés, à ton aise. Je suppose qu'une de nos jeunes élèves infirmières sera ravie de te soigner pour une fièvre de poitrine. Mais ce n'est pas très attentionné pour les autres de déambuler en lourdes bottes après minuit, réveillant toutes celles qui dorment, parce que tu es trop paresseuse pour les ôter. Si tu es trop fatiguée, je vais t'aider.

Très lasse, Magda se leva et ôta ses bottes et sa veste trempée.

— Je vais t'emprunter une chemise de nuit ; je ne veux pas réveiller Jaelle.

Elle se déshabilla lentement, puis revêtit une chaude chemise de grosse flanelle.

— Emportons tout ça pour le faire sécher ; il y aura du feu à la cuisine, dit Camilla.

Magda était trop épuisée pour discuter ; elle prit ses vêtements trempés sur son bras et suivit Camilla.

Elle frissonnait encore en enfilant les couloirs et descendant l'escalier silencieux, mais, dans la cuisine, le feu couvait sous la braise, et il faisait chaud près du foyer. Une bouilloire d'eau chaude sifflait doucement sur son trépied ; Camilla prit deux chopes sur une étagère pendant que Magda tisonnait le feu et étendait ses vêtements. Camilla versa à Magda de la tisane d'écorce, puis alla chercher du pain et de la viande froide à l'office, qu'elle posa sur la table, près des jarres de grains et de fruits secs qui marinaient pour le porridge du matin.

Magda se mit à boire la tisane amère, trop fatiguée pour aller chercher du miel. Immobile sur son banc, elle ne toucha pas à la nourriture. Camilla se fit du thé, mais, au lieu de le boire, elle passa derrière Magda et massa les muscles noués et douloureux de ses épaules et de son cou ; au bout d'un long moment, Magda tendit la main et prit une tartine de beurre.

— Je n'ai pas vraiment faim, mais je suppose que je dois manger, dit-elle avec lassitude, portant la tartine à sa bouche.

Après une ou deux bouchées, comme Camilla s'y attendait, la faim dévorante provoquée par l'usage du *laran* l'emporta, et elle se mit à boire et manger presque machinalement. Elle termina le pain et la viande froide, puis alla piller l'office, à la recherche de pain d'épices.

Sa faim assouvie, elle se renversa contre son dossier, tournant le banc pour allonger ses jambes et poser les pieds sur les chenets. Camilla vint s'asseoir près d'elle, posant ses pieds — longs, étroits, aristocratiques — près de ceux de Magda. Elles contemplèrent le feu en silence. Au bout d'un moment, Magda se leva, très agitée, et remit du bois dans le feu, de grandes flammes s'élevèrent, faisant danser des ombres sur les murs de l'immense cuisine.

Elle dit enfin :

— Je ne suis pas vraiment technicienne-psi, pas au sens où on l'entend dans la Zone Terrienne. Je ne suis pas thérapeute. Le travail que je fais à Armida est... est différent. Ce que j'ai fait ce soir, c'est entrer dans l'esprit d'une autre, d'une femme qui est normalement aveugle mentale, pour essayer...

Elle s'humecta les lèvres et dit :

— Ce n'est pas facile à exprimer. Il n'y a pas de mots...

Elle regarda Camilla, hésitante. Elle la connaissait depuis des années, et savait depuis longtemps que Camilla possédait, ou avait possédé, le *laran*, bien qu'elle ne voulût pas l'admettre. Magda était une des rares personnes vivantes à connaître l'histoire complète de Camilla : née de sang Comyn — dont aucune trace visible ne lui restait, à part quelques reflets cuivrés dans ses cheveux argentés autrefois aussi flamboyants que ceux de Jaelle — Camilla avait été kidnappée au sortir de l'enfance, et si sauvagement maltraitée et violée que son esprit s'était brisé. Magda ne connaissait pas tous les détails ; elle savait seulement que Camilla avait gagné sa vie comme mercenaire, ses plus proches camarades ignorant qu'elle n'était pas le soudard grossier qu'elle affectait. Après avoir vécu ainsi pendant des années, Camilla, blessée et mourante, s'était révélée à une Renonçante, Kindra, la propre mère de serment de Jaelle. À la Guilde des Amazones Libres, elle s'était trouvée capable, avec bien des doutes et des peines, d'assumer de nouveau la féminité qu'elle avait si longtemps niée et cachée.

Une ou deux fois, quand leurs écrans mentaux étaient abaissés, Magda avait acquis la certitude que Camilla conservait une partie du *laran* de sa famille, quelle qu'elle fût. Elle était certaine que Camilla, bien qu'elle niât son *laran*, était issue du sang d'un des Sept Domaines, les grandes familles de Ténébreuse.

Il n'était pas impossible que Camilla sût à quel point était difficile ce que les Terriens lui avaient demandé.

— Tu te souviens d'avoir rencontré Lexie Anders à la séance d'orientation spéciale à l'intention des nouvelles travaillant dans la Zone Terrienne ?

— Oui. Elle n'avait que dédain pour l'idée que les *Penta Cori'yo* puissent avoir quelque chose à offrir aux Terriennes. Même quand les autres membres de la Chaîne d'Union lui firent remarquer qu'après tout, même les Terriennes ne pouvaient pas fréquenter les bars de l'Astroport, et que ça leur donnerait un point de chute quand elles n'auraient pas envie de rester claquemurées au Q.G...

— Et je sais, si Lexie ne le sait pas, que c'est une des raisons pour lesquelles les employées ne sont pas très heureuses sur Ténébreuse, à moins d'avoir été élevées ici et de savoir la langue et la façon dont une femme doit se comporter, dit Magda. Je me rappelle comme Lexie était dédaigneuse et grossière à cette réception. Elle nous donnait à toutes l'impression d'être des indigènes, des aborigènes primitives vêtues de pagnes avec des ossements dans les cheveux.

— Et tu as dû entrer dans *son* esprit ? Pauvre Margali, dit Camilla. Je suppose que son esprit n'est pas un endroit agréable à fréquenter. Même pas pour elle. Quant à toi...

— Il n'y avait pas que ça, dit Magda.

Elle résuma brièvement à Camilla ce que Cholayna lui avait dit de l'avion perdu et de la mystérieuse réapparition de Lexie.

— Je lui ai dit, je ne suis pas une technicienne-psi entraînée, alors ne viens pas me faire de reproches si j'empire son état. Puis on est descendues au Service Isolement, où on l'avait hospitalisée.

Magda avait oublié que Lexie Anders était si petite. Le verbe haut, elle s'imposait toujours avec tant d'arrogante assurance que Magda ressentit un choc en la voyant allongée dans son lit, pâle et chétive comme une enfant malade. Elle avait les cheveux blonds, courts et bouclés, le teint livide sillonné de veines bleues. Mais le plus triste, c'était le vide de son visage, totalement inexpressif ; même sa grossièreté agressive, se dit Magda, était préférable à cette docilité passive et enfantine.

Magda avait un peu appris le dialecte de Vainval, pendant ses études sur la Planète Alpha, à l'Académie du Renseignement.

— Comment vous sentez-vous, Lieutenant Anders ?

— Je m'appelle Lexie. Je ne sais pas pourquoi on me garde ici, je ne suis pas malade, dit Lexie d'un ton enfantin et plaintif. Tu vas encore me planter des aiguilles partout ?

— Non, plus d'aiguilles, je te le promets, dit Magda, haussant un sourcil interrogateur à l'adresse de Cholayna.

— Les médecins ont essayé le pentothal, répondit-elle à voix basse. Ils pensaient que s'il s'agissait simplement d'un choc émotionnel, ça l'aiderait à le revivre et à en parler. Sans résultat.

Magda réfléchit un moment. Si Lexie Anders se trouvait dans son avion en chute libre au-dessus des déserts glacés entourant le Mur-Autour-du-Monde, et l'instant suivant aux grilles de l'astroport de Thendara, le choc émotionnel seul pouvait l'avoir mise dans cet état.

— Tu sais où tu es, Lexie ?

— À l'hôpital. On me l'a dit, répondit-elle, reposant avec lassitude sa tête bouclée sur l'oreiller. Mais je ne me sens pas malade. Pourquoi je suis à l'hôpital ? Tu es docteur ? Tu n'as pas l'air d'un docteur, pas avec ces habits.

— Alors... Tu ne te rappelles rien de ce qui s'est passé ?

Magda avait vu une fois Dame Callista traiter un cas de choc émotionnel, celui d'un homme qui avait vu quatre membres de sa famille tués lors d'une brusque inondation.

— Peux-tu me dire la dernière chose que tu te rappelles ?

— Je m'rappelle... un chaton, dit Lexie, avec un sourire enfantin. Il s'est sauvé.

— Tu ne te rappelles pas l'avion ?

— L'avion ? Mon papa pilote un avion, dit-elle, et je veux être aviatrice quand je serai grande. Mon cousin dit que les filles ne pilotent pas, mais Papa dit que si, qu'il y a des filles qui pilotent des avions, et même des astronefs.

— Certainement.

Magda se rappela sa brève ambition d'être pilote d'astronef — à peu près à l'époque où elle avait découvert la différence entre ses parents et les parents des jeunes Ténébrans avec qui elle avait été élevée. Elle se dit que la plupart des garçons manqués devaient avoir la même ambition, et elle ressentit une fugitive sympathie pour Lexie Anders.

— Lexie, suppose que je te dise que tu as oublié beaucoup de choses ; que tu es grande maintenant, et que tu as piloté un avion ; que tu es là parce que ton avion s'est écrasé. Veux-tu réfléchir à cela, s'il te plaît ? Qu'est-ce que tu dirais ?

Lexie ne prit même pas le temps de réfléchir. Son petit visage était déjà tout plissé d'un rire méprisant.

— Je dirais que tu es folle. Espèce de folle, qu'est-ce que tu fais dans un hôpital à jouer au docteur ? C'est un hôpital de fous ?

La fugitive sympathie de Magda pour Lexie s'évanouit. Enfant antipathique, se dit-elle, devenue une femme encore plus antipathique...

Pourtant, elle se rappela ce que Callista, l'entraînant à l'art des matrices, lui avait dit de ce genre de choses : *ils nous insultent parce qu'ils ont peur de nous. Si quelqu'un est grossier et désagréable quand tu tentes de lui venir en aide, c'est par peur, parce qu'il craint que tu essayes de l'obliger à voir ou à comprendre. Quelle que soit la profondeur à laquelle sa raison est enfouie, quelque chose en lui sait, et comprend, et redoute de quitter la protection que lui confère le choc.*

(Des heures plus tard, devant le feu à la Maison de la Guilde, Magda se rappela et se répéta ces paroles, si profondément absorbée dans ses souvenirs qu'elle ne vit pas Camilla crisper les muscles de son visage, ni acquiescer sèchement de la tête. Il y avait bien des choses que Camilla ne pouvait pas, ou choisissait de ne pas, se rappeler de ses épreuves passées.)

Magda ignora la grossièreté de Lexie. Elle sortit la matrice suspendue à son cou dans un sachet de cuir, ôta la soie protectrice, et posa la pierre bleue parcourue d'éclairs de feu, dans sa paume. Les yeux de Lexie suivirent les couleurs mouvantes de la gemme.

— C'est joli, dit-elle en son parler-bébé. Je peux regarder ?

— Dans une minute, peut-être. Mais tu ne dois pas la toucher, car ça pourrait te faire mal.

Pour une personne déphasée, surtout pour une non-télépathe, toucher une matrice accordée pouvait provoquer un choc douloureux ; pire, cela pouvait provoquer chez l'opérateur accordé à la matrice, un choc parfois fatal. Elle écarta le cristal psi des doigts enfantins de Lexie qui cherchaient à le saisir et lui dit :

— Regarde dans la pierre, Lexie.

Lexie grimaça en détournant la tête.

— Ça me fait mal à la tête.

C'était assez normal. Peu de personnes non-entraînées arrivaient à regarder dans une matrice accordée, et, à l'évidence, le potentiel psi de Lexie était très bas. Magda réalisa qu'elle aurait dû au moins jeter un coup d'œil sur le dossier du Lieutenant Alexis Anders, pour savoir quel était son potentiel psi. Car maintenant, les Terriens testaient ces dons. Cela lui aurait été bien utile, à ce moment.

Mais elle n'y avait pas pensé, et désormais, il était trop tard. Elle mit la matrice sous les yeux de Lexie.

— Je veux que tu regardes dans la pierre, pour savoir ce que tu as et pourquoi on t'a mise à l'hôpital.

Magda avait parlé avec autorité, d'un ton amical mais ferme. Lexie eut une moue enfantine, mais, devant le ton et l'attitude autoritaires de Magda, fixa finalement les yeux sur les couleurs mouvantes de la pierre.

Magda attendit que le visage de Lexie se détende. Elle ne savait pas ce qu'aurait fait un technicien-psi ordinaire, mais depuis sept ans, elle subissait un entraînement intensif pour l'utilisation des matrices. Les paroles du Serment du Moniteur, exigé de tout télépathe peu après avoir reçu sa matrice personnelle, résonnèrent brièvement dans son esprit : *Ne jamais entrer dans aucun esprit contre sa volonté, sauf pour le secourir ou guérir, et jamais pour le dominer.*

Puis elle établit brièvement le contact avec l'esprit de Lexie Anders.

À la surface, ce n'était que désordre, confusion d'un enfant ne comprenant pas la situation. À un niveau plus profond, quelque chose frémit et trembla, ne désirant pas savoir. Doucement, Magda contacta l'esprit enfantin (une main tenant la sienne avec confiance, comme une petite fille tient la main d'une grande sœur : elle prolongea un moment le contact chaleureux, désirant que Lexie lui fasse confiance).

Qui es-tu ? J'ai peur. Je ne me rappelle pas.

Je suis ton amie, Lexie. Je ne laisserai personne te faire mal. Tu es une grande fille, maintenant. Tu voulais piloter un avion, tu te rappelles ? Allons retrouver l'avion. La première fois que tes mains ont tenu les contrôles. Regarde l'avion. Les contrôles sont sous tes mains. Où es-tu, Lexie ?

Les mains de la jeune femme s'incurvèrent comme sur les contrôles qu'elle avait tenus autrefois.

Brusquement, la voix enfantine zézayant le dialecte de Vainval disparut, remplacée par le Terrien Standard, parlé avec la netteté et la précision de ceux pour qui c'était une langue étrangère.

— Anders, Alexis, Aspirante, à vos ordre, Ma'ame.

Inutile d'essayer de la faire revenir à elle par des commandements verbaux. La simple suggestion hypnotique aurait ramené au présent un sujet moins traumatisé ; mais Magda avait déjà vu comment l'intellect conscient de Lexie et même son inconscient, refusaient la simple suggestion. De nouveau, elle se glissa dans l'esprit de la jeune femme, cherchant l'enfant qui marchait main dans la main avec elle, pleine de confiance.

Lieutenant Anders, quand avez-vous reçu votre promotion ?

Une décade après mon arrivée sur Cottman Quatre. J'ai demandé mon changement pour le Service Cartographie et Exploration.

Magda était prête à demander, directement dans l'esprit de Lexie, pourquoi elle avait fait cette demande de changement. Certes, Cholayna avait commis une grande injustice envers Magda en parlant de la légendaire Lorne, et de l'incapacité de Lexie à concurrencer sa glorieuse aînée. Mais elle se retint. Cela concernait-il le problème de Lexie, ou cherchait-elle simplement à s'expliquer et se justifier aux yeux de Lexie ? Doucement, elle rétablit le rapport ; mais l'acceptation enfantine avait disparu. Elle le regretta, regretta l'image de la petite sœur, marchant main dans la main avec elle.

Parlez-moi de votre travail au Service Cartographie et Exploration, Lieutenant. Aimez-vous ce que vous faites ?

Oui, j'adore. Je peux travailler seule, et personne ne m'importune. Je n'aimais pas le Renseignement. Il y a trop de femmes. Je n'aime pas les femmes. Je n'ai pas confiance en elles. Elles sont toujours prêtes à vous poignarder dans le dos. On peut avoir confiance dans un avion. Il fait ce qu'on lui dit, et si on fait des bêtises, c'est de sa propre faute.

Son visage était presque animé.

Lentement, prudemment, Magda s'insinua dans la mémoire de Lexie. Il ne s'agissait pas d'une amnésie ordinaire, où l'esprit se ferme sélectivement pour rejeter un fardeau insoutenable. Il s'agissait d'un rejet total. L'esprit de Magda s'entrelaça à celui de Lexie ; elle n'avait jamais tenu les contrôles d'un avion, grand ou petit, mais recouvrant de ses mains celles de Lexie, elle partagea sa vision circulaire, dans toutes les directions du compas, des montagnes glacées s'étendant à l'infini, et tous ses mouvements et idées avec une netteté et une précision totales. Elle se déplaçait vers le nord, elle allait établir un record si ce maudit avion voulait bien coopérer. Son talent était tel que les violents courants ascendants et les rafales terrifiantes des vents de travers ne faisaient que la secouer un peu, là où tout autre pilote aurait perdu le contrôle. Puis...

Lexie Anders hurla et s'assit comme mue par un ressort. Magda, rejetée brutalement du rapport, la dévisagea, les yeux dilatés.

— Je me suis crashée, dit Lexie, dans son meilleur Terrien Standard. La dernière chose que je me rappelle, c'est que j'étais en chute libre. Puis je me suis retrouvée aux grilles du Q.G. Par tous les diables, Lorne, tu te mêles aussi de médecine ? Est-ce qu'il y a une seule chose sur cette maudite planète dont tu ne te mêles pas ?

— Alors, qu'est-ce que tu leur as dit ? demanda enfin Camilla.

— Je n'avais aucune explication rationnelle, dit Magda. Je me suis raccrochée au fétu de paille habituel. J'ai dit à Cholayna qu'il était possible qu'au moment de la chute, Anders ait développé soudain un potentiel-psi ignoré jusque-là, et se soit téléportée jusqu'ici. Cela s'est déjà vu, dans une situation de vie ou de mort comme c'était le cas pour Lexie, qu'un individu réagisse d'une façon dont il ne se serait jamais cru capable. J'ai fait moi-même quelque chose d'approchant — pas physiquement, mais mentalement.

Elle s'était trouvée un jour dans une grotte à flanc de falaise, avec Jaelle grièvement malade lorsqu'elle avait avorté de l'enfant de Peter Haldane. Leur perte semblait certaine. D'une façon ou d'une autre, elle n'avait jamais su comment, elle avait projeté son esprit et contacté des sauveteurs — elle avait crié au secours, et on lui avait répondu.

— C'est le genre de chose qui ne ressort pas dans les tests de laboratoire, parce qu'on ne peut pas tromper le subconscient ; l'hypnose, ou toute autre méthode, peut convaincre l'esprit conscient d'un danger, mais tout au fond de soi, on sait qu'il n'y a aucune menace véritable.

Elle soupira, se rappelant qu'un bref instant, elle avait aimé l'enfant qu'avait été Lexie.

— Mais tu ne crois pas à cette explication, dit Camilla.

— Camilla, je savais que c'était un mensonge alors même que je le prononçais.

— Mais pourquoi mentirais-tu ? Qu'est-il vraiment arrivé à Lexie Anders ?

Avant de répondre, Magda prit la main de Camilla.

— La quatrième nuit que j'ai passée à la Maison, dit-elle. Ma toute première Assemblée de la Maison, tu te rappelles ? Ce même soir, il y avait une réunion de la société qu'on appelle la Sororité. Tu te rappelles ? Je ne suivais pas quand tu m'as posé une question, et tu m'as grondée parce que je ne faisais pas attention à ce qui se disait ?

— Pas particulièrement, dit Camilla. Pourquoi ? Qu'est-ce que la Sororité peut bien avoir à faire avec Lexie Anders ?

Elle tendit la main, prit sa chope et se remit à boire son thé refroidi.

— Je vais t'en préparer du chaud, dit Magda, prenant leur deux chopes pour les remplir, puis remettant la bouilloire sur le feu.

Enfin, sachant qu'elle temporisait, elle dit :

— Pendant cette Assemblée, j'ai vu... quelque chose. Je ne savais pas comment l'appeler, je pensais que c'était une... une projection mentale de la Déesse Avarra. Bien sûr, à l'époque, je me suis dit que c'était une hallucination, que ce n'était pas réel.

— J'ai vu cela aussi, pendant les réunions de la Sororité, dit Camilla. Tu sais que les Renonçantes sont la réunion de deux sociétés : la Sororité de l'Épée, qui était une caste de femmes-soldats, et les prêtresses d'Avarra, qui étaient des guérisseuses. Je crois que les membres de la Sororité invoquent Avarra pendant leurs réunions. Mais une fois de plus, qu'est-ce que leurs pratiques religieuses ont à voir avec Lexie Anders ?

Magda était debout, s'appuyant à la table sur ses poings fermés. Les traits tirés et distants, elle revivait ses souvenirs. Elle dit enfin, en un murmure horrifié :

— Deux autres fois, j'ai vu... quelque chose. Pas la Déesse Avarra. Des silhouettes en longues robes noires. Un murmure de... un son semblable à un appel de corbeaux. Une fois, j'ai demandé : *qui êtes-vous ?*

Camilla demanda, baissant la voix en réaction à l'épouvante paralysante de Magda :

— Ont-elles... y a-t-il eu une réponse ?

— Aucune qui ait un sens pour moi. J'ai cru entendre — non, pas vraiment entendre, *sentir* plutôt — les paroles : la Noire Sororité. Quelque chose...

Magda plissa le front, très concentrée ; le souvenir était ténu, comme lorsqu'on essaye de se rappeler au matin, un rêve fait pendant la nuit.

— Seulement qu'elles étaient les gardiennes de quelque chose, mais qu'elles ne pouvaient pas intervenir. Et juste au moment où j'allais atteindre le point où Lexie revivait le crash et s'en souvenait, j'ai revu cela. Une fois de plus.

Sa gorge se serra, sa voix s'étrangla.

— Des murailles. Une cité. Des silhouettes en longues robes noires. Puis un appel de corbeaux. Et rien. Et ensuite — plus rien.

CHAPITRE 4

Camilla se détourna, couvrit le feu, puis tâta soigneusement le pantalon de Magda pour voir s'il était sec.

— Encore quelques minutes, dit-elle.

— Camilla ! Tu sais certaines choses sur la Sororité. Qu'est-ce que c'est, au juste ?

Camilla continuait à tâter les vêtements à moitié secs.

— Si je savais, je serais comme Marisela, dit-elle. J'aurais juré le secret. Pourquoi crois-tu qu'on n'en parle jamais au cours des Séances de Discussion ? Des secrets, bah ! Une fois, Marisela m'a proposé d'y entrer. Et quand j'ai refusé, elle a été très contrariée. Tu n'en as pas voulu à Lexie quand elle a refusé d'adhérer aux *Penta Cori'yo* ?

C'était différent, pensa Magda, sans pouvoir s'expliquer pourquoi. Elle n'avait plus l'habitude de défendre ses opinions devant Camilla, plus maintenant.

— Tu n'aimes pas Marisela ?

— Si. Mais j'ai refusé d'en faire la gardienne de ma conscience, et naturellement, elle ne me l'a jamais pardonné. Pourtant quand elle m'a proposé d'entrer dans la Sororité, elle m'a un peu parlé de ses objectifs originels. Pour l'essentiel, c'est ce qu'on retrouve dans le Serment, les trucs habituels sur les femmes qui sont toutes sœurs, *men dia pre'zhiuro, sœur, mère et fille de toutes les femmes* — mais il y a autre chose ; c'est d'entraîner le *laran* de celles qui ne sont pas nées Comyn et ne sont pas admises dans les Tours régulières. Elle a même essayé de me faire peur — me menaçant de toutes sortes de conséquences redoutables si je refusais d'avaler les remèdes qu'elle proposait à mes maux.

— Ça ne ressemble pas à Marisela, dit Magda.

— Bien sûr, elle ne l'a pas exprimé ainsi. Elle ne m'a pas tarabustée, elle n'a pas dit carrément « fais ce que je te dis, ou tu le regretteras » — elle s'est contentée d'exprimer des craintes à mon sujet. Du genre — *laisse-moi t'aider, pauvre fille, ou tu n'as pas idée de ce qui t'attend. Tu vois ce que je veux dire.*

Magda entendit la suite, que Camilla ne prononça pas tout haut — *et tu sais comme je déteste ce genre de chose.* Camilla avait assez confiance en elle pour savoir que Magda ne chercherait pas à en tirer avantage, sinon, elle lui aurait fermé son esprit.

— Entre autres choses, Marisela me disait qu'un télépathe non-entraîné est un danger pour lui-même et les autres.

L'air dédaigneux de Camilla exprimait clairement ce qu'elle pensait de cette affirmation.

C'est pourtant vrai, se dit Magda, pensant à son propre entraînement. Et les tentatives de Jaelle pour bloquer son *laran* avaient failli la détruire. Si Camilla y était parvenue sans dommages, il lui avait sans doute fallu une discipline de fer et un contrôle parfait...

Mais Camilla avait une discipline de fer et un contrôle parfait ; c'était incontestable, sinon elle n'aurait pas survécu à ses épreuves. Et si elle avait eu la force d'y survivre — non pas indemne, mais survivante — alors elle avait la discipline et le contrôle nécessaires. Pourtant, Magda ne s'étonnait pas que Marisela ne l'ait pas crue.

— À l'époque — après avoir été... changée et guérie, dit Camilla d'un ton presque inaudible, Léonie me proposa la même chose. Avec des arguments semblables — qu'étant née dans une caste douée de *laran*, je ne pouvais pas survivre sans cet entraînement. Je respecte et honore Léonie — elle m'a témoigné de la bonté quand j'en avais le plus besoin. Elle n'a pas seulement sauvé ma vie, elle a sauvé ma raison. Malgré ça, je me serais sentie plus à l'aise avec les bandits qui m'avaient tant maltraitée ; au moins, en me violant, ils ne prétendaient pas que c'était pour mon bien.

Magda garda le silence. Voilà des années que Magda connaissait Camilla, et elle n'avait fait allusion que deux fois au traumatisme de son adolescence, qui avait fait d'elle ce qu'elle était devenue. Magda se douta de l'effort que ça lui avait demandé de lui parler ainsi. Brusquement, Camilla arracha la tunique et le gilet du séchoir, et se mit à les plier.

— Comme Jaelle, on m'a demandé d'entrer dans la Sororité. Comme Jaelle, j'ai refusé. Je n'aime pas les sociétés secrètes ni les Sororités, et ce que je sais, je me réserve le droit de le dire quand ça me plaît, et à qui ça me plaît. À mon avis, ce qu'elles pensent savoir n'est qu'un ramassis de sottises et de superstitions.

Elle pinça les lèvres, l'air sombre.

— Alors, comment expliques-tu ce que j'ai vécu, Camilla ? Dans cette grotte des Monts de Kilghard ? Je le sais, parce que c'est à moi que c'est arrivé. Nous étions perdues. Jaelle était mourante. Nous aurions pu mourir toutes les deux dans cette caverne — mais j'ai crié au secours. Et... et on m'a répondu. On m'a répondu, tu m'entends !

— Tu as le *laran*, dit Camilla, et je suppose que le Terrien de la Tour Interdite — comment s'appelle-t-il, déjà ? Andrew Carr ? Je suppose que cet Andrew Carr t'a entendue et t'a répondu.

— Ann'dra, dit Magda, utilisant à dessein le nom ténébran de Carr. Oui, il a le *laran*. Mais qu'est-ce qui l'a poussé à me chercher ? À sa connaissance, j'étais à Thendara, bien au chaud à la Maison de la Guilde comme un charançon dans du blé. Mais il est venu avec une équipe de recherche, et il nous a trouvées à temps pour sauver la vie à Jaelle.

— Ferrika, dit Camilla. Elle est membre de la Sororité. Comme Marisela. Marisela savait que tu étais partie, et connaissait la grossesse de Jaelle. Et Ferrika est sage-femme à Armida...

— Elle est bien davantage, dit Magda. Elle est membre à part entière du Cercle de Tour.

Devant l'air sceptique de Camilla, Magda insista :

— C'est vrai, je t'assure. Au même titre que moi.

Camilla haussa les épaules.

— Alors, la voilà, ta réponse.

46

— Et ma vision ? Les femmes en longues robes noires... l'appel de corbeaux...

— Tu l'as dit toi-même. Tu étais désespérée. Tu croyais que Jaelle allait mourir. Le désespoir provoque des visions. Je ne crois pas qu'il y ait rien de surnaturel dans le fait qu'on t'ait répondu.

— Tu ne crois pas qu'un tel appel au secours puisse provoquer une réponse ?

— Non, je ne le crois pas.

— Pourquoi ?

— Et moi, tu crois que je n'ai pas... prié à l'époque ? J'ai appelé au secours de toutes mes forces. Pas seulement les humains, mais tous les Dieux et toutes les forces surnaturelles qui auraient pu me venir en aide. S'ils t'ont entendue, où étaient-ils tous quand j'en ai appelé au Ciel, et même à l'Enfer ? Et s'ils m'ont entendue sans répondre — de quels Dieux et quels sauveurs s'agissait-il ?

Magda cilla devant tant d'amertume.

Camilla poursuivit sans s'arrêter :

— Tu as eu une vision, *bredhiya*.

Elle prononça ce mot, signifiant *sœur* à l'origine, avec l'inflexion qui lui donnait le sens de *chérie*, ou *bien-aimée*, et qui ne s'employait que dans l'intimité de la famille ou avec une amante jurée.

— Tu as eu une vision, un rêve ; c'est ton Ann'dra qui t'a répondu. Ou peut-être Marisela, qui a prévenu Ferrika qu'une sœur était en danger.

Comme c'était possible, et de toute façon plus rationnel que sa propre conviction, Magda ne chercha pas davantage à la convaincre. Le visage de Camilla se détendit un peu, et elle reprit :

— La Sororité, paraît-il, devait être pour les femmes ce que les frères *cristoforo*, de Nevarsin sont pour les hommes. Mais, contrairement à la fraternité de Nevarsin, la Sororité n'exige pas piété ou observance d'une règle en échange de ses enseignements. Selon une vieille légende, une fable si tu veux, mais à laquelle croient les Comyn, les familles des Sept Domaines possèdent le *laran* parce que ce sont des descendants des Dieux.

Son visage dédaigneux disait clairement ce qu'elle en pensait.

— Il leur déplaît que les roturiers possèdent ce don, ou croient le posséder, ou soient entraînés à l'utiliser quand, comme cela arrive parfois, ils le possèdent sans être nés dans la caste sacrée. Je ne sais pas ce qui se passera quand les Comyn se mettront dans la tête que le *laran* apparaît chez n'importe qui, même chez les Terriens comme ton Andrew Carr. Pour être juste, si un Comyn apprend qu'un roturier a le *laran*, il le fait parfois entraîner — généralement dans une Tour de moindre prestige, comme Neskaya. Je ne doute pas un instant que ton Andrew Carr puisse...

— Pourquoi l'appelles-tu toujours *mon* Andrew: Je t'assure qu'il n'en est rien, Camilla.

Camilla haussa les épaules et dit :

— Tu veux un peu plus de thé ? Il est froid.

Et effectivement, malgré le feu brûlant dans la cheminée, une mince couche de glace s'était formée sur la chope de Magda.

— Ou préfères-tu monter te coucher ?

— Je n'ai pas sommeil.

Magda frissonna ; le souvenir de ce qu'elle avait vu dans l'esprit de Lexie était encore vivant en elle, et elle se demanda si elle arriverait à s'endormir. Elle se leva, versa de l'eau bouillante dans sa chope, inclina le bec de la bouilloire vers celle de Camilla, qui fit « non » de la tête.

— Si j'en bois encore, je ne dormirai jamais. Ni toi non plus.

— Pourquoi dormir ? J'espérais partir à l'aube, mais je ne peux plus. Cholayna m'a demandé de rester jusqu'à ce que cette affaire soit résolue.

— Et naturellement, tu dois faire ce que commande Cholayna ?

— C'est une amie. Je resterais pour toi si tu me le demandais ; pourquoi pas pour elle ? Mais j'aimerais retourner près de ma fille.

— Quelques jours de plus n'affaibliront pas le lien qui vous unit, *bredhiya*, dit Camilla en souriant. J'aimerais bien la connaître, ta fille.

— Armida n'est pas si loin que ça, et bien que tu parles toujours de ton âge, je sais parfaitement que tu partirais demain pour les Villes Sèches, Dalereuth ou le Mur-Autour-du-Monde si tu avais une bonne raison ! Pourquoi ne pas venir avec moi, et faire connaissance avec ma petite Shaya ?

Camilla sourit.

— Moi ? Au milieu de tous ces *leronyn* ?

— Ce sont mes amis et ma famille, Camilla. Ils t'accueilleraient à bras ouverts.

— Un jour peut-être. Pas cette fois. Shaya — c'était le surnom de Jaelle quand elle était petite. Elle porte donc le même nom ! Comment est-elle ? Elle te ressemble ?

— Elle a les cheveux bouclés, comme moi, mais pas si foncés ; elle a mes yeux, mais Ferrika pense qu'ils s'assombriront en grandissant. Je trouve qu'elle ressemble à mon père ; je sais qu'elle a ses mains. C'est étrange, n'est-ce pas ? Nous renonçons à nos pères en prêtant le Serment, et pourtant nous ne pouvons pas y renoncer tout à fait ; ils reparaissent dans les visages de nos enfants.

— C'est peut-être aussi bien que je n'aie pas eu de fille. Je n'aurais pas aimé retrouver en elle le visage de celui qui avait renoncé à moi avant même que je renonce à lui ! Mais ton père semble avoir été un homme remarquable, et tu n'as aucune raison de regretter cette ressemblance, à mon avis. Mais son père, à elle ? Je supposais, naturellement, que c'était ce même Seigneur Damon Ridenow qui a engendré la fille de Jaelle — on encourage les seigneurs Comyn à semer des fils et des filles à droite et à gauche, comme le faisait mon propre père. C'est bizarre quand même — ma mère était enceinte d'un homme très supérieur à sa condition, ce qui la força à épouser un homme très inférieur à la sienne, et pourtant, ils étaient tous les deux trop orgueilleux pour accepter que je sois enceinte d'un des rustres qui... assez sur ce sujet. Mais comme je te le disais — il me semblait raisonnable que le Seigneur Damon soit le père de ta fille, comme de celle de Jaelle.

Magda éclata de rire.

— Oh, Damon n'est pas comme ça, tu peux me croire. Jaelle l'a pris pour père de son enfant, mais c'était son choix à elle. J'aime beaucoup Damon, mais il n'est pas mon amant.

— Le Terrien, alors ? Ton Andrew Carr, le Seigneur Ann'dra ? Il appartient à ton peuple. Je pourrais te comprendre — pour autant que je puisse jamais comprendre le désir pour un homme.

—Au moins, tu ne le condamnes pas, ainsi que tant de sœurs de la Guilde, comme trahison envers le Serment.

— Non, gloussa Camilla. Pendant des années, j'ai vécu en homme parmi des hommes, et je sais qu'ils ressemblent beaucoup aux femmes — sauf, peut-être, qu'ils ne sont pas aussi libres d'être ce qu'ils sont vraiment. Dommage qu'ils n'aient pas de Maisons de Guilde. Jaelle m'a un peu parlé de Damon. Alors, c'est cet Andrew ?

— J'aime Andrew presque autant que Dame Callista, dit Magda. Quand j'ai décidé d'avoir un enfant, nous en avons parlé tous les trois.

Elle savait qu'elle ne pourrait jamais faire comprendre à Camilla le lien existant entre les membres d'un Cercle. Cela ne ressemblait à aucun autre lien. À bien des égards, elle se sentait plus proche de Camilla que de tout autre être, et elle aurait voulu partager cela avec elle. Mais comment faire comprendre à Camilla ? Camilla, qui avait bloqué son *laran* et choisi de vivre en aveugle mentale. Elle souffrait de sentir que l'esprit de Camilla lui était fermé.

Le lien unissant les membres de la Tour Interdite s'était agrandi pour l'inclure ; elle faisait partie, corps et âme, du cercle de la Tour. Jusqu'à l'accouchement de Jaelle, elle ne savait pas à quel point elle désirait un enfant à elle. Ils étaient tous devenus si proches que, pendant un temps, il avait semblé naturel qu'elle ait un enfant de Damon, pour que la fille de Jaelle soit vraiment sa sœur. Pourtant, elle se sentait encore plus proche d'Andrew Carr que de Damon ; comme elle, Andrew avait découvert que le monde des Terriens ne pouvait pas le retenir.

— Mais à la fin, Andrew et moi avons décidé que non, dit Magda. Ce fut plutôt le choix d'Andrew. Il n'avait pas envie d'engendrer un enfant qu'il ne pourrait pas élever comme le sien, et je ne voulais pas lui abandonner ce privilège. J'ai choisi le père de mon enfant parce que, quoique éprouvant pour lui de la tendresse, je savais que je pouvais m'en séparer sans douleur.

Elle se tut, les yeux rêveurs, et Camilla se demanda à quoi elle pensait.

— Je te dirai son nom si tu me le demandes, *bredhiya*. Il a une femme et des fils ; mais il m'avait promis que si j'avais un fils et que je ne veuille pas l'élever, il le prendrait en tutelle et lui donnerait le meilleur début possible dans la vie. Si j'avais une fille, il jurait de ne pas faire valoir ses droits paternels. Sa femme était d'accord — je n'aurais jamais fait une chose pareille sans le consentement de l'épouse.

— Je serais curieuse de connaître ce parangon de vertu, dit Camilla, mais tu as le droit de garder tes secrets, ma chérie.

De nouveau, elle se leva pour tâter le pantalon de Magda.

— Couvre le feu. Il est grand temps d'aller au lit. Même si tu ne pars pas à l'aube, j'ai des choses à faire demain matin.

Elle entoura de son bras les épaules de Magda, et elles se dirigèrent en silence vers l'escalier. Juste avant de sombrer dans le sommeil, Magda réalisa que Camilla ne lui avait rien dit sur la Sororité, elle non plus.

Un ou deux jours plus tard, elle trouva Marisela, la doyenne des sages-femmes de la Maison, savourant un rare moment de solitude dans le salon de musique, égrenant distraitement quelques accords sur un *rryl*. Magda s'excusa de son intrusion, et s'apprêtait à ressortir, mais Marisela posa sa petite harpe et dit :

— Non, reste, je t'en prie. Je ne sais pas quoi faire de moi, et je tuais le temps en faisant semblant de jouer. Assieds-toi et bavardons. Nous nous voyons si rarement ces temps-ci.

Magda s'assit et regarda Marisela remettre l'instrument dans son étui.

— Rappelle-moi de dire à Rafaella qu'une corde est cassée ; je l'ai enlevée, mais je n'ai pas pu la remplacer. Eh bien, Margali, tu veux juste bavarder, ou tu as quelque chose à me demander.

— Tu te rappelles mes premiers jours à la Maison, pendant ma période de réclusion ? Lors de ma première Séance de Discussion, j'ai eu une vision de la Déesse Avarra. Je sais qu'elle provenait de la Sororité. Et elle vient de se reproduire — Marisela, peux-tu me parler de la Sororité ?

Marisela bataillait avec les fermoirs de l'étui.

— Il y eut un temps, dit-elle au bout d'un moment, où je te croyais prête pour la Sororité et t'aurais volontiers proposé d'y entrer. Mais alors, tu as quitté la Maison et tu es allée ailleurs entraîner ton *laran*. Pour cette raison, je ne me sens pas libre de discuter avec toi les secrets de la Sororité. Je ne peux rien te dire, ma chérie. Je suis sûre que tu es aussi bien à la Tour Interdite que parmi nous, et si je t'en ai voulu un moment de ton choix, cela m'a passé depuis longtemps. Je suis désolée, mais je ne peux pas parler de la Sororité à quelqu'un qui n'en fait pas partie.

Totalement frustrée, Magda dit :

— Si ces femmes regroupées au sein de ce qu'elles appellent la Noire Sororité, m'ont contactée, comment peux-tu dire que je leur suis étrangère ? Si elles m'ont parlé...

— Si elles t'ont parlé, répéta Marisela. Je suis certaine que tu ne mens pas, ma chérie, mais tu étais alors en état de stress. Je peux quand même te dire ceci : les membres de la Sororité sont celles qui servent Avarra ; nous autres sur le plan de la vie physique, et les Sœurs Noires sur le plan d'existence qu'on appelle le Surmonde. Je suppose — en cette extrémité — et ayant le talent télépathique de t'y faire entendre, qu'elles t'ont peut-être entendue dans le Surmonde et envoyé un message. Tu as un *laran* puissant ; il se peut que tu aies contacté Celles Qui Entendent, et il se peut qu'elles t'aient répondu.

Puis, délibérément, elle changea de conversation.

— Dis-moi maintenant ce que tu as fait ces dernières années. Je n'ai pas eu l'occasion de parler avec toi depuis la naissance de ta fille. Elle pousse bien ? C'est un beau bébé vigoureux ? Tu as dit à Doria qu'elle était sevrée — jusqu'à quel âge l'as-tu nourrie ?

— Un peu moins d'un an, répondit Magda, pas vraiment fâchée de renoncer à un sujet frustrant et toute prête à satisfaire la curiosité professionnelle de la sage-femme.

— Quand elle a commencé à faire ses dents, je n'ai pas demandé mieux que de lui dire : « si tu es assez grande pour mordre, tu es assez grande pour mordre dans du pain ! ».

Sans crier gare, son cœur se serra de nostalgie : sa fille lui manquait, son petit corps gigotant dans ses bras, endormi sur ses genoux, gesticulant pour empêcher qu'on ne la peigne ou l'habille, détalant toute nue de la salle de bains...

— Elle est très vigoureuse, et me paraît très intelligente et éveillée, et très indépendante pour ses deux ans. Elle essaye même de s'habiller toute seule ; elle n'y arrive pas, bien sûr, reste coincée la tête dans sa tunique, et hurle pour que sa nourrice vienne la libérer. Mais elle essaye ! Elle dit *Mama*, mais ça ne s'adresse pas toujours à moi, mais aussi à Jaelle, à Ellemir...

— Je n'ai jamais rencontré Dame Ellemir, mais Jaelle et Ferrika m'ont parlé d'elle. J'ai toujours pensé que tu n'aurais aucun mal à avoir des enfants. L'accouchement a été douloureux ?

— Je n'ai pas de point de comparaison. J'ai trouvé ça pénible, dit Magda, mais rien par rapport à Jaelle.

— Je n'ai jamais eu l'occasion d'en parler avec Jaelle. Elle a beaucoup souffert ? J'avais toujours pensé que si elle avait un enfant, elle en voudrait un autre.

— C'est vrai ; mais Ferrika le lui a déconseillé. Cleindori pousse comme un champignon ; elle a eu cinq ans au dernier Equinoxe de Printemps.

— Comme c'est étrange de donner à une fillette le nom de la fleur de *kireseth* !

— En fait, elle s'appelle Dorilys ; c'est un nom traditionnel chez les Ardais, paraît-il, et Dame Rohana était la mère adoptive de Jaelle. Mais elle a des cheveux d'or, et comme sa nourrice l'habille toujours en bleu, Ferrika a dit un jour qu'elle ressemblait à la clochette bleue du *kireseth* couverte de pollen doré. Elle est si jolie que personne ne peut rien lui refuser, alors, bien sûr, elle est affreusement gâtée ; mais elle a un si bon naturel que ça ne la rend pas odieuse. Elle est très intelligente et éveillée, elle aussi ; déjà, les autres fillettes la gâtent comme les adultes, et les garçons la traitent comme une petite reine.

— Et je suppose que tu n'es pas en reste, dit Marisela en riant, et Magda le reconnut sans peine.

— Elle a toujours été ma préférée. À la naissance de Shaya, j'avais peur que Cleindori soit jalouse, mais elle ne l'est pas. Elle dit que c'est sa petite sœur et veut tout partager avec elle. Quand Shaya n'avait que deux mois, nous l'avons surprise à essayer de l'habiller de sa plus belle tunique de fête, et j'ai oublié combien de fois nous avons dû lui rappeler que c'était très bien d'être généreuse, mais que Shaya ne pouvait pas manger du pain d'épices ou du gâteau aux noix avant d'avoir des dents !

— Il vaut mieux que la rivalité naturelle prenne cette forme que celle de la jalousie, observa Marisela. Elle a décidé d'être la rivale de la mère, et non pas du bébé.

Ce n'était pas la première fois que Magda s'étonnait de la perspicacité psychologique de Marisela. Elle avait donné une leçon salutaire à Magda, qui avait longtemps pensé qu'une culture non technologique n'aurait pas de connaissances psychologiques avancées. Mais naturellement, puisque Marisela appartenait à la Sororité, dont le domaine spécial consistait à entraîner le *laran* et les dons psi en dehors du système normal des Tours, ce n'était pas surprenant. La clairvoyance psychologique de Magda avait centuplé depuis qu'elle avait commencé à développer son *laran*.

— Et le père ? demanda Marisela. S'est-il conformé à la coutume en assistant à l'accouchement ?

— Il l'aurait fait si je le lui avais demandé, dit Magda, mais comme il avait accepté à ne pas faire valoir ses droits sur l'enfant, c'est à Jaelle que j'ai demandé de m'assister ; à Jaelle et à Dame Callista.

Elle ne l'avait jamais dit à personne — et pourtant, Marisela aurait sans doute compris — que dans l'impuissance de l'accouchement, c'est Camilla qu'elle aurait désirée près d'elle. Elle ne le dirait jamais à personne, pas même à Camilla, et elle changea de conversation.

— Dis-moi maintenant ce que devient notre sœur Keitha. Il paraît qu'elle a étudié l'obstétrique à la fois à Arilinn et chez les Terriens...

— Et elle partira le mois prochain à Neskaya, pour enseigner aux sages-femmes les nouvelles méthodes apprises chez les Terriens, après quoi elle ira à Nevarsin, pour fonder dans cette ville une Maison de Guilde pour les sages-femmes. Ça ne plaît pas trop aux frères *cristoforos*, mais ils ne peuvent rien y faire. Ils peuvent difficilement dire qu'ils préfèrent voir les femmes mourir en couches alors qu'elles pourraient être sauvées, non ?

Magda tomba d'accord qu'ils pouvaient difficilement le dire, même s'ils le pensaient ; mais le sujet de conversation était malheureux, car il lui rappela ce que Camilla avait dit de la Sororité : à savoir qu'elle avait été fondée, aux plus sombres heures des Âges du Chaos, afin de faire pour les femmes ce que les frères *cristoforos* avaient fait pour les hommes — pour entretenir les dernières lueurs du savoir et de la science malgré le Chaos et l'ignorance. Et cela lui rappela aussi que Marisela avait refusé de lui dire ce qu'elle savait.

CHAPITRE 5

— Tu n'as aucune raison de rester, dit Magda. C'est mon problème, et Cholayna n'a pas besoin de toi. Tu devrais rentrer à Armida pour les enfants.

Jaelle secoua la tête.

— Non, *breda*. Tant que tu devras rester, je ne te laisserai pas seule.

— On ne peut pas vraiment dire que je sois seule, dit Magda. J'ai Cholayna et toutes les sœurs de la Chaîne d'Union si j'ai besoin d'elles, sans parler d'une Maison de la Guilde pleine de nos sœurs. Je me sentirais mieux si je te savais près des enfants, Shaya.

Jaelle n'ha Melora éclata de rire.

— Margali, de tous les arguments que tu aurais pu me donner, c'est le moins capable de m'impressionner ! Combien de temps est-ce que je passe avec nos filles ? Tu voudrais que je sois là pour les border avec un regard admiratif ? Tant qu'Ellemir est là, et leur nourrice, et Ferrika — plus une maison pleine de nounous, avec Ellemir pour les surveiller et Andrew pour les gâter, je doute qu'elles s'aperçoivent seulement de notre absence.

C'était assez vrai, et Magda le savait. Jaelle était encore moins mère et femme d'intérieur que Magda. Elle aimait Cleindori — mais qui ne l'aimait pas ? — mais depuis que la fillette était sevrée, elle passait peu de temps avec elle.

Elle se dit une fois de plus, comme elle se l'était souvent dit, que Jaelle avait très peu changé depuis leur première rencontre ; petite et menue, avec des cheveux cuivrés presque aussi flamboyants qu'à l'époque, elle avait l'aspect fragile de bien des Comyn — comme Damon, comme Callista — mais Magda savait que cette apparence était trompeuse et dissimulait la délicate force de l'acier trempé.

À bien des égards, Jaelle est la plus forte de nous tous. On dit que les femmes Aillard ont toujours fait les meilleures Gardiennes ; peut-être que le poste de Gardienne convient à leur genre de force. Mais celle de Jaelle ne résidait pas dans le *laran*. Peut-être ne savaient-ils pas encore ce que serait sa véritable force.

Nous sommes toutes les deux à l'âge, pensa Magda, *auquel une femme devrait avoir décidé ce qu'elle compte faire de sa vie. J'ai laissé derrière moi mon premier amour, mon premier mariage, mes idéaux de jeunesse. J'ai un enfant, et j'ai recouvré ma santé et ma force. J'ai un travail que j'adore. J'ai pris quelques décisions — je sais les choses que je ne veux pas faire de ma vie. J'ai développé mon laran et je sais que mon amour et mes émotions les plus fortes appartiennent aux femmes. Mais je ne suis pas encore vraiment sûre de ce qu'il me sera donné de faire de ma vie.*

Et cela la perturba à tel point qu'elle renonça à discuter avec Jaelle.

— Reste si tu veux. Mais je ne comprends pas que tu veuilles rester en ville quand tu pourrais être à la campagne, à Armida.

Jaelle regarda le ciel, que barraient les Monts de Venza, et la trouée du col descendant vers la ville.

— Tu as la même impression, toi aussi ? J'aimerais reprendre la route. J'ai fait mon devoir envers le clan et la famille, et quand Dori sera un peu plus grande, je la mettrai en tutelle pour être élevée en fille d'Aillard. Et alors... oh, Margali, tu n'as pas envie de repartir sur les routes ? Rafaella voudrait que je revienne travailler avec elle ; elle parle d'un nouveau projet pour les Terriens, mais elle ne veut rien m'en dire tant que je ne lui aurai pas promis ma collaboration. Ce serait dur de quitter la Tour et elle me manquerait — mais est-ce que je ne pourrais pas m'en absenter un an pour me remettre à voyager ? Ça fait si longtemps que je n'ai pas bougé ! Je ne suis jamais restée si longtemps à la même place qu'à Armida ! Cinq ans, Magda !

Magda sourit avec indulgence.

— Je suis certaine qu'on te laisserait aller passer un an en montagne si tu le désirais.

— J'ai entendu l'autre jour qu'une expédition se prépare à faire l'ascension du Haut Kimbi. Personne ne l'a encore faite...

— Et ne la fera sans doute jamais, dit Magda. Pas nous, en tout cas. Tu sais aussi bien que moi qu'ils ne veulent pas de femmes, pas même comme guides. S'il existe encore des hommes pour penser que des femmes sont incapables d'affronter le danger et de manifester du courage, ce sont bien les alpinistes.

Jaelle eut un grognement dédaigneux.

— J'ai fait franchir le Col de Scaravel à une caravane commerciale quand je n'avais pas encore dix-huit ans !

— *Breda*, je sais de quoi tu es capable. Et Rafaella figure dans les fichiers du Renseignement comme le meilleur guide de sa corporation ! Mais il y a encore des hommes qui ne veulent pas être guidés par des femmes. Quels imbéciles !

Jaelle haussa les épaules avec philosophie.

— Je suppose que si nous voulons escalader le Haut Kimbi ou le Pic de Dammerung, il nous faudra organiser notre propre expédition.

— Oublie le « nous », Jaelle, dit Magda en riant. Le Col de Scaravel me suffit pour jusqu'à la fin de mes jours.

Elle frissonna au souvenir des falaises et des précipices du Col de Scaravel.

— Parles-en à Camilla. Elle sera sans doute ravie de partir escalader tous les endroits inaccessibles que tu pourras trouver !

— Et te connaissant, tu l'accompagneras, dit Jaelle en riant. Tu prétends être timide, mais quand tu es sur le terrain — je te connais mieux que tu ne te connais toi-même.

— C'est possible, dit Magda. Mais pour le moment, nous sommes à Thendara et nous y resterons ; enfin, quelques jours, au moins.

— Nous devrions envoyer un message à Armida ; ils nous attendent, lui rappela Jaelle. Il faudrait les prévenir que nous allons bien — que nous n'avons pas été assassinées sur la route ou autre chose de ce genre.

— Non, dit Magda, morose. Simplement assassinées à Thendara par les âneries bureaucratiques ! Nous les contacterons ce soir ?

— Tu les contacteras, Magda. Tu es bien meilleure télépathe que moi.

— Mais ils voudront des nouvelles de nous deux, dit Magda, et Jaelle hocha la tête.

— Ce soir, alors, quand tout sera silencieux.

Mais le soir, il y avait une cérémonie du Serment à la Maison. Magda et Jaelle ne connaissaient ni les nouvelles Renonçantes ni leurs mères de serment, mais elles ne pouvaient pas décemment s'abstenir de participer aux festivités dans leur propre Maison. Après, il y eut une petite réception, avec vin et gâteaux ; Magda, sachant ce qui l'attendait, but avec modération. Elle passa la plus grande partie de la soirée avec Camilla et Mère Lauria, et tomba d'accord avec elles pour trouver que les nouvelles Renonçantes avaient l'air bien jeunes. Celle qui venait de prononcer le Serment, et ses amies qui en avaient été témoins, semblaient encore des enfants. Elle et Jaelle étaient-elles si jeunes à l'époque ? En plus de la mère de serment, on choisissait toujours une femme plus mûre comme témoin de la cérémonie, et il lui sembla incroyable que Doria fût cette femme, qui avait quinze ans quand Magda avait partagé sa période de réclusion avec elle.

Rafaella était là et passa toute la fin de la soirée à parler avec Jaelle ; Magda trouva naturel que Jaelle recherche la compagnie de sa vieille amie et associée, mais, voyant Rafi boire en abondance du vin blanc des montagnes, elle espéra que Jaelle ne se laisserait pas entraîner. Il était tard quand elles purent s'esquiver vers la chambre qu'elles partageaient — mais c'était aussi bien. L'atmosphère était plus tranquille, la nuit, quand tout le monde dormait ; dans les Tours, l'essentiel du travail des matrices s'effectuait entre le coucher et le lever du soleil.

— De quoi te parlait Rafi ?

— D'un nouveau projet pour la Cartographie et Exploration — un relevé de terrain dans les montagnes. Elle voulait que je lui promette d'y participer.

Jaelle ôta ses bottines d'intérieur et délaça sa tunique, l'air déçu. Magda s'assit sur le lit pour se déshabiller aussi.

— Tu as promis ?

— Je ne pouvais pas. Je lui ai dit que je devais te consulter, de même que nos amis de la Tour. Je crois qu'elle ne sait pas que nous avons échangé le serment d'union libre, et je n'ai pas eu l'occasion de le lui dire.

— C'est peut-être aussi bien.

— Tu l'as dit à Camilla.

— Mais Camilla n'est pas jalouse. Rafaella et moi, sommes parvenues à un compromis de co-existence mutelle — nous arrivons même la plupart du temps à nous supporter facilement — mais elle est jalouse de notre amitié, Jaelle.

— Rafi et moi n'avons jamais été amantes, Margali. Du moins pas depuis mon enfance. Ça n'a jamais été bien loin. Et maintenant, Rafi n'aime que les hommes. Ce qu'il a pu y avoir entre nous quand nous étions très jeunes ne me semble pas avoir la moindre importance, et je ne crois pas que ce soit différent pour elle.

Jaelle, debout pieds nus sur le sol glacé, frissonna, et enfila vivement sa chemise de nuit.

— Ce n'est pas de ça qu'elle est jalouse, dit Magda, étonnée que Jaelle ne le réalise pas. Ce qu'elle envie, c'est que nous travaillons ensemble, que nous partageons le *laran*. Car c'est le lien le plus intime de tous.

Elle se hâta de revêtir sa chemise de nuit et sa robe de chambre, car la Maison n'était pas bien chauffée le soir.

— Veux-tu monitorer, Jaelle ? Ou préfères-tu que ce soit moi ?

— Je m'en charge. C'est ce qui convient le mieux à mon niveau.

Jaelle ne se faisait pas d'illusions sur ses capacités télépathiques. Elle avait passé la moitié de sa vie à bloquer son *laran*, et ne s'était soumise à l'entraînement que lorsqu'elle n'avait plus pu l'exclure de sa conscience. Maintenant, elle ne pouvait prétendre qu'à un niveau moyen, suffisant, selon l'expression consacrée en parlant des télépathes non-entraînés, pour ne pas être un danger pour elle ou pour les autres.

Jaelle faisait partie intégrante, et en était heureuse, du groupe de télépathes librement associés, qui travaillaient en dehors des structures normales des travailleurs des matrices ténébrans, et qui, par défi, s'étaient donné le nom de Tour Interdite. Mais elle ne serait jamais assez compétente pour prétendre au titre de mécanicienne ou technicienne des matrices. Parfois, en regardant Magda, née Terrienne, et devenue une des plus habiles techniciennes, elle regrettait douloureusement d'avoir rejeté son héritage sans espoir de le recouvrer.

Elles portaient toutes les deux de chaudes pelisses et des pantoufles doublées de fourrure. Le travail psychique draînait la chaleur corporelle. Si le télépathe restait trop longtemps au niveau astral qu'on appelait le surmonde, il pouvait être victime de douloureuses gelures.

Jaelle prit sa matrice dans le sachet de cuir suspendu à son cou, et la débarrassa de son enveloppe de soie. La pierre bleue, pas plus grande que l'ongle de son petit doigt, luisait doucement, traversée d'éclairs pâles.

Elle dit tout haut, bien que ce ne fût pas vraiment nécessaire, car, dès le moment où Magda avait sorti sa matrice, elles avaient été en contact :

— Accordons les résonances...

Magda prit d'abord conscience de la chaleur et de la masse du corps de Jaelle, bien qu'elle ne la regardât pas ; les yeux fixés sur sa matrice, elle ne voyait que les lumières mouvantes de la pierre. Elle perçut les champs d'énergie vivante de Jaelle, la pulsation des courants vitaux. Puis, délicatement, elle commença à accorder les vibrations de sa pierre à celles de Jaelle, sentant un point de — chaleur, lumière, énergie indéfinissable circulant dans la pièce ? Non, rien de si tangible. Elle sentit les battements de son cœur s'altérer un peu, s'accordant aussi aux énergies des deux pierres, et elle sut que son sang coulait dans ses veines et ses artères à la même cadence que celui de Jaelle.

Elle sentit, comme une main passant sur son corps, Jaelle qui la monitorait, la sondant pour s'assurer que tout allait bien dans ses membres et ses organes avant d'en retirer sa conscience, ayant tout remarqué, même l'écorchure qu'elle s'était faite à la cheville en glissant sur une pierre l'autre jour, même ses sinus légèrement bouchés — elle devait avoir rencontré quelqu'un au Q.G. aujourd'hui, à qui elle était légèrement allergique ; elle le remarqua quand Jaelle manipula les énergies pour dégager l'occlusion.

Elles ne parlèrent ni l'une ni l'autre, mais communiquèrent dès que Jaelle eut terminé.

Prête ?

Je sors de mon corps.

Magda laissa sa conscience se glisser hors de son corps, puis, baissant les yeux, se vit, apparemment inconsciente, allongée sur le lit qu'elles partageaient. Jaelle, emmaillottée dans une couverture, était assise près d'elle. Elle pensa incongrûment : *Cette vieille robe de chambre devient vraiment trop minable ; il m'en faudra bientôt une autre. Dommage que je déteste tellement la couture.*

Elle aurait pu en réquisitionner une dans les magasins du Q.G., mais elle avait vécu trop longtemps à la Maison de la Guilde pour trouver cela acceptable.

Puis elle fut hors de la chambre, et se retrouva dans l'immense plaine grise et morne du Surmonde. Au bout d'un moment, Jaelle se dressa près d'elle. Comme toujours dans le Surmonde, Jaelle semblait plus petite, plus menue, plus fragile, et Magda se demanda, comme elle l'avait souvent fait, si ce qu'elle voyait était une projection de la façon dont se voyait Jaelle, ou le reflet de sa pensée à elle, qui s'était toujours sentie protectrice à l'égard de Jaelle, comme si elle était plus jeune et plus faible.

Autour d'elle s'étendait la grisaille à perte de vue dans toutes les directions, pâle et informe. Au loin, des silhouettes flottaient. Certaines, Magda le savait, étaient comme elles des visiteurs des niveaux non physiques d'existence ; d'autres étaient simplement sortis de leurs corps par hasard, en rêve ou dans la méditation. Elle n'en voyait aucune avec netteté, car elle n'avait pas encore fermement défini sa voie.

Maintenant, dans la pénombre semblable à celle de la brume qui se disperse, elle distinguait de faibles repères dans la grisaille. D'abord et avant tout, elle vit une structure brillante, se dressant sur la plaine, qu'elle reconnut pour l'idée-forme appelée la Tour Interdite — abri dans le néant du monde astral. C'était son foyer, son foyer spiriuel, partagé avec ceux qui comptaient plus pour elle que ses sœurs de la Guilde elles-mêmes. Elle observait encore scrupuleusement toutes les obligations du Serment des Renonçantes ; elle était une Amazone Libre, non seulement en paroles mais en esprit. Mais la Maison de la Guilde ne pouvait plus satisfaire toutes ses aspirations.

Avec la rapidité de la pensée — car ce qu'elle imaginait dans le Surmonde devenait littéralement vrai — elle se retrouva debout près de la Tour. Immédiatement, elle fut à l'intérieur, dans ce qui lui apparut, dans les moindres détails, comme les appartements du premier de la Grande Maison d'Armida. Elle était venue si tard à ce travail qu'elle ne s'était jamais tout à fait habituée à la façon dont le temps et l'espace évoluaient dans ce plan.

Les quatre chambres étaient vides — elle les voyait toutes en même temps, d'une façon qu'elle ne s'expliquait pas — mais quelque part luisait la lumière bleue d'une matrice, celle de celui qui montait la garde. Puis, sans transition, Callista Lanart-Carr se dressa près d'elle.

Rationnellement, Magda savait que Callista n'était pas aussi belle dans la réalité que dans le Surmonde. Ici, elle voyait Callista par les yeux de l'esprit, par les yeux de son amour et de sa vénération pour cette femme qui était le centre du cœur et de l'esprit de la Tour Interdite. Dans la réalité (mais, après tout, qu'était la réalité, et qu'était l'illusion ?) — sur le plan de l'existence matérielle, Callista Lanart-Carr, autrefois Gardienne d'Arilinn, était une femme grande et frêle, ses flamboyants cheveux roux devenus presque gris bien qu'elle n'eût guère dépassé la trentaine, le corps avachi par trois grossesses, et le visage ridé par les soucis. Mais sur ce plan, au moins pour Magda, Callista avait conservé la beauté radieuse de sa jeunesse.

Magda savait qu'elle n'avait pas parlé, car la parole et les sons ne signifiaient rien ici. Il lui sembla que Callista l'accueillait par un cri de joie.

— Magda ! Jaelle ! Nous vous attendions...

Soudain, elles furent entourées par tout le Cercle de la Tour, Ellemir, Andrew et Damon, vivement tirés de leur sommeil et de leurs rêves. Kieran, le frère de Damon, était là également, avec son fils Kester, et Dame Hilary Castamir-Syrtis, qui, comme Callista, avait autrefois été Gardienne d'Arilinn. Un instant, Magda et Jaelle eurent l'impression d'être l'objet d'une débauche d'affection, composée de toute la tendresse, de tous les baisers et étreintes qu'elles avaient jamais connus, sans limites de temps et d'espace, et cela dura très longtemps (en réalité, Magda savait que cela n'avait duré qu'une fraction de seconde.)

Enfin, à regret, ce flot d'amour se retira (mais Magda savait qu'il ferait toujours partie d'elle-même, toujours rassurant et renouvelé) et Ellemir dit :

— Mais mes amies, nous vous attendons depuis une décade ! Je sais que le climat est parfois rude à Thendara, mais je n'ai pas entendu parler de tempête, même dans le col. Que s'est-il passé ?

Une question humoristique de quelqu'un — Kester ? — demandant quels plaisirs de la grand ville, amis, amants, les avait retenues — quelque chose comme une vive réprimande de Damon pour cette indiscrétion — l'étonnement mal dissimulé d'Ellemir que quoi que ce soit pût garder des mères loin de leurs enfants — une étreinte d'Andrew à Magda, car il y avait entre eux quelque chose de spécial, le lien d'expériences partagées, plus fort que l'amour...

— Cholayna avait besoin de moi, et Jaelle est restée pour me tenir compagnie, leur dit Magda, puis elle leur communiqua rapidement l'histoire de l'avion perdu dans les Heller.

Quelque chose devait en avoir filtré dans le Surmonde.

Elle sentit la colère d'Andrew l'embraser comme une flamme, entourant les contours de son corps d'une aura rouge et orange ; elle le voyait parfois ainsi quand ils étaient tous deux dans leurs corps. Ici, c'était saisissant.

— On n'aurait pas dû te demander ça, Magda. *Au diable cette Anders, rien n'excuse cette demande. C'est bien des Terriens, avec leur maudit Besoin-de-Savoir, à tout prix. Ils n'ont aucune idée des besoins humains...*

— Tu es trop dur, Andrew. Cholayna m'a bien précisé que je pouvais refuser.

Andrew écarta l'objection.

— Et tu aurais dû. Je parie que tu n'as rien trouvé de valable.

— J'ai ramené Lexie, se défendit Magda. Elle aurait pu rester amnésique indéfiniment ! Et il y a plus.

Impulsivement, elle partagea avec Callista l'image qu'elle avait vue dans le cerveau de Lexie en se retirant.

Des silhouettes en longues robes noires, à capuchons rabattus. Un appel de corbeaux résonnant dans un silence plus profond que les profondeurs du Surmonde...

Elle sentit un instant que ce n'était pas tout à fait nouveau pour Callista.

J'ai parfois rencontré d'étranges leroni *dans le Surmonde*, dit Callista, les incluant tous. *Pas souvent, et fugitivement. Une fois, quand j'étais très malade* — son esprit recula devant le souvenir des épreuves subies pour devenir Gardienne d'Arilinn — *et de nouveau quand j'étais piégée sur d'autres plans du Surmonde et que je ne pouvais rien contacter de familier. Je me rappelle les cris d'étranges oiseaux, et des formes sombres, et c'est tout. Ton amie — Alexis ? — si, dans cette extrémité, elle s'est téléportée à partir de l'avion en chute, elle a peut-être traversé d'étranges lieux du Surmonde. Vraiment, je ne crois pas qu'il faille chercher davantage, Margali.*

— Mais, et l'avion abattu ? On n'en a pas retrouvé trace...

— J'ai une théorie à ce sujet, dit Damon.

Et elle ressentit la sensation familière de chaleur, force, protection (*leur Gardien, plus proche qu'un amant, la personne autour de laquelle s'était édifiée la Tour Interdite, le seul homme des Domaines qui avait eu le courage de le faire, qui avait rendu leurs pleins pouvoirs à Callista et Hilary, malgré les lois interdisant à une Gardienne déchue de se servir jamais de son* laran, *Damon, leur abri et leur force, leur amant et leur père tout ensemble*)...

Et de nouveau ce contraste entre ce qu'était Damon dans la « réalité », et son apparence dans le Surmonde : dans la vie, Damon était un petit brun insignifiant, aux cheveux grisonnants et aux yeux fatigués, qui accusait son âge — il avait vingt ans bien comptés de plus qu'Andrew, lui-même un peu plus âgé que Callista et Ellemir. Mais ici, où les choses de l'esprit se manifestaient, Damon semblait grand, fort et imposant, comme un guerrier. Et il avait fallu un guerrier pour résister au pouvoir de Léonie Hastur, qui gouvernait les Tours de la même main de fer que son frère jumeau, Lorill Hastur, gouvernait les Domaines. Damon avait vaincu Léonie, au cours d'une bataille psychique contre des forces supérieures, et avait gagné le droit d'établir ce qu'ils appelaient maintenant, par défi, la Tour Interdite.

— J'ai une théorie sur la disparition de cet avion, dit Damon. Si cette Anders a véritablement fait appel à un don psi latent et s'est téléportée — et ce n'est pas impossible, j'ai vu Callista le faire quand nous étions prisonniers des hommes-chats — l'énergie nécessaire devait venir de quelque part. Elle n'avait pas de matrice, naturellement.

Les pierres-matrices étaient des cristaux ayant la curieuse propriété de transformer les ondes cérébrales en énergie sans sous-produits de transition.

— D'une façon ou d'une autre, quand elle a trouvé la force de se téléporter, elle s'est servie de la masse de l'avion pour produire l'énergie nécessaire. Cette énergie ne pouvait pas venir de nulle part, après tout. En fait, elle a désintégré et atomisé l'avion, et utilisé cette immense énergie pour effectuer sa téléportation. Pas étonnant qu'on n'ait pas retrouvé l'avion, même avec les satellites. Il n'existe plus. Il est désintégré.

— Je trouve que c'est un peu tiré par les cheveux. Damon, objecta Andrew. Où aurait-elle trouvé la force, sans parler des connaissances, pour faire ça ? Si elle était une technicienne psi, même issue d'un autre monde ou d'une autre tradition, je suppose qu'elle aurait pu réussir. Mais une complète novice — sans doute aveugle mentale ? C'est inimaginable. Il lui aurait fallu de l'aide.

— Peut-être qu'elle a reçu de l'aide de ces étranges *leroni* dont parlait Callista ; et qu'elle les a rencontrées en traversant un certain endroit du Surmonde, suggéra Kieran.

— Quelle importance ? dit Ellemir, pratique.

Elle était toujours la plus pragmatique.

— L'avion a disparu, reprit-elle, et je suppose que le comment et le pourquoi n'ont guère d'importance, sauf si les Terriens se mettent dans la tête de monter une opération de sauvetage pour savoir s'il y a un enregistrement dans — comment appelez-vous cela, la boîte noire ? — de ce qu'elle a repéré au-delà du Mur-Autour-du-Monde.

— Je leur souhaite bien du plaisir, dit Andrew, ironique. J'ai travaillé pour la Carto-et-Explo. Il n'y a rien là-bas. Absolument rien.

— Qu'ils aillent voir, dit Dame Hilary avec l'équivalent d'un haussement d'épaules. Ça les occupera. Certains Terriens sont des gens remarquables, dit-elle embrassant Andrew et Magda dans un regard affectueux, mais que nous importent les recherches folles qu'ils peuvent entreprendre ? Quand revenez-vous, mes chères sœurs ? Vous nous manquez. Et les enfants...

Elle s'interrompit, car leur petit groupe venait de s'enrichir de deux nouvelles arrivantes.

Kiha Margali — Magda eut l'impression qu'on la tirait doucement par le bras, et Cassilde, adolescente de quatorze ans, blonde aux yeux bleus, se jeta dans ses bras.

Magda sentit la surprise du cercle. Aucun d'eux ne savait que la fille aînée de Callista avait accès au Surmonde. En général, les jeunes enfants avaient peu de *laran* — mais Cassilde approchait de l'âge où le *laran* pouvait se manifester d'un jour à l'autre.

— *Est-ce que je rêve, Maman ? Kiha — est-ce que je rêve ? Ou êtes-vous tous là réellement ?*

— Peut-être que tu rêves, *chiya*, dit doucement Damon, et une fois de plus, sa pensée les embrassa tous dans une même étreinte. *Mais elle est assez grande ; il faudra commencer à l'entraîner correctement.*

Mais alors même qu'ils incluaient la jeune Cassie dans leur embrassement chaleureux, ils entendirent un cri réclamant l'attention.

Maman ! Je t'ai tellement appelée, et tu es venue...

Jaelle prit Cleindori dans ses bras, mais la confusion de l'enfant les étonna tous. Cassilde, à l'aube de la puberté, pouvait très bien avoir trouvé l'accès de ces plans non-matériels de la pensée et de l'esprit ; mais que Cleindori en eût fait autant à cinq ans, c'était prématuré.

Cassie, même si tu as le talent de venir ici, tu n'aurais pas dû essayer avant de savoir comment te protéger, l'admonesta doucement Callista ; et Andrew ajouta, de son ton le plus tendrement paternel : *et même si tu peux venir ici, ma chérie, tu n'aurais pas dû amener Cleindori avec toi.*

— Mais je ne l'ai pas amenée... commença Cassie, tandis que Cleindori protestait avec véhémence :

— Cassie ne m'a pas amenée, je suis venue toute seule. J'adore Tante Ellemir, mais c'est toi que je voulais,

Maman, et ça fait si longtemps que tu étais partie ! Je t'ai appelée, et tu es venue ; et moi aussi je peux venir ici sans Cassie, je viens souvent, je peux même amener Shaya. *Regarde !*

Et Magda vit sa petite Shaya, en longue chemise de nuit, les cheveux tout ébouriffés par l'oreiller ; elle dit d'une voix endormie :

— Maman ?

À demi incrédule, Magda prit sa fille dans ses bras. Leurs corps étaient séparés par trois jours de voyage, mais elle avait l'impression de serrer sa fille sur son cœur, de sentir la tiédeur de son petit corps, et le poids léger de sa tête sur son épaule. Comme elle lui avait manqué ! Mais Shaya, pour sa part, n'était ici qu'en rêve. Elle se réveillerait le lendemain, se souvenant qu'elle avait vu sa mère en songe ; Magda espérait qu'elle ne pleurerait pas.

— En voilà assez, dit Ellemir avec autorité. Nous savons ce que tu peux faire, Cleindori, mais c'est défendu. Ramène immédiatement Shaya dans son lit. Et toi, Cassie, retourne dormir ; tu n'es pas assez forte pour rester si longtemps hors de ton corps. Demain, si personne d'autre ne s'en occupe, je te promets de t'apprendre correctement comment faire. Mais pour le moment, va te coucher.

Cassie s'évanouit. Mais Damon prit doucement Cleindori dans les bras de sa mère.

— Écoute-moi, ma fille. Tu n'es encore qu'une toute petite fille, mais puisque tu es venue nous rejoindre, c'est que tu es assez grande. Tu sais où tu es, *chiya* ?

— C'est le monde gris. Je ne sais pas comment tu l'appelles. Je crois que c'est l'endroit où je vais quand je rêve ; c'est ça ?

— C'est ça, et bien davantage, mon petit. Tu y étais déjà venue ?

Cleindori répondit, très concentrée, cherchant ses mots :

— Je ne me rappelle pas un moment où je ne pouvais pas venir. Je suis toujours venue ici. Je crois que j'étais ici avec Maman et Shaya avant d'être née. Quand Taty Ellemir m'a expliqué comment venaient les bébés, avant la naissance de Shaya, j'ai été étonnée, parce que je croyais qu'ils venaient du monde gris. Parce que je parlais souvent avec Shaya avant qu'elle soit un bébé. Elle était grande, ici, et tout d'un coup elle était un bébé et elle ne pouvait plus me parler sauf quand nous étions *ici*.

Miséricordieuse Evanda ! pensa Magda. À sa façon enfantine, Cleindori venait d'exposer une théorie métaphysique qui la dépassait et sans doute les dépassait tous, sauf, peut-être, Damon et Callista qui avaient étudié ces choses.

En tout cas, Damon la comprit. Il serra l'enfant sur son cœur en disant :

— Mais dans le monde d'en bas, tu n'es qu'une toute petite fille, ma chérie, et ton corps n'est pas assez fort pour rester longtemps ici. Tu te rappelles quand Tante Margali t'a dit que Shaya ne pouvait pas manger de gâteau aux noix avant d'avoir des dents ? Eh bien, ton corps n'est pas encore assez fort pour venir ici, Dori. Tu ne dois pas le quitter avant de savoir exactement comment faire. Tu ne peux venir ici qu'en rêve, mon petit ; et surtout, il ne faut pas amener Shaya avant qu'elle soit capable de venir sans ton aide. Tu te rappelles le jour où tu as voulu aider un poussin à sortir de sa coquille ?

Elle hocha la tête, très grave.

— Oui, j'ai voulu l'aider, et il est mort.

— Alors, tu sais pourquoi il ne faut pas aider Shaya à faire ce qu'elle ne peut pas faire avant d'être assez grande. Tu peux lui demander de rêver avec toi, mais pas plus.

— Mais quand nous rêvons, nous ne pouvons pas rester ici assez longtemps.

— Non, mais c'est assez longtemps pour vos forces et cela ne vous fera pas de mal. Il ne faut pas venir ici, sauf en rêve, ma fille. Tu me le promets ?

Elle regarda Damon bien en face, et Magda, toujours en rapport profond avec Damon vit ses yeux, et ce n'étaient pas du tout des yeux d'enfant.

Puis Cleindori dit avec une docilité inhabituelle :

— Je promets, Papa.

— Alors, sauvez-vous toutes les deux, et retournez dormir, dit Damon, les encourageant du geste.

Les deux enfants s'évanouirent comme un rêve. Projetant plus loin sa conscience, Magda les vit toutes les deux dans leur lit, profondément endormies.

— Elle est trop précoce ! soupira Damon. Je savais qu'on en arriverait là, mais je ne pensais pas que ce serait si tôt.

Mais, avant qu'aucun d'eux n'ait pu pénétrer plus avant dans ses pensées, il les engloba de nouveau dans sa tendresse.

— Restez à Thendara aussi longtemps qu'il le faudra. Croyez-moi, nous surveillons mieux les enfants que vous ne pourriez le croire après cette expérience !

Le monde gris se dissolvait en volutes de brume. Magda sentit qu'elle s'en retirait, sachant que le Surmonde se fondrait bientôt dans le sommeil normal, et que cette rencontre lui laisserait le souvenir d'un rêve le lendemain matin. Un instant, elle se sentit serrée dans leurs bras. Dans la grisaille brumeuse, elle vit et embrassa brièvement Ferrika (la sage-femme était à l'autre bout du domaine, veillant une femme en travail, que son esprit conscient n'avait pas pu quitter un instant, même pour aller saluer ses sœurs), et aussi Colin de Syrtis, le mari de Dame Hilary (bref moment de douceur, réveillant une passion qui s'était éteinte avant même la naissance de Shaya) puis, de nouveau, en un instant suspendu entre le temps et l'espace, elle se retrouva face à face avec sa fille.

Un rêve...

Bien sûr, il existe un plan d'existence où Shaya n'est pas une enfant. Je ne dois pas l'oublier — je dois me rappeler toujours qu'elle est davantage que le bébé que j'ai tenu dans mes bras, caressé et choyé. Les mères qui l'oublient nuisent beaucoup à leurs enfants, se dit-elle. Puis tout disparut dans la grisaille informe, et elle se retrouva dans son corps vide à demi gelé.

Elle se rapprocha de Jaelle, se serrant étroitement contre elle pour se réchauffer. Un instant, excitée à un niveau qui dépassait le plan physique, car ce travail la laissait souvent survoltée, il lui sembla qu'elle aimerait faire l'amour avec sa compagne, mais Jaelle était déjà profondément endormie.

Nous n'avons pas besoin de ce contact physique, alors que nous avons ce lien spirituel.

Elle revécut l'exultation de ce moment où ils étaient tous autour d'elle, unis par ce lien le plus fort de tous.

Puis, avec une nostalgie à la fois douce et triste, elle souhaita pouvoir partager cette expérience avec Camilla.

Est-ce que nous faisons l'amour, Camilla et moi, parce que nous ne pouvons pas partager ces expériences ? Et pourquoi a-t-elle toujours refusé son laran ?

Avec quelque tristesse, elle se rappela ce que Damon venait de dire à Cleindori, et réalisa que c'était une leçon qu'elle ne devait pas oublier.

Sombrant doucement dans le sommeil, le vrai sommeil, Magda pensa : j'espère que je me rappelerai tout ça au réveil !

CHAPITRE 6

Quelques jours plus tard, Cholayna pria Magda de faire une petite conférence à de nouvelles recrues du Q.G. Elle accepta avec plaisir ; au moins, cela lui donnait l'illusion de s'occuper utilement.

Elle n'avait jamais été vraiment à l'aise quand elle devait parler en public — chose fréquente chez les Agents du Renseignement ; leur formation les préparait surtout à travailler dans l'ombre. Les nouvelles recrues la frappèrent par leur jeunesse ; elle eut du mal à se rappeler que la plupart étaient plus âgées qu'elle-même quand elle était partie en mission pour la première fois avec Peter Haldane.

Deux des jeunes femmes appartenaient au service Communications ; Magda y avait travaillé un certain temps lorsqu'il était encore trop difficile pour une femme d'agir en Agent indépendant dans une société aux rôles aussi rigidement définis selon le sexe. Deux autres faisaient partie de la Force Spatiale. Elle se demanda si ces femmes savaient, avant leur arrivée, qu'elles travailleraient uniquement dans les limites du Q.G. Trois étaient rattachées au département de Cartographie et Exploration, et trois autres au Renseignement même, le propre service de Magda.

— Et maintenant, dit Cholayna après quelques remarques préliminaires, je vous présente notre conférencière. Je suis sûre que vous la connaissez déjà de réputation. Elle a écrit pratiquement seule toute la documentation disponible concernant le travail sur le terrain sur cette planète. Magdalen Lorne du Renseignement Terrien.

Magda était si nerveuse qu'elle n'avait pas prêté attention à son auditoire, mais en s'approchant du groupe elle entendit un petit ricanement presque dédaigneux, et se demanda avec résignation pourquoi Lexie Anders avait choisi d'assister à cette réunion. Ces femmes ne connaissaient d'elle que la *Légende Lorne*, dont elle n'était pas responsable. Quoi qu'elle ait fait, à l'époque où elle l'avait fait, n'était que ce que n'importe laquelle aurait fait à sa place, pataugeant au jour le jour, de son mieux, pour accomplir la mission présente. Elle se demanda, avec quelque amertume, combien d'autres « légendes » n'étaient que les victimes des circonstances et du hasard.

Elle parla brièvement, arguant qu'elle ne pouvait guère leur faire un exposé impartial sur Ténébreuse ; c'était son monde natal, et elle avait eu la chance qu'on l'autorise à y rester. Elle les mit en garde contre certaines difficultés qu'elles rencontreraient en tant que femmes, et termina en les invitant à assister à une réunion de la Société de la Chaîne d'Union. Elle répondit à quelques questions des jeunes Agents de Renseignement, sur les langues et les coutumes ; mais quand les femmes du service Cartographie et Exploration posèrent des questions techniques sur la planète, elle répliqua d'un ton enjoué :

— Je suis certaine que le Lieutenant Anders vous répondra mieux que moi. C'est une spécialiste. Lexie — veux-tu pendre la relève ?

Elle laissa Alexis la remplacer, avec la conviction d'avoir fait son devoir. Si Lexie avait encore une dent contre elle, c'était son problème. On ne peut pas être aimée de tout le monde, et elle n'y était pour rien.

Pendant que Lexie répondait aux questions techniques, elle descendit à la cafétéria principale pour manger un morceau. De temps en temps, elle ressentait une violente envie de certaines nourritures uniquement disponibles dans la Zone Terrienne. Elle cherchait un siège du regard, son plateau à la main, quand une voix dit derrière elle :

— On ne te voit pas souvent ici, Mag. Tu as bonne mine. Qu'est-ce qui t'amène aujourd'hui ?

— Cholayna m'a demandé de parler à un groupe de jeunes recrues, répondit Magda, se tournant vers le Légat. Salut, Peter. Ça me fait plaisir de te voir.

— Si j'avais su que tu viendrais, je t'aurais demandé de t'arrêter à mon bureau ; je suis content de t'avoir rencontrée.

Peter Haldane lui prit son plateau des mains et la précéda à une table pour deux. Magda allait protester, puis se ravisant, elle se tut. Quoi que lui veuille le Légat, il valait mieux qu'il le lui dise ici sans cérémonie, qu'officiellement dans son bureau.

Il demanda, d'une voix assez contrainte :

— Et Jaelle — elle va bien ?

— Oui, très bien.

Après son divorce d'avec Magda, il avait été marié avec Jaelle, union brève et catastrophique qui n'avait duré que six mois. Longtemps après, Magda se sentait toujours gênée en présence de Peter. Après tout, elle et Jaelle s'étaient choisies d'une façon qui excluait complètement Peter lui-même, et peu d'hommes étaient capables de comprendre et de tolérer cela...

Mais bien du temps avait passé. Peter était maintenant redevenu l'ami de ses débuts, celui qui avait partagé une enfance sinon à jamais disparue. Comme elle, il avait été élevé parmi les Ténébrans avant la construction du Q.G. Terrien à Thendara. Depuis leur divorce, elle avait compris qu'elle avait épousé Peter parce qu'il lui semblait être la seule personne avec qui elle pouvait communiquer, et vice-versa. Tous leurs autres amis et connaissances étaient soient Ténébrans, soit Terriens, et définis par cette différence.

Mais cela s'était avéré insuffisant pour construire un couple. Néanmoins, ils étaient restés en bons termes malgré les directions différentes que leurs vies avaient prises.

Peter, comme elle, avait souffert tous les affres de fidélités conflictuelles. Cela devait lui conférer, espérait-elle, une plus grande compréhension pour les Terriens qu'il devait maintenant servir en sa qualité de Légat. D'ailleurs, sa nature le portait vers la diplomatie, et non vers le renseignement, et Magda l'avait compris avant lui.

Comme Lexie, il voulait toujours se mesurer à moi, pensa-t-elle, et vu que jamais personne n'avait accusé

Peter Haldane d'avoir la moindre trace de *laran*, elle fut éberluée quand il lui demanda :

— Tu connais le Lieutenant Anders, n'est-ce pas, Mag ?

— Certainement, dit-elle, renonçant à finir sa crème. Pourquoi cette question ?

— Je suppose que Cholayna t'a informée de la façon dont elle a partout semé la zizanie avec son histoire d'avion crashé ?

Elle haussa un sourcil interrogateur.

— C'est toi qui as donné l'idée à Cholayna de me convoquer comme technicienne-psi ?

Son air ahuri répondit pour lui.

— Toi ? Technicienne-psi ? Ça ne me serait jamais venu à l'idée. Mais j'en conclus que tu connais l'histoire ?

— Je sais que l'avion s'est abattu et qu'elle s'est retrouvée ici. Même avec un sondage cérébral, c'est tout ce que j'ai appris. Il y a autre chose que je devrais savoir ?

Peter répondit par une autre question :

— Alors, elle n'est pas venue te faire part de sa dernière folie ?

— Peter, je suis bien la dernière personne que Lexie viendrait trouver. Elle ne m'a jamais aimée. Je ne lui ai pratiquement jamais parlé, sauf le jour où Cholayna m'a demandé mon aide. Tout ce que je sais, c'est ce que j'ai appris ce soir-là.

— Eh bien, en un mot — Anders est convaincue qu'il y a une cité là-bas. Elle est certaine que ce qu'elle a vu avant son accident n'est pas une hallucination, une illusion radar ou un signal au sol mal interprété, mais une vraie cité. Pourquoi pas ? Toute planète colonisée de cette galaxie possède une installation que le Renseignement peut, si nécessaire, dissimuler aux radars et aux satellites. Pourquoi pas Ténébreuse ?

Magda réfléchit une minute.

— Je trouve ça inimaginable, dit-elle. Tu sais, et je sais, que les Ténébrans n'ont rien de pareil.

— Tu veux dire, rien de pareil *à notre connaissance*.

— Non, je veux dire, *rien de pareil*, un point c'est tout. Peter, je travaille dans un cercle de matrices depuis maintenant six ans. S'il existait quelque chose de semblable dans les Domaines, je le saurais, crois-moi.

— Et *en dehors* des Domaines ?

— Tes propres rapports-satellites le disent : c'est impossible ! Interroge n'importe qui aux Communications, ou à la Carto et Explo.

Il se mordit les lèvres.

— Tu veux dire, rien que nous puissions détecter. Mais comment sais-tu que nous pouvons tout détecter ? La technologie disponible sur Cottman Quatre ne le pourrait pas, non ? Mais cela ne signifie rien. Des agents officieux du Service Civil Impérial auraient pu installer une base pour une raison quelconque — l'extraction de minerais, par exemple, ou...

— C'est incroyable, tu parles là de Pirates de l'Espace ! dit-elle en riant.

Comme c'était prévisible, il en fut contrarié.

— Faut-il toujours que tu te moques de *tout* ce à quoi tu n'as pas pensé *toi-même* ?

— Si je me moquais, Peter, ce n'était pas de toi, dit-elle, reprenant son sérieux. C'est seulement... que ça me semble invraisemblable que des installations aient pu être édifiées sans être détectées par les satellites ou les capteurs spatiaux ; c'est difficile de croire à cette possibilité, bien que rien ne soit impossible, je suppose. C'est donc ce que croit Lexie ?

— Oui. Et elle veut organiser une expédition pour retrouver cette cité. Je pensais qu'elle t'avait peut-être contactée, parce que tu fais partie à la fois du Renseignement et des Amazones Libres, qui sont les meilleurs guides de montagne de la planète.

— Comme je te l'ai dit, Peter, je suis la dernière personne qu'elle contacterait.

— Mais si elle le faisait...

— Je lui dirais que c'est une idée complètement folle. Des années d'observations par satellite prouvent qu'il n'y a rien — d'accord, rien d'observable — en dehors des Domaines. Et je parie qu'il n'y a rien, un point c'est tout. Cette région doit être inhabitable depuis... bon, je ne suis pas spécialiste en géologie et mouvements tectoniques, mais... je dirais, certainement depuis un éon géologique. Sans doute depuis que les Heller ont surgi du fond de la mer. Quant à monter une expédition, la logistique serait pratiquement impossible, même avec toutes les ressources du Renseignement Terrien. Jaelle pourrait te parler mieux que moi des difficultés, mais j'en sais assez pour savoir que c'est impossible, et tu le sais aussi bien que moi.

Après tout, ils avaient travaillé ensemble sur le terrain, déguisés en Ténébrans.

— Pour commencer, il faudrait traverser les Heller, et dès qu'on a dépassé Nevarsin, on est en territoire inexploré. Au Renseignement, nous n'avons aucun Agent qui connaisse les chemins et les langues. Il y a des tribus d'hommes-chats là-haut, et… et Dieu sait quoi d'autre. Des banshees — peut-être des cultures non-humaines. Je ne pense pas que l'entreprise soit possible. En tout cas, moi, je ne l'entreprendrais pas.

Peter semblait sceptique.

— Si elle venait te trouver, qu'est-ce que tu lui dirais ?

— Crois-moi, Peter, elle ne viendra pas. De toute façon, Anders n'appartient pas au Renseignement, mais à la Carto et Explo.

Légalement, les Services de Renseignement n'étaient responsables que devant le Centre Impérial, alors que la Cartographie et Exploration étaient sous la seule autorité du Légat de la planète.

— Elle devrait avoir ton autorisation, pas celle de Cholayna. Et même si tu crois que Cholayna ferait quelque chose de la sorte derrière ton dos, elle enverrait un de ses propres Agents, pas Lexie.

Elle ignorait si elle avait convaincu Peter, mais il avait de bonnes raisons de savoir qu'elle ne lui avait jamais menti. Et il savait, espérait-elle, qu'elle ne lui mentirait jamais. Ils échangèrent encore quelques lieux communs, puis se séparèrent en bonne amitié. Mais tandis que Magda traversait la cité pour retourner à la Maison de la Guilde, elle se demanda si c'était la raison pour laquelle Lexie avait assisté à sa petite conférence.

Quelques jours plus tard, comme Magda quittait le Q.G., elle rencontra Doria aux grilles.

— Tu vas à la Maison ? Alors, je vais te tenir compagnie. J'ai un message de ma mère pour Jaelle n'ha Melora.

— Donne-le-moi, dit Magda, considérant le ciel. Ça t'évitera une longue marche sous la pluie.

Doria rougit légèrement.

— Excuse-moi — Rafaella m'a dit de le remettre en mains propres.

Magda haussa les épaules. À une époque, Rafaella avait été son amie, mais elle n'avait jamais pu compter sur elle. Elle s'habituait à penser à elle comme à une amie, même en forçant un peu la chose — puis découvrait sans avertissement que Rafaella se conduisait en ennemie. Mais comme elle respectait et admirait sincèrement Rafaella, elle l'acceptait comme amie de Jaelle, à défaut d'être la sienne.

Les deux femmes partirent d'un bon pas, leurs capuchons rabattus pour se protéger de la pluie.

— Tu restes encore longtemps en ville, Margali ?

— J'espère bien que non. Je n'ai vraiment pas grand-chose à faire ici. Je sais que Jaelle voudrait retourner travailler avec Rafi, et que ça plairait à Rafaella, mais c'est à elle de décider.

Elles débouchèrent sur la place où se dressait la Maison de la Guilde. Doria allait tirer la cloche quand la porte s'ouvrit, livrant passage à Keitha qui sortait comme une furie en jurant.

— Qu'est-ce qu'il y a, Keitha ?

— Doria ? Oh ! bon, ce n'est pas ta faute, mais la prochaine fois que je verrai ta mère...

— Quoi ? Mais qu'est-ce qu'il y a, Keitha ?

— Je loue un cheval à Rafaella, car je n'en ai pas, et parfois il m'en faut un quand je suis appelée en dehors des murailles. Je voulais faire un contrat en bonne et due forme, mais elle a dit non, qu'elle avait une douzaine de poneys à l'écurie, qui passaient leur vie à manger sans faire assez d'exercice, et que je pouvais en prendre un chaque fois que j'en avais besoin.

— Et c'est pour ça que tu es en colère ?

— Non, dit Keitha, mais je lui ai demandé de m'en louer un officiellement, pour éviter la situation d'aujourd'hui ! Maintenant, tous ses chevaux sont partis, et il faut que j'aille en louer un au marché ou partir à pied !

— Prends le mien, dit Magda. Tu sais lequel c'est, Keitha ? Le noir. Je n'en aurai pas besoin ce soir.

C'était un cadeau du père de Shaya.

— Merci, ma sœur de Serment.

Keitha rentra précipitamment dans la Maison, et elles la virent se diriger vers la porte du fond menant à l'écurie. Doria émit un sifflement de surprise.

— Tous les chevaux de Rafaella partis ? Je ne comprends pas ! Elle doit avoir conclu un contrat important et inattendu, si elle n'en a même pas laissé un pour Keitha. C'est vraiment désinvolte de ne pas l'avoir prévenue à l'avance !

Fronçant les sourcils, Doria partit à la recherche de Jaelle, pendant que Magda étendait sa cape, maintenant complètement trempée, sur un séchoir de la cuisine.

Le temps qu'elle sèche, les femmes commençaient à arriver à la salle à manger, et Magda aida à disposer les bols et les assiettes sur les tables. Quand tout le monde fut servi, elle se glissa à sa place habituelle près de Jaelle.

— Doria t'a donné son message ?

— Oui, mais je ne comprends pas ce que Rafi a en tête, dit Jaelle, l'air troublé. C'est bien la dernière chose à laquelle je m'attendais au bout de tant d'années. Nous ne sommes plus des gamines.

— Qu'est-ce qu'il y a, Jaelle ?

Voyant sa compagne si troublée, Magda renonça à sa résolution de ne pas se mêler de ses affaires.

— Le message ne comportait que quelques mots griffonnés à la hâte : *Il y a une lettre pour toi à notre ancienne cachette.* Ça remonte très loin en arrière, Magda — à l'époque où j'étais petite et pupille de Kindra. Kindra m'emmenait avec elle lors de ses longs voyages, et nous restions de longues périodes sans nous voir, Rafi et moi. Alors, nous avions une boîte à lettres secrète, chez le vieux sellier de la Rue des Quatre Vents.

Magda haussa les épaules.

— Pourquoi pas ? Je suppose que tous les enfants font la même chose à un moment ou à un autre.

— Rafaella n'était plus une enfant, elle était plus âgée que moi — mais, bon, je trouvais merveilleux qu'une grande joue avec moi. Rafi et moi, nous avons toujours été... très proches. Tu le sais.

— Oui, je le sais, dit Magda.

Sa sympathie était sincère, car, en sa qualité de Terrienne, isolée parmi des Ténébrans, elle avait toujours été une étrangère.

— Mais maintenant, nous ne sommes plus des enfants ; nous ne sommes même plus des jeunes filles ; je suis une adulte avec une fille à moi, et Rafaella est plus vieille que toi ! Pourquoi revenir à ces enfantillages ?

— Ne te fais donc pas tant de souci, Jaelle, dit Magda. Elle veut peut-être te faire des confidences, ou s'assurer que tu es toujours assez son amie pour faire quelque chose d'enfantin pour elle. Une façon de rétablir votre ancienne intimité, en quelque sorte. Elle croit toujours que je vais m'interposer entre vous.

— Et c'est ça qui est idiot et infantile ! dit Jaelle, toujours pâle et troublée. Nous ne sommes plus des enfants. Croit-elle vraiment qu'elle peut s'interposer entre des compagnes jurées ? J'en ai honte pour elle, Magda. Elle ne peut pas me vouloir de nouveau pour amante après tant d'années ! Et si elle ne comprend pas que je serai toujours son amie, alors elle est encore plus bête que je ne pensais.

— Ne t'en fais pas, la rassura Magda. Tu verras, c'est simplement quelque chose qu'elle voudra te dire en particulier.

— Mais elle devrait savoir que je respecte *toujours* ses confidences, ragea Jaelle. Je crains vraiment qu'elle ne se soit mise dans une situation impossible...

Magda haussa les épaules.

— Je ne crois pas. Si elle a quitté la cité emmenant tous ses chevaux, obligeant la pauvre Keitha à emprunter le mien...

— *Quoi ?*

— Jaelle, tu ne le savais pas ?

— Non. J'ai passé toute la journée à recopier de vieilles archives pour Mère Lauria. Le papier sur lequel elles sont écrites se désintègre parce que l'encre était trop acide à l'époque. Elles n'ont qu'une centaine d'années, mais elles tombent en pièces. Et comme je n'ai rien à faire ici, je me suis enfermée toute la journée à la bibliothèque...

Magda lui raconta brièvement l'histoire.

— Cet oubli ne ressemble pas à Rafi. Où a-t-elle la tête ?

Jaelle plissa le front, perplexe.

— Je crois que je devrais aller immédiatement chez le sellier, Magda.

— Ce soir ! Tu as perdu la tête ! dit Magda. Écoute la pluie et le vent qu'il fait dehors !

C'était une de ces tempêtes estivales soufflant des Monts de Venza et déchaînant sur Thendara des bourrasques de vent et de pluie, et parfois, même en plein été, des rafales de neige et de grêle. Jaelle fronça les sourcils, écoutant le vent qui plaquait les volets contre les fenêtres.

— Pluie ou pas, Rafi est dehors.

Elle repoussa son assiette sans toucher à son gâteau aux noix, et se dirigea vers le hall. Magda la suivit.

— Tu ne peux pas partir seule par ce temps, à cause d'une lubie de Rafaella...

Jaelle se retourna et lui saisit le bras.

— Alors, viens avec moi. J'ai l'impression qu'il y a un problème, Magda — un problème plus important que la jalousie de Rafi, ou son désir de reprendre nos jeux d'enfants.

Avec un soupir résigné, Magda hocha la tête et reprit sa cape à peine sèche. Camilla surgit dans le couloir derrière elles.

— Vous sortez ? Par ce temps ? Vous êtes folles !

Jaelle, les traits pâles et tirés, la mit au courant.

— Viens avec nous, Camilla. Tu es l'amie de Rafi, toi aussi.

— Autant qu'elle le tolère, dit Camilla.

Elle soupira et prit sa vieille cape à la patère en disant :

— Allons-y.

Le vent et la pluie s'engouffrèrent dans le hall quand les trois femmes sortirent dans la nuit.

CHAPITRE 7

Les trois femmes partirent d'un bon pas sous la pluie battante. Magda s'en voulait d'avoir laissé durer si longtemps les hostilités entre elles. Le petit visage triangulaire de Jaelle était caché par son capuchon, mais Magda crut y distinguer la pâleur de la colère.

Camilla marchait près d'elle, lugubre et silencieuse, leurs pieds clapotant dans les flaques et leurs capes claquant au vent. La place du marché était vide, transformée par la pluie en un lac sur les rives duquel se dressaient, fantomatiques, les échoppes bien fermées.

— Elle n'est pas là. La boutique du sellier est fermée, dit Camilla. Rentrons, Jaelle, ça peut attendre à demain.

— Je sais où habite le sellier.

Tournant les talons, Jaelle se dirigea vers une ruelle obscure. Échangeant un regard résigné, Camilla et Magda la suivirent.

Magda avait envie de secouer Rafaella à la faire claquer des dents. Et elle était furieuse contre Jaelle, qui, par amitié pour Rafaella, se ruait dans la Vieille Ville à cette heure indue.

Le vent glacial transperçait leurs capes et se faufilait dans leurs cous. Magda envoya une pensée à Keitha, qui chevauchait hors les murs. Mais Keitha devait être maintenant bien au chaud dans une maison, près d'un bon feu qui chauffait l'eau pour l'accouchement. Magda n'avait jamais eu le moindre désir d'être médecin ou même sage-femme, mais au moins, Keitha savait ce soir où elle allait et ce qu'elle ferait en arrivant. Et Magda ne pouvait pas en dire autant !

Jaelle s'arrêta devant une maisonnette délabrée, dit quelques mots à la personne qui répondit à la cloche, et, au bout d'un moment, une grosse femme parut à la porte.

— Mais c'est notre petite Jaelle, qu'est devenue bien grande maintenant ! Oui, ton associée t'a laissé une lettre, et je l'ai rapportée à la maison ; j'avais peur qu'on la mette dans un coin où je la retrouverais pas. Bon, alors, où est-ce que je l'ai mise ?

La femme fouilla dans ses vastes poches, comme une chouette ramassée sur elle-même pour lisser ses plumes.

— Ah, voilà — non, c'est la commande de Dame d'Amato pour sa nouvelle selle. Ça — oui, nous y voilà, *chiya*. Tu ne veux pas rentrer avec tes amies, pour te réchauffer près du feu, avec un bon verre de cidre et du gâteau, comme autrefois ?

Elle lui tendit une feuille crasseuse pliée en quatre et scellée à la cire rouge.

— Non, merci. Il faut que je tâche de rattraper Rafi avant qu'elle ait pris trop d'avance, dit Jaelle, se détournant, les lèvres pincées.

Elle essaya de parcourir la lettre, mais il faisait trop noir.

— Par ici.

Camilla saisit Jaelle par les épaules et la pilota vers une flaque de lumière s'échappant de la porte d'un débit de vin au coin de la rue. L'endroit bourdonnait de conversations, bondé de mercenaires et de Gardes ; certains saluèrent Camilla d'un signe de tête ou de quelques mots, mais aucun n'essaya de faire obstacle à la grande *emmasca* qui conduisit ses amies au fond de la salle. Une grosse lampe se balançait au-dessus de la table. Jaelle ouvrit la bouche pour protester, mais Camilla la calma d'un mot.

— Je suis connue ici. Personne ne nous importunera. Assieds-toi et lis ta lettre, Shaya.

Elle salua de la tête la serveuse potelée qui s'approchait vivement.

— Juste du vin chaud et de la tranquillité, Chella.

Camilla jeta une pièce sur la table, et la femme s'éloigna pour remplir sa commande.

— Elle ne paye pas de mine maintenant, dit-elle à Magda, mais tu aurais dû la voir il y a dix ans. Elle avait la peau blanche comme de la crème, et le cou le plus doux que j'aie jamais essayé de mordre. Des cheveux qui lui tombaient jusqu'aux reins, et d'une couleur... qui donnait envie de les couvrir d'argent. Et elle le savait, tu peux me croire. Mais c'est une brave fille malgré tout.

La femme, revenant avec le vin chaud, pouffa et effleura doucement la main de Camilla. Camilla lui sourit en disant :

— Une autre fois, Chella. Mes amies et moi, nous avons à parler. Veille à ce qu'on ne vienne pas nous tenir compagnie, veux-tu ?

Jaelle rompit le sceau et avança sa lettre sous la lampe. Elle se mit à lire, fronçant les sourcils, et dit enfin :

— Elle est folle à lier.

Elle jeta la lettre à Magda.

À regret, Magda prit la feuille et lut :

Chère Shaya,

Voilà assez longtemps que j'essaye de te convaincre de revenir travailler avec moi. Maintenant, il est temps de cesser d'en parler et de passer à l'action. Je laisse ce message à notre ancienne boîte aux lettres, pour te rappeler le bon vieux temps, mais il s'agit d'une affaire sérieuse. Nous aurons peut-être même l'occasion de faire cette expédition spéciale dont nous parlions. Le lieutenant Anders croit qu'elle se sert de moi pour la grande découverte qu'elle *pense* pouvoir faire, mais en fait, c'est le contraire. Mais je lui en donnerai pour son argent, et toi aussi.

Tu te rappelles la légende que Kindra nous racontait quand nous étions petites ? Sur la cité secrète des Heller, où une ancienne Sororité veille sur l'humanité ? Il y a une possibilité que ce ne soit pas qu'une légende. La légende disait, tu te rappelles, que si on arrivait à trouver son chemin jusqu'à cette cité et qu'on soit suffisamment vertueux, les sœurs vous enseigneraient toute la sagesse de l'univers. Je me soucie comme d'une guigne de la sagesse, et je ne suis sans doute pas assez vertueuse pour être qualifiée.

Ce pourrait être une aventure dangereuse, mais les légendes sont toutes d'accord sur un point : les sœurs n'interfèrent pas, ou n'ont pas le droit d'interférer dans les affaires humaines, et si on les trouve, leurs lois leur interdisent de tuer. Leur cité est censément pleine de cuivre, d'or et d'antiques livres de sagesse. On dit que toute la sagesse des *cristoforos* vient d'eux, mais que les *cristoforos* n'en connaissent qu'une petite partie. Pourtant, tout le monde prétend que les *cristoforos* sont les gardiens de toute la sagesse du monde !

Je n'ai pas besoin de te dire ce que je vais faire. La Terrienne veut des informations pour le Q.G., qui, pense-t-elle, la rendront célèbre. Quant à moi, je m'intéresse uniquement à toutes ces pièces de cuivre et d'or. Oublie la sagesse. Si je trouve cette cité et que j'en revienne, je te garantis que j'aurai autre chose à montrer que de vieux bouquins et de belles paroles. Mais j'ai besoin de ton aide. Je ne peux pas faire ça toute seule, et il n'y a plus beaucoup de sœurs de la Guilde sur qui je puisse compter, à part toi.

J'ai besoin de provisions, de vêtements ultra-chauds, de quelques chevaux et bêtes de bât supplémentaires. Essaye de persuader deux sœurs de se joindre à nous — pas des saintes nitouches comme Doria ou Keitha, mais des filles qui savent voyager, vivre à la dure, et suivre les ordres. Et quoi que tu fasses, ne cours pas prévenir Margali ! Pour une fois, ma chérie, garde quelque chose pour toi. N'oublie pas ta vieille associée — et amène tous les chevaux et les provisions que tu pourras trouver. Le voyage sera dur, mais, crois-moi, il en vaudra la peine. Pense à rendre ta fille indépendante de son père, même si elle *est* Comyn !

Je t'attendrai trois jours à l'endroit où nous avions dû égorger les chervines avec Kindra. Ne me laisse pas tomber ! Mets-toi en route immédiatement, pour que nous puissions atteindre la Kadarin avant le mauvais temps.

Je te connais, et je sais que tu as la nostalgie du voyage. Je t'attendrai, ma Sœur de Serment ! Je t'embrasse,

Rafi.

Magda jeta la lettre sur la table et prit la chope de vin chaud que la serveuse avait posée devant elle.

— Ce n'est pas Rafi qui est devenue folle, c'est Lexie Anders, dit-elle.

— Toutes les deux, sans doute, dit Camilla.

Elle prit la lettre et dit, regardant Jaelle :

— Tu permets ?

— Je t'en prie.

Camilla lu la lettre en émettant de petits grognements dédaigneux. Elle dit enfin :

— Des légendes ! Pourquoi ne pas partir à la recherche de la Cité Cachée, celle où des fruits confits poussent sur des arbres en pain d'épices... Je croyais que Rafi avait plus de bons sens.

— Elle va au-devant de problèmes terribles, dit Magda. Bien sûr, c'est Lexie Anders qui en portera la responsabilité, mais ça ne veut pas dire que Rafi s'en sortira indemne. Même si un tel endroit a jamais existé...

— Il existe peut-être toujours, dit inopinément Jaelle, et Magda se tourna vers elle.

— Tu n'as jamais dit ça quand Callista et moi parlions des étranges *leronyn* de certaines parties du Surmonde...

— À dire vrai, Magda, je n'avais pas fait le rapport entre les deux. Je ne m'étais jamais représenté les Sœurs de la Sagesse en longues robes noires entourées d'appels de corbeaux. Quand j'étais petite, la première fois que j'ai entendu parler de la Sororité à la Maison de la Guilde, je me demandais si elles venaient de la Cité Cachée. Kindra m'en a parlé une ou deux fois en voyage — c'était une cité habitée par des femmes pleines de sagesse, peut-être descendantes des prêtresses d'Avarra. On dit que la cité est située sur une île, ou y était située autrefois, quand le climat était différent d'aujourd'hui. Et que si on la trouvait, les sœurs devaient vous laisser entrer. Elles peuvent vous dire tout ce que vous voulez savoir — comment faire fortune, si c'est ce qui vous intéresse, ou comment trouver la sagesse, si tel est le but de votre vie, si c'est vraiment *ça* que vous recherchez. Kindra disait qu'elle avait connu des femmes qui y étaient allées, alors, il ne m'est jamais venu à l'idée que c'était une légende. Si on met toutes les histoires ensemble, il y a peut-être quelque chose de vrai. Ça ne veut pas dire que je croie cet endroit *accessible*.

D'après Kindra, elles feraient n'importe quoi pour empêcher qu'on les trouve. N'importe quoi, sauf tuer ; Camilla a raison sur ce point. Et si on les trouvait vraiment, elles étaient obligées... oh, ça n'a pas de sens ; je n'imagine pas pourquoi les Terriens iraient se mêler de ça, et, même dans l'affirmative, ce que Rafi aurait à y faire !

Magda dit, la mort dans l'âme :

— J'ai bien peur que tout ça soit de ma faute. Je crois que Lexie ferait n'importe quoi pour me supplanter, pour laisser sa marque dans le Renseignement, par un exploit que je ne pourrais pas égaler. Je jure que je n'ai jamais eu l'intention de devenir une légende ; je ne recherchais même pas la gloire ! Elle m'a accusée de tout accaparer, et de ne rien laisser pour les autres...

— Elle est folle, dit Camilla. Tu as fait ce que les circonstances exigeaient. Si elle n'arrive pas à comprendre que tu n'es pas en concurrence avec elle...

C'était quelque chose de très différent qui troublait Jaelle.

— Si elle fait ça, Rafaella se fera blackbouler par les Terriens. Elle ne travaillera jamais plus pour eux. Et qu'arrivera-t-il au Lieutenant Anders, Magda, si elle s'obstine malgré l'interdiction officielle ?

— Le mieux qu'elle puisse espérer, c'est d'être expédiée hors-planète, dit Magda. Au pire, elle pourrait être radiée du service, et ce serait bien fait. À moins qu'elle ne fasse une découverte si spectaculaire pour la Carto et Explo qu'on ferme les yeux sur sa désobéissance aux ordres — et c'est sans doute ce qu'elle espère. Ça s'est déjà vu dans l'histoire du service. Peter m'a dit qu'elle pensait à cette expédition, mais je lui ai dit que c'était pratiquement impossible, même avec toutes les ressources de l'Empire Terrien derrière elle.

— Et à l'évidence, dit Camilla, elle ne les a pas. C'est sans doute aussi bien. Les Terriens ne sont pas les bienvenus dans les Heller, et une grosse expédition ne trouverait rien du tout. Mais une demi-douzaine de femmes, bien approvisionnées, avec de la chance et du beau temps, pourraient réussir. Kindra disait toujours qu'elle aimerait tenter l'aventure, Jaelle, mais quand elle t'a prise comme pupille, elle a attendu que tu grandisses, et elle est morte avant que l'occasion ne se présente.

Au bout d'une minute, Camilla ajouta :

— Rafaella doit le savoir ; c'était sa cousine. Mais je suis étonnée qu'elle emmène une Terrienne pour un tel voyage.

— Pas moi, dit Magda. Les Terriens ont les ressources, les cartes, l'argent et ainsi de suite, pour monter une telle expédition. Si, depuis tant d'années, Rafaella n'a trouvé personne, même à la Maison de la Guilde, pour tenter l'aventure, ça ne m'étonne pas qu'elle ait sauté sur l'occasion quand une femme de l'Empire la lui a proposée. Ce qui m'étonne, en revanche, c'est que Lexie entraîne Jaelle dans cette tentative. À ta place, je demanderais des preuves qu'il s'agit d'une réalité, et pas seulement d'une vieille légende.

Mais Lexie avait-elle pu fournir davantage de preuves que ce que Magda avait vu dans son esprit ? Soudain horrifiée, Magda réalisa qu'elle était jalouse ; qu'elle pensait : *les Terriens n'auraient pas dû interdire cette expédition ; ils auraient dû me la confier, à moi, Magdalen Lorne !* Après tout, elle était la première femme à avoir été en mission secrète sur Ténébreuse. Si une opération de cette importance se préparait, quel droit avaient-ils de laisser Lexie s'en charger ?

Magda fut choquée de ses pensées. C'était cela même qui avait provoqué l'hostilité de Lexie Anders. Et loin de lancer Lexie à la recherche excitante d'une cité légendaire, Peter Haldane lui en avait expressément refusé l'autorisation.

Mais était-ce bien sûr ? Peut-être que rappeler Magda, avec l'interdiction émanant du bureau du Légat de se lancer dans ces recherches, serait la couverture parfaite pour les effectuer.

Et était-ce seulement moral de la part de Magda, qui avait prêté serment à la Guilde, d'aider des Terriens à trouver le secret féminin le plus jalousement gardé de Ténébreuse ?

Non, c'était insensé, elle ne faisait qu'ajouter foi aux absurdes allusions de Marisela à une sororité mystérieuse et à des secrets cosmiques.

— Je ne sais pas pourquoi je m'inquiète, dit-elle. C'est impossible. Suicidaire. Même avec de la chance et du beau temps — et ni l'un ni l'autre n'est facile à trouver dans les Heller — c'est impossible.

Et même si c'était possible, même si Cholayna l'avait convoquée pour lui demander de partir, elle aurait refusé.

— Totalement impossible, répéta-t-elle, d'un ton qu'elle voulait convaincu.

— Pour ça, je ne sais pas, dit Camilla. En supposant que Kindra avait raison et qu'un tel endroit existe — si quelqu'un a jamais réussi à l'atteindre, cela peut se refaire. Mais je ne crois pas que Rafi puisse réussir. Toi, oui, Jaelle. Ou moi, autrefois. Mais j'ignore si tu en aurais encore le courage, après sept ans de vie facile à Armida.

Magda dit avec colère :

— Là n'est pas la question, non ? Bien sûr, c'est ce que Rafi cherche à faire, t'attirer à partir avec elle, t'entraîner dans les problèmes qu'elle et Lexie suscitent pour tout le monde. Elle compte sur ta fidélité et ton amitié. Elle pense que tu t'élanceras à sa suite, comme tu as poursuivi Alessandro Li quand il est parti seul dans les montagnes. Alors, elle t'aura récupérée, et c'est ce qu'elle cherche...

— Je croyais que tu ne la considérais pas comme une rivale, Magda. Tu veux que je la laisse partir seule, pour affronter toutes les difficultés des Heller et peut-être la mort ?

— Donc, tu vas faire ce qu'elle veut.

— Elle a été mon associée pendant des années. Mais tu n'as aucune raison de me suivre, Magda.

— Tu crois que je vais te laisser partir toute seule, ce qui provoquera des tas de problèmes avec les Terriens, en plus...

Elle s'interrompit devant les yeux flamboyants de Jaelle. Elle la regarda bien en face et dit :

— Mais ce n'est pas la question, hein ? Tu *as envie* de partir, non ? Tu as envie de reprendre la route, et n'importe quel prétexte est bon.

— Magda — tu ne comprends pas... soupira Jaelle. Je n'ai aucun droit de désirer partir. Mais ça me rend folle de penser que Rafi est libre de voyager, et pas moi. De plus...

— Tu es libre de faire tout ce que tu crois devoir faire, dit Magda, réalisant avec désespoir que les pensées de Jaelle faisaient presque écho aux siennes. J'aurais dû être franche avec Lexie. J'aurais dû lui parler de mon expérience concernant ces apparitions. Qu'elles soient réelles ou non, ou qu'elles appartiennent à un autre plan d'existence, si j'avais partagé mes connaissances avec elle, si je lui avais dit pourquoi et comment je les avais rencontrées, peut-être qu'elle aurait compris...

Maintenant, Magda avait l'impression de comprendre : Lexie, comme elle, avait vu ces sœurs mystérieuses en robes noires, qui leur avaient tendu la main pour les secourir, elle et Jaelle. C'étaient elles qui avaient renvoyé Lexie à Thendara, comme elles leur avaient envoyé des secours... Elle savait que Camilla n'y croyait pas, mais elle avait vécu cette expérience, et pas Camilla. Mais Lexie avait eu le courage de partir à leur recherche, et pas elle.

— La légende est très spécifique, dit Camilla avec ironie. Quiconque les cherche et n'est pas qualifié pour les connaître regrettera de les avoir trouvées. Je ne crois pas que le désir de richesses de Rafi soit une qualification suffisante. Rafi pourra peut-être faire suffisamment illusion pour entrer dans leur cité. Mais pas pour en sortir.

— Vous ne comprenez donc pas ? dit Jaelle, les yeux brillants. Ces deux-là ne sont pas qualifiées pour cette quête.

— Et nous le sommes ? Allons, Shaya...

— Je suis sûre que tout cela n'est pas une coïncidence, argua Jaelle. En tout cas, Rafaella a fait appel à moi pour assurer la réussite de son expédition. Elle me demande de la rejoindre avec des chevaux, des provisions, des vêtements chauds... je ne peux pas la laisser tomber.

— Et... peut-être que si je peux dire à Lexie ce que je sais, elle aura plus de chance de réussir.

Magda hésita.

— Et je peux me procurer des informations auxquelles elle n'a pas accès, des informations classées, le peu qu'on sait sur la région des Heller au-delà de Nevarsin...

Pourtant, tout au fond d'elle-même, Magda savait que Lexie n'interpréterait pas ainsi sa présence. Pour Alexis Anders, cette tentative bien intentionnée pour l'aider dans ses recherches ne serait rien de plus que la Légende Lorne se dressant de nouveau sur sa route.

Sapristi, Lorne, y a-t-il une seule chose sur cette planète dont tu ne te mêles pas ?

— Vous vous aveuglez toutes les deux, dit Camilla, ironique, et pourtant, vous vous sentez toutes les deux appelées vers cette cité mystérieuse. Quant à moi — mes motifs sont parfaitement clairs.

Elle les foudroya du regard et poursuivit :

— J'irai jusqu'à cette mystérieuse Cité des Sorcières, mais au moins, je ne m'aveugle pas sur mes raisons. Ces femmes sont censées vous dire pourquoi vous êtes nées et...

Elle les regarda, défiant quiconque de la contredire.

— Et j'ai de bonnes raisons de questionner le Destin. Si la Déesse a exigé de moi que je souffre ce que j'ai souffert, n'ai-je pas le droit d'exiger de la Déesse, ou de ces mystérieuses femmes, qu'elles me rendent compte de ma vie ? Je choisis de rechercher cette mystérieuse cité, et de demander à la Déesse pourquoi elle a fait de moi son jouet.

Et malgré le ton à la fois coléreux et désinvolte de ces paroles, Magda savait qu'elles étaient une menace. Dans toute confrontation de ce genre, Magda savait que Camilla aurait le dessus.

Jaelle repoussa sa chaise, fourra sa lettre dans la poche de son pantalon et dit :

— Quand partons-nous ?

Magda eut l'impression d'être happée par une excavatrice, du genre qui transforme une colline verdoyante en une aire plate et stérile où construire un astroport. Jaelle n'avait jamais pris ses protestations au sérieux. Pourtant, elle avait essayé, essayé honnêtement, d'évaluer les tenants et les aboutissants de la situation. Mais était-ce bien vrai ?

— Elle a dit qu'elle attendrait trois jours, dit Magda. Demain matin, j'irai au Q.G. chercher des cartes au Renseignement ; j'ai accès aux photos satellites et à l'ordinateur pour les agrandir.

— Moi, je m'occuperai des chevaux et des vivres, dit Camilla. J'ai des contacts que vous n'avez pas.

Et les enfants ? pensa Magda. Pourtant, la veille encore, elle se demandait pourquoi plus rien ne lui semblait digne de son énergie. Elle se surprit à se remémorer un vieux dicton terrien : *Prends garde à tes prières, elles pourraient se réaliser.*

La pluie avait cessé quand elles sortirent de la taverne. Magda considéra l'horizon, où se dressaient les pics en dents de scie des Monts de Venza. Une petite lune se levait juste au-dessus d'un sommet.

Elles partiraient par là, puis mettraient le cap au nord, passeraient la Kadarin et s'enfonceraient dans les profondeurs des Heller, jusqu'à Nevarsin et au-delà. Elle n'était jamais allée si loin en territoire inconnu. Avec leur longue expérience de guides de montagne, ses deux compagnes organisaient déjà le voyage.

S'il était une chose qu'elle avait apprise en quittant la Maison de la Guilde pour la Tour Interdite, c'était bien de ne jamais penser qu'elle était installée dans la vie et sa voie définitivement tracée devant elle. Écoutant Camilla, qui parlait de la difficulté de trouver des chevaux assez endurcis pour la montagne, elle réalisa qu'elle aussi, elle fouillait mentalement dans sa mémoire, pour sélectionner les vêtements chauds dont elle aurait besoin bien avant d'atteindre les Heller.

CHAPITRE 8

Au point du jour, Camilla partit acheter des chevaux, des bêtes de bât et des selles.

Magda, qui ne pouvait rien faire avant l'ouverture des bureaux du Q.G., alla à la salle à manger où du pain et du porridge attendaient déjà sur les tables pour le petit déjeuner. Elle mangea, en se demandant par quoi elle allait commencer.

En tant qu'Agent sur le terrain, elle avait accès aux photos-satellites les plus sophistiquées, et à tous les appareils qui, à partir d'une photo prise à quatre-vingt mille mètres, pouvaient projeter une carte assez précise pour montrer la différence entre un résineux et un feuillu.

Il existait peu de cartes ténébranes. Peu de marchands s'aventuraient dans les Heller, et, quand ça leur arrivait, ils suivaient les sentiers qu'avaient suivis leurs grands-pères. Au-delà de Nevarsin, c'était pratiquement l'inconnu : un plateau glacé, désert, inculte. Les cartes tirées des photos seraient d'un grand secours ; mais quand même insuffisantes.

Jaelle descendit, déjà habillée pour la route, en pantalon et bottes de cheval. C'était la première fois que Magda la voyait ceinte de son long couteau d'Amazone, à peine plus court qu'une épée, porté par les mercenaires. Elle s'assit à côté de Magda.

— Je vais m'occuper des vivres, dit-elle. Et tu devrais prendre une cape. Tu en auras besoin quand on arrivera dans la montagne ; aucune veste n'est assez chaude pour ce climat. Tu crois qu'on pourrait avoir des sacs de couchages terriens ? Ils sont plus chauds que ceux qu'on trouve au marché.

— Je m'arrangerai.

De grosses chaussettes, ajouta-t-elle mentalement, des gants spéciaux, de la crème solaire protectrice, des lunettes de soleil... Quelques sœurs, prêtes à partir travailler au marché, entrèrent et se servirent du porridge. Sherna regarda Jaelle, haussant un sourcil étonné.

— Déjà en tenue de cheval ? Alors, tu pars ?

— Dès que tout sera prêt. Avec une caravane qui va vers le nord.

— Si tu vois Ferrika à Armida, salue-la de ma part.

Sherna termina son porridge et alla chercher du pain à la cuisine. Elle se retourna pour demander à Magda :

— Tu pars avec Jaelle, ma Sœur de Serment ?

Magda acquiesça de la tête, les nerfs à vif ; elle savait que ça partait d'un bon sentiment, mais l'une des rares choses qu'elle trouvait pénible à la Maison de la Guilde, c'étaient ces intrusions constantes dans sa vie privée.

Elle n'avait jamais vu Jaelle exercer son métier, et fut étonnée de l'efficacité avec laquelle elle établissait des listes et organisait l'emballage et la répartition des charges.

— Cartes, sacs de couchage, peut-être quelques rations terriennes haute énergie, qui seront bien commodes quand nous attaquerons la montagne. Des réchauds de camping et des tablettes d'alcool solidifié. Tu t'occuperas de tout ce qui dépend de la Zone Terrienne.

— Je serai peut-être obligée de prévenir Cholayna...

— S'il le faut, il le faut, soupira Jaelle. Elle connaît Rafaella, non ?

— Rafaella est enregistré au Renseignement et à la Carto et Explo comme le meilleur guide...

Magda s'interrompit, ravala le mot « indigène » et termina :

— Le meilleur guide ténébran. Pas le meilleur guide féminin, le meilleur guide, point. Elle a déjà travaillé pour des expéditions cartographiques. Naturellement que Cholayna la connaît. Elle la recommande sans doute pour toutes les expéditions importantes.

Jaelle hocha la tête.

94

— Rafi m'a dit un jour qu'elle aime bien travailler pour les Terriens. Ils ont le meilleur équipement, et ils ne marchandent jamais les prix. Ou ils acceptent de payer, ou ils trouvent que c'est trop cher et ils vont ailleurs. Ils ne marchandent pas pour le plaisir. Et ils donnent de meilleurs pourboires.

Beaucoup de Ténébrans étaient comme elle, travaillant pour les Terriens tout en les méprisant en secret. Depuis sa première année à la Maison de la Guilde, elle avait eu le même genre de rapports ambigus avec Rafaella, composés à parties presque égales, d'affection et d'aversion.

— Sherna m'a dit l'autre jour qu'elle n'aime pas traiter avec les Terriens pour la même raison, dit-elle. Ça ôte tout le plaisir des négociations. Ils ne marchandent pas, c'est juste à prendre ou à laisser.

— Je sais ce qu'elle ressent, dit Jaelle. Les Terriens n'ont aucun sens de l'humour. Rafaella non plus. C'est sans doute pour ça qu'elle s'entend si bien avec eux.

— Pourquoi transporter son sens de l'humour sur la place du marché ?

— C'est un jeu, ma chérie. Le résultat est à peu près le même — avec, peut-être, quelques *sekals* de différence, mais tout le monde garde la face et chacun pense avoir fait une bonne affaire.

— Je ne vois pas quel plaisir il peut y avoir à ça. J'aime savoir ce que je vais payer, sans avoir à faire joujou pendant des heures chaque fois que je veux acheter un panier ou une paire de bottes !

Jaelle lui effleura affectueusement le poignet.

— Je sais. Tu ressembles beaucoup à Rafi, tu sais ? Je crois que c'est pour ça que vous ne vous entendez pas très bien.

Elle repoussa son bol de porridge.

— N'oublie pas les lunettes noires. Même en cette saison, nous trouverons de la glace à mi-chemin des Kilghard.

Tout en traversant la cité, Magda se dit que Camilla et Jaelle semblaient décidées à aller jusqu'au bout ; non pas à rattraper Lexie et Rafi pour les ramener au bercail, mais à se joindre à leur entreprise.

C'est ma faute. J'aurais dû lui dire ce que je savais sur la Sororité. C'est ce qui a tout mis en branle. Elle aussi s'était demandé ce qu'il y avait derrière ce mystère. La différence, c'est qu'elle n'aurait jamais eu l'idée de partir seule pour le découvrir.

Je ne suis pas aventureuse. C'est peut-être pour ça que je n'aurais jamais dû m'interposer entre Rafi et Jaelle. Jaelle n'a jamais été satisfaite de rester à la même place.

Aux grilles, elle donna son nom au Garde Spatial, et se surprit à raser les murs. *Qu'est-ce qui me prend ? J'ai le droit d'être ici, je suis un agent accrédité, et pour ce que tout le monde en sait, je me rends simplement à mon travail. En fait, ça fait partie de mes attributions d'empêcher Lexie d'aller dans des régions inexplorées de Ténébreuse sans autorisation !*

Elle avait pris l'habitude de laisser quelques uniformes standard à l'hôtel de la Société de la Chaîne d'Union. Les codes d'accès montés dans les cols lui permettaient de circuler dans le Q.G. sans constantes vérifications d'identité et de sécurité. Elle y salua les jeunes infirmières ténébranes se préparant à aller au travail, entra rapidement au vestiaire où elle revêtit un uniforme — tunique et collants noirs à galons rouges, qui lui permettaient de circuler dans tous les services, sauf en Médecine et Psychologie. Elle enfila vivement les corridors jusqu'à la Salle des Cartes, tous les moniteurs cliquant « accepté » sur son passage. Elle trouva un terminal libre et appela une photo satellite prise pendant un survol de Nevarsin. Elle décriptait assez bien les photos pour faire une moue pensive avec un sifflotement silencieux à la vue du terrain.

Et Lexie croit qu'il y a une cité là-bas, qui est parvenue à échapper aux satellites et aux radars ? Elle est folle.

Si la mystérieuse cité de la Sororité existait — et Magda gardait l'esprit ouvert sur la question — ce devait être dans quelque partie inaccessible du Surmonde. Pourtant, depuis qu'elle connaissait Jaelle, elle lui avait entendu raconter les aventures de Kindra n'ha Mhari, sa mère adoptive, qui avait guidé Dame Rohana jusqu'aux Villes Sèches. Elle avait été une exploratrice et mercenaire légendaire. Si elle disait qu'elle avait connu des femmes ayant pénétré dans cette cité, quel droit Magda avait-elle d'en douter ?

Elle toucha des contrôles qui devaient établir, à partir de la photo satellite, une carte détaillée n'exigeant pas son expérience des formulations terriennes pour être déchiffrée. Elle l'étudia un moment sur l'écran, demandant quelques petites rectifications ici et là, jusqu'à ce qu'elle ressemble aux cartes ténébranes qu'elle avait vues dans la collection de Rafaella, puis elle en demanda une copie. L'imprimante laser démarra en silence, et, trente secondes plus tard, elle avait la carte entre les mains. Elle se remit à l'étudier un bon moment, recherchant les erreurs, la comparant à d'autres photos défilant sur l'écran, pour s'assurer que c'était la meilleure carte possible.

Pendant ses premières années au Renseignement, Magda avait voyagé, avec Peter Haldane, dans la plus grande partie des Sept Domaines, et jusque dans les contreforts des Heller. Elle avait établi certaines des premières cartes, quoique Peter lui fût supérieur dans ce domaine ; son point fort à elle, c'étaient les langues. Considérant certaines routes (qui auraient été classées sentiers de chèvres sur toute autre planète que Ténébreuse) des souvenirs lui revinrent de cette époque à demi oubliée... Comme elle était jeune alors avec une énergie inépuisable. Elle et Jaelle, avaient-elles traversé le Col de Scaravel, à quatre mille mètres d'altitude ? *Oui, Jaelle a les cicatrices pour le prouver*, pensa-t-elle sombrement. Et une fois, elle et Peter, déguisés, étaient entrés dans la Cité des Neiges, Nevarsin des *cristoforos*... Au bout d'un moment, elle soupira et revint à son terminal, demandant toutes les autres cartes disponibles de la région au nord de Nevarsin.

Elle étudia les quelques étroits sentiers s'enfonçant dans le désert glacé. Le plateau était à plus de deux mille mètres d'altitude ; l'air était sans doute raréfié dans les cols ; et il y avait certainement des banshees — ces oiseaux carnivores aux ailes et aux yeux atrophiés, qu'un terrible tropisme attirait vers tout ce qui respirait, et qui pouvaient éventrer un cheval d'un seul coup de leurs puissantes serres. Les régions inexplorées, hachurées sur la carte, recéleraient des dangers inconnus. Certains cols étaient bien plus élevés que le Scaravel ; la plus grande partie du terrain était couverte des hachures bleues signifiant : *Inexploré — aucune donnée sûre*. Si ce qu'elles cherchaient existait vraiment, c'est là qu'elle le trouveraient.

L'aiguille dans la meule de foin, ça vous dit, les filles ?

Mais il devait y avoir autre chose que les légendes. Si Kindra avait connu des femmes ayant eu accès à la cité, il devait être possible, pas facile, mais possible, de trouver des informations, d'acheter ceux qui en possédaient...

Mais cela, c'était du ressort des Ténébranes. À ce stade, elle avait pratiquement épuisé toutes les sources terriennes. Elle tapa « Approvisionnement » sur son terminal, et commanda des sacs de couchage, de l'alcool solidifié pour les réchauds, des lunettes noires et de la crème solaire — tous articles parfaitement normaux pour tout agent de la Cartographie et Exploration, ou du Renseignement partant en mission. Et même si Magda n'en avait pas fait déduire le coût de son compte, mais les avait enregistrés comme « frais de mission », la mention « Attention » ne risquait pas de s'afficher sur un ordinateur de la comptabilité. Et en les payant de ses deniers, elle n'aurait jamais à expliquer ce qu'elle voulait en faire.

Elle se demanda si Lexie avait couvert ses traces de la même façon. Alexis Anders, comme elle, avait fait ses études à l'Académie du Renseignement d'Alpha ; mais Lexie était plus jeune et avait beaucoup moins d'expérience.

Au bout d'une minute, Magda ralluma son terminal et entra le code d'accès du service « Personnel ».

Comme elle s'y attendait, elle dut prouver deux fois son habilitation, mais son rang lui permit enfin d'apprendre que Anders, Alexis, Pilote Spécial à la C. et E. avait demandé un congé et commandé un matériel d'escalade. *Très intéressant*, se dit Magda, en éteignant son écran.

Il lui faudrait descendre à l'Approvisionnement pour prendre sa commande, bien que le paiement ait été automatiquement déduit de son compte au Q.G. En fait, ces achats l'avaient presque mise à sec : le personnel détaché était mal payé, et, seuls les bonus que Cholayna lui avait obtenus pour son travail à la Chaîne d'Union lui avait permis de les payer.

Mais ça en vaut la peine. C'est la seule chose qui compte.

Elle spécifia le genre d'emballages qu'elle voulait, demanda le prix de quelques autres articles — Jaelle pouvait sans doute les avoir moins cher dans la Vieille Ville — et se prépara à retourner à l'hôtel de la Chaîne d'Union pour rendosser ce qui, lorsqu'elle était en mission, était pour elle un déguisement. Se retournant après avoir éteint son terminal, elle vit Vanessa ryn Erin debout sur le seuil.

— Je me disais bien que c'était toi. Pourquoi consultais-tu le dossier de Lexie, Magda ? La curiosité n'est pas une raison valable pour fouiner dans les Dossiers Personnels, tu le sais. J'avais meilleure opinion de toi.

— Puisque tu parles de fouiner, pourquoi fouines-tu dans ce que je fais ?

— Le Personnel, c'est mon boulot, Magda, pas le tien. Allons — explique-toi.

Vanessa fit une pause, considérant froidement Magda.

— Je parle sérieusement. Je peux exiger un sondage cérébral pour moins que ça.

Magda, qui détestait mentir, avait pensé lui dire la vérité ; mais elle réalisait maintenant que pour se protéger, et pour ne pas mentionner Jaelle et Camilla, il vaudrait mieux inventer un beau mensonge, qui satisferait l'imagination conspiratrice de Vanessa ; pourtant, comme la plupart des gens foncièrement honnêtes, Magda ne trouva rien. Elle s'en voulut et pensa : *Je ne peux quand même pas rester là à rougir comme un gosse surpris à voler des confitures !* Et naturellement, c'est exactement ce qu'elle fit.

Elle dit enfin :

— Je voulais savoir ce que devenait Lexie. Je l'ai vue à la conférence de la Chaîne d'Union, mais après une épreuve pareille, j'étais curieuse de savoir si elle s'était remise.

Puis elle pensa à ce qu'elle aurait dû dire pour commencer :

— On dirait qu'elle est partie avec l'associée de Jaelle ; nous voulions savoir quelle direction elles avaient prise. Jaelle a reçu en retard un message de Rafaella et...

— Et tu as découvert qu'elle a demandé un congé, dit Vanessa. Pourtant, quand j'ai parlé à Cholayna, j'ai eu l'impression qu'elle avait chargé Lexie d'une mission, ce qui expliquerait qu'elle ait obtenu son équipement gratuitement. Elle a engagé une Renonçante comme guide et elle est partie dans les Kilghard étudier les danses folkloriques féminines.

— C'est donc...

Magda s'interrompit et dit carrément :

— Je n'en crois pas un mot.

— Pourquoi ? C'est un travail agréable et facile, et une bonne façon de passer des vacances payées. Nous l'avons toutes fait.

Pendant les six mois qui suivirent, Magda regretta amèrement de n'avoir pas laissé Vanessa croire cela. C'était une explication simple, qui aurait épargné d'énormes problèmes à tout le monde — si toutefois Vanessa y croyait elle-même.

Mais au lieu de se taire, elle prit une profonde inspiration et s'écria, incrédule et indignée :

— Tu me prends pour une imbécile, Vanessa ? Il y a des guides Renonçantes qui accepteraient d'emmener une Terrienne seule dans la montagne pour étudier les danses folkloriques, les ballades populaires ou l'art de tresser les paniers chez les forgerons. Mais Rafaella ? C'est Rafaella qui a guidé l'expédition cartographique jusqu'à Scaravel ! C'est Rafi qu'on exige, quand il faut coordonner quatre-vingt-dix hommes, cinq cents chervines de bât, et une demi-douzaine de guides sans expérience ! Allons, Vanessa ! Crois-tu vraiment que Rafaella n'ha Doria accepterait d'emmener une unique Terrienne en excursion dominicale pour déterminer la différence entre un *secain* et une ronde d'Anhazak ? Ce serait possible, mais seulement possible, si elles étaient amantes et cherchaient un prétexte à partir ensemble. Je ne vois pas d'autre raison. Connaissant Rafaella, je n'y crois pas une minute — quoique je ne sache rien de la vie amoureuse de Lexie ; mais je te parie une semaine de salaire qu'elle est totalement hétéro. À moins que tu n'aies pas vu sa tête quand j'ai présenté Jaelle comme ma compagne ?

Vanessa haussa les épaules.

— Je n'y avais pas réfléchi. J'ai pensé simplement qu'elle avait envie d'aller en montagne. Après tout, elle faisait partie du Renseignement, au départ. Après son crash, je me suis dit que c'était la seule mission qu'elle avait pu obtenir. Elle savait qu'il lui faudrait une Renonçante pour guide, et elle a dû demander la meilleure, c'est tout.

— Et Rafaella aurait accepté comme ça ? Sottises !

Vanessa s'écria avec colère :

— Je n'y ai jamais réfléchi une seconde jusqu'à ce qu'on m'avertisse que quelqu'un fouinait dans son dossier ! Après ce qu'elle a vécu, elle a bien droit à des vacances ! Ce n'est pas un crime d'engager un guide trop qualifié, non ? Tant qu'elle peut payer les tarifs de Rafaella ! Peut-être que Rafaella voulait un peu d'argent facile, pour changer, ou estamper une folle acceptant de payer quatre fois...

Vanessa s'interrompit brusquement et dit d'un ton pensif :

— Ou peut-être que cette histoire de danses folkloriques n'est qu'une couverture, et que Cholayna lui a assigné une mission plus importante...

— Ah, maintenant, tu commences à comprendre, dit Magda.

— Mais... Cholayna aurait fait ça sans consulter le service Personnel pour savoir si Lexie était en bonne condition physique et mentale ? C'est là la question, Magda. C'est *mon* boulot ! Avec une déprime et une amnésie si récentes... j'aurais demandé une consultation médicale et psychique avant de la renvoyer sur le terrain. Et Cholayna aussi ! Quoique Cholayna ait tendance... à juger des gens par elle-même...

Elle s'interrompit, et Magda, sachant ce qu'elle hésitait à dire, le dit pour elle.

— Tu te rappelles que moi, j'aurais dû être virée, ou être autorisée à démissionner, c'est ça, Vanessa ? Bien sûr. Et je regrette souvent qu'elle ait bataillé pour me garder. *Et je le regrette aujourd'hui !* Vanessa — je crois que Lexie nous a eues, et Cholayna avec nous.

Soudain, elle réalisa qu'elle partageait avec Vanessa un secret qui ne lui appartenait pas. Un secret qui appartenait à Jaelle et Camilla. Si son but était d'éviter des problèmes à Rafaella, ou d'empêcher Lexie d'aller dans une région de Ténébreuse où les Terriens n'étaient pas autorisés à se rendre, alors, ce qu'elle venait de dire était inexcusable.

Mais la colère de Vanessa n'était pas dirigée contre elle, comme Magda l'avait pensé. Elle s'effraya de voir si clairement ce que pensait Vanessa ; elle était Terrienne et aveugle mentale, et Magda n'aurait pas dû être capable de lire dans son esprit ; pourtant, elle y lisait comme dans un livre : *Lexie a le droit de ne pas adhérer à la Société* de la Chaîne d'Union si ça ne lui plaît pas, mais elle n'a pas le droit de nous manipuler toutes sous prétexte qu'elle nous prend pour des imbéciles devenues indigènes — ou quelque chose d'approchant ! Ne comprend-elle donc pas que Magda et Cholayna sont mes sœurs, et que si elle leur joue un tour, elle me le joue à moi aussi ?

Mais tout haut, Vanessa dit simplement :
— Allons en parler à Cholayna.

CHAPITRE 9

Pratiquement depuis qu'elle la connaissait, Magda s'interrogeait sur la méthode secrète de relaxation que pratiquait Cholayna. Que ce soit dans son bureau du Q.G. ou dans celui de l'Académie du Renseignement d'Alpha, elle ne semblait jamais rien faire. Pourtant, à en juger sur ses résultats, on aurait pensé que toutes ses journées se passaient dans une fébrile activité.

Aujourd'hui ne faisait pas exception : Cholayna était renversée dans son fauteuil, les pieds posés sur son bureau, plus haut que sa tête, les yeux fermés. Mais dès que Magda et Vanessa entrèrent, elle les ouvrit.

— Je pensais bien que ce serait ta prochaine escale, dit-elle. Pourquoi as-tu besoin de ces cartes satellites, Magda ?

Voilà pourquoi j'ai prévenu Jaelle que je serais peut-être obligée de mettre Cholayna au courant. Elle sait toujours tout.

Mais Vanessa ne laissa pas à Magda le temps de répondre.

— Je suppose que tu ne me le diras pas s'il s'agit d'une information classée, dit-elle, mais la mission de Lexie pour l'étude des danses folkloriques est-elle une couverture pour une magouille du Renseignement ?

Cholayna eut l'air légèrement surprise.

— Non, c'est une mission de xénoanthropologie. J'ai été obligée de l'approuver parce que, chaque fois qu'un

103

Terrien va sur le terrain — c'est-à-dire à plus de dix kilomètres en dehors de la Vieille Ville — il est censé avoir l'autorisation du Renseignement pour qu'on soit bien sûr qu'il ne marchera sur les pieds de personne. Après le choc qu'elle a subi, j'ai compris qu'elle ne vaudrait rien comme pilote avant un repos prolongé. Alors j'ai approuvé. Après tout, il y a peu d'études sur cette région — pourquoi croyez-vous que je l'ai choisie ? J'ai passé quatre-vingt-dix-neuf centièmes de mon temps à préparer des agents pour travailler dans le linguistique et la xénoanthropologie. Mais Magda avait tout organisé en ces domaines avant mon arrivée.

Elle sourit à Magda, qui lui rendit son sourire. Vanessa semblait soupçonneuse, mais Magda était assez télépathe pour savoir quand on lui disait la vérité.

— Alors, ce n'est pas une couverture pour cette expédition que, selon Peter Haldane, elle voulait conduire dans les Heller ?

— Oh, ça, gloussa Cholayna. Lexie a reconnu qu'elle était assez sonnée à son retour et qu'elle ne savait pas ce qu'elle faisait les premiers jours. En fait, elle voulait être sûre que ce qu'elle lui avait dit ne figurerait pas dans son dossier officiel. Elle sait que nous sommes de vieux amis, Peter et moi. Puis elle a dit qu'elle avait besoin de repos et aimerait aller en montagne. Je sais parfaitement quand on essaye de me soutirer des vacances payées au frais de la princesse. Mais Lexie est compétente et elle a droit aux mêmes privilèges que nous tous. Alors, je lui ai dit de se trouver un guide qualifié à la Chaîne d'Union, et j'ai tout arrangé avec la Xéno-Anthropologie.

Magda ouvrit la bouche, mais de nouveau, Vanessa fut plus prompte.

— Tu vois, Lorne ? Tu vois ? Je te l'avais bien dit...

Cholayna posa les pieds par terre.

— Mais qu'est-ce qui se passe ?

— Cholayna, que dirais-tu si je t'apprenais que le guide engagé par Lexie est Rafaella n'ha Doria ?

— Connaissant les tarifs de Rafaella, je dirais que Lexie n'a pas fait une bonne affaire. Je connais au moins une demi-douzaine de femmes qui l'emmèneraient là-bas pour la moitié... que dis-je, le quart du tarif standard de Rafaella...

Puis elle s'interrompit. C'était impressionnant : Magda sentit la lumière percer l'indolence de surface de Cholayna. Pour la première fois depuis ses études à l'Académie, Magda perçut l'intelligence acérée derrière cette façade.

— Par tous les démons mangeurs de feu, que mijotent ces deux-là ?

Cholayna se renversa dans son fauteuil, étrécissant les yeux.

— Je crois, dit Vanessa, que Lexie a trouvé le moyen d'entreprendre l'expédition qui lui tenait à cœur sans passer par les formalités officielles. Et à tout le moins, ça vous ridiculise, toi et ton service, Cholayna.

Le visage de Cholayna se durcit, et ses sourcils argentés se froncèrent au-dessus de ses yeux noirs.

— J'aurais dû le savoir. J'ai formé Lexie moi-même, et je devrais flairer quand elle mijote quelque chose ! Alors, c'est pour ça que tu voulais ces cartes. Mais qu'est-ce qu'elles cherchent, à ton avis ?

Magda lui tendit la lettre. Cholayna y jeta un bref coup d'œil, puis la jeta sur son bureau.

— Hum, ça m'a l'air d'une lettre très personnelle. Mais te connaissant, je sais que tu ne me la montrerais pas sans une bonne raison. Dis-moi plutôt ce qu'elle contient.

Magda lui détailla le contenu de la lettre.

Cholayna fronça les sourcils.

— Courir après des contes de fées ne ressemble guère plus à Lexie qu'étudier les danses folkloriques.

— Oh, il n'y a pas que ça. Lexie a vu ces sœurs — ou croit les avoir vues — dans les mêmes circonstances où je les ai vues moi-même.

Prenant une longue inspiration, Magda exposa ce qu'elle avait capté dans l'esprit de Lexie quand elle l'avait sondée mentalement : des femmes en longues robes noires, des voix, des appels de corbeaux. Cholayna écoutait, tambourinant sur le plateau en verre de son bureau.

— J'ai toujours cru, termina Magda, que si elles existaient, c'était seulement dans le Surmonde. Mais Camilla dit que Kindra connaissait des femmes qui étaient allées dans cette cité. Marisela en sait quelque chose, elle aussi, mais elle ne veut pas parler.

— Et tu vas à leur recherche ?

Cholayna se redressa vivement.

— Parfait. Je vais te donner toutes les autorisations pour toutes les cartes que tu désires. Appelle l'Approvisionnement, Vanessa. Il ne me faudra pas plus...

Elle consulta son chronomètre.

— Pas plus d'une demi-heure pour me préparer.

Magda la regarda, éberluée.

— Cholayna, c'est impossible...

— Impossible n'est pas un mot à employer à mon sujet, lui rappela Cholayna, mais elle souriait. Réfléchis, Magda ! Si la théorie d'Alexis Anders est correcte, et si quelque influence planétaire a installé là-bas une station invisible aux radars et aux satellites, non seulement c'est mon affaire de m'en informer, mais nous pourrions tous être saqués, ou pire, traduits en cour martiale si nous restions dans l'ignorance. Pour quoi crois-tu que je sois ici ? Et si tu as raison et qu'il existe un secret de la Sororité — crois-tu que je verrais d'un bon œil cette enfant gâtée de la Carto et Explo s'en mêler, cette fille si arrogante qu'elle ne veut même pas adhérer à la Chaîne d'Union ? Abstraction faite des difficultés diplomatiques — si des non-Ténébrans doivent se mêler des affaires de la Sororité, il vaut mieux que ce soit toi et moi que Lexie, non ?

C'était si vrai que Magda ne trouva rien à répondre. Elle objecta quand même :

— En venant ici, tu savais que tu ne pourrais pas travailler sur le terrain, Cholayna. Si tu venais avec nous, tu ne serais même pas en sécurité, tout le monde verrait que tu n'es pas indigène.

Pratiquement seule parmi les planètes de l'Empire, Ténébreuse, l'une des « colonies perdues », avait été peuplée par une communauté des Îles Britanniques, et avait une population homogène de type caucasien.

— Quelle importance dans le désert ? répliqua Cholayna. Et même si on rencontre quelqu'un, on pensera que j'ai été blessée, brûlée, ou tatouée par les esclavagistes séchéens ; ou — comme certaines sœurs de la Guilde l'ont pensé la première fois — que j'ai une terrible maladie de peau. Ou que je suis non-humaine.

Cholayna haussa les épaules et poursuivit :

— Appelle l'Approvisionnement, Vanessa. Je vais d'abord consulter la liste de Magda — inutile d'emporter les choses en double. Tu as pris assez de crème solaire et de lunettes noires ?

Une fois, dans les Monts de Kilghard, Magda avait failli se faire piétiner par un troupeau de chervines, animaux à andouillers semblables aux cerfs et utilisés comme bêtes de bât, et elle n'avait échappé que de justesse. Elle avait l'impression d'être un peu dans la même situation. Elle se demanda ce qu'allaient dire Jaelle et Camilla.

Cholayna s'excusa, alla chez elle et revint avec un tout petit sac d'objets personnels.

— Tout le reste, à part les bottes, je le prendrai à l'Approvisionnement. Ça m'attendra aux grilles. Allons-y. Les cartes sont prêtes, Vanessa ? J'ai parlé à mon adjointe ; elle est prête à me remplacer indéfiniment. Je lui ai dit que c'était Top Secret Cosmique, et de ne pas en parler à Haldane avant une décade. Elle pense sans doute se contorsionner pour se rendre indispensable ; grand bien lui fasse. Bon, allons-y.

— Pas si vite, dit Vanessa. Je viens aussi.

— Tu es folle, Vanessa ; tu ne peux pas...

— C'est toi qui es folle, mais tu n'en as pas le monopole. Premièrement, je fais de l'alpinisme depuis l'âge de seize ans. J'ai dirigé une équipe entièrement féminine lors de la première ascension du Montenegro, sur Alpha. C'est une des raisons de mon affectation ici ; je sais tout sur les climats rigoureux. Et vous devez reconnaître qu'en fait de climat, Ténébreuse est assez spéciale. Secondo : je suis membre de la Société de la Chaîne d'Union, et ce que fait Lexie ridiculise tout ce que la Chaîne d'Union a fait sur Ténébreuse, c'est donc autant mon affaire que la tienne ou la sienne. Et tertio...

Elle leva la main pour empêcher Cholayna de l'interrompre.

— Si l'on se place sur le plan administratif, le service Personnel a son mot à dire sur la condition physique et mentale de quiconque part en mission sur le terrain. Essayez donc de partir sans moi. Je veillerai — non, le Légat veillera à ce qu'aucune de vous ne franchisse les grilles du Q.G.

— C'est à un cheveu du chantage, murmura Cholayna.

— Et comment, déclara Vanessa, la regardant dans les yeux.

Au bout d'un moment, Cholayna éclata de rire.

— Alors, nous serons toutes folles ensemble ? Dix minutes, Vanessa. Je te retrouve à l'Approvisionnement.

Cholayna rabattit sur son visage le capuchon de sa parka en duvet, bordé d'une précieuse fourrure exotique, pour traverser la ville. Le rendez-vous était fixé dans une taverne ; à cette heure, il n'y avait que quelques Gardes savourant leur chope de bière de midi ou une assiettée de nouilles. À l'entrée de la salle, un petit groupe d'entre eux jouaient aux fléchettes ; mais au bout d'un moment, Magda vit la haute silhouette décharnée de Camilla debout au milieu d'eux, couteau à la main.

— Allez, lui cria l'un d'eux. Assez frimé, montre ce que tu sais faire.

— Je regrette de vous prendre votre argent, dit Camilla de sa voix douce en lançant son couteau.

Il atterrit juste au centre de la flèche, tranchant les plumes de la tige qu'il fendit en deux, et se plantant tout contre la pointe de fer, au point qu'on n'aurait pas pu passer un fil entre les deux. Certains en eurent le souffle coupé. Riant gaiement, Camilla ramassa une douzaine de pièces éparpillées sur le bar et les mit dans une poche de sa veste avant d'aller récupérer son couteau. Puis, voyant Magda à la porte, elle la rejoignit.

— Alors, on fait de l'épate, *bredhiya* ? demanda Magda.

— Ils ne veulent jamais croire qu'une femme peut lancer le couteau plus vite et plus droit qu'eux, dit Camilla. Quand j'étais mercenaire, je gagnais comme ça tout mon argent à boire. Mais aujourd'hui, j'avais besoin d'argent. Je suis complètement à sec après les achats de ce matin. Heureusement que j'ai amené deux chevaux supplémentaires.

Et c'est avec cette totale simplicité qu'elle accepta la présence de Cholayna et de Vanessa, et les conduisit dans un box du fond où Jaelle les attendait.

— J'ai commandé de la soupe et du pain pour tout le monde. Autant prendre un bon repas chaud avant d'attaquer la route.

Elle ajouta, regardant à peine Cholayna :

— Ça ne remplit pas tes critères de comestibilité, Cholayna ; je sais que tu essayes de ne jamais manger quoi que ce soit qui se soit déplacé par ses propres moyens, mais il faudra t'y habituer sur la route, de toute façon.

C'était comme si elle avait su depuis toujours que Vanessa et Cholayna les accompagneraient. Peut-être le savait-elle, en effet. Magda savait qu'elle ne le lui demanderait jamais, et que Camilla ne le lui dirait jamais.

CHAPITRE 10

Elles sortirent de la ville en début d'après-midi, et, au coucher du soleil, elles avaient déjà franchi le Col de Dammerung. Il n'était ni très haut, ni très raide, mais, en attaquant la descente, Camilla, qui avait imposé un rythme soutenu, dit aux deux Terriennes, l'air agréablement surpris :

— Tu parais en forme, Vanessa. Tu manques encore un peu d'entraînement, Cholayna, mais pas plus que ces deux-là, amollies par des années de vie facile à Armida ; tu as encore le souffle un peu court, mais tu t'endurciras vite en chemin.

Elles mirent le cap au nord, avançant aussi vite que le permettaient les bêtes de bât. Aux dernières lueurs du couchant, Cholayna rejeta son capuchon en arrière, l'air heureux, et dit à Magda qui chevauchait près d'elle : J'avais oublié ce que c'était ! Après sept ans passés derrière un bureau, et, avant ça, quinze ans d'enseignement, je pensais ne plus jamais aller sur le terrain. Je n'avais pas vraiment réalisé ce qui m'attendait sur Ténébreuse. Je suis restée, parce que j'avais le sentiment de faire du bon travail à la Société de la Chaîne d'Union. Mais ça fait du bien de se retrouver sur le terrain. Ça me manquait, depuis le temps.

Elle doit avoir été un agent de terrain extraordinaire pour avoir été nommée à la direction de l'Académie, pensa Magda, et, comme cela lui était souvent arrivé, elle se demanda quel âge pouvait bien avoir Cholayna, mais il ne lui serait jamais venu à l'idée de lui poser la question.

Le soleil disparut, et la nuit brutale qui avait donné son nom à Ténébreuse, tomba sur les Monts de Venza. Il ne pleuvait pas ; Camilla, profitant de ce beau temps inattendu, força la marche. Il était près de minuit quand elle donna le signal de la halte. Elles établirent vivement leur camp à la lueur d'une lanterne, et Cholayna alluma un petit feu pour faire une boisson chaude, mais elles ne mangèrent que du pain et de la viande froide tirés des sacs.

— On pourra acheter des vivres dans les villages et économiser nos provisions, dit Camilla, mastiquant une poignée de fruits secs. Car après avoir abordé la montagne, les villages seront à trois ou quatre jours de marche les uns des autres.

— Où allons-nous ? À moins que ce ne soit indiscret ? demanda doucement Vanessa dans le noir.

C'est Jaelle qui répondit :

— Margali t'a parlé de la lettre ? Rafaella a dit qu'elle attendrait trois jours à l'endroit où nous avions égorgé les chervines. Elle savait que je m'en souviendrais. Ça remonte à dix ans ; nous étions très jeunes et voyagions avec Kindra. Manquant d'eau et de nourriture, nous avons abattu les bêtes plutôt que de les laisser mourir de faim. Et leur chair nous a permis de subsister sans eau. Mais nous l'avons échappé belle. Je n'ai jamais eu si faim de ma vie, et j'espère bien que ça ne m'arrivera jamais plus.

Elle jeta un regard vers le ciel.

— On ferait bien de se coucher. Le beau temps va peut-être tenir encore un jour ou deux, mais quand il va tourner, ce sera pour de bon. Au nord du Col de Dammerung, nous aborderons les contreforts. Je n'ai pas envie de rester une décade dans une grotte, bloquée par la neige. Et il faut faire vite si nous voulons rattraper Rafaella, qui voyage plus léger que nous.

Jaelle avait fait ce métier pendant des années ; souvent, sa vie et celle de douzaines d'autres avait dépendu de son jugement sur le temps. Sans discuter, Vanessa alla s'occuper des chevaux avec Camilla, pendant que Cholayna sortait les sacs de couchage.

Elles dormirent en cercle, les pieds tournés vers les dernières braises de leur feu. Magda, contemplant les étoiles rarement visibles dans le ciel toujours couvert de Ténébreuse, se demanda ce que dirait Rafaella de la présence des Terriennes.

Comme si elle avait parlé tout haut, Jaelle dit :

— Elle nous a dit d'amener quelques sœurs pouvant soutenir le train, vivre à la dure...

— Et suivre les ordres, ajouta Magda, ironique.

Elle ne voyait pas bien Cholayna et Vanessa obéir,

Et si elles ne rattrapaient pas Rafaella ? Ce n'était plus qu'un voyage dangereux à travers la région la plus sauvage de Ténébreuse, où les Ténébrans eux-mêmes ne s'aventuraient jamais, à la recherche d'une cité qui n'existait sans doute pas. Elle n'avait plus l'habitude du cheval, et son dos la faisait souffrir. Elle pensa à Shaya, et, soudain, la vit mentalement qui dormait paisiblement dans son lit.

Qu'est-ce que je fais là ? J'ai une famille maintenant, un enfant, un foyer, un travail que j'aime, et me voilà lancée à la poursuite d'un rêve, d'une légende, de la lune... Les yeux mélancoliques de Damon, le visage réprobateur de Callista semblaient lui faire des reproches. *Pourquoi me suis-je embarquée dans cette galère ? J'aurais dû laisser Jaelle partir seule — Rafi est son associée, Rafi ne m'aime même pas. Et Cholayna a des raisons d'être là, sa carrière est en jeu.*

Au matin, décida-t-elle, elle leur dirait fermement qu'elle n'avait rien à faire là, et partirait vers Armida rejoindre tous ceux qu'elle aimait, et surtout sa fille.

Pourtant, en s'endormant, elle ne put s'empêcher d'éprouver le frisson de l'inconnu qui les attendait, en route pour un territoire inexploré où aucun Terrien n'avait jamais mis les pieds, et sans doute aucune femme, à l'exception des mystérieuses *leroni*. La nuit, ses rêves résonnèrent d'appels de corbeaux.

À quatre jour au nord de Thendara, le temps tourna, et de gros flocons de neige, larges comme la paume, se mirent à tourbillonner paresseusement dans le ciel. Jaelle jura, fouillant dans son sac à la recherche de ses gants et d'une capuche chaude.

— J'espérais franchir le Col de Ravensmark avant les premières neiges. Les corniches y sont étroites et la marche toujours difficile. J'aurais dû faire le détour par Hammerfell ; mais j'ai parié sur le beau temps, espérant gagner un jour pour rattraper Rafaella. Au dernier village, on m'a dit que les pluies d'été avaient emporté une partie du sentier à Ravensmark. Par beau temps, ça n'aurait pas d'importance. Mais sous la neige...

Elle s'arrêta, essayant de voir à travers les flocons de plus en plus nombreux.

— Alors, il ne vaudrait pas mieux revenir en arrière et passer par Hammerfell ? demanda Vanessa.

Jaelle secoua la tête, et une mèche auburn, s'échappant de sa capuche, vint lui barrer le front.

— Trop tard. Nous perdrions deux jours. Et nous n'avons aucun moyen de savoir par où elles sont passées. Magda, tu as une idée ?

Magda reçut sa pensée, comme cela lui arrivait toujours maintenant, automatiquement. Elle aurait dû y être habituée depuis le temps ; elle se rappela comment elle s'était servie de son *laran* pour retrouver Jaelle dans les montagnes, des années auparavant. Mais elle secoua la tête.

— Je ne suis pas assez près d'elles.

— Mais tu as sondé l'esprit de Lexie, protesta Jaelle. Ça devrait créer un lien.

— Je ne suis pas sûre d'avoir envie d'un lien avec elle, dit Magda avec lassitude.

Mais elle ferma les yeux et essaya de voir Lexie ; un instant, elle eut la vision fugitive de Lexie, enveloppée d'une cape ténébrane à capuche rabattue, couchée sur l'encolure d'un poney... la neige masqua la vision, et elle n'arriva pas à déterminer si c'était la neige qui tombait sur leur campement, ou une autre tempête, ailleurs, si c'était un souvenir, un effet de son imagination ou une image transmise par son *laran*.

Elle dit, hésitante :

— Je crois avoir vu... ont-elles été retardées par la tempête ? Je ne suis pas sûre.

Même entourée du cercle de matrice de la Tour Interdite, elle savait que la même incertitude aurait persisté :

s'agissait-il du présent — de l'endroit où Lexie se trouvait en ce moment —, ou d'une vision venant du passé ou de l'avenir ?

— Autant chercher à deviner, soupira-t-elle, et dans ce cas, tu connais Rafaella mieux que moi.

— J'ai essayé, dit Jaelle, mais ça ne me plaît pas. Nous avons été très proches pendant très longtemps ; je répugne à utiliser cette intimité pour l'espionner. Et comme elle n'a pas du tout de *laran*, elle ne comprendrait pas.

Magda entendit aussi ce que Jaelle ne dit pas ; ce n'était pas la première fois que sa naissance Comyn, l'héritage du *laran* qu'elles ne pouvaient pas partager, les avaient séparées, même pendant la brève période où elles avaient été amantes. Rafaella aurait tout pardonné à Jaelle, sauf le fait qu'elle ait eu un enfant d'un seigneur Comyn — qu'elle ait repris sa place dans ce monde mystérieux auquel Rafaella n'avait pas accès. Et Rafaella le lui aurait peut-être pardonné, si elle avait totalement laissé derrière elle son monde de Renonçante. Mais ce qu'elle ne pardonnerait jamais, c'était que Magda, une Terrienne, avait suivi Jaelle là où Rafi ne pouvait pas aller.

— Essayer de les retrouver par le *laran*, c'est idiot, dit Vanessa, d'un ton impatienté, si bien que Magda se demanda si elle n'avait pas parlé tout haut.

Puis elle se rappela les paroles de Jaelle, parlant de suivre Rafaella grâce au lien psychique qui les unissait.

— Peut-être que vous pouvez les suivre ainsi, et peut-être pas, mais je ne vois pas pourquoi on perdrait du temps à essayer. C'est important de savoir si elles sont passées par ici ?

— Seulement pour savoir si elles sont proches du lieu de rendez-vous, dit Jaelle. Avec du beau temps, de la chance, et en voyageant léger, elles pourraient déjà être à Barrensclae — où nous avons abattu les chervines — et il ne nous resterait que trois jours pour les rejoindre.

— C'est encore loin ? demanda Camilla. Je ne connais pas très bien l'endroit.

— Par beau temps ? Une dizaine d'heures après la traversée du Ravensmark. Par ce temps ? Ton avis vaut le mien. Un jour, dix jours, jamais. Et si nous rencontrons des avalanches, ce sera peut-être jamais.

— Des avalanches ? dit Cholayna, s'étirant le cou en direction du col, maintenant invisible dans la neige. Il est à quelle altitude ?

— Onze mille quarante.

— Mètres ? Dieu du Ciel ! Mais c'est une montagne à part entière, pas un col !

— Non, onze mille quarante pieds...

— Ça fait combien en mesures civilisées ? demanda Vanessa.

— Je n'ai pas le temps de calculer pour toi, dit sèchement Jaelle. J'ai des soucis plus importants, par exemple, comment nous allons faire passer les chevaux si les pluies ont emporté le sentier ! Sur une bonne partie, il est trop étroit pour faire passer plus d'un poney à la fois ; et si c'est celle qui a été emportée, nous pourrions perdre la moitié de nos montures. Ça te dirait de traverser les Kilghard, sac au dos, sans bottes de rechange ? Pas à moi.

— J'ai vu pire en escalade, dit Vanessa. Crois-le ou non, Jaelle, mais il y a d'autres planètes avec montagnes et neige dans l'Empire. Si tu n'es pas capable de franchir un col sans l'aide de tes pouvoirs psychiques...

— Alors, écoute-moi bien... commença Jaelle.

— Assez ! commanda Camilla. Au lieu de vous disputer sur ce qu'on va faire, faites plutôt quelque chose d'utile. Vanessa, va chercher le grain. On va nourrir les bêtes. Comme ça, si nous décidons d'attaquer le col, elles seront en forme. Jaelle, tu as déjà passé le Ravensmark ?

— Deux fois. C'est plus facile d'ici. Descendant par le nord, on est plus exposé au vent. Mais même d'ici, ce n'est pas une promenade de santé. Ce qui m'inquiète surtout, ce sont les passages emportés par les pluies, et avec cette neige — si Vanessa avait autant d'expérience qu'elle le dit, elle ne prendrait pas ça à la légère.

— Je n'ai jamais dit que je prenais la situation à la légère, rétorqua Vanessa. Mais à mon avis, pire c'est, plus vite nous devrions tenter la traversée, avant que la neige ne soit plus profonde. Si Jaelle ne veut pas prendre la tête, je peux la remplacer.

— Je connais le chemin, et toi pas, dit Jaelle. Et pour ce qui est de prendre la tête, je peux le faire. On peut toujours passer, à pied. Les chervines peuvent passer, ils sont faits pour ce terrain. Et les poneys pourront sans doute passer aussi. Mais les corniches sont *très* étroites. Même par beau temps, il faut mettre pied à terre pour franchir le Ravensmark. À côté de ce sentier, celui de Scaravel fait l'effet de la Grande Route du Nord. Même avec des passages emportés par les pluies, c'est très faisable par beau temps. Mais si la neige se met à geler... je ne suis pas suicidaire, et toi non plus, j'imagine.

— C'est à ce point-là ?

Vanessa considéra Jaelle en silence pendant une minute. Quand elle reprit la parole, ce fut, au grand soulagement de Magda, sans la moindre trace de contestation dans la voix.

— Alors, quelles sont les options ? Si le risque est si grand — quelles alternatives avons-nous ?

Jaelle réfléchit un instant. Elle regarda la neige qui s'épaississait et dit :

— Si nous ne traversons pas maintenant, nous ne pourrons sans doute pas traverser avant le dégel de printemps. C'est pourquoi c'est le col le moins fréquenté des Kilghard. Une fois que les sentiers sont gelés, je ne traverserais pas pour tout le cuivre du tombeau de Zandru. Nous n'aurions d'autre choix que de revenir en arrière et faire le détour par Hammerfell.

— Et est-ce *possible* de traverser ce soir ?

— Je crois que nous pourrions à la lumière du jour, dit Jaelle d'un ton méditatif, mais il faudrait faire passer les chevaux un par un, en les menant par la bride. Puisque tu as l'habitude de faire du glacier, tu pourrais sans doute passer aussi. Pour Camilla, pas de problème. Je suis moins sûre pour Magda, mais elle a franchi le Scaravel en plein hiver, et je ne lui ai pas été d'un grand secours quand les banshees se sont avisés de notre présence. Mais...

Elle se retourna et regarda la dernière.

Cholayna la regarda dans les yeux.

— Je n'ai pas peur.

— Ça n'a rien à voir avec la peur. Ce n'est pas ton courage que je mets en doute. C'est ton équilibre, ton manque d'entraînement, tes réactions en altitude. Magda ne supporte pas les hauteurs, mais moi si, et elle le sait ; et elle sait suivre les ordres. Mais toi ? Le sentier du Ravensmark est le pire que tu puisses imaginer. Vanessa a fait de l'alpinisme pour le plaisir, alors je sais qu'elle ne paniquera pas quand ça deviendra dangereux — et crois-moi, c'est assez dangereux pour que je panique moi-même, et ça ne m'arrive pas souvent. Si tu craques au beau milieu du passage, sur la corniche — alors ? Impossible de revenir en arrière à ce stade. Une fois au milieu du passage, c'est le point de non retour. Je crois qu'on va faire demi-tour. Franchement, je ne suis pas certaine que tu puisses passer, et je ne veux pas risquer notre vie à toutes sur tes nerfs.

Cholayna ouvrit la bouche pour protester, puis la referma. Elle dit enfin :

— C'est normal. Je suis le maillon le plus faible. Veux-tu que je m'en retourne pendant que vous continuerez ? Parce que, en résumé, tes paroles reviennent à dire que vous pouvez passer sans moi. Et que si vous faites demi-tour par Hammerfell — vous n'avez plus guère de chances de les rattraper, exact ?

— Si nous faisons le détour par Hammerfell, dit Camilla, je doute que nous puissions les rejoindre avant Nevarsin.

— Et si nous... si vous continuez, vous avez des chances ?

— Une chance, dit Jaelle. Pas une grande chance. Car il y a aussi ça à considérer. Je peux très bien risquer nos vies pour traverser Ravensmark, et ne pas les rattraper quand même. Je ne sais pas si le jeu en vaut la chandelle. Je ne suis pas une joueuse — je ne l'ai jamais été.

— Oubliez-moi, dit Cholayna. Qu'est-ce que tu veux faire ?

Jaelle se tourna vers elle avec colère.

— Ne parle pas comme ça ! Comment veux-tu que je t'oublie ? Tu es *là* ! Crois-tu que je veuille avoir ta mort sur la conscience ?

— Je n'aurais pas dû venir, n'est-ce pas ?

— Trop tard pour y penser, dit Camilla, tandis que Jaelle hésitait, trop polie pour répondre. Ce qui est fait est fait. Je comprends que tu aies voulu venir, pourquoi tu voulais venir. Mais te renvoyer seule serait aussi dangereux que de te traîner à travers le Ravensmark, alors, oublie ça. Tais-toi, et laisse Jaelle réfléchir à ce qu'on va faire.

Cholayna se tut. C'était sans doute la première fois depuis vingt ans, se dit Magda, que Cholayna se voyait traitée comme une gêne, un poids mort. C'était à Jaelle de prendre la décision finale. Sans un mot, elle alla chercher des rations dans ses fontes et les distribua à la ronde.

— Que nous traversions ou fassions demi-tour, nous n'aurons pas le temps de manger en selle. Nous avons nourri les chevaux ; maintenant, à notre tour.

Elle tendit à Jaelle la ration de viande-et-fruits secs que Jaelle porta machinalement à sa bouche.

Cholayna grignota un raisin sec, et Camilla lui dit :

— Mange aussi un peu de viande. Quoi qu'on fasse, tu as besoin de quelque chose de solide, par ce temps.

Cholayna soupira et porta la viande séchée à sa bouche avec une visible répugnance. Camilla avait raison, et Cholayna le savait, mais, la voyant s'efforcer d'avaler la viande détestée, Magda ne put réprimer un élan de sympathie à son égard. Cholayna Ares avait l'habitude de donner des ordres, pas de les suivre ; et, alors qu'elle aurait l'intelligence d'obéir quand il serait question de vie ou de mort, elle se rebifferait inévitablement tôt ou tard quand ces ordres concerneraient sa vie personnelle.

Vanessa considéra le ciel de plus en plus sombre à mesure que la neige s'épaississait.

— Alors, qu'est-ce qu'on fait ? Si on traverse, il ne faut plus perdre de temps. Sinon, il faudrait trouver un abri.

Magda savait que Jaelle avait du mal à prendre ce genre de décision. Pourtant elles se tournèrent toutes vers elle, en attente. Elle avait envie de prendre son amie dans ses bras pour la protéger. Mais, pour le meilleur ou pour le pire, le dernier mot appartenait à Jaelle.

Jaelle avala la dernière bouchée de sa ration, déglutit une ou deux fois, soupira.

— Je ne sais pas quoi dire ! Je vous le jure ! Vanessa, qu'est-ce que tu en penses ?

— Je ne connais pas le col aussi bien que toi. Je ne le connais pas du tout. Si tu veux tenter le passage, je te suivrai. Nous pouvons toujours essayer.

— Magda, qu'est-ce que tu en dis ?

— Je veux bien prendre le risque si tu penses que c'est faisable.

— Je ne sais pas, dit Jaelle, et maintenant, elle semblait irritée. Je vous demande ce que vous pensez des chances de Cholayna et si ça vaut la peine de continuer malgré les risques, ou si nous devrions jouer la sécurité et faire le détour par Hammerfell ? Il y a aussi une autre solution : tu pourrais faire le détour par Hammerfell avec elle, pendant que je continuerais avec Vanessa dans l'espoir de rattraper les autres, et on vous attendrait à Barrensclae.

— Tu devrais plutôt demander l'avis de Vanessa, temporisa Magda, plaisantant à moitié. Le Personnel, c'est son boulot. Je crois qu'il faut continuer toutes ensemble, ou faire demi-tour toutes ensemble. Si elle s'en retourne, il faudra que je l'accompagne. Qu'en penses-tu, Cholayna ? Tu veux essayer ? À mon avis, il serait idiot de perdre trois jours, mais tu es seule à pouvoir décider si tu veux tenter le passage. Mais si Jaelle pense que je peux réussir, tu le peux sans doute aussi.

— J'essaierai, dit Cholayna, avec l'ombre d'un sourire. Et je promets de ne pas craquer. Ou si je craque, vous n'en saurez rien.

Jaelle haussa les épaules.

— D'accord. Alors, allons-y, avant que la neige s'épaississe et gèle. Si nous pouvons passer avant que les corniches soient verglacées, ce sera plus facile. Un conseil — et cela vaut aussi pour toi, Magda. Gardez les yeux sur le sentier et ne regardez pas le précipice.

CHAPITRE 11

Au début, la route s'élevait entre deux parois rocheuses, raide mais pas dangereuse. Les flocons était plus petits maintenant, mais plus drus, et cela signifiait que la neige continuerait à tomber, Magda le savait. Elles avaient encore quelques heures de lumière crépusculaire devant elles.

Jaelle ouvrait la marche, emmitouflée dans sa cape et son capuchon, une écharpe lui barrant le visage ; Camilla venait derrière, avec deux chervines attelés en tandem ; puis Cholayna au centre, sur le plus petit poney de montagne, et qui avait aussi le pied le plus sûr. Magda venait ensuite, à cheval, tenant un chervine par la bride. Vanessa, bonne alpiniste, mais qui ne connaissait pas le terrain, fermait la marche.

À mesure qu'elles montaient, le sentier se faisait plus étroit et plus raide. À certains endroits, la terre mille fois piétinée laissait voir le roc, et des plaques de glace du dernier hiver s'accrochaient encore à la haie d'arbres encadrant le sentier. Dans le silence de mort, seuls s'entendaient les pas des bêtes, étouffés par la neige qui continuait à tomber. Plus haut, toujours plus haut ; à certains endroits, le sentier disparaissait maintenant entre les arbres et les rochers. Cela déplut aux chervines qui bramèrent plaintivement en cherchant où poser le pied. Au bout d'une heure — quoique cela leur parût beaucoup plus long — Camilla signala une halte, démonta, et détacha ses deux chervines attachés de front.

— Ils ne passeront jamais ensemble. Cholayna, prends celui-ci par la bride. Il suivra l'autre ; c'est sa mère, et ils travaillent ensemble depuis des années. Pas de danger qu'il s'enfuie, mais il a besoin de se sentir tenu.

Elle se remit en selle, une grosse écharpe attachée sur le nez, le front protégé d'une épaisse couche de crème. Cholayna, elle aussi, était barbouillée de crème, qui contrastait de façon grotesque avec le noir de sa peau.

Elles s'ébranlèrent, le chemin maintenant si étroit et abrupt que les chervines avançaient par saccades comme s'ils gravissaient un escalier. Magda sentait la croupe de son cheval se contracter sous l'effort, avec l'impression qu'elle allait glisser à bas de sa monture dont le dos était maintenant presque à la verticale. Elle pensa : *on ne passera jamais*. Quelques minutes plus tard, Jaelle signala une nouvelle halte. Elle n'était plus qu'une tache floue à travers la neige de plus en plus drue, qui ne fondait plus en touchant le sol, mais saupoudrait le sentier d'une légère dentelle blanche trouée de rocs noirs.

Jaelle se laissa glisser à terre, jetant ses rênes sur sa selle ; elle revint en arrière, posant précautionneusement les pieds dans l'étroit espace entre les bêtes et la paroi rocheuse. Elle dit quelques mots à Camilla en la croisant, et Camilla mit pied à terre et la suivit. Magda l'entendit dire à Cholayna :

— C'est trop raide, même pour ton poney. Il faut démonter. Marche près de ton cheval en lui tenant la bride. Il trouvera son chemin mieux que toi.

Cholayna chancela en démontant, et Jaelle la soutint de la main.

— L'altitude te gêne ?

— Pas encore. J'ai le souffle un peu court, c'est tout.

— Eh bien, ne force pas l'allure ; inutile de nous presser. Ça va se corser plus loin, mais ici, il n'y a pas de danger. Ça va, Magda ?

L'altitude lui faisait battre le cœur à grands coups, mais à part ça, elle se sentait bien. Elle ne savait pas ce qu'il en était pour Cholayna, mais jusqu'à présent, la Terrienne suivait assez bien le train, et elles montaient si lentement qu'elle aurait le temps de s'habituer à l'altitude. Ses oreilles bourdonnaient, alors elle bâilla et les sentit se dégager.

— Comment ça va, Vanessa ? demanda Jaelle, arrivant au bout de la colonne.

— Très bien, jusqu'à présent. Où sommes-nous ? À mi-chemin du sommet ?

— À peu près. Les difficultés vont commencer là-bas.

Jaelle tendit le bras, et Magda suivit des yeux le sentier jusqu'à un rocher surplombant le précipice, et où, pour autant qu'elle pouvait s'en rendre compte, le chemin disparaissait et plongeait dans l'abîme.

Vanessa examina l'endroit en fronçant les sourcils.

— Il y a des marches, dit Jaelle. Assez larges et assez basses, que les chevaux et les chervines pourront monter si la neige ne devient pas plus glissante. C'est un des passages les plus délicats. Je vais en reconnaissance ; laissez mon cheval me suivre s'il veut, mais vous, attendez que je vous fasse signe. Je veux m'assurer qu'il n'y a pas de mauvaises surprises devant nous tant qu'il fait assez jour.

Elle fit demi-tour et repartit dans l'autre sens, disparaissant presque dans une descente ; elles virent son bonnet rouge monter et descendre, puis plus rien.

— J'aurais dû aller avec elle, dit Camilla, très tendue.

— Elle sait ce qu'elle fait, dit Magda.

Au bout d'une ou deux minutes, Jaelle reparut et leur fit signe d'avancer. Camilla prit les rênes d'un chervine, laissant son cheval suivre à sa guise ; Cholayna prit la bride de l'autre. Magda démonta, prit la bride de son cheval dans une main, celle d'un chervine dans l'autre, jusqu'à ce que, le sentier se rétrécissant, elle fût obligée de lâcher le chervine et de le laisser suivre comme il pouvait. Une fois, négociant un virage sec, elle se trouva en face d'un abîme insondable. Des arbres, dont elle ne voyait que les faîtes, hérissaient le flanc du précipice selon des angles improbables. Elle resserra sa main sur les rênes et détourna la tête pour ne plus voir.

Devant elle, où le chemin tournait selon un angle encore plus aigu, elle vit Camilla tendre la main à Cholayna.

— Tiens bon. Lâche ton cheval. Il trouvera son chemin tout seul. Ne regarde pas en bas ; c'est assez profond, ici. Fais une grande enjambée. Très bien. Parfait.

Les jambes de Cholayna disparurent derrière le tournant. Camilla cria d'une voix rassurante :

— C'est un peu glissant, Margali. Attention !

Elle posa les pieds prudemment, cherchant une prise, tournant le premier coin aveugle, et elle se retrouva sur de larges marches basses. L'une d'elle s'effrita sous ses pieds, dangereusement près du précipice où elle s'enfonçait peu après en direction des arbres enneigés. Un peu étourdie, les oreilles bourdonnantes, elle se releva, monta péniblement la marche suivante, et se retrouva en terrain solide, avec son cheval qui l'avait suivie. Elle était sur une vaste plateforme rocheuse, où le vent des hauteurs lui ébouriffa les cheveux. Elle batailla pour renouer les cordons de sa capuche, entendant Cholayna haleter derrière elle. Vanessa se hissa agilement à leur niveau.

— Oh-la-la ! Ce n'était pas du gâteau. Et tu dis que ça devient pire ?

— À moins que les pluies n'aient emporté le sentier sur de trop grandes longueurs, ce devrait être faisable, dit Jaelle. Mais continuons. Il reste moins d'une heure de jour, la neige commence à coller, et il y a des endroits que nous ne pourrons pas négocier dans le noir.

Maintenant, le chemin montait moins, mais tournait de plus en plus et se rétrécissait, laissant juste la place à une femme ou un cheval entre la paroi et l'abîme. Cholayna, sur le conseil de Camilla, marchait collée à la montagne, cramponnée à la bride de son poney. Magda fit de même, et se rapprocha le plus qu'elle put de la falaise, en évitant de regarder vers le précipice. Une fois, elle entendit le hurlement d'un *kyorebni*, et le grand charognard les survola lourdement ; le poney de Magda se cabra, et elle batailla avec la bride, essayant de l'apaiser, elle-même terrifiée par les immenses ailes battant au-dessus d'elle, et l'œil mauvais qui, un instant, la regarda dans les yeux, puis l'horrible bête disparut ; elle le vit plonger en piqué dans l'abîme et détourna vivement la tête vers la paroi rocheuse.

Vanessa, qui la suivait de si près que Magda sentait la tiédeur de son corps, murmura :

— Qu'est-ce que c'est que ça, sapristi ?

Magda répondit laconiquement, en Terrien Standard :

— Vautour barbu, ou si proche qu'il n'y a pratiquement pas de différence.

Elles baissèrent la tête sous le vent, plus fort, et chargé d'aiguilles de glace. Chaque pas demandait un effort à ses muscles douloureux, et la neige, qui avait maintenant un demi-pouce d'épaisseur, commençait à glisser sous les bottes. Elle entendait le souffle court des animaux qui, comme elle, émettaient de petits nuages de vapeur à chaque expiration.

Plus haut, toujours plus haut ; puis elle entendit Jaelle crier :

— Sentier emporté devant. Rasez la falaise et laissez les chevaux avancer seuls !

Devant elle, Cholayna, collée à la paroi, avançait centimètre par centimètre sur une section emportée où le sentier n'avait plus que quelques pouces de large. S'efforçant de calmer sa respiration, Magda s'aplatit contre la falaise, avançant un pied après l'autre, fermant les yeux pour ne pas voir le gouffre vertigineux devant elle. Elle sentit la main de Vanessa qui lui prenait le coude pour la stabiliser.

— Ça va, Magda ?

Le chervine avançait à petits pas précautionneux, secouant la neige de ses andouillers.

Maintenant, son cœur battait à grands coups. *Pas plus de trois mille quatre cents mètres, ce n'est pas tellement ; je dois être encore moins en forme que je croyais. Et on est encore loin du sommet.*

Son univers s'était rétréci, se réduisant maintenant au sentier précaire sous ses pas, aux reniflements de son cheval, et aux claquements étouffés des sabots du chervine dans la neige. Quelque part au-dessus d'elle, une pierre se détacha et rebondit sur le chemin, et Camilla leur cria :

— Attention, chutes de pierres par ici.

Sa vue se brouilla ; elle se sentit chanceler, dangereusement près du bord. Non — elle n'avait pas le vertige, qu'était-ce donc qu'elle recevait ? Prudemment, collée à la falaise, elle rattrapa Cholayna. Elle avait le visage grisâtre, et quand Magda lui prit la main, il lui sembla entendre son cœur qui battait follement.

— Le mal des hauteurs ?

— Juste un peu. Je... n'ai pas l'habitude... d'une altitude pareille.

Cholayna aussi évitait de regarder le précipice ; mais Camilla ne cessait de le scruter, avec intérêt et curiosité, et Jaelle avançait tout au bord avec une témérité qui donna le frisson à Magda. Vanessa avançait, aussi désinvolte que si elle se trouvait sur un escalator du Q.G.

À voix basse, Magda dit à Cholayna :

— Moi non plus je n'aime pas beaucoup ce genre de chemin. Ne regarde surtout pas en bas. Et tiens-toi à moi si tu veux.

Elle sentit la main de Cholayna se refermer sur la sienne et essaya de se calmer pour ne pas accroître la panique de son amie.

— Il n'y a plus de danger. Ne regarde pas en bas, c'est tout.

— J'ai tout le temps l'impression... que je vais tomber et dégringoler en bas, murmura Cholayna.

— Je sais. Moi aussi. Mais on est presque arrivées en haut, ajouta Magda, sans avoir la moindre idée de la distance jusqu'au col. Juste un pas à la fois. C'est plus large qu'un escalier normal, et tu n'aurais pas peur. Tu te débrouilles très bien.

— Ça va maintenant, soupira Cholayna. Mais j'ai craqué une minute. J'ai horreur d'être le maillon faible.

— Bon, si ce n'était pas toi, ce serait moi, dit Magda. Ça va maintenant ?

Elle reporta son attention sur son chervine, sans cesser de surveiller discrètement la lente progression de Cholayna dans le crépuscule finissant.

J'espère qu'on arrivera avant la nuit complète, pensa-t-elle, serrant les dents dans le vent glacial qui lui piquait les joues. Déjà, elle ne voyait presque plus le sentier, et pourtant, la blancheur de la neige permettait de le distinguer dans l'obscurité grandissante. Une fois, son pied délogea une pierre au bord du chemin, et elle l'entendit rebondir sur la pente pendant une éternité avant que le son ne s'évanouisse dans les profondeurs. Un pas, un autre, et un autre, et encore un autre.

À la sortie du tournant suivant, où le sentier était presque invisible elle se cogna doucement dans Cholayna, immobile devant elle.

— Je ne vois plus le chemin ! lui dit-elle en un souffle. Magda non plus d'ailleurs.

— Suis le cheval ; il voit mieux que toi.

Mais elle se demanda quand même jusqu'où Jaelle allait continuer dans cette pénombre, avec le vent qui leur arrivait presque horizontalement de face, mêlé d'aiguilles de glace.

Elle ne voyait pratiquement plus rien, mais elle sentit les bêtes rassemblées en cercle sur un évasement de la corniche, dominé d'une roche en surplomb qui en faisait une sorte d'abri naturel. Vanessa les rejoignit, et elles se groupèrent en rond.

— Pas moyen de passer ce soir. Il faudra bivouaquer quelque part, et c'est encore ici qu'on sera le mieux.

— Nous avons des lampes ? demanda Vanessa.

Jaelle secoua la tête.

— Inutiles par ce temps. Le sentier devient trop glissant. On risque de trouver de la glace par endroits. Au matin, quand nous serons reposées, nous tenterons la chance. Écoutez-moi ça ! ajouta-t-elle.

Le vent hurlait dans les crevasses, et, venu de nulle part semblait-il, leur parvint le cri d'un banshee. Magda frissonna au souvenir de sa première rencontre avec ces créatures dans le Col de Scaravel. Elle espéra que celui-là était très loin.

— Installons-nous pour la nuit, dit Jaelle. Il n'y a pas la place d'établir un camp, mais le surplomb nous abritera un peu. Les chervines à l'extérieur du cercle ; ils ont le pied plus sûr que les chevaux.

Magda alluma un petit feu et fondit de la neige pour préparer du thé, mais il n'y avait guère la place de faire de la cuisine. Le temps que le thé soit prêt, les sacs de couchage étaient déroulés à l'abri du surplomb. Dans le froid cuisant, le vent sifflait, charriant des tourbillons de neige, et elles se blottirent les unes contre les autres sous toutes les couvertures empilées, Vanessa et Magda de part et d'autre de Cholayna. Ses doigts raidis tremblaient en ôtant ses bottes, et elle avait les pieds livides et enflés. Vanessa les prit sur ses genoux et les frictionna pour les réchauffer.

Cholayna voulut protester, mais Vanessa lui dit :

— Je suis une vieille montagnarde, et j'en sais plus qu'on n'a jamais pu t'en raconter sur les pieds et les gelures. Bois ton thé.

— Je n'ai pas soif. Je ne peux pas avaler.

— Justement. Bois, il le faut. À cette altitude, il faut s'hydrater, parce que le corps a tendance à bloquer la circulation périphérique pour conserver la chaleur, et c'est pourquoi les pieds gèlent les premiers. Très bien, remue les orteils autant que tu pourras ! Ton corps commence à manger ses propres muscles, c'est pourquoi il faut absorber du liquide pour éviter le blocage des reins. C'est la première leçon de survie en haute altitude — non qu'on soit tellement haut, mais c'est plus haut que tu n'en as l'habitude. Bois et mange.

Elle tendit à Cholayna une barre de fruits secs toute poisseuse de miel. Docilement, Cholayna essaya de manger, mais elle était trop épuisée pour mastiquer. Magda prit la ration de Cholayna, trempa les fruits secs dans le thé chaud pour les ramollir et les rendre plus faciles à avaler, vieux truc appris au cours de ses missions. Elle sucra abondamment le thé puis rendit le quart à Cholayna.

— Avale, c'est tout — ne fais pas attention au goût.

— Fais-en autant, Magda, dit Jaelle avec reproche. Tu as oublié de manger. Finis ta ration avant de t'allonger.

Magda hocha la tête, reconnaissant le bien-fondé de ce reproche. Elle était trop fatiguée pour fouiller dans son sac à la recherche de chaussettes propres, mais elle le fit quand même, et mit ses bottes avec elle dans son sac de couchage. Jaelle et Camilla glissèrent une gourde d'eau dans leur duvet pour que leur chaleur corporelle l'empêche de geler. Elles étendirent toutes leurs couvertures supplémentaires sur les sacs de couchage, et se blottirent les unes contre les autres pour conserver leur chaleur.

Vanessa avait choisi d'être à l'extérieur ; Cholayna était allongée entre elle et Magda, Jaelle et Camilla blotties contre elle. Magda était trop épuisée pour dormir. Elle entendit ses compagnes s'endormir l'une après l'autre, la respiration un peu embarrassée de Cholayna, la toux légère de Jaelle. Elle sentit Camilla frissonner : c'était la plus mince d'elles toutes, sans couche de graisse protectrice ; Magda savait que la grande *emmasca* était plus solide que du fil de cuivre, mais elle résolut quand même de lui parler, pour la convaincre de s'habiller plus chaudement. En altitude, cela pouvait être sérieux, mais Camilla, qui voulait toujours prouver qu'elle était plus résistante que quiconque, ne voudrait peut-être pas se vêtir plus chaudement que Vanessa, également mince, mais qui avait la couche de graisse protectrice normale chez une femme. Ce n'était pas le cas de Camilla, qui, de plus, avait horreur d'attirer l'attention sur elle.

Magda se retourna tout doucement, pour ne pas réveiller ses voisines, se demandant si elle arriverait à s'endormir. Elle se conditionna mentalement pour appliquer certaines des disciplines apprises dans le cercle de matrices ; puis elle décida, avant de dormir, de contacter brièvement la Tour Interdite — sa famille. Ils devaient savoir où elle était, et qu'elle ne rentrerait pas aussi tôt que promis.

Pourtant, si on franchit ce maudit col demain et qu'on rattrape Rafaella et Lexie, je pars tout de suite retrouver Shaya !

Jaelle dormait profondément. *Inutile de la réveiller.*

Magda monitora rapidement son corps, vérifiant que le sang circulait normalement dans ses doigts et ses orteils ; sortir de son corps dans ces conditions présentait un danger réduit, mais réel.

Puis elle fut hors de son corps, debout dans la plaine grise et morne du Surmonde, cherchant des yeux la silhouette de la Tour Interdite, tout en envoyant un appel silencieux à Callista.

Mais il n'y avait pas trace de la Tour. Puis, dans la grisaille, un étrange visage inconnu prit lentement forme sous ses yeux.

C'était un visage de vieille femme, aux yeux profondément enfoncés sous des sourcils blancs, avec un front ridé surmonté de cheveux nattés aussi blancs que les sourcils. Dépourvue de la sérénité bienveillante que Magda associait toujours aux rides et à l'âge, cette femme la foudroyait en silence, et Magda sentit sa colère.

Va-t'en. Tu n'as rien à faire ici.

— De quel droit contestez-vous ma liberté d'accès au Surmonde ?

Magda évoqua mentalement une image de la Tour Interdite et de Damon, son Gardien.

La vieille renversa la tête en arrière, et émit ce que Magda prit d'abord pour une succession de jappements ; quelques instants plus tard, elle réalisa que c'était un rire moqueur.

Cet homme n'a aucune autorité ici ; il faudra trouver mieux pour entrer ! Tu devrais faire demi-tour et t'en retourner, ma fille, retourner vers ton bébé, que tu n'aurais d'ailleurs pas dû quitter ! Et pour qui vous prenez-vous, de venir par ici ? Hé-hé-hé ! Vous vous croyez fortes et résistantes ? Fières d'escalader cette petite colline ? Tu n'as encore rien vu, chiya ! (Ce dernier mot prononcé avec un mépris clinquant.) *Un groupe de gamines, plus deux matrones qui n'ont pas le courage de reconnaître qu'elle sont trop vieilles pour passer quand la route deviendra difficile ! Je suppose que tu connais le chemin, les mots de passe ? Eh bien, essaye, essaye, c'est tout. Hé-hé-hé-hé-héééééé !*

Rejetant la tête en arrière en aboyant un rire qui fit tressauter ses tresses, l'horrible vieille brandit le poing vers Magda. Magda savait qu'elle trahissait sa peur, car il est impossible de dissimuler ses émotions dans le Surmonde, mais elle dit d'une voix ferme :

— Vous ne pouvez pas me dénier ma place ici, grand-mère.

Et que viens-tu faire ici, alors que tu as abandonné ton enfant ?

Magda avait envie de répondre : *Ça ne vous regarde pas !* mais sa connaissance des lois régissant le Surmonde tempéra sa réponse. On ne pouvait pas y refuser un défi ; et ce n'était pas le premier qu'elle affrontait, bien qu'elle n'eût jamais rien rencontré d'égal à cette hideuse vieille.

— Je réponds à l'appel du devoir et de l'amitié.

Hah ! Tu n'es l'amie d'aucune des deux qui te précèdent ; tu n'as pas le courage de faire ce qu'elles font ; tu es jalouse, c'est tout.

Magda réfléchit et répondit :

— Peu importe. Mes amies s'inquiètent pour elles, et je les accompagne pour les aider.

Hé-hé-hé ! Insuffisant ! Je le savais. Ce que tu fais pendant cette quête, tu dois le faire pour toi-même, pour tes propres raisons, et pas pour celles d'une autre. Compris ? Je le savais. Va-t'en !

Elle leva la main, et il sembla à Magda qu'un éclair bleu la frappait entre les deux seins. La douleur fulgura dans son cœur, et elle se sentit tomber, tomber...

Le monde gris avait disparu. Magda frissonna dans son duvet, de retour dans son corps... Mais l'avait-elle quitté ? Ne s'était-elle pas simplement endormie, l'étrange rencontre n'étant qu'un rêve dramatisant son conflit intérieur au sujet de cette quête bizarre et importune ? Elle entendait Cholayna gémir doucement dans son sommeil, Jaelle qui marmonnait « non, non », et elle se demanda si ses amies rêvaient de corniches et de précipices.

Devait-elle tenter de retourner immédiatement dans le Surmonde ? On lui avait dit qu'un échec de ce genre devait être immédiatement suivi d'une autre tentative, comme les gens qu'on oblige à remonter immédiatement après une chute de cheval. Mais était-elle seulement allée dans le Surmonde ? Ne s'était-elle pas endormie, tout simplement ? Elle savait qu'il était imprudent pour quelqu'un d'épuisé de tenter un travail psi, et que l'épreuve de l'ascension et son énorme fatigue le rendraient périlleux.

Finalement, mettant en pratique la discipline qu'on lui avait inculquée, elle commença à compter pour s'endormir. Elle ne pouvait pas se permettre le luxe d'une nuit blanche avec le passage du Col de Ravensmark qui les attendait le lendemain.

CHAPITRE 12

Jaelle rampa jusqu'au bord du surplomb et risqua un regard dehors.

— Il neige plus dru que jamais, dit-elle sombrement. Impossible de partir maintenant !

— Il faut quand même que j'aille m'occuper des bêtes, dit Camilla, l'enjambant pour sortir.

À son retour, elle se râcla les pieds par terre, écœurée.

— Attention où vous marchez si vous sortez ; avec dix bêtes dehors, c'est comme une écurie.

— Il y a une pelle dans les paquetages, si ça te dit de nettoyer, dit Jaelle en sortant.

Elle revint en faisant la grimace :

— Il neige comme dans le sixième ou septième enfer de Zandru. Et devinez ce qui m'arrive ?

Vanessa, à genoux au bord du surplomb pour allumer un feu fouilla dans son sac, puis lança un petit paquet à Jaelle en disant :

— À ton service. Il y a une vieille maxime chez les expéditions féminines d'escalades : quoi qu'il arrive, ce sera toujours au plus mauvais moment. Tu as de la chance, Jaelle. En général, ça arrive juste au-dessus de sept mille.

— Ce n'est pas le plus mauvais moment, dit Magda. La matinée pourrait être claire, et tu devrais prendre la tête de la colonne. Recouche-toi, Shaya, je vais te faire du thé.

Jaelle s'exécuta, demandant :

— Je suppose que vous n'avez pas apporté de la tisane de fleur d'or ?

— Je ne sais pas ce que c'est, mais je ne crois pas, dit Vanessa. À la place, je peux t'offrir des inhibiteurs de prostaglandines que j'ai dans ma trousse d'urgence.

Elle sortit quelques comprimés, pendant que Magda faisait du porridge, libéralement additionné de fruits secs et de sucre. Cholayna sortit un gros pull de son sac et l'enfila. Elle frissonnait.

— J'ai envie d'un bon coup de gnole.

— À cette altitude ? Tu serais ivre morte avant d'avoir bu trois gorgées ! dit Vanessa. Essaye plutôt un comprimé de caféine.

Elle les fit passer à la ronde avec le porridge ; seule Camilla refusa.

— Le temps a l'air de vouloir se lever plus tard ?

— Je n'en ai pas la moindre idée, dit Jaelle. Je sais ce qui t'inquiète : s'il tombe deux ou trois pieds de neige, nous serons vraiment en difficulté. Le col n'est pas du genre qu'on peut passer avec de la neige jusqu'aux genoux ou pire.

Elles comprirent toutes ce qu'elle ne dit pas, à savoir que retourner sur leurs pas par le sentier à demi emporté par les eaux serait aussi dangereux que de continuer. Et avec chaque heure qui passait, leurs chances de rattraper Lexie et Rafaella diminuaient.

Elles mangèrent leur porridge, puis Vanessa et Camilla refirent les paquetages. Le ciel demeura gris, mais il ne neigea pas plus, plutôt moins, sembla-t-il à Magda.

Regardant vers le précipice, Camilla dit tout à coup :

— Il y a des démons en ce lieu. J'ai été la seule à souffrir des cauchemars d'Alar ?

— C'est l'altitude, dit Cholayna. Ma tête éclate. J'ai rêvé que j'étais dans la maudite cité de Lexie, et une douzaines de femmes aux masques semblables aux démons de ma tribu ancestrale essayaient de me faire passer par le trou d'une aiguille pour y entrer. Elles disaient que j'étais trop grosse, et me poussaient en force à travers le trou, brûlant tout ce qui dépassait.

— Les cauchemars, c'est la règle à cette altitude, dit Vanessa. Moi, j'ai rêvé de toi, Cholayna. Tu me disais que si nous revenions jamais, je serais dégradée de trois échelons pour insubordination.

Jaelle gloussa.

— Moi, j'ai rêvé que ma fille était Gardienne ; elle me disait que, parce que je l'avais abandonnée, je n'aurais jamais la compétence de travailler seule. Puis elle essayait de m'enseigner à monitorer, sauf qu'au lieu d'une matrice, j'avais une bouse de chervine que je devais transformer en pierre-étoile.

Elles éclatèrent de rire en chœur, sauf Camilla qui contemplait ses poings fermés, fronçant les sourcils.

— Ce dont j'ai rêvé, je ne vous le raconterai pas. Mais il y a des démons en ce lieu.

— C'est l'altitude et le froid, dit vivement Magda. Tu es trop mince. Une couche supplémentaire de sous-vêtements devrait arranger ça.

Les heures se traînaient. Vers midi, elles perçurent une vague lueur vers le sud, et Jaelle dit :

— Je crois que le soleil essaye de percer. Nous devrions nous préparer à partir.

— Tu veux que j'ouvre la voie ? proposa Vanessa tandis qu'elles sortaient de leurs duvets.

— Non merci, je me sens bien. Tes pilules font des merveilles, je ne me suis jamais sentie mieux. Je t'assure, Vanessa, que je ne cherche pas à diriger. Si j'ai besoin d'aide, je le dirai, je te le promets. Mais je connais le chemin et pas toi. Et même le connaissant, des tas de repères auront disparu.

Elle attacha son sac sur le dos de son poney.

— Chargeons les bêtes. Serrez bien les sangles, la marche sera chaotique.

Un lourd silence plana sur le camp pendant qu'elles chargeaient les bêtes. Dans l'air humide, même les bruits légers émis par les animaux semblaient irréels. La neige était ferme et crissait sous les pas, mais moins glissante que Magda l'avait craint. Elle se retourna vers le sentier monté la veille. Il lui sembla qu'elles étaient très haut, mais devant elles, il continuait à monter, contournant les rocs et disparaissant enfin hors de vue.

Jaelle prit son poney par la bride : elle avait attaché le chervine à sa monture, de sorte qu'il n'avait d'autre choix que de suivre. Camilla prit les trois animaux suivants par les rênes et commença à monter derrière Jaelle. Le sentier était raide, mais loin d'être impraticable.

Magda fit signe à Cholayna de passer devant elle, et attendit que la Terrienne ait pris quelques pas d'avance avant de la suivre. Le sentier montait, plus haut, toujours plus haut, et pendant la montée, le soleil parut, et elles virent le chemin sinuer vers une petite encoche entre deux pics abrupts.

— Ravensmark, dit Jaelle, tendant le bras et continuant à monter.

Magda avançait, en pleine forme. Mais après plusieurs heures de marche, le col semblait toujours aussi loin. Toutes les heures, Jaelle faisait halte pour se reposer, mais même ainsi, elle se fatiguait, et après trois ou quatre haltes, elle demanda à Vanessa de prendre la tête.

— Dès que nous aurons franchi le col, je te remplacerai. Il y a un passage délicat juste au-dessous du sommet de l'autre côté.

Vanessa acquiesça de la tête. Jaelle revint vers l'arrière et Camilla, qui avait l'air très sombre.

— Tu veux fermer la marche ? Je ne me sens pas à la hauteur, dit Jaelle.

Et Camilla remonta la colonne pour se placer à l'arrière, demandant en passant à Cholayna comment ça allait.

— C'est plus facile quand on voit où on va, dit Cholayna.

Magda aurait préféré ne pas voir et évitait de regarder vers le précipice.

Passant près de Magda, Camilla s'arrêta et prit une profonde inspiration.

— Nous avons passé le pire. À partir de maintenant, ça va bientôt descendre.

Magda était trop hors d'haleine pour répondre, et se contenta de hocher la tête. Sous le soleil, tout paraissait plus gai, mais la neige commençait à fondre, et la marche devenait glissante. Magda dut faire appel à ses dernières forces pour se hisser sur le dernier raidillon, et arriva la respiration sifflante, au milieu du col où l'attendaient Jaelle et Cholayna.

Jaelle jura entre ses dents et tendit le bras.

— Voilà ce qui était le sentier, dit-elle.

Maintenant, le chemin était enterré sous des tonnes de graviers, et de neige.

— Avalanches, glissements de terrain, dieu sait quoi encore. De la glace pourrie doit être tombée des hauteurs lors des pluies de printemps, et cette partie du sentier est définitivement impraticable.

— Alors, qu'est-ce qu'on fait ? demanda Vanessa. On peut passer quand même ?

— Ton avis vaut le mien. En escalade, peu chargée, je pourrais passer. Les chervines pourraient sans doute descendre. Regarde, dit-elle, tendant le bras. Après ce bouquet d'arbres, le sentier reprend. Au moins un semblant de sentier ! L'avalanche l'a recouvert sur environ cinq cents mètres. C'est raide et pas attirant. Mais c'est peut-être moins dangereux que ça en a l'air...

— Sauf si la neige se remet à glisser. Et on dirait qu'il y a de la roche pourrie qui pourrait bien redémarrer une avalanche dès que nous mettrons le pied dessus, dit Camilla, les rejoignant. Pas étonnant que nous ayons fait des cauchemars la nuit dernière.

Elles examinèrent la pente toutes les trois, tandis que Cholayna et Magda, sachant qu'elles ne pouvaient rien apporter à la discussion, se taisaient, contemplant le chaos de neige, rocs et glace amoncelé sous elles, là où autrefois existait un semblant de sentier.

Vanessa proposa finalement :

— Jaelle, toi et moi, nous pourrions nous encorder et aller en reconnaissance. Au moins nous saurions si le sol est assez solide pour faire passer les bêtes. Avec ce froid, la neige doit avoir gelé en profondeur, et elle ne commencera sans doute pas à glisser tout de suite. Il a gelé très fort la nuit dernière.

Jaelle réfléchit une minute, puis elle dit :

— Je ne vois pas d'alternative. À moins que quelqu'un ait une meilleure idée ?

Personne n'en avait. À l'évidence, le seul autre choix était de faire demi-tour pour passer par Hammerfell. En tout cas, elles avaient perdu toute chance de rattraper Lexie et Rafaella à Barrenclae.

— Si j'avais su, dit sombrement Jaelle, fouillant dans un sac à la recherche de son piolet, nous aurions pris la Grande Route du Nord jusqu'à Nevarsin.

— Et si le Duc d'Hammerfell portait des jupes il aurait pu être la Duchesse, dit Camilla.

— Jaelle, nous avons fait du mieux possible, lui rappela Cholayna. Et l'important, c'est que nous sommes toutes là, et jusqu'à présent, sans blessures.

— Espérons qu'on pourra en dire autant ce soir, répondit Jaelle avec un sourire crispé. Vanessa, donne-moi la corde. Tu passes la première ou moi ?

— Aucune importance. Nous voyons toutes les deux où le chemin devrait être et n'est plus.

Elle boucla son harnais à sa taille, fit jouer la corde dans les boucles, et prit son piolet.

— Donne-moi un peu de mou. Parfait.

Elle posa prudemment les pieds sur la neige et les pierres et commença à descendre ; elle passa par-dessus le rebord, se laissa glisser, et la corde se tendit. Magda entendit Cholayna ravaler son air, mais au bout d'une minute, Vanessa cria :

— Tout va bien : j'ai perdu pied. C'est délicat par ici. Je cherche un sol plus stable. Tenez bon.

Sa tête reparut ; elle remontait.

— Impossible par là. Il y a un décrochement de quarante mètres juste en dessous. Il va falloir chercher ailleurs.

Elle partit lentement vers la gauche, choisissant où elle posait les pieds. Cette fois, elle ne glissa pas ; au bout d'un moment, elle sembla avoir trouvé un passage. Jaelle tendit la corde à Magda.

— Toi et Camilla, tenez-moi bien.

Elle partit, marchant soigneusement dans les traces de Vanessa. Camilla vint se poster derrière Magda, prête à l'aider à tenir la corde si l'une ou l'autre glissait. Elles ne les voyaient plus maintenant. Magda, Camilla la tenant fermement par la taille, haletait. Un peu de peur, beaucoup d'impuissance. Elle ne servait à rien, elle n'était pas grimpeuse, n'avait aucun talent d'alpiniste. Elle ne pouvait que tenir la corde et faire confiance à sa compagne.

— C'est suffisant, dit doucement Camilla.

Mais avait-elle parlé tout haut ? Était-ce l'isolement, le silence de la montagne où elle n'avait pas besoin de relever ses écrans pour se protéger du brouhaha télépathique de la ville, qui lui donnait l'impression d'être en communion constante avec l'esprit de Camilla ? Elle ne savait pas, et, d'ailleurs, elle avait la tête à autre chose. La corde se tendit, et elle se raidit, retenant les grimpeuses avec l'aide de Camilla. Elle avait les narines et la gorge douloureusement desséchées ; le froid sec de l'altitude deshydratait les sinus et les muqueuses, et elle ne pensait qu'à boire. Ce devait être encore plus pénible pour Vanessa et Jaelle, qui affrontaient la neige et les pierres plus bas.

La corde prit du mou, et, un instant, Magda paniqua, craignant une rupture, une chute... Puis on leur cria d'un bas :

— Tout va bien. On pourra passer par-là. Je remonte.

C'était la voix de Jaelle, et, au bout d'un moment, elle reparut.

Vanessa la suivait de près, haletante.

— À boire dit-elle, et Cholayna lui passa une gourde.

Quand Jaelle eut retrouvé son souffle, elle dit :

— Ça ira ; ce n'est même pas très raide. Il n'y a qu'un seul mauvais passage de roche pourrie ; il faudra conduire les chevaux un par un, très prudemment, pour qu'ils ne glissent pas. Ce serait très facile de nous casser une jambe là-dedans. Mais partout ailleurs, le sol est solide, et on a déblayé le plus gros à coups de pieds. Passé ces éboulements, le sentier reprend ; étroit, mais il existe. Je crois qu'on réussira. Mais je ferai passer Cholayna moi-même.

Elle but une autre rasade d'eau, haletante, mais, devant l'air préoccupé de Camilla, elle lui dit :

— Tout va bien, ne t'en fais pas.

Et Magda se garda de manifester aucune inquiétude.

— Sortez du pain et du fromage, dit Vanessa, on va déjeuner ici. Et si quelqu'un a quelque besoin personnel, profitez de l'occasion. Plus loin, il n'y a aucun endroit pour s'écarter du sentier.

— Si j'ai bonne mémoire, plaisanta Cholayna, il n'y a même pas de sentier d'où s'écarter.

Tout en mangeant un peu de pain et de fromage, Jaelle redistribua soigneusement les charges sur les chervines. Une fois prêtes à partir, elle les détacha.

— Ils suivront les chevaux. Mais ils trouveront le chemin mieux que nous.

Elle se mit à descendre.

— Laisse-moi prendre un peu d'avance, Magda, puis démarre. Ensuite, Camilla et Cholayna. Vanessa, reste en arrière au cas où il y aurait des problèmes.

— D'accord.

Magda prit les rênes de son cheval et suivit le chemin tracé par Jaelle — guère plus que quelques empreintes de pieds et de sabots. La neige était dure, et, derrière elle, les chervines s'ébrouèrent bruyamment. Elle posait les pieds avec précaution ; son cheval hennit et refusa d'avancer, et elle tira nerveusement sur les rênes.

— Allons viens, là, sois gentil.

Elle lui tapota le museau, l'encourageant à avancer. Un peu plus loin sur le sentier, elle entendit les pas de Cholayna et Camilla, puis, de nouveau, les chervines. L'un d'eux sortit de la piste, et, affolé, dévala la pente au galop. Magda espéra que les sangles de ses charges tiendraient bon, et que Jaelle pourrait l'arrêter en bas. Elle entendit Camilla proférer un juron, se retourna et cria :

— Ça ne va pas ?

— Je me suis tourné le pied sur une pierre. Ce n'est pas grave.

Elle jeta un coup d'œil en arrière et constata que Camilla boitillait, mais il n'y avait rien à faire pour le moment. Elles avaient de la chance que ce ne soit pas pire. Une pierre roula sous son pied, et elle évita de justesse de se tordre la cheville. Le cheval bronchait plus souvent qu'à son tour, cherchant à garder son équilibre.

Jaelle l'attendait quelques pas plus loin.

— C'est le début du passage difficile. Je vais traverser avec mon cheval. Attends que je t'appelle, puis traverse à ton tour, lentement et prudemment, compris ?

La fatigue lui marbrait le visage de taches livides et rouges, et elle avait un coup de soleil sur le nez. Magda fut contente de se reposer quelques instants, regardant Jaelle descendre avec précaution, menant son cheval par la bride... Puis Jaelle arriva au bout du passage délicat, et lui fit signe d'avancer. Elle s'engagea sur la pente, tâtant le sol de sa botte avant de poser le pied, délogeant deux fois une pierre. Elle réalisa qu'elle retenait son souffle, comme si le simple fait de respirer allait faire ébouler les cailloux et la glace. Une fois, elle tomba à genoux avec un cri étouffé, et se retrouva au bord du précipice ; elle réprima une nausée soudaine, parvint à se relever et à continuer. Elle n'entendait plus aucun bruit, pas même sa propre respiration, puis, tout à coup, une main tendue saisit la sienne, et elle se retrouva, saine et sauve, à côté de Jaelle.

— Ça va, ma chérie ?

— Ça va.

Haletante, Magda n'entendait guère que son propre souffle.

— Attache ton cheval. Je retourne chercher celui de Camilla. Et toi, celui de Cholayna... tu crois que tu pourras ?

Le souffle de Magda s'arrêta à la pensée de retraverser cette infernale étendue instable de roches et de graviers, non pas une fois, mais deux. Mais Jaelle pensait qu'elle en était capable. Elle acquiesça de la tête.

— Laisse-moi reprendre ma respiration d'abord.

Jaelle entrava les chevaux et jeta les rênes sur leurs selles.

— Je passe la première. Regarde bien où je mets les pieds. Ça fait quatre fois que je traverse maintenant. Ça n'est pas si terrible que ça en a l'air.

Magda revint sur ses pas, encore un peu tremblante, mais cette fois, la traversée fut plus facile. Elles attendirent Cholayna et Camilla à la lisière du passage instable, chacune faisant de grands signes à toutes les autres ; puis Jaelle et Magda retraversèrent. Presque tous les chervines étaient arrivés à bon port, bronchant et manquant s'abattre, tremblant sur leurs pattes fines et bramant de détresse. Et tout le monde se retrouva en bas, Vanessa la dernière, cramponnée à la bride de son cheval.

— Qu'est-ce qu'il y a, Vanessa ? demanda Cholayna.

— Ma cheville.

Elles virent alors qu'elle avait fait porter tout son poids sur le cheval ; brusquement, elle le lâcha et s'effondra par terre. Camilla s'approcha et tenta de lui ôter sa botte, sans succès, et elles durent se résigner à couper le cuir épais pour dégager son pied. La cheville était enflée avec une vilaine ecchymose à l'articulation.

— C'est pire qu'une entorse, dit Camilla. Tu as peut-être une fracture.

Vanessa fit la grimace.

— C'est bien ce que je crains. Il faudrait une radio, mais on s'en passera pour le moment. J'ai des bottes de rechange dans mon sac...

— Tu n'arriveras jamais à les enfiler, dit Magda. Prends les miennes, elles sont quatre pointures plus grandes. C'est la première fois que je suis contente d'avoir des grands pieds.

Vanessa ravala son air tandis que Cholayna lui palpait la cheville.

— Remue les orteils. Parfait. Ça te fait mal quand j'appuie là ?

Vanessa répondit d'un juron sans ambiguïté.

— Rien de cassé, à mon avis. Une mauvaise foulure, c'est tout. Tu as des bandes élastiques dans ta trousse d'urgence ?

— Moi, j'en ai une, dit Jaelle.

Elle alla la chercher, la donna à Cholayna en ajoutant :

— Il faudrait des bains de pieds et des tas d'autres choses, mais on ne peut pas s'arrêter pour faire du feu ; alors bande-lui la cheville pendant que nous rassemblerons les chervines.

Les bêtes étaient éparpillées sur près d'un kilomètre.

— Camilla, tu t'es tourné le pied, toi aussi ; comment ça va ! Pas d'autres blessures ?

L'examen ne révéla qu'une légère foulure, mais Jaelle lui dit de la bander quand même et de s'appuyer dessus le moins possible.

— Magda m'aidera à rassembler les chervines. Nous ne sommes plus qu'à deux heures de Barrenclae, et, si Avarra nous protège, nous pourrons monter la plus grande partie du chemin.

Pendant qu'elles regroupaient les chervines, Magda remarqua par terre quelque chose qui n'aurait pas dû s'y trouver. Elle le ramassa et appela Jaelle.

— Regarde.

Jaelle prit le morceau de plastique, jaune, avec une lettre déchirée dans un coin.

— Un emballage ?

— Provenant des rations d'urgence d'altitude, oui.

— Lexie ?

— Qui d'autre ? Mais celui qui lui a délivré ça devait savoir qu'elle n'allait pas étudier les danses folkloriques. Au moins, nous savons maintenant qu'elles sont passées par ici.

Jaelle hocha la tête et mit le bout de plastique dans sa poche.

— Elles ont peut-être perdu du temps dans ce terrain, elles aussi. Allons voir si elles nous auront attendues. Elles ont quand même besoin de ce qu'on leur apporte — vêtements chauds, provisions ; elles franchiront plus facilement les Heller si elles nous ont attendues.

— Et tu as l'intention de continuer, même si nous les rattrapons ? Tu crois vraiment qu'elles trouveront... cette cité ?

— Et toi, tu ne le crois pas, Magda ?

Jaelle semblait surprise et blessée.

— Je croyais que tu venais aussi ?

— Je suppose que oui, dit lentement Magda, encore très hésitante.

Elle pourrait s'arranger avec Rafaella, qui avait été à la fois amicale et hostile à son égard, et qui accepterait sans doute sa présence par amitié pour Jaelle. Mais Lexie ? Magda l'entendait encore :

Y a-t-il une seule chose sur cette maudite planète dont tu ne te mêles pas, Lorne ?

CHAPITRE 13

Barrensclae[1] portait bien son nom, se dit Magda ; c'était un haut plateau, sans un arbre et sans un brin d'herbe, une étendue rocailleuse où se dressaient encore quelques ruines qui avaient été autrefois des maisons et des étables. Elle se demanda pourquoi le village avait été abandonné, ce qui avait poussé les fermiers à s'en aller. À moins qu'ils n'aient tous été massacrés au cours d'une de ces vendettas qui ensanglantaient encore les Kilghard.

Elle posa la question à Jaelle, qui haussa les épaules.

— Qui sait ? Et qui s'en soucie ? Pas grand-chose, sans doute, ou tu connaîtrais déjà cent versions de l'histoire.

Camilla dit avec un sombre sourire :

— S'ils sont partis de leur plein gré, c'est sans doute la seule chose de bon sens qu'ils aient faite de leur vie. J'aimerais mieux savoir comment ils avaient eu l'idée de s'installer ici.

Cholayna constata l'évidence :

— Si Lexie et Rafaella sont passées par là, elles n'y sont plus maintenant.

— Elles sont peut-être parties chasser. Ou explorer les environs.

Jaelle dirigea son cheval vers un enclos à bestiaux abandonné, proche d'une maison qui conservait encore un semblant de toit accroché à ses vieilles pierres.

1. Barren : stérile, improductif, nu.

— C'est là que nous avons égorgé les chervines, et nous avons dormi trois nuits dans cette maison. Si Rafi a laissé un message, c'est ici.

Camilla examina le ciel, bas et couvert ; les pluies nocturnes allaient bientôt commencer.

— On va passer la nuit ici de toute façon, je suppose. Inutile d'aller plus loin, surtout avec le pied de Vanessa qu'il faut soigner. Je propose de visiter la maison pour voir si on peut y camper.

— Et pourquoi ne pourrions-nous pas ? demanda Vanessa. Je veux dire, les propriétaires semblent partis depuis très longtemps. Qu'est-ce qui pourrait nous en empêcher ?

— Oh, quelques petites choses — par exemple l'absence de plancher, les moisissures, les insectes, les serpents, les rats, les chauve-souris, dit Camilla, comptant sur ses doigts en riant. En revanche, on va peut-être y trouver les chervines et les bagages de Rafaella, auquel cas...

Magda ne savait pas si elle espérait ou non trouver Rafaella et Lexie. Mais quand elles eurent poussé la lourde porte vers l'intérieur, elles constatèrent que la maison ne présentait aucun des désagréments annoncés : le sol dallé était poussiéreux, mais pas crasseux, et il n'y avait pas de bêtes répugnantes.

— Cette maison a été utilisée récemment, dit Cholayna. Elles sont passées ici, et il n'y a pas longtemps.

— Je n'en suis pas si sûre, objecta Jaelle. N'importe qui a pu s'abriter ici : voyageurs, bandits — il est possible qu'elles soient passées, mais ce n'est pas certain.

Magda, se dit que ça ferait un bon repaire pour des brigands ; elle en avait rencontré une fois dans un refuge pour voyageurs, des années plus tôt. Elle n'avait encore jamais pensé à la possibilité d'affronter des bandits au cours de ce voyage, et elle regretta que Jaelle lui eût rappelé cette éventualité.

Mais inutile de se tourmenter par avance. Camilla était de taille à neutraliser n'importe quels brigands, et sans doute en y prenant plaisir, en plus.

— Ce n'est pas ce qui m'inquiète, dit Jaelle. C'est qu'elles ne sont que deux, dont une Terrienne sans expérience.

— Pas du tout, dit Cholayna. Lexie a appris le combat à mains nue à l'Académie, comme Magda. Et de son côté, Rafaella n'est pas manchotte.

— Les bandits voyagent en bandes, dit Jaelle. Et le combat régulier n'est pas leur fort.

Elle alla quand même chercher ses fontes et les posa par terre.

— Cholayna, tu devrais allumer du feu ; ça nous permettrait de soigner la cheville de Vanessa.

Peu après, devant une bonne flambée, elle utilisa au mieux le contenu de la trousse d'urgence. Elle pensait toujours que Vanessa s'était fêlé ou fracturé la cheville, mais elles ne pouvaient rien y faire pour le moment.

— Au moins, il n'y a pas pénurie de glace, observa Cholayna. Enveloppements froids jusqu'à ce que l'enflure diminue ; puis, alternativement chauds et froids. Un médecin la mettrait sans doute dans le plâtre, mais elle peut sans doute s'en passer sans dommage. Elle aura du mal à marcher pendant quelques jours, mais, comme Jaelle dit que nous allons probablement pouvoir monter à partir d'ici, ça pourrait être pire. Et au moins tu ne risques pas de rester infirme jusqu'à la fin de tes jours même sans le bénéfice de la médecine terrienne.

De sa propre initiative, Magda sortit une marmite et fit une bonne soupe de viande, qui ne tarda pas à embaumer la vieille bâtisse. Et une fois toasté, le dur pain de voyage leur parut du gâteau. Soupe, porridge et tisane d'écorce — c'était le premier repas chaud qu'elles prenaient depuis leur départ de Thendara, et il fit merveille pour leur moral.

Elles s'allongèrent enfin dans leurs sacs de couchage et s'endormirent sans problème, sauf Magda. Elle resta éveillée, troublée sans savoir pourquoi. Elle ne pouvait s'empêcher de penser que ce voyage était comme le symbole même de tous ses échecs — avec Lexie, Cholayna, Vanessa, et peut-être surtout avec Rafaella. Sans qu'elle l'ait voulu, Lexie s'était mis en tête de se mesurer avec ce que certains du Q.G. s'obstinaient à appeler la « Légende Lorne » ; elle avait fait une gaffe monumentale en parlant comme elle l'avait fait à Cholayna et Vanessa, sinon elles ne seraient pas là ; et, involontairement, elle avait séparé Jaelle et Rafaella...

Mais malgré les dangers inconnus qui les attendaient, Jaelle avait raison, elles ne pouvaient pas revenir en arrière.

Le lendemain matin, la cheville de Vanessa était enflée comme un ballon, et elle avait la fièvre. Cholayna lui donna de l'aspirine, pendant que Magda et Camilla redistribuaient les charges et que Jaelle partait explorer les environs à la recherche de quelque trace des deux femmes. Elle revint, tard dans l'après-midi, avec la carcasse d'un jeune chervine en bandoulière.

— Un peu de viande fraîche nous fera du bien. Surtout à Vanessa, qui a besoin de beaucoup de protéines.

Elle se mit à écorcher et détailler la bête d'une main experte ; Cholayna détourna la tête, mais Vanessa la regarda, fascinée.

— Où as-tu appris ça ?

— Dans mon métier de guide de montagne. Nous n'avons pas de rations toutes prêtes à notre disposition, dit Jaelle, et chasser est l'une des premières choses qu'on apprend pour pouvoir se nourrir en expédition. Je pouvais abattre une bête adulte avant mes quinze ans, et quand on se procure ainsi sa viande, il faut aussi être capable de l'écorcher, débiter et sécher. Dans le cas de ce chervine, il est trop jeune pour sécher comme il faut ; nous mangerons donc autant de viande fraîche que nous pourrons, je ferai rôtir un cuissot pour le dîner, et je laisserai le reste aux *kyorebni* avant de partir.

Elle regarda avec regret la peau délicatement pommelée de l'animal.

— Dommage de perdre ce beau cuir ; je pourrais m'en faire faire une belle paire de gants si j'avais le temps de le tanner.

Cholayna frissonna et continua à détourner la tête, mais garda le silence. Tout devait être difficile pour elle, pensa Magda, suivre les ordres alors qu'elle avait l'habitude de les donner, se résigner à être la plus âgée et la plus faible de leur groupe, et subir ces assauts constants à ses principes éthiques — Magda savait que Cholayna n'avait jamais mangé de la viande, ni quoi que ce fût qui ait été vivant, et ce devait être le plus pénible. Mais elle n'en parlait pas — et ce ne devait pas être facile.

Le lendemain matin, la cheville de Vanessa avait bien désenflé, et Jaelle, considérant le ciel avec inquiétude, déclara qu'elles devaient partir. Cholayna trouvait que Vanessa aurait dû reposer sa cheville un jour de plus, mais Jaelle préoccupée par le temps, se mit à étudier les cartes de Magda, à la recherche d'un itinéraire plus facile.

— Nous allons nous diriger plein nord, mais en suivant le sentier, au lieu d'escalader la montagne. Maintenant, elles ont tant d'avance sur nous, que nous avons peu de chances de les rattraper avant la Kadarin, et sans doute pas avant Nevarsin, dit Jaelle.

Les chervines et les chevaux bien reposés, elles repartirent, par des chemins où elles n'avaient pas à mettre pied à terre. Il tombait quelques flocons et il faisait froid et humide ; elles enfilèrent leurs sous-vêtements et pulls les plus chauds. Le soir, les duvets étaient froids et humides eux aussi, et même Cholayna mangeait avec plaisir la soupe de viande bien chaude.

Le troisième après-midi, le sentier se remit à monter, chaque contrefort plus abrupt que le précédent, et finalement, Jaelle leur dit de démonter pour ménager les forces des chevaux — sauf Vanessa dont la cheville n'était pas encore assez solide.

— Je peux marcher s'il le faut, dit Vanessa, brandissant la grosse branche que Camilla lui avait coupée le matin en guise de canne. Et je ne veux pas de privilège spécial !

— S'il est nécessaire que tu marches, je te le dirai, crois-moi, dit Jaelle. Mais ne joue pas les héroïnes. Si on finit par être obligées de te porter, on ne passera jamais.

Elles se traînaient sur la quatrième ou cinquième pente — Magda avait cessé de compter dans le brouillard mouillé — quand sa botte tourna sous elle, elle perdit pied et tomba de tout son long à la renverse, et glissa sur le sentier abrupt, se déchirant aux pierres, aux glaçons et aux racines du chemin. Sa tête heurta quelque chose, un éclair de douleur fulgura dans sa tête et elle perdit connaissance.

... elle errait dans le Surmonde ; elle entendit Jaelle qui l'appelait, mais la hideuse vieille était là, et riait... elle courait, courait, courait, changeant tout le temps de direction, mais la vieille était toujours là avec son rire strident qui ressemblait au cri d'un oiseau sauvage, bras tendus pour la repousser, pour la forcer à s'en aller... soudain Camilla fut à son côté, couteau tiré pour la défendre, défiant la vieille ; sa lame rencontra un éclair bleu...

Elle avait quelque chose de mouillé sur le visage ; un filet d'eau coulait dans son col. Elle leva la main — qui lui sembla lourde et froide — pour le repousser, et s'aperçut que c'était une compresse. Elle avait le front en feu, comme si on le lui avait fendu d'un coup de hache.

Camilla était penchée sur elle, très pâle, et Magda eut l'impression qu'elle avait pleuré. *Sottise*, se dit-elle, *Camilla ne pleure jamais.*

— *Bredhiya*, dit Camilla, lui serrant la main si fort qu'elle grimaça, je croyais t'avoir perdue. Comment te sens-tu ?

— Très mal. J'ai mal partout, comme si on m'avait battue avec un marteau de forgeron, marmonna Magda.

Puis elle découvrit qu'elle était nue jusqu'à la taille.

— Pas étonnant que j'aie froid ! C'est le traitement standard contre les chocs ? plaisanta-t-elle.

Mais Jaelle se pencha sur elle et dit :

— Je t'ai déshabillée pour m'assurer que tu n'avais pas de contusions internes. Tu as le bras à vif jusqu'au coude, et peut-être une côte cassée. Essaye de t'asseoir, si tu peux.

Magda se mit lentement en position assise. Elle voulut remuer la tête et le regretta.

— Qu'est-ce que j'ai cogné ? Une montagne ?

— Une pierre. Tu as froid ? dit Vanessa, lui passant une chemise.

Magda découvrit alors que son bras était enduit d'un baume malodorant et bandé jusqu'au coude.

Camilla l'enveloppa d'une cape chaude.

— C'est plus simple que de t'enfiler ta veste, et ça ne frottera pas sur les endroits sensibles, dit-elle, enfilant elle-même la jaquette de Magda. Tu as sommeil ?

Magda voulut secouer la tête, mais se ravisa à temps.

— Non. Absolument pas.

— Tu crois pouvoir repartir ? demanda Jaelle. Il n'y a pas de place pour camper ici, mais si tu ne peux pas...

Magda se mit sur pied avec l'aide de Camilla. Elle avait des maux de tête épouvantables et demanda un analgésique à Cholayna, qui refusa de la tête.

— Pas avant de connaître la gravité de ta commotion cérébrale. Si tu es toujours bien réveillée quand nous ferons halte pour la nuit, alors, je t'en donnerai. Mais jusque-là, tu n'auras rien — tu n'auras rien qui puisse déprimer ta respiration.

— Misérable sadique, grommela Magda.

Mais elle avait reçu un enseignement de secouriste, et savait que c'était normal en cas de blessure à la tête.

— Considère les bons côtés de la situation, lui dit Cholayna. Maintenant, tu vas pouvoir monter le sentier à cheval avec Vanessa, au lieu de te traîner à pied comme nous.

Magda eut toutes les peines du monde à se mettre en selle, même avec l'aide de Camilla, et quand son cheval s'ébranla, le mouvement lui provoqua des douleurs presque intolérables. Il pleuvait une sorte de neige fondue qui collait aux vêtements et transperçait sa cape. Chaque pas de son cheval provoquait des élancements douloureux, comme s'il lui avait marché dessus ; et le sentier redevint si raide qu'une fois de plus, elle eut l'impression de glisser sur le dos de sa monture. de sa propre initiative, Camilla s'approcha et prit ses rênes.

— *Bredhiya*, cramponne-toi à la crinière, je guiderai ton cheval. On est presque arrivées. Ma pauvre chérie, je voudrais pouvoir te porter.

— Ça va bien Camilla, je t'assure. C'est juste ce mal de tête. Et je me sens si bête d'être tombée comme ça, et de nous avoir toutes retardées.

— Regarde, on arrive en haut de la pente. On va pouvoir toutes se remettre en selle, et je pourrai te prendre en croupe si tu veux. Mon cheval peut nous porter toutes les deux, et comme ça, tu n'aurais qu'à t'appuyer sur moi. Tu veux bien ?

— Non, je t'assure que ça va bien, dit Magda.

Tout en sachant que c'était injuste, la sollicitude de son amie l'embarrassait — en partie parce qu'elle savait que ce devait être gênant pour les Terriennes, surtout pour Vanessa, qui ne pouvait pas comprendre ce qui les unissait.

— Je t'en prie, ne me materne pas comme ça, Camilla. Laisse-moi tranquille.

— À ton aise.

Camilla talonna son cheval et rejoignit Jaelle en tête de la colonne. Dès qu'elle fut partie, Magda regretta ses paroles ; après tout, que lui importait ce que pensaient les autres, au bout de si longtemps ? Découragée, la tête brûlante, elle se cramponna à ses rênes et laissa sa monture descendre à sa guise.

En sortant d'un tournant, après un immense rideau de conifères, elle vit des lumières tout en bas. Un petit village niché dans la vallée à un carrefour de l'étroite route ; d'abord, une ou deux fermes isolées, puis une forge, et un petit barrage sur une rivière pour actionner un moulin à eau, un grenier à grains, un moulin à vent, et quelques maisonnettes en pierre, chacune entourée d'un bout de jardin.

— Je me demande s'il y a une auberge dans ce trou ? demanda Camilla.

Des femmes, des enfants, et même quelques hommes étaient sortis sur la route pour les regarder passer, signe certain que l'arrivée de tout étranger représentait un événement dans un endroit aussi isolé, ainsi que Magda l'avait appris au cours de ses missions sur le terrain.

Jaelle demanda à une grosse femme imposante, un peu mieux vêtue que les autres :

— Il y a une auberge où nous pourrons passer la nuit et commander à dîner ?

Elle dut répéter sa question plusieurs fois, en différents dialectes, avant de se faire comprendre, et quand la femme répondit enfin, ce fut en un si rude patois dérivé du *cahuenga* que Magda la comprit à peine.

— Qu'est-ce qu'elle a dit ? demanda-t-elle à Camilla, revenue chevaucher près d'elle. Tu connais mieux que moi les langues des montagnes.

— Elle a dit qu'il n'y a pas d'auberge, dit Camilla en *casta* pour ne pas être comprise si d'aventure quelqu'un les écoutait. Mais il y a des bains publics où nous pourrons nous laver. Elle nous propose aussi de camper dans une grange vide en cette saison. Je trouve qu'ils ont tous des têtes de ruffians, et ils ne m'inspirent pas confiance, mais nous n'avons pas le choix.

Vanessa n'avait pas entendu toute la conversation.

— Des bains publics, c'est exactement ce qu'il nous faut. Je suis sûre que ma cheville et ton bras iront bien mieux après avoir bien mariné dans l'eau chaude. Et bains publics ou pas, ces gens m'ont l'air assez crasseux pour que je préfère coucher dans leur grange que dans leurs lits. Ou même dans leurs auberges. Où sont ces bains ?

La femme qui les avait prises en charge leur montra le chemin, suivie d'une petite procession de gosses.

— Je ne m'attendais pas à trouver ce genre de luxe à l'extérieur de Thendara, dit Cholayna.

— Il y a des sources chaudes dans toute la montagne, dit Magda. La plupart des villages ont des bains, même si les ménagères doivent aller puiser l'eau au puits pour la boisson et la cuisine. Et ils ont des salles séparées pour les femmes et pour les hommes, de sorte que votre pudeur n'aura pas à souffrir.

Vanessa haussa les épaules.

— J'ai l'habitude des bains mixtes de ma planète natale. Ça ne me gênerait pas que tout le village se baigne dans le même bassin, pourvu qu'ils changent l'eau de temps en temps.

— Moi, ça me gênerait, dit Camilla.

— Moi aussi, gloussa Jaelle. Après tout, j'ai été élevée dans les Villes Sèches.

Elle se tourna pour marchander le prix avec la femme qui semblait à la fois propriétaire des thermes et chef du village. Magda trouva la somme exorbitante, mais après tout, ce village était très isolé, et la location des bains aux voyageurs occasionnels était sans doute leur seule source d'argent liquide. Au moins, lui dit Jaelle, elle était parvenue à louer l'endroit à leur usage exclusif, et la femme avait accepté de leur faire un dîner qu'elle leur apporterait à domicile ; le prix comprenait aussi la location de la grange où elles dérouleraient leurs sacs de couchage et remiseraient leurs bêtes. Et comme la grange était en pierre et ne contenait pas de foin, elle les autorisait à y faire du feu. Elles allèrent y déposer leurs bagages, desseller et décharger leurs bêtes avant de se rendre au bain.

— Comment va ta tête, Magda ? demanda Cholayna. Comment te sens-tu ?

— Beaucoup mieux à la perspective d'un bain.

— Tu es bien réveillée ? Alors, tu peux avoir des pilules analgésiques, dit Cholayna, en en cherchant dans la trousse d'urgence. Qu'est-ce qui ne va pas, Camilla, ajouta-t-elle, la voyant contempler leurs bagages, l'air soucieux.

— Je me méfie de ces gens, dit-elle, toujours en *casta*, bien qu'elles fussent seules. On dirait un repaire de bandits. Il serait sage de ne pas aller nous baigner toutes ensemble ; il ne faut pas laisser nos bagages sans surveillance.

— La plupart des montagnards sont si honnêtes qu'on pourrait laisser un sac de cuivre au milieu du village et le retrouver intact six mois plus tard, lui rappela Jaelle, sauf qu'ils auraient peut-être construit un abri au-dessus pour qu'il ne soit pas endommagé par la pluie.

— Je le sais, dit Camilla avec irritation. Mais es-tu déjà venue dans ce village particulier ? Tu connais ces gens, Shaya ?

— Non. Mais je connais des tas de villages de montagne comme celui-ci.

— Ce n'est pas une raison, dit Camilla. Allez toutes prendre votre bain ; moi, je vais rester ici pour garder nos bagages.

Et rien ne put l'en faire démordre. Finalement, elles convinrent que Jaelle et Vanessa iraient se baigner les premières, et que Magda, Cholayna et Camilla iraient ensuite, de sorte qu'il y aurait dans chaque groupe une femme valide et entraînée à l'usage des armes.

— Ça ne me tranquillise toujours pas, grommela Camilla tandis que Jaelle et Vanessa s'en allaient vers les bains publics, des vêtements propres sur les bras. Ces gens pourraient nous égorger rien que pour voler notre savonnette ! Et cette séparation en deux groupes, qui nous rend incapables de nous défendre comme il faut, leur convient peut-être parfaitement. Nous aurions dû camper à l'extérieur du village et établir un tour de garde.

— Comme tu es méfiante, Camilla, lui reprocha doucement Cholayna, à genoux par terre pour allumer le feu. Pour ma part, je serai ravie de prendre un bain.

— Moi aussi, n'importe où ailleurs, dit Camilla. À moins que tu ne me croies plus amateur de crasse que les Terriens ! Mais ici, je me sentirais plus en sécurité à dormir dans la boue du sentier.

— Camilla, dit Magda, la tirant à l'écart pour que Cholayna ne puisse pas l'entendre, c'est une prémonition ? Cela vient de ton *laran* ?

Le visage fermé, Camilla pinça les lèvres.

— Tu sais ce que je pense de ça. Si c'était le cas, est-ce que toi ou Jaelle, vous ne le sauriez pas, vous qui êtes des *leroñi* de la Tour Interdite ? Il n'y a pas besoin de *laran* pour savoir qu'un ruffian est un ruffian ! Le *laran* ! grogna-t-elle avec humeur en lui tournant le dos.

Magda fut troublée, car elle respectait les intuitions de Camilla, et avec juste raison ; mais leur groupe était déjà séparé en deux, et, sa tête et son bras lui faisant souffrir le martyre, elle ne voulait pas renoncer au plaisir de se laver. Elle se dit qu'elle pourrait même supporter une attaque de bandits, si elle pouvait d'abord prendre un bon bain et un bon repas chaud.

CHAPITRE 14

Il y eut un léger bruit dans un coin de la grange. Immédiatement Camilla dégaina son couteau et se rua vers l'étroit espace caché par la porte ; elle revint, traînant quelqu'un par le poignet : une femme, plus très jeune, ses cheveux noirs tressés en deux nattes lâches rejetées dans son dos. Elle n'était pas différente des autres villageois, sauf qu'elle semblait propre, remarqua Magda.

— Qui es-tu ? gronda Camilla soulignant ses paroles d'un moulinet de son couteau, et lui serrant le poignet si fort que la femme poussa un cri étouffé. Qu'est-ce que tu viens faire ici ? Qui t'envoie ?

— Je veux de mal à personne, dit la femme, tremblante. Vous êtes — vous êtes Shaya n'ha M'lorya ?

Jaelle était un prénom des Villes Sèches, très inusité dans les Kilghard. Magda elle-même appelait Jaelle, le plus souvent, par son équivalent *casta*, qu'elle avait également donné pour nom à sa fille.

— Non, dit Camilla, mais je suis sa sœur de serment, et voilà sa compagne, ajouta-t-elle en montrant Magda. Parle ! Qu'est-ce que tu lui veux ? Qui es-tu ?

La femme regarda furtivement Cholayna. Magda pensa : *elle n'a sûrement jamais vu personne qui ait la peau noire, et elle n'est peut-être venue que pour lorgner les étrangères. Mais dans ce cas, comment connaîtrait-elle le nom de Jaelle ?*

— Je m'appelle Calisu', dit la femme. Il n'y a pas de Renonçantes dans notre village. Le chef veut pas en entendre parler. Mais on est plusieurs — sympathisantes.

Elle écarta ses cheveux, révélant un petit anneau d'oreille ; le signe secret, reconnu depuis des siècles, des femmes qui sympathisaient avec les Maisons de la Guilde, et qui, pour une raison ou une autre, ne pouvaient pas légalement y consacrer leur vie. Dame Rohana elle-même portait l'anneau d'oreille caché sous ses cheveux, et Magda était certaine que Dom Gabriel lui-même n'avait jamais su pourquoi. À sa vue, Camilla desserra un peu sa prise.

— Qu'est-ce que tu veux ? Pourquoi viens-tu fureter ici ?

Calisu' — ce nom, savait Magda, était une version dialectale de Callista — dit :

— Deux Renonçantes ont traversé notre village il y a dix jours. Elles ont demandé la sage-femme, disant que l'une avait des crampes, et quand elles m'ont vue, elles m'ont demandé si... si je portais l'anneau d'oreille.

C'était une idée de Rafaella. Lexie n'aurait jamais pu y penser.

— Et alors, elles m'ont donné un message pour Shaya n'ha M'lorya. Mais si vous êtes sa compagne, j'peux vous l'donner, non ? Si on m'trouve ici...

— Tu peux me donner le message, dit Magda.

— Elle a dit... qu'elle vous retrouverait à la Maison de la Guilde de Nevarsin.

Camilla commença :

— Mais il n'y a pas...

Magda la fit taire d'un coup de pied. Calisu' se dégagea, détala vers la porte et disparut.

Camilla la suivit pour refermer la porte, mais les gonds et le verrou rouillés ne jouaient plus. Finalement, elle dit en soupirant :

— Mettons des bagages devant, comme ça, on entendra si quelqu'un veut la pousser. C'est bien ce que je craignais. Non, non, Magda, il ne faut rien soulever avec ta tête...

— Ça m'arrive rarement, dit Magda, ce n'est pas mon type de *laran*. Je suis au regret de t'apprendre que je dois me servir de mes mains.

Mais elle recula et laissa Camilla et Cholayna empiler des sacs devant la porte latérale. Camilla dit d'un ton morne :

— Vous l'avez entendue ? Qu'est-ce que ça veut dire ? Il n'y a pas de Maison de la Guilde à Nevarsin, c'est une cité de *cristoforos*. Comment les rejoindre si elles...

— Shaya comprendra, dit Magda.

Sa tête la faisait horriblement souffrir, malgré les pilules analgésiques de Cholayna, et il lui tardait que Jaelle revienne, pour aller prendre son bain et se coucher le plus vite possible.

Très abattue, elle sortit de son sac des sous-vêtements propres, d'épaisses chaussettes, un gros pull et des pantalons de laine. Jaelle et Vanessa revinrent ; elles s'étaient même lavé la tête, et les boucles cuivrées de Jaelle étaient collées à sa tête en petits anneaux serrés encore humides.

— Exactement ce qu'il faut au voyageur épuisé, dit Jaelle, s'étirant et bâillant. Et quand le dîner arrivera — je l'ai vu en train de cuire ; ça sent bon. Il y a une volaille qui rôtit à la broche, et une casserole de champignons à la sauce d'airelles.

Elle s'en pourléchait par avance.

— L'étape est meilleure que je ne l'espérais. Bon, allez prendre votre bain, toutes les trois. Mais ne tardez pas trop, sinon il n'y aura plus de champignons. Je me demande si ces villageois font un bon vin de montagne ?

— Dans le cas contraire, plaisanta Cholayna, je me plaindrai à la direction.

Les bains publics se trouvaient dans une maison de pierre isolée d'où sortaient des traînées de vapeur. Une fois à l'intérieur, la fille de salle leur donna de petits trépieds pour s'asseoir et demanda avec déférence si les dames avaient leurs propres savons et éponges. Elle les savonna vigoureusement, s'apitoyant bruyamment sur le bras de Magda, et parvenant même à ne pas trop dévisager Cholayna. Puis elle les fit descendre dans un bassin d'eau brûlante. Magda soupira de volupté, la chaleur drainant la douleur de son bras, et s'allongea dans l'eau jusqu'au menton.

— Ça fait du bien, concéda Camilla.

Et Magda se rappela qu'elle aussi s'était tourné une cheville, quoique moins gravement que Vanessa.

— Tu te sens vraiment bien, *breda* ?

— Rien qu'un bon bain et une bonne nuit de sommeil ne puissent guérir. Si je me sens assez en sécurité pour dormir, murmura Camilla pour que la fille de salle ne l'entende pas. Attention de ne rien dire d'important devant elle. On l'a peut-être chargée de nous espionner. Non, je me méfie d'eux tous comme de la peste.

Sous l'eau, Magda chercha la main de Camilla et serra ses longs doigts dans les siens. Elle avait honte de son comportement de l'après-midi. Comment pouvait-elle avoir pris le risque de blesser Camilla uniquement à cause de ce qu'aurait pu penser Vanessa ? Quelle importance ? Tenant la main de Camilla, dans le silence confortable du bain, elle commença à recevoir les craintes et les soupçons que ressentaient son amie.

Elle comprenait les unes et les autres. À l'époque où, mariée avec Peter Haldane, ils avaient exploré Ténébreuse des Monts de Kilghard aux Plaines d'Arilinn, ils avaient rencontré plus que leur compte de bandits et de hors-la-loi. Ils l'avaient souvent échappé de justesse — mais ils avaient survécu, là où bien d'autres avaient péri. C'était l'époque où se formait ce qu'on appelait maintenant la « Légende Lorne ». Pauvre Peter ! En un sens, c'était injuste ; on aurait pu aussi bien dire la « Légende Haldane », car il avait autant contribué qu'elle à rassembler des informations sur les différents territoires et leurs frontières, à enregistrer les coutumes et les variations linguistiques — toutes informations essentielles pour le Renseignement. La différence, c'est que Magda travaillait dans un monde et dans un milieu où il était pratiquement impossible à une femme d'aller sur le terrain, et encore moins d'y accomplir quoi que ce soit d'important ; et c'est pourquoi on avait accordé à Magda presque tout le crédit et les honneurs de leurs résultats.

Mais Peter avait eu sa récompense : il était devenu Légat. Et c'était un bon Légat, juste, attentif et dévoué au monde qu'il aimait. Elle avait choisi une autre voie, et d'autres compensations.

— Magda ? Ne t'endors pas, un bon dîner nous attend.

— Je ne dors pas, dit Magda, s'asseyant dans l'eau en battant des paupières.

Elle se sentait presque dangereusement détendue.

156

Camilla serra sa main sous l'eau, et dit en un murmure imperceptible :

— *Z'bredhyi, chiya.*

Magda lui serra la main à son tour et murmura :

— Moi aussi, je t'aime.

Mais, parce qu'elles n'étaient pas seules, elle se tourna vers Cholayna et dit tout haut :

— Je suppose qu'on nous attend ; on ne va sans doute pas servir le dîner avant notre retour. Je resterai bien là toute la nuit, mais je crois qu'il est temps de rentrer.

Cholayna regarda ses doigts, plissés comme des fruits secs dans l'eau fumante.

— Toute la nuit ? Je crois qu'on rétrécirait beaucoup.

Elle se leva, et la fille de salle s'approcha et l'enveloppa d'une serviette. Camilla se leva ensuite, et Magda vit ses vieilles cicatrices ressortir en blanc sur sa peau rougie par la chaleur de l'eau. La fille de salle les remarqua aussi, de même que Cholayna qui ouvrit la bouche. Magda entendit : *Au nom des dieux secrets, que t'est-il arrivé ?* Puis elle réalisa que ni Cholayna ni la fille de salle n'avaient prononcé un mot. Dans la paix et la relaxation du bain, elle recommençait à recevoir des pensées inexprimées.

À regret, Magda sortit de l'eau et s'enveloppa de l'épaisse serviette fournie par la fille de salle. C'était bon de s'habiller de propre des pieds à la tête.

— Et maintenant, allons manger cette volaille rôtie, et peut-être boire ce vin de montagne dont parlait Jaelle.

Cholayna pinça les lèvres.

— Je ne voudrais pas jouer les rabat-joie, Magda, mais si tu as vraiment un traumatisme crânien, tu ne devrais pas boire d'alcool. Comment va ta tête ?

Magda, bien que le bain eût détendu les muscles de son cou et qu'elle se sentît beaucoup mieux, reconnut que sa migraine continuait à la tourmenter, à grands coups sourds qui lui martelaient la tête, malgré les pilules analgésiques.

— Elle a raison, Margali, dit Camilla. Tu devrais t'en tenir au thé et à la soupe jusqu'à ce qu'on sache ce que tu as exactement.

Et Magda, qui passait un pull par-dessus sa bosse, haussa les épaules.

— Alors, je me contenterai du dîner chaud et de la bonne compagnie. Quelle veinarde, cette Vanessa. Elle s'est juste foulé la cheville, et elle peut se permettre toutes les gueules de bois qu'elle veut. Un verre m'aurait vraiment fait du bien, mais je respecterai vos avis médicaux.

Ce leur fut un choc de ressortir dans le froid. Un vent violent avait formé des congères ; elles se hâtèrent entre les bâtisses ; par endroits, la neige était si profonde qu'elle entrait dans la tige de leurs bottes, refroidissant leurs pieds réchauffés. Elles virent avec plaisir le bon feu qui flambait dans leur grange. Elle était trop vaste pour être vraiment chaude, mais au moins, elle les protégeait du vent.

Vanessa et Jaelle avaient fait les lits, et la salle était propre et accueillante, presque comme un foyer. Mais chez elles, elles n'auraient jamais eu les chevaux et les chervines attachés à l'autre bout de la pièce. On leur avait apporté une ample provision de foin, qui répandait une bonne odeur champêtre dans la grange. Presque immédiatement, des villageoises vinrent servir le dîner, en une vraie procession de plats et de saladiers fumants ; en plus de la volaille rôtie, il y avait un cuissot de chervine à la peau bien croustillante, et du lapin cornu en civet. Il y avait de grands pains, tout chauds sortis du four, avec miel et beurre en abondance, une savoureuse casserole de champignons, un plat de racines blanches, insipides mais nourrissantes, sans oublier la fameuse sauce aux airelles.

— Mais c'est somptueux, s'exclama Cholayna.

— Heureusement, pour le prix ! Régalez-vous, dit Jaelle.

Elles formèrent un cercle, assises qui sur un sac, qui sur un ballot, et se servirent de bon appétit — toutes, sauf Cholayna. Elle mangea un peu de racines blanches et goûta avec plaisir la sauce aux airelles, mais, après avoir vaillamment essayé de manger le morceau de volaille que Jaelle plaça devant elle, elle pâlit et repoussa son assiette.

— Qu'est-ce qu'il y a, *comi'ya* ? demanda Camilla.

Cholayna dit d'une voix mourante :

— Ça ressemble... ça ressemble encore trop... à l'animal vivant. Je m'excuse. Je... j'ai essayé quand même. Quand c'est une barre ou une tranche, j'arrive à avaler, mais... mais ça, c'est une *aile* !

— Tu as besoin de protéines, dit Vanessa. Va chercher des rations d'urgence. Tu compléteras avec les champignons et la sauce aux airelles.

— Je... je suis désolée, s'excusa encore Cholayna, allant prendre quelques rations dans un paquet.

C'était interdit sur le terrain, au cas où un observateur non-autorisé aurait aperçu les emballages manifestement étrangers. Mais Magda n'eut pas le cœur de le lui rappeler ; elle avait l'air si affaiblie. Les derniers jours avaient été très rudes pour Cholayna, et, se dit Magda, si elles voulaient appliquer le règlement dans toute sa rigueur, elles n'auraient pas dû non plus serrer la cheville de Vanessa dans une bande élastique.

D'autre part, si le Chef du Renseignement sur Ténébreuse ne peut pas contrevenir à la règle alors qu'il n'y a personne pour s'en apercevoir...

— Ça ne fait rien, dit Camilla. Mais bois au moins un peu de vin. Il est très bon. Ils n'ont pas lésiné, je le reconnais ! Dis-moi, Shaya, il n'y a pas de Maison de la Guilde à Nevarsin, non ?

— Mon Dieu non ! dit Jaelle en riant, tendant son verre pour la troisième fois. Keitha parlait toujours d'en fonder une, tu te rappelles ? Il y a un hôtel où ont vécu certaines des nôtres pendant qu'elles copiaient d'anciens manuscrits pour le Monastère de Saint-Valentin, il y a des années, mais ce n'est pas la même chose.

Elle fronça les sourcils et ajouta :

— Pourquoi, Camilla ?

— Il y a un message pour toi.

Elle lui parla de la visite de Calisu', de son anneau d'oreille, et transmit le message.

— Rafi a dû penser que je comprendrais, mais... oh, attends !

Elle réfléchit et poursuivit :

— Quand nous allions là-bas avec Kindra, dans notre jeunesse, nous logions toujours au même endroit. Ce n'était pas une auberge ; dans les Heller, les femmes ne peuvent pas descendre dans les auberges, à moins d'être accompagnées d'hommes de leur famille. C'était la maison d'une vieille dame qui fabriquait et vendait des bottes et des vestes de cuir — c'est là que j'ai appris à faire les gants et les sandales, en fait.

— Mais bien sûr, dit Camilla. J'y suis allée une fois, et l'une des apprenties m'a appris à faire les broderies de perles sur les gants. Je me souviens bien de la vieille Betta et de toutes ses pupilles et filles adoptives !

— Elle recueillait toutes les orphelines de la ville et les faisaient travailler pour elle, mais au lieu de les marier, comme font les vertueuses matrones *cristoforos* avec leurs apprenties, elle leur donnait un métier et les encourageait à s'établir à leur compte. Certaines l'ont fait, d'autres se sont mariées quand même, mais certaines continuent à travailler et à vivre dans la maison de Betta. Kindra disait toujours que, quand on fonderait une Maison à Nevarsin, on devrait en confier la direction à Betta. Je crois qu'elle est morte, mais quatre de ses filles adoptives occupent encore la maison, et les Renonçantes y sont toujours bien accueillies. C'est sans doute là que Rafi ira loger.

Elle vida son verre, regarda la bouteille avec envie et soupira :

— Oh, finis-la si tu veux, gloussa Camilla. Tu peux boire la part de Magda.

— Oui, ne te gêne pas, je t'en prie, dit Magda.

Sa tête bourdonnait et elle avait le vertige sans avoir bu une goutte. Mais Jaelle refusa fermement.

— Si je bois davantage, ma tête sera pire que la tienne demain matin. Déjà, je dors debout. Allons nous coucher.

D'ailleurs les plats étaient vides, les os de volaille parfaitement nettoyés, et il ne restait que quelques traces de sauce dans le plat du cuissot de chervine. Après la fatigue du jour, le bain et le copieux repas, Magda était sûre qu'elles allaient toutes bien dormir ce soir. Sa tête pulsait encore et elle chancelait en se dirigeant vers son sac de couchage.

— Nous n'établissons pas un tour de garde ? protesta Camilla.

Vanessa bâilla à se décrocher la mâchoire.

— Pas moi, en tout cas. Ce serait une insulte à l'hospitalité de ces braves gens. Je vais...

Un autre bâillement l'interrompit, et elle termina :

— ... dormir.

Jaelle, ôtant ses bottes, regarda Camilla, soucieuse.

— Tu crois vraiment que nous devrions monter la garde, Tatie ?

Cette vieille appellation de son enfance fit sourire Camilla, qui répondit pourtant :

— Oui, je le crois. Même si la plupart de ces villageois sont honnêtes et hospitaliers, il y a peut-être des canailles parmi eux. Je prendrai le premier quart.

— Comme tu voudras, dit Jaelle, entrant dans son duvet.

Avant même que les autres aient fini d'ôter leurs bottes, elle dormait déjà, ronflant légèrement. Magda pensa : *elle doit être encore plus fatiguée que nous le pensions. Pas étonnant, avec tout le poids du voyage sur ses épaules. Il faudrait que je prenne une plus grande part aux responsabilités.*

Elle avait encore de tels vertiges, et des élancements si douloureux dans la tête, qu'elle demanda quelque pilules analgésiques de plus à Cholayna, qui les lui donna à regret.

— Tu devrais essayer de t'en passer. Après le bain et ce gros repas, tu devrais t'endormir sans problème.

— Je ne les prendrai que si je n'arrive pas à dormir, lui promit Magda.

Cholayna ôta ses bottes, noua un foulard rouge sur ses cheveux d'argent, et se glissa dans son duvet. Camilla, bâillant, s'assit sur un ballot, son couteau en travers des genoux.

Vanessa mit la lampe en veilleuse et dit :

— Camilla, réveille-moi dans environ une heure. Tu as besoin de sommeil, toi aussi. Il faudrait tâcher de partir de bonne heure.

— Par ce temps ?

Camilla la fit taire du geste, et, dans le silence, elles entendirent le vent hurler et la neige battre furieusement sur les portes.

— On aura de la chance si on peut partir dans la journée.

— Peut-être que la tempête tombera pendant la nuit.

— Et peut-être que l'âne de Durraman pouvait vraiment voler. Dors donc, Vanessa. Je vais monter la garde quelques heures, au moins.

Le duvet de Vanessa était déroulé près de celui de Magda. Au bout d'un moment, elle demanda doucement :

— Tu dors ?

— Pas de danger ! Je croyais que je m'endormirais sans problème, mais j'ai vraiment mal à la tête. Je crois que je vais prendre quand même la pilule de Cholayna.

— Magda, je peux te demander quelque chose ? Quelque chose de très personnel ?

— Bien sûr, dit Magda.

— Je ne comprends pas bien cette notion d'union libre entre femmes. Jaelle est ta compagne, c'est bien ça ? Pourtant, toi et Camilla...

— Camilla est mon amante, oui, dit Magda. Le Serment d'Union Libre est tout autre chose. Jaelle et moi, nous l'avons prononcé — et c'est légal pour les femmes — afin de pouvoir être réciproquement la tutrice des enfants de l'autre. Jaelle et moi — sans doute que personne, élevé selon les lois terriennes, ne peut comprendre, nous avons été amantes, aussi ; mais Camilla et moi... Je t'avais dit que tu ne comprendrais pas.

— C'est vrai. Mais j'aimerais comprendre. Qu'est-ce... ça ressemble à quoi, d'aimer une femme ?

Magda éclata de rire.

— Ça ressemble à quoi d'aimer ? D'aimer qui que ce soit ?

Mais Vanessa s'était endormie. Jaelle continuait à ronfler doucement ; elle avait beaucoup trop bu, se dit Magda. Cholayna toussait un peu, mais dormait profondément. Magda n'arrivait pas à dormir ; la tête lui tournait et elle avait la nausée comme si elle avait bu toute la bouteille à elle seule. Elle avait envie de prendre la pilule de Cholayna, mais hésitait, se disant que si son traumatisme crânien était grave, elle ferait mieux de s'abstenir. De sa place, elle voyait Camilla, assise, son couteau en travers des genoux. Mais sous ses yeux, la tête de Camilla s'affaissa en avant ; elle sursauta, se redressa d'une secousse... puis s'affaissa de nouveau, endormie.

Et soudain, Magda comprit, comme si elle le voyait écrit en lettres de feu. Elle ne sut jamais si cela venait de son *laran* ou d'ailleurs, mais elle savait.

Le vin était drogué. Et sans doute certains plats du dîner aussi.

Cholayna n'en a pas beaucoup mangé. Peut-être qu'elle n'est pas droguée. Il faudrait que je la réveille pour la prévenir.

Mais elle n'arrivait pas à bouger, ses vertiges et sa migraine pires que jamais. Elle se dit, terrorisée : *je suis droguée aussi !* Elle essaya de se forcer à remuer, à se lever, à hurler pour réveiller Camilla, Cholayna.

Mais elle n'arrivait pas à bouger.

Mais elle n'arrivait pas à bouger, ses veines et ses intestins pris que gelatins. Elle s'est torturée. Mais quand même. Elle essaya de se forcer à ramper, à se lever, à marcher pour secouer Camilla, Chaloyna.

Mais elle n'arrivait pas à bouger.

CHAPITRE 15

Magda lutta contre sa torpeur, contre sa paralysie. Elle essaya de contacter Jaelle par le *laran* — *Shaya, réveille-toi, on nous a droguées, c'est un piège, Camilla avait raison.* Elle essaya de se lever, de ramper vers sa compagne, pour la secouer et l'arracher à son sommeil drogué ; Jaelle avait bu plus que les autres.

Et pas étonnant. Elle porte tout le poids de l'expédition sur ses épaules, depuis le début ; et maintenant qu'elle est détendue, je ne parviendrai peut-être pas à la réveiller.

Jaelle était sans doute si ivre et droguée qu'il serait impossible de la ranimer. Si elle pouvait atteindre Camilla, et la réveiller... Magda combattit sa faiblesse et ses vertiges, ses élancements et sa nausée, en se concentrant sur sa douleur. Elle remercia la Déesse de n'avoir pas avalé le dernier somnifère de Cholayna, sinon elle aurait dormi comme les autres ; et les villageois auraient pu tranquillement les voler, et peut-être leur couper la gorge...

Cholayna avait bu très peu de vin, et pratiquement rien mangé du dîner des villageois. Elle serait peut-être la plus facile à réveiller... Magda s'efforça de lever la tête, serrant les poings. Des élancements lui fouaillèrent la tête comme des poignards, mais elle se força à la soulever du sac lui servant d'oreiller. Poussant sur ses mains, prise d'une telle nausée qu'elle craignit de vomir, elle parvint à s'asseoir.

— Cholayna, murmura-t-elle d'une voix rauque.

La Terrienne remua, mais ne répondit pas, et Magda se demanda si sa voix était audible, si elle avait vraiment bougé, et si tout cela n'était pas un de ces cauchemars, où on est convaincu de s'être levé alors qu'on est tranquillement allongé dans son lit... Magda parvint à soulever le poing qu'elle frappa contre sa tempe. L'atroce douleur qui en résulta la convainquit qu'elle ne rêvait pas.

Réfléchis ! s'exhorta-t-elle. Sur les conseils de Cholayna, elle n'avait pas bu du tout de vin ; et ils n'avaient sans doute pas drogué tous les plats, de sorte qu'elle devait avoir absorbé très peu de drogue, et Cholayna encore moins. *Si seulement je parviens à arriver jusqu'à elle !*

Si seulement Cholayna était l'une de ces Terriennes douées de *laran* ! Mais ce n'était pas le cas. Luttant contre sa faiblesse, sa nausée et ses larmes, Magda rampa pardessus Vanessa : abîmée dans le sommeil induit par la drogue, Vanessa remua pourtant en murmurant :

— Bon sang, couche-toi et dors, laisse-moi dormir...

C'était la plus proche et la plus facile à atteindre. Magda s'efforça de la secouer, mais sa main était trop faible, et sa voix un murmure inaudible.

— Vanessa ! Réveille-toi ! Je t'en supplie, réveille-toi !

Vanessa remua, se retourna, tirant sur son oreiller de fortune comme pour se le poser sur la tête, et Magda, son *laran* grand ouvert, la sentit descendre plus profond dans ses rêves.

Elles étaient des victimes rêvées pour ces villageois. Le terrible passage du col sur le sentier à demi emporté, les étendues désertes de Barrensclae — puis ce village hospitalier, ce bon bain, ce bon dîner bien arrosé : n'importe quels voyageurs auraient dormi du sommeil de la mort après tant d'épreuves, même sans drogue.

Vanessa dormait presque aussi profondément que Jaelle. Elle avait beaucoup bu, après tant d'efforts demandés à sa cheville foulée. Ce serait donc Cholayna. Malgré son état pitoyable, avec sa tête pulsante et ses membres qui refusaient de servir, Magda dut réprimer un fou rire à l'idée de ce que penserait Vanessa si elle se réveillait subitement et trouvait Magda allongée sur elle. Mais, n'arrivant pas à faire obéir ses membres pour la contourner, elle n'avait d'autre choix que de ramper par-dessus elle.

Et si ça la réveillait, tant pis si elle crie au viol, se dit Magda avec bon sens ; mais Vanessa remua, jura dans son sommeil et même frappa une ou deux fois Magda d'une main faible, mais sans se réveiller. Cependant, Magda était maintenant assez près de Cholayna pour lui saisir l'épaule.

— Cholayna, murmura-t-elle. Cholayna, réveille-toi !

Cholayna Ares avait peu bu et peu mangé, mais le voyage avait été long et épuisant et elle dormait profondément. Magda la secoua d'une main affaiblie, et s'efforça de se faire entendre pendant plusieurs minutes avant que Cholayna n'ouvre brusquement les yeux. Parfaitement réveillée, Cholayna regarda Magda, branlant du chef, incrédule.

— Magda ! Qu'est-ce qu'il y a ? Ta tête va plus mal ? Tu veux...

— Le dîner... le vin... *drogués* ! Camilla avait raison. Regarde-la, elle ne dormirait jamais comme ça quand elle monte la garde...

Sa voix tremblait et s'étranglait, et elle dut faire un violent effort pour continuer :

— Cholayna, c'est vrai ! Je ne suis pas saoule... pas folle...

Quelque chose dans le ton, sinon dans les paroles, pénétra jusqu'à Cholayna ; elle s'assit et regarda vivement autour d'elle. Une fois de plus, Magda, tremblante et incapable de dominer les événements, vit affleurer la femme qui avait eu la charge de former les Agents de Renseignement.

— Tu ne peux pas t'asseoir ? Tu ne peux pas déglutir ?

Cholayna était déjà debout, cherchant une capsule dans son sac.

— Tiens, c'est un léger stimulant ; ça m'ennuie de te le donner si tu as un traumatisme crânien, mais tu es consciente, et elles ne le sont pas. Essaye d'avaler ça.

Magda mit la capsule dans sa bouche, se força à avaler, se demandant machinalement quel effet lui ferait le mélange du stimulant terrien et de la drogue villageoise. *Ça pourrait me tuer. Mais ce serait sans doute une mort plus douce que celle qu'on nous réserve...*

Soutenant Magda d'un bras, Cholayna s'approcha de Camilla, endormie sur son ballot, son couteau en travers des genoux. Elle se pencha et la secoua rudement.

Camilla se réveilla, faisant un moulinet de son couteau ; puis, clignant des yeux, elle reconnut Cholayna et abaissa son arme.

— Par tous les... ?

Elle s'ébroua comme un chien trempé.

— On a été droguées. Le vin certainement, et une partie du dîner. Il faut nous préparer... à les recevoir, expliqua Cholayna.

La tête de Magda se dégageait ; elle pulsait toujours, mais la douleur était supportable, maintenant qu'elle n'avait plus le vertige. Cholayna offrit à Camilla le même stimulant qu'elle avait donné à Magda, mais Camilla, se frottant les yeux, refusa.

— Ça va maintenant, je suis bien réveillée. Par tous les démons de Zandru ! Je m'en doutais, mais je n'aurais jamais pensé qu'ils drogueraient la nourriture ! Quelle imbécile ! Je me demande si cette sage-femme — Calisu' — je me demande si on ne nous l'a pas envoyée pour nous mettre en confiance et désarmer nos soupçons ?

Cholayna rouvrait sa trousse d'urgence.

— Je me demande plutôt, dit-elle, si Lexie et Rafaella gisent quelque part, la gorge tranchée.

Magda frissonna. Elle n'avait même pas pensé à ça.

— Je ne crois pas, dit-elle, qu'une femme portant l'anneau d'oreille aurait fait ça à ses sœurs...

Mais elle réalisa immédiatement que l'anneau pouvait être volé.

Cholayna avait trouvé une ampoule dans sa trousse, mais jura doucement :

— Je ne peux pas m'en servir ; Vanessa y est allergique. Oh, zut !

— Mais comment aurait-elle pu connaître l'histoire de la Maison de la Guilde de Nevarsin ?

— Elle ignore sans doute qu'il n'y en a pas ; ou que Jaelle interpréterait le message comme elle l'a fait. C'était la même chose que de dire « rendez-vous au marché au poisson de Temora » ; n'importe qui penserait qu'il y en a un sur la côte. Comme on dit, « pas besoin de *laran* pour prophétiser la neige en hiver ». Tout pourrait bien être de la même farine, sauf qu'elle savait le nom de Jaelle.

— Une seule chose est sûre, dit Cholayna. Nous n'avons pas été droguées par charité rustique, pour nous permettre de bien dormir. Assez parlé, et voyons ce qu'on peut faire pour réveiller les autres. Magda — tu connais le type d'endorphine de Jaelle ?

— Son quoi ?

— Bon, tu ne sais pas, dit Cholayna, résignée.

Camilla secouait Jaelle, furieusement mais sans succès. Jaelle se débattait et marmonnait, ouvrit les yeux sans voir, et finalement, Camilla traîna son duvet dans un coin.

— Elle pourrait aussi bien être dans la Grotte de l'Ermite du Pic de Nevarsin, pour ce qu'elle nous servirait dans l'état où elle est !

— C'est une chance qu'on ne soit pas *toutes* dans le même état.

— Cholayna, dit Camilla, s'il m'arrive jamais de redire un mot contre ton régime, bats-moi. Fort. Bon, est-ce qu'on peut réveiller Vanessa ?

— Moi, je n'y arrive pas, dit Cholayna.

— D'ailleurs, est-ce qu'elle pourrait se battre avec sa cheville ? demanda Magda.

— Bon, alors, tout repose sur nous, dit Camilla. Portons-la dans un coin où il ne lui arrivera rien si on en vient à se battre. Non, Margali, pas toi ; repose-toi encore un peu pendant que tu as le temps. Tu es blanche comme la neige !

Cholayna poussa Magda sur le ballot où Camilla s'était endormie, puis, avec Camilla, elles traînèrent Vanessa derrière le tas de leurs bagages.

— Il y a des verrous à la porte ? Ça les ralentirait un peu.

— J'ai vérifié avant le dîner, dit Camilla. Pas étonnant qu'ils nous aient mises dans une grange et pas à l'auberge. Personne ne s'étonne qu'une grange n'ait pas de verrous.

— Tu crois que tout le village est dans le complot ?

— Qui sait ? La plupart, sans doute. J'ai entendu parler de villages de voleurs, dit Camilla, mais je croyais que c'étaient des contes de bonnes femmes.

Elles communiquaient en murmures étranglés. Camilla alla entrouvrir la grande porte, et jeta un coup d'œil dehors. Le vent et la neige s'engouffrèrent dans la grange comme une bête sauvage en chasse ; la porte faillit lui échapper, et elle dut pousser de toutes ses forces pour la refermer.

— Il vente et il neige toujours. Quelle heure peut-il bien être ?

— Dieu seul le sait, dit Cholayna. Je n'ai pas mon chronomètre. Magda m'a conseillé de ne rien emporter de fabrication terrienne qui ne soit en vente libre à Thendara ou à Caer Donn.

— Il ne peut pas être très tard, dit Magda. Je n'ai pas dormi du tout. Il n'a pas dû s'écouler plus d'une heure depuis que nous nous sommes couchées. Je crois qu'ils attendront encore un peu pour être sûrs qu'on dort.

— Ça dépend de la drogue qu'ils nous ont administrée, du temps qu'elle met à agir, et de la durée de son action, dit Camilla. Gardons un œil sur Shaya et Vanessa, au cas où elles cesseraient de respirer.

Magda frissonna à ce ton prosaïque, tandis que Camilla poursuivait :

— Si la drogue agit vite et pour peu de temps, ils seront là incessamment. Si nous avons de la chance, ils feront confiance à leur drogue, ils enverront un homme en éclaireur pour nous couper la gorge, et alors, on pourra s'arranger, dit-elle, avec un geste significatif de son couteau. Puis, pendant qu'ils attendront son retour pour leur donner le signal du pillage, nous pourrons filer par derrière. Mais si nous n'avons pas de chance, tout le village pourrait débarquer ensemble, avec fourches et marteaux.

Elle alla à la porte par laquelle Calisu' était venue leur donner son message. Le vent soufflait moins fort de ce côté, mais s'engouffra quand même dans la grange. Camilla regarda à travers les tourbillons de neige, et étouffa un cri consterné ; Magda s'attendait à lui voir claquer la porte, mais elle courut dehors et, au bout d'un moment, leur fit signe.

— Voilà déjà la réponse à une de nos questions, dit-elle sombrement, tendant le bras.

Déjà couverte d'une couche de neige poudreuse, Calisu' gisait dans la neige, ses yeux morts fixant le ciel, la gorge ouverte d'une oreille à l'autre.

Camilla claqua la porte en jurant.

— J'espère que la femme du chef accouchera demain d'un bébé qui se présentera par le siège ! Pauvre femme ! Ils ont sans doute pensé qu'elle nous avait mises en garde !

— Nous allons la laisser là ?

— Bien obligées, dit Camilla. S'ils s'aperçoivent qu'elle n'y est plus, ils sauront que nous sommes prévenues. Tu crois que ça a encore de l'importance pour elle, Magda ?

— Puisqu'il n'est pas tard, vous ne trouvez pas qu'on devrait tenter de s'enfuir discrètement... avant qu'ils arrivent ? suggéra Cholayna.

— Pas une chance, avec Jaelle et Vanessa complètement mortes au monde ! Il suffirait du moindre hennissement pour qu'ils nous tombent tous dessus. Ils sont sans doute réunis dans cette auberge qui soi-disant n'existe pas, en train d'aiguiser leurs coutelas, dit sombrement Camilla.

Debout, les mains sur les hanches, elle réfléchit, fronçant les sourcils.

— Empilez les bagages contre la porte de derrière... dit-elle en la montrant. Ça les ralentira. On les attendra devant. Magda, comment te sens-tu ?

— Très bien.

Magda ne savait pas si c'était le stimulant de Cholayna ou les décharges d'adrénaline à l'approche du danger, mais elle se sentait agréablement prête à combattre. Camilla avait dégaîné son couteau. Magda s'assura que le sien jouait librement dans son fourreau. Il y avait longtemps qu'elle n'avait pas affronté un ennemi humain, mais elle trouvait que ce serait une bonne action de tuer quiconque avait tranché la gorge à cette pauvre sage-femme inoffensive.

Elle aidait Cholayna à entasser les bagages devant la porte, quand celle-ci s'interrompit.

— J'ai une meilleure idée, dit-elle. Chargeons les bêtes, et laissons-les devant la porte. Et quand ils arriveront, si Jaelle et Vanessa sont réveillées, nous pourrons leur passer sur le corps pour sortir. Sinon — nous pourrons fuir dès que nous aurons réglé leur compte aux premiers assaillants.

— C'est peu probable, dit Camilla, mais tu as raison. Il faut être prêtes à partir sans avoir à s'attarder pour charger et seller les bêtes. Allons-y, mais gardons l'œil sur la grande porte, parce que c'est par là qu'ils viendront.

— Mettons quelques paquets devant, proposa Magda.

— Non, ils sauraient qu'on est averties et arriveraient couteaux tirés. S'ils croient que nous dormons, la gorge offerte au coutelas, on pourra se débarrasser des premiers avant qu'ils aient eu le temps de réaliser ce qui leur arrive. Tout ce qui peut mettre des chances de notre côté est régulier dans cette situation.

Camilla se mit à charger les chervines, tandis que Magda sellait son poney et celui de Jaelle. Cholayna alla aider Camilla, enlevant tout ce qui se trouvait devant la porte, et Magda comprit, avec un frisson, que Camilla dégageait la place pour se battre. Elle avait déjà vu Camilla combattre ; elle s'était battue une fois à son côté... Sa tête l'élançait encore un peu, mais elle était d'une lucidité aveuglante, et sa vue parfaitement nette. Elle mit une selle sur le cheval de Camilla, réalisa que c'était celle de Vanessa, plus large, et procéda à l'échange en pensant : *si ça continue, je vais me mettre à seller les chervines !*

Les chevaux étaient sellés, les chervines chargés. S'ils nous tuent, au moins ils auront du mal à voler nos affaires, pensa-t-elle incongrûment, se demandant pourquoi elle y attachait de l'importance.

Camilla s'accroupit sur les talons face à la porte, effleurant des doigts son épée. La charte des Renonçantes stipulait qu'aucune *Comhi'letziis* ne pouvait porter l'épée, seulement le long couteau des Amazones, légalement trois pouces plus court qu'une épée ; mais Camilla avait été mercenaire pendant des années, et portait encore l'épée qu'elle avait quand elle se faisait passer pour un homme, et personne ne l'en avait jamais empêchée.

Elle sourit à Magda.

— Tu te rappelles le jour où nous avons combattu les hommes de Shann, et que je t'ai reproché d'avoir déshonoré ton épée ?

— Comment pourrais-je l'oublier ?

— Eh bien, bats-toi aussi bien aujourd'hui, et je ne crains aucun bandit des Kilghard.

Cholayna s'adossa au mur.

— Vous entendez quelque chose ? demanda-t-elle soudain.

Silence total, à part les hurlements du vent. Un petit animal remua dans la paille. Après l'activité frénétique de ces dernières minutes, Magda se sentit démobilisée, le cœur battant à grands coups, le goût métallique de la peur dans la bouche.

Le temps s'éternisait. Magda ne savait pas s'il s'était passé une heure, dix minutes, la moitié de la nuit. Le temps n'existait plus.

— Sapristi, quand est-ce qu'ils viennent ? dit Cholayna entre ses dents.

— Ils attendent peut-être qu'on éteigne la dernière lampe, grommela Camilla. Mais que Zandru me fouette de tous ses scorpions si je me bats dans le noir ; et s'il faut les attendre jusqu'au matin, tant pis. J'aimerais mieux qu'ils ne viennent pas du tout.

S'il devait y avoir bataille, Magda préférait en finir au plus vite ; mais par ailleurs, elle se rappelait, avec une netteté totale, son premier combat, sentait encore la douleur de l'épée s'enfonçant dans sa cuisse. Elle était, tout simplement, terrifiée. Camilla elle, était très calme, comme ravie à l'idée d'une bonne bataille.

Elle l'est peut-être. Elle a gagné sa vie comme mercenaire pendant Dieu sait combien d'années !

Puis, dans le silence, elle entendit Cholayna retenir son souffle, et la Terrienne montra la porte du doigt.

Lentement, on la poussait vers l'intérieur, le vent s'engouffrant dans la brèche. Un visage passa par l'ouverture, rond, balafré, ricanant. Immédiatement, le bandit vit la lampe, l'espace dégagé, les femmes qui l'attendaient, mais alors même qu'il ouvrait la bouche pour lancer un avertissement, Cholayna bondit et lui décocha un coup de pied de *vaido* ; son visage explosa dans une gerbe de sang, et il s'effondra, inanimé.

Camilla se pencha pour traîner l'homme, inconscient ou mort, à l'écart ; un autre bandit se rua à sa suite, et Camilla l'embrocha proprement ; il s'abattit avec un cri rauque. D'un coup sec du tranchant de la main, Magda brisa la nuque du troisième.

— Tu n'as quand même pas *tout* oublié, murmura Cholayna, d'un ton approbateur.

Il y eut un moment de calme, puis, celui dont Camilla avait troué le ventre, se mit à gémir et hurler. Magda grimaça en entendant ses cris terribles, mais ne fit rien. Pourtant, il était prêt à leur couper la gorge dans leur sommeil, elle ne lui devait aucune pitié. Camilla s'avança vers lui, couteau levé pour le faire taire définitivement ; il retomba en arrière avec un horrible gargouillement, et le silence revint. Magda pensa :

Il y en a sûrement d'autres dehors. Tôt ou tard, ils vont nous tomber dessus.

Elles avaient eu de la chance : Magda avait tué son homme, et celui que Cholayna avait attaqué était, sinon mort, du moins hors de combat...

La porte s'ouvrit brusquement, et la grange s'emplit de paysans hurlant comme autant de démons. Camilla embrocha le plus proche, et Magda se retrouva à parer les attaques d'un assaillant avec son couteau. Cholayna, au centre d'un groupe, se battait comme un démon ou un héros légendaire, décochant des coups de pieds avec une précision souvent mortelle. L'attaquant suivant de Magda sauta par dessus sa dague et la fit reculer, déséquilibrée ; elle sentit qu'il lui enfonçait son couteau dans le bras et lui expédia un violent coup de pied, suivi d'un coup de coude à la gorge, et il s'abattit, inconscient. Elle sentit du sang tiède couler le long de son bras, mais un autre bandit était sur elle, et elle n'eut pas le temps de penser à sa souffrance et à sa peur.

L'un d'eux, courant aux chevaux, trébucha sur Jaelle ; il se pencha sur elle, couteau levé, et Magda se jeta sur lui par derrière, hurlant un avertissement. Elle lui trancha la gorge avec une force qu'elle ne se connaissait pas, et il tomba, à demi décapité, en travers de Jaelle — qui s'éveilla, ahurie, en marmonnant des mots inintelligibles.

C'était fini. Sept hommes gisaient par terre, morts ou mourants. Le reste avait battu en retraite, peut-être pour se regrouper, Magda ne savait pas, et, pour le moment, ne s'en souciait pas.

— Qu'est-ce qui se passe ? murmura plaintivement Jaelle.

— Cholayna, commanda Camilla, fouille dans ta trousse, et donne ton stimulant à Jaelle et Vanessa ! C'était juste la première vague ! Ils vont revenir.

Jaelle battit des paupières et Magda vit son regard s'éclaircir.

— On a été empoisonnées ? Droguées ?

Cholayna acquiesça de la tête, lui ordonnant du geste d'avaler la capsule de stimulant. Déglutissant avec effort, Jaelle explosa :

— Et ils ont eu le culot de marchander le prix du vin et du dîner !

Elle sortit de son duvet, et essaya de faire lever Vanessa ; elle renonça, et, saisissant son couteau, vint rejoindre Camilla. Elle avait encore l'air sonné, mais le stimulant commençait à faire son effet. Magda pensa : *Nous avons eu de la chance pour le premier assaut, et Cholayna est une drôle de lutteuse pour son âge ! Pourtant, il est impossible qu'à nous quatre — et même si nous arrivons à réveiller Vanessa — nous arrivions à tuer un village entier ! Nous allons mourir ici...* Mais, se demanda-t-elle, maintenant que les villageois savaient que les femmes ne seraient pas des victimes consentantes, n'y aurait-il pas un moyen de négocier ? Pourtant, regardant Camilla, elle comprit que son amie était prête à se battre jusqu'à la mort. Quel autre choix avaient-elles ?

Ils allaient sans doute leur tomber dessus tous ensemble. Maintenant, son bras blessé lui faisait mal, et sa tête recommençait à pulser. L'homme que Camilla avait éventré se remit inopinément à gémir ; Camilla s'agenouilla et lui trancha vivement la gorge.

Essuyant son couteau sur la veste du mort, Camilla se redressa. Magda, connaissant le code de l'honneur des mercenaires, eut l'impression de lire dans son esprit : Camilla était prête à mourir bravement. *Mais je ne veux pas mourir bravement*, pensa Magda. *Je ne veux pas mourir du tout. Et si je ne meurs pas, je ne veux pas avoir la mort de Cholayna et Vanessa sur la conscience ! Y a-t-il une alternative ?*

Puis, avec une terrible impression de déjà vu, elle vit un visage passer par la porte, comme si elle était revenue au début du combat.

Réfléchis, sapristi, réfléchis ! À quoi sert d'avoir le laran *s'il ne peut pas te sauver la vie, maintenant !*

Un bandit se rua sur elle, couteau levé. Elle frappa, très fort, et le sentit s'abattre — mais elles étaient submergées par le nombre. Désespérément, elle projeta son esprit, se rappelant un vieil artifice ; soudain, elle vit comme une image à l'intérieur de ses paupières, l'incendie à Armida, et Damon qui leur parlait d'une bataille gagnée grâce au *laran*, autrefois.

Jaelle ! Shaya, aide-moi !

Jaelle luttait pour sa vie contre un bandit en chemise rouge. Magda projeta désespérément son esprit, forma une image, vit les bandits reculer ; au-dessus d'eux, un démon avait pris forme, pas un démon ténébran, un ancien démon issu d'un mythe terrien, avec des cornes, une queue, et une puissante odeur de soufre... Les hommes rompirent leur front et reculèrent. Puis Jaelle lia son esprit à celui de Magda et soudain, une douzaine de démons cornus armés d'épées se dressèrent devant les bandits. Les villageois reculèrent encore, puis, en hurlant, tournèrent les talons et s'enfuirent. Certains jetèrent même leurs armes en courant.

Vanessa choisit ce moment pour se réveiller. Regardant autour d'elle, éberluée, elle vit les démons, émit un cri étranglé, et enfouit sa tête dans les couvertures.

La puanteur du soufre persistait. Cholayna courut vivement à Vanessa, l'exhortant à se lever.

— Ça devrait les tenir en respect un moment, dit Camilla. Mais pas longtemps ! Partons tant que la voie est libre !

Elles se mirent en selle, Vanessa branlant toujours du chef et marmonnant. Magda considéra son bras ; rien de grave, même si le sang continuait à suinter doucement de la blessure. *Si une veine était coupée, le sang coulerait régulièrement ; et si c'était une artère, j'aurais déjà saigné à mort*, se dit-elle. Une fois en selle, elle se fit un garrot à l'aide d'une bande déchirée au bas de sa tunique, et en prit les extrêmités dans sa bouche, pour garder les mains libres.

Toutes à cheval, menant les chervines par la bride, elles se dirigèrent vers la porte.

— Attendez ! dit Jaelle.

Magda sentit le contact de son *laran*.

— Assurons-nous qu'ils ne viendront plus d'ici un bon moment...

Par-dessus son épaule, Magda vit le visage et la forme de la Déesse, sa robe noire scintillante d'étoiles, ses ailes déployées obscurcissant encore l'obscurité de la grange, le visage auréolé de lumière, les yeux perçants, tristes, terrifiants. Elle n'enviait pas le villageois qui viendrait le premier dans cette grange, même dans un but innocent. Où Jaelle avait-elle trouvé cette image ? Le soir de cette première réunion de la Sororité ?

Ensemble, elles sortirent dans le vent et les tourbillons de neige. Quelques villageois, blottis les uns contre les autres, les regardèrent passer, mais ne firent rien pour les arrêter. Peut-être voyaient-ils encore les démons qu'elle avait créés avec Jaelle ?

Brusquement, Magda retrouva nausée et vertiges. Elle se cramponna à deux mains à sa selle, pour ne pas tomber. Son bras blessé — le même qu'elle s'était écorché dans sa chute, réalisa-t-elle pour la première fois — l'élançait terriblement et sa tête pulsait comme si chacune de ses pulsations était une pierre qui lui frappait le front ; mais elle continuait à se cramponner désespérément à sa selle. L'important, c'était de mettre autant de distance que possible entre elles et ce maudit village. Se lâchant d'une main, elle essaya de tirer son écharpe sur son visage, pour se protéger du vent mordant, mais sans beaucoup de succès. Elle baissa la tête, cachant son visage dans le col de sa veste, aveuglée par la souffrance. Elle entendit à peine la voix de Camilla près d'elle.

— Margali ? *Bredhiya* ? Ça ne va pas ? Tu peux continuer ?

N'est-ce pas ce que je fais ? Est-ce que ça ferait une différence si je disais que je ne peux pas ? voulut-elle dire, irritée ; mais sa voix ne lui obéit pas. Elle eut l'impression de batailler avec ses rênes, de batailler avec son cheval qui ne voulait pas lui obéir. Plus tard, on lui dit qu'elle s'était débattue et avait essayé de frapper Camilla quand son amie l'avait soulevée dans ses bras pour la prendre en croupe. Puis l'esprit de Magda s'obscurcit, et elle sombra dans un cauchemar où des démons hurlants la clouaient à un enclos à bestiaux, tandis qu'un *kyorebni* à tête de banshee lui déchirait le bras et l'épaule de son bec cruel ; puis il lui arracha les yeux d'un coup de bec, elle devint aveugle et ne vit plus rien.

CHAPITRE 16

Seule, elle errait dans le monde gris, informe, sans re-pères. Elle y avait erré cent mille fois pendant cent mille ans. Puis, dans un univers sans forme et vide, où réson-naient des voix. Des voix, curieusement muettes, dont l'écho se répercutait douloureusement dans sa tête...

Breda mea, bredhiya, ouvre les yeux, parle-moi.

Je crois qu'elle revient à elle.

En tout cas, tu n'as rien fait pour ça.

C'était la voix de Jaelle, et, dans la grisaille informe, Magda réalisa que l'émotion qui habitait et palpitait dans la voix de son amie, c'était la colère, une bonne petite colère bien sentie.

Tu dis que tu l'adores, mais tu n'as rien fait pour la sauver...

Je ne pouvais rien faire ; je ne suis pas leronis, je te laisse cet honneur...

Tu n'arrêtes pas de le répéter, Camilla, mais je ne le crois pas plus qu'avant. Si ça peut te faire plaisir de cla-mer que tu es née sans laran, pourquoi pas, tant que ça ne nuit qu'à toi-même ; mais avec sa vie en jeu...

Sa vie ? Allons donc ! Louée soit la Déesse, elle respire, elle vit, elle se réveille — breda, *ouvre les yeux.*

Le visage de Camilla sortit de la grisaille, pâle sur le ciel constellé d'étoiles. Magda prononça son nom d'une voix tremblante. Derrière Camilla, elle voyait maintenant

Jaelle ; et alors, le souvenir de la bataille et de ses suites lui revint.

— Où sommes-nous ? Comment sommes-nous sorties de... cet endroit ?

— Assez loin pour qu'ils ne nous poursuivent pas jusqu'ici, dit Cholayna, quelque part où Magda ne la voyait pas. Tu es restée sans connaissance pendant quatre ou cinq heures.

Magda leva la main et se frictionna le visage. Ça lui fit mal.

— Désolée, Margali, dit Camilla, je n'avais pas le choix. Tu ne voulais pas que je te prenne devant moi sur ma selle — tu semblais penser que j'étais un de ces bandits villageois.

Elle palpa tendrement un point sensible sur la mâchoire de Magda.

— J'ai été obligée de t'assommer. Pendant que tu la soignais, Shaya, tu n'aurais pas pu t'occuper de ça ?

— Tu n'y connais rien, répondit Jaelle, les lèvres serrées, sans la regarder.

Suivant du doigt la mince cicatrice de son visage, elle ajouta :

— Finalement, je t'ai payé ma dette.

Des années auparavant, Magda avait découvert son *laran* en aidant Dame Rohana à soigner Jaelle.

— Comment te sens-tu ? reprit-elle.

Magda s'assit, réfléchissant avant de répondre. Elle avait toujours mal à la tête, mais à part ça, elle se sentait bien. Puis elle se souvint brusquement.

— Mon bras... le couteau...

Elle baissa les yeux sur son bras, écorché vif dans sa chute, puis ouvert par le coutelas du bandit, mais elle ne vit qu'une mince cicatrice blanchâtre, comme d'une blessure depuis longtemps guérie. Jaelle avait fait appel à son *laran* pour agir directement sur la structure des cellules.

— Je ne pouvais pas faire moins, dit Jaelle avec désinvolture. J'ai dormi pendant toute la bataille. Et Vanessa ne s'est vraiment réveillée qu'une heure après notre fuite ; elle n'a cru à la bataille qu'après avoir vu ton bras, Margali.

— Il y a eu d'autres blessées ?

— Cholayna a eu des saignements de nez, mais une poignée de neige a suffi pour les arrêter, dit Camilla. Et une de ces canailles m'a fendu ma plus belle tunique, mais sans beaucoup entamer la peau dessous. Et quand tu as écrasé ce brigand sur Jaelle pour la défendre, tu lui as aussi écrasé les côtes, et elle aura mal pendant une décade.

Magda se revit vaguement s'efforçant d'écarter le bandit, et lui coupant la gorge pour en finir.

Tout était vague dans sa tête, comme dans un cauchemar, et elle n'avait pas envie de se rappeler davantage.

— Nous avons toutes eu de la chance de nous en sortir vivantes, dit Jaelle. Camilla, je te dois des excuses.

— Tu aurais eu raison neuf fois sur dix, et l'endroit aurait dû être aussi sûr qu'une Maison de la Guilde, répondit Camilla, bourrue.

— Et tu prétends toujours que tu n'as pas de *laran* ?

Camilla s'empourpra de colère.

— Assez, Jaelle, dit-elle, ou je te jure sur mon épée que je te romprai le cou. Même toi, tu peux aller trop loin.

Jaelle serra les poings, et Magda sentit la colère circuler entre elles, comme des lignes de force rouge vif. Elle voulut parler pour détendre l'atmosphère, mais s'aperçut qu'elle pouvait à peine se tenir assise, à peine émettre un murmure.

— Camilla...

Jaelle expira avec force.

— Quelle importance après tout ? Tu as eu une prémonition. Comment ? Cela importe peu, mais je suis certaine qu'elle nous a sauvé la vie. Et c'est ça qui importe. Vanessa, le thé est prêt ?

Elle mit un quart fumant dans la main de Magda.

— Bois ça. Nous resterons ici jusqu'à ce qu'il fasse assez jour pour voir la route.

— Je peux monter la garde, proposa Vanessa. J'ai assez dormi pour une décade !

— Et je te tiendrai compagnie, dit Jaelle, buvant à petites gorgées. Elles se sont bien battues toutes les trois, et elles ont droit à un peu de repos. Nous allons aussi décharger les bêtes. Cholayna, il y a encore des fruits secs ?

Cholayna montra un sac.

— Tu as déjà faim après ce gros repas ? Je croyais que ça nous suffirait pour au moins trois jours !

Mais, regardant Jaelle avaler une poignée de raisins secs, Magda pensa à la faim dévorante qui succède à l'usage du *laran*. Camilla en mangea aussi une poignée.

— Montez bien la garde, les filles. Vous avez raté le plus beau, dit-elle, déroulant son sac de couchage près de Magda et Cholayna.

Soudain, Magda ressentit de l'inquiétude au sujet de Camilla ; elle n'était plus jeune, et elle venait de livrer un dur combat. De plus, Camilla s'était sans doute tellement fait de souci à son sujet qu'elle n'avait pas pensé à elle-même. Pourtant, si elle lui manifestait sa sollicitude, elle le savait, Camilla mettrait son point d'honneur à prétendre qu'elle se sentait en pleine forme.

Cholayna, avant de s'allonger, hésita.

— Je devrais peut-être couvrir le feu ? Il peut révéler notre présence — s'il y a des rôdeurs dans les bois.

— Laisse, dit Jaelle. Le feu éloignera les rôdeurs à quatre pattes. Et pour ce qui est des rôdeurs à deux pattes — la Déesse m'est témoin qu'il vaut mieux voir ce qui arrive. Je ne veux pas qu'on me surprenne dans le noir.

Elle eut un rire nerveux et ajouta :

— Cette fois, c'est Vanessa et moi qui nous battrons, et vous qui dormirez.

Magda n'avait pas sommeil, mais elle savait qu'elle devait se reposer. Sa nouvelle cicatrice la démangeait furieusement. À la lueur des dernières braises, elle vit Vanessa, assise sur ses fontes. Elle ne voyait pas Jaelle, mais la *sentit* arpenter les alentours de leur camp, comme étendant sur elles des ailes protectrices... *les ailes noires de la Déesse Avarra qui veillait sur elles...*

Voilà des années qu'elle se figurait toujours Jaelle plus jeune, fragile et faible qu'elle-même, en femme qu'elle devait protéger comme elle aurait protégé un enfant. Pourtant, dès le départ, Jaelle avait assumé la direction de l'expédition, et la responsabilité de leur sécurité. Sa compagne avait grandi ; il était temps qu'elle se mette à la considérer en égale.

Elle est aussi forte que moi, et peut-être plus forte. Il est grand temps de réaliser que je ne peux pas porter toutes les responsabilités à moi seule, et que ce n'est pas nécessaire. Jaelle, si je la laisse faire, en prendra sa part, et davantage...

Elles mirent le cap au nord, se dirigeant vers la Kadarin à travers une région sauvage, par des sentiers peu connus, évitant les routes et les villages. Cinq jours plus tard, elle croisèrent une route assez fréquentée, mais Jaelle hésita à l'emprunter, à cause de Cholayna.

— Même dans cette région écartée, on aura peut-être appris qu'il y a des Terriens à la peau noire à Thendara, et j'aimerais autant qu'on ne me demande pas ce que fait une Terrienne avec nous. Les Renonçantes suscitent déjà assez de questions comme ça dans ces montagnes, sans y ajouter encore une Terrienne. Vanessa peut passer pour une montagnarde. Pourtant, il faudra traverser la Kadarin, et il n'y a que deux moyens : le gué principal ou le passeur ; les dernières inondations de printemps ont rendu les autres gués impraticables.

— Je suis prête à prendre le risque, dit Vanessa.

— Pas de problème ; Cholayna, tu rabattras ton capuchon sur ton visage, sans répondre à aucune question. Fais semblant d'être sourde et muette.

— J'aurais dû rester à Thendara, c'est bien ça ? Ma présence vous met toutes en danger, dit Cholayna, avec une pointe d'amertume.

— Ce qui est fait est fait, dit Jaelle avec un geste d'impatience. Garde ton sang-froid et obéis aux ordres, c'est tout ce que je te demande.

Un instant, Magda se demanda si sa compagne n'éprouvait pas une certaine satisfaction à voir Cholayna, chef du Renseignement, suivre les ordres au lieu d'en donner, si Jaelle ne se réjouissait pas intérieurement de commander Cholayna. Puis elle disculpa mentalement Jaelle de cette mesquinerie. Elle-même aurait pu éprouver fugitivement ces sentiments ; mais à l'évidence, Jaelle n'avait en tête que la sécurité de leur groupe.

En fait, il y avait sans doute moins de danger pour elles, même si Cholayna était reconnue comme Terrienne, à un grand gué fréquenté que dans certains villages isolés où elles auraient pu traverser la Kadarin sans être vues.

Elles en avaient soupé pour un bon moment des villages isolés !

Au gué, une demi-douzaine de caravanes attendaient avant elles, et Camilla, qui pouvait passer pour un homme avec ses cheveux courts en bataille, son visage balafré et sa courte veste en duvet, remonta la file qui attendait le passeur. Elle revint bientôt, l'air déçu.

— J'espérais qu'on trouverait peut-être Rafi et cette Anders ici.

Jaelle secoua la tête.

— Oh non, elles ont beaucoup d'avance sur nous, Camilla.

Camilla serra les lèvres et détourna la tête, les yeux voilés comme ceux d'un faucon.

— Peut-être ; mais il y avait toujours une chance. Alors, nous passons à gué ou nous payons le passeur ?

— On passe à gué, naturellement. Inutile de leur donner l'occasion de dévisager Cholayna ; tu connais le proverbe de ces montagnes, « curieux comme un apprenti passeur ». Pourquoi ? Tu as peur de te mouiller les pieds ?

— Pas plus que toi, *chiya*. Mais je croyais que nous étions pressées.

— Avec toutes ces caravanes devant nous, il faudrait attendre le passeur plus d'une heure ; tandis que nous pourrons traverser à gué dès que cet homme, ses chiens et ses chervines seront sur l'autre rive, dit Jaelle, regardant le groupe désorganisé qui les précédait : deux jeunes garçons qui poussaient à l'eau chiens et chervines avec force menaces et coup de bâtons, femmes en jupes de cheval cramponnées à leurs selles en gémissant.

Au milieu du courant, quelque chose effraya un cheval qui se cabra, jetant à l'eau sa cavalière qui se mit à gigoter comme un beau diable. Bref, il leur fallut une heure pour traverser pendant que Jaelle arpentait la rive avec impatience. Magda comprit que ça la démangeait de se mettre à l'eau et de montrer à ces gens comment passe une caravane bien organisée. Leur mission excluait ce genre d'amateurisme.

— Ne t'inquiète pas, dit Magda comme elles conduisaient leurs chervines au bord du gué. Maintenant, tu vas leur montrer comment une guide Renonçante fait passer sa caravane.

182

Jaelle sourit, confuse.

— Ça se voit tant que ça ?

— Je te connais depuis longtemps, *breda mea*.

Elles passèrent en bon ordre, d'abord Jaelle, menant les chervines par la bride, puis Magda, Vanessa, et Cholayna emmitouflée comme une *leronis* dans la cape de rechange de Magda, et enfin Camilla qui fermait la marche. Elles avaient, se dit-elle, traversé la Kadarin plus facilement qu'avec le bac, pris dans un remous du courant, et que le passeur et ses fils s'efforçaient de dégager à la gaffe à grand renfort de jurons.

Laissant derrière elles le bac et la Kadarin, elles s'enfoncèrent dans la montagne.

Les premiers contreforts montaient en pente douce, et elles chevauchaient sur des sentiers bien entretenus, dans de profonds canyons pleins de conifères et de nuages. Jaelle ouvrait la marche, poussant les chevaux au maximum. Les chervines, se retrouvant dans leur pays natal, galopaient vent debout avec un plaisir évident.

Peu à peu, les pentes se firent plus abruptes, menant à des cols de roche nue. Jaelle eut soin de ne pas dépasser la limite des arbres avant la nuit, mais le soir, blottie dans son duvet, Magda frissonna en entendant le cri sauvage et strident du banshee dans les glaces, cri qui, elle le savait, pouvait paralyser n'importe quelle proie à bonne distance.

— Qu'est-ce que c'est que ça, bon sang ? demanda Vanessa.

— Des banshees. Tu les connais par tes lectures, non ? Ils ne descendent jamais au-dessous de la limite des arbres, sauf par les hivers les plus rigoureux, et nous sommes toujours en été, n'oublie pas !

— Tu parles d'un été, grommela Cholayna. Je grelotte depuis le passage de la Kadarin.

— Mange davantage, conseilla Magda. Les calories, ça produit de l'énergie et aussi de la chaleur.

Quand même, Cholayna supportait l'allure, le froid et l'altitude mieux que Magda ne l'espérait au départ. *Elle doit avoir été un agent de terrain extraordinaire.* Pourtant, à mesure que les cols devenaient plus hauts, les chemins plus abrupts, et qu'elles étaient obligées de démonter souvent pour gravir à pied ou escalader les passages les plus raides — passé Nevarsin, elles devraient peut-être carrément renoncer aux chevaux et monter des chervines — les traits de Cholayna se tiraient, ses yeux s'enfonçaient de plus en plus dans leurs orbites. Camilla avait l'habitude de voyager à la dure, et Vanessa se conduisait parfois comme si elle faisait une promenade de santé, attitude qui agaçait Magda, mais comme ses talents d'alpiniste leur avaient été bien utiles dans les passages les plus difficiles, elle se dit qu'elle avait bien le droit de trouver du plaisir au voyage.

Devant elles se dressait le Col de Scaravel, à plus de sept mille mètres. Le cinquième jour après le Kadarin, elles campèrent au bas de la route menant au col, après avoir chevauché toute la journée sous une neige légère, qui réduisait la visibilité à quelques longueurs de cheval, chose qui faisait grommeler Camilla et Vanessa, mais dont Magda n'était pas mécontente ; ça l'obligeait à garder les yeux sur le sentier, et elle n'était pas confrontée, à chaque tournant, à la vue des abîmes sans fond et des précipices vertigineux. La neige rendait le chemin glissant, mais pas vraiment dangereux, se dit-elle, réalisant seulement alors à quel point elle était endurcie à des situations qui lui auraient glacé le sang seulement quelques décades plus tôt.

— Il fait encore jour, argua Vanessa, et il y a moins de trois ou quatre kilomètres jusqu'au sommet. Nous pourrions passer aujourd'hui.

— Avec de la chance. Mais je ne me fie plus à la chance, dit Jaelle avec irritation. Par ici, il y a des banshees au-dessus de la ligne des arbres, comme j'ai de bonnes raisons de m'en souvenir. Tu veux que je te présente ? C'est plus facile de passer de jour. Et comme ça, nous aurons le temps de manger chaud et de bien dormir.

Vanessa eut l'air furieux, et, un instant, Magda craignit qu'elle ne discute, mais elle finit par se détourner et alla desseller son cheval.

— C'est toi qui commandes.

— Je veux qu'on redistribue toutes les charges d'ici demain, ordonna Jaelle. Nous avons utilisé une bonne partie de nos provisions, et moins les bêtes auront à porter, plus facilement nous franchirons le Scaravel — et les montagnes qui suivent. Au-delà de Nevarsin, il y a des cols auprès desquels le Scaravel fait l'effet d'une taupinière.

Magda vint l'aider à décharger les bêtes, tandis que Camilla allumait un feu et que Cholayna sortait les rations. Maintenant, la routine du campement était bien établie. Bientôt, une bonne odeur de ragoût plana sur le camp.

— La neige tombe plus dru, dit Camilla, examinant le ciel sombre. Il faut monter les tentes. Viens m'aider, *breda*.

Quand elles devaient coucher sous la tente, elles avaient décidé d'établir un roulement ; Magda aurait préféré partager toujours la même avec Jaelle ou Camilla, mais elle comprenait Jaelle qui aimait mieux mélanger les groupes pour ne pas les diviser en deux clans. Ce soir, Magda partageait la petite tente avec Vanessa, tandis que Jaelle, Camilla et Cholayna dormiraient dans la grande. Vanessa changea ses chaussettes, puis fouilla dans son sac et se mit à se brosser les cheveux.

— Je crois que j'accepterais bien d'affronter de nouveaux bandits pour avoir l'occasion de prendre un bain, dit-elle. J'ai les cheveux poisseux et je me sens crasseuse des pieds à la tête.

Magda concéda que c'était un des plus grands désagréments de ces expéditions.

— Mais il y aura des bains publics pour les femmes à Nevarsin, dit-elle, et peut-être que nous trouverons une blanchisseuse pour laver nos vêtements.

— Prêtes à dîner, vous deux ?

— Je finis de me brosser les cheveux, dit Vanessa, nouant un foulard de coton sur sa tête.

Camilla servait déjà le ragoût et passait les assiettes à la ronde ; elles se mirent à manger, assises sur des sacs et abritées par l'auvent de la tente. Magda avait faim, et eut vite fait d'avaler sa portion, mais Cholayna chipotait dans son assiette.

— Cholayna, il va falloir que tu te décides à manger plus que ça, dit Camilla. C'est indispensable...

Cholayna explosa.

— Bon sang, Camilla, je ne suis plus une gamine ; voilà près de soixante ans que je sais ce que j'ai à faire, et je ne veux pas qu'on me harcèle tout le temps comme ça !

Je sais que ça part d'un bon sentiment, mais j'en ai assez qu'on me commande sans arrêt !

— Alors, tu devrais donner l'impression de savoir ce que tu as à faire, grogna Camilla. On dirait une gamine de quinze ans à sa première sortie de la Maison de la Guilde ! Peu importe ton expérience dans d'autres climats ou avec les Terriens ; ici, tu ne sais pas ce que tu as à faire — sinon, tu le ferais. Et si tu n'as pas le bon sens de manger comme il faut, il faut qu'une autre t'y oblige...

— Attends, Camilla... commença Jaelle, et Camilla lui tomba dessus, furieuse.

— Surtout pas *toi* ! Ça fait une décade que je me retiens de lui dire ça ! Ce n'est pas normal ; si Cholayna néglige sa santé et tombe malade, elle nous met toutes en danger...

— Même si c'est vrai, ce n'est pas à toi de le dire... commença Jaelle.

Mais maintenant, Camilla était en fureur.

— À ce stade, ça n'a plus d'importance ! ragea-t-elle. Si le chef ne dit rien, je ne vais pas rester muette ! Depuis des jours, j'attends que tu fasses ton devoir et que tu lui parles, mais parce que cette Terrienne a été autrefois ton employeur, tu n'as pas eu le bon sens ou le courage de dire un seul mot. Si c'est comme ça que tu conçois ton rôle de chef d'expédition...

— Je fais mon devoir comme je l'entends, dit Jaelle, pâle de colère. Et je ne suis plus une gamine pour que tu me donnes des leçons...

— Écoutez-moi, toutes les deux, l'interrompit Cholayna. Allez discuter ailleurs de vos problèmes de préséance, et ne vous servez pas de moi comme excuse ! J'essaye de manger autant que je peux de votre nourriture répugnante, mais ça ne m'est pas facile, et je n'ai pas besoin qu'on me le rappelle tout le temps ! Je fais de mon mieux ; contentez-vous de ça, d'accord ?

— Quand même, elles ont raison, Cholayna. Tu fais comme si elles n'avaient pas le droit de te dire ça. Mais dans une expédition de ce genre, la politesse compte moins que la vérité. Si tu tombes malade, nous devrons toutes te soigner. Je t'ai déjà dit qu'à cette altitude il faut avaler de force liquides et calories.

— J'essaye, Vanessa, mais...

Magda parla pour la première fois.

— Même si ce que tu dis est vrai, Vanessa — et toi aussi, Camilla — ce n'est pas la peine d'être si dures avec elle. N'oubliez pas que c'est son premier voyage sur le terrain depuis des années, et sa première expérience dans ce genre de climat...

— Raison de plus pour qu'elle écoute celles qui ont de l'expérience, dit Camilla, mais Jaelle l'interrompit.

— Et tu crois que tu lui rends service en lui criant dessus comme un banshee ? Je crois que je n'arriverais pas à avaler une bouchée si j'étais à sa place !

Magda leva la main en un geste conciliant.

— Shaya, *je t'en prie...*

— Au diable, Margali, ne te mêle pas de ça ! Chaque fois que je veux règler un problème, il faut que tu y mettes ton grain de sel. Si je ne peux pas parler avec Camilla sans que tu t'interposes comme si tu avais peur que quelque chose se passe sans que tu t'en sois mêlée...

Magda referma la bouche avec effort. Ça ressemblait tellement à ce que lui avait dit Lexie : *Sapristi, Lorne, est-ce qu'il y a une seule chose sur cette maudite planète dont tu ne te mêles pas ?*

Est-ce vraiment ainsi que les autres la voyaient ? Elle voulut dire « mais je ne cherchais qu'à rendre service », puis réalisa que, si ce n'était pas évident, c'est qu'elle ne rendait pas service.

Cholayna avait repris son assiette, et s'efforçait d'avaler le ragoût froid et graisseux.

Ne voient-elles donc pas que si elle essaye de manger ça, dégoûtée comme elle l'est, ça ne fera qu'empirer les choses ? Jaelle, au moins, devrait être capable de comprendre ça.

Elle ouvrit la bouche, sachant qu'elle risquait de se faire rabrouer, mais Camilla lui prit son assiette.

— Je vais te réchauffer ça, Cholayna. Ou si tu préfères, je peux te faire du porridge, qui passera plus facilement. Avec beaucoup de sucre et de raisins secs. Inutile de gaspiller de la bonne viande pour quelqu'un qui n'apprécie pas, et qui, de toute façon, ne peut sans doute pas la digérer comme il faut. Quelqu'un veut partager avec moi la part de Cholayna pendant que je lui ferai du porridge ?

— Et je trouve, proposa Vanessa, qu'on devrait lui réserver les rations terriennes spécial-haute-altitude. Elles sont presque entièrement synthétiques, mais très riches en calories, graisses et hydrates de carbone, et elles ne la dégoûteront pas. Nous autres, nous pouvons nous contenter de viande séchée et de fruits secs naturels. Tiens, ajouta-t-elle, lui tendant un bol de porridge libéralement additionné de sucre et de raisins secs, que Cholayna accepta avec reconnaissance.

Magda vit qu'elle avait quand même du mal à manger, mais c'était plus facile de surmonter un simple manque d'appétit que des décennies d'habitudes dictées par la tradition et l'éthique.

Elle constata avec effroi qu'elle recevait toutes les pensées de Cholayna. À une époque, dans les premiers temps de son entraînement à la Tour Interdite, elle était incapable de se couper des pensées et émotions de ses amis. Mais ils étaient tous de puissants télépathes. Cholayna était Terrienne et aveugle mentale, et elle n'aurait pas dû recevoir ses émotions.

Et Camilla semblait savoir, elle aussi — et Magda s'arrêta court. Elle savait mieux que personne que, sous son apparence bourrue, Camilla était une femme singulièrement sensible, et même maternelle. Nul besoin de supposer que le stress du voyage, ou toute autre raison qu'elle ne pouvait pas identifier, éveillait un *laran* latent chez Camilla, ou même chez Cholayna.

Soudain, Jaelle qui s'était mise un peu à l'écart, dit à la cantonnade, d'un ton penaud :

— Je m'excuse. Je ne sais pas ce qui m'a pris. Camilla, pardonne-moi. Je pensais ce que j'ai dit mais j'aurais dû l'exprimer avec plus de tact. Margali... Tu me pardonnes, *breda mea* ? dit-elle en lui tendant les bras.

— Bien sûr ! dit Magda en l'embrassant.

Camilla s'approcha et les serra dans ses bras toutes les deux, puis Vanessa et Cholayna les rejoignirent en une embrassade générale qui emporta toute leur colère.

— Je ne comprends pas pourquoi je me suis mise à hurler, dit Camilla. Je ne voulais pas te bouleverser, Cholayna. Je ne veux pas que tu tombes malade, mais franchement, je n'avais pas l'intention de te tarabuster.

— Il faut s'attendre à ce genre de tension dans une expédition de ce type, dit Vanessa. Nous devons être sur nos gardes pour ne pas y céder.

— C'est peut-être la Sororité qui nous met à l'épreuve pour voir si nous sommes dignes d'être admises dans cette cité ? dit Camilla, ironique.

— Ne plaisante pas ; c'est le cas, dit Jaelle, les regardant avec sérieux. La légende dit que nous *serons* éprouvées sans ménagements et... que nous...

Elle déglutit avec effort, cherchant ses mots.

— Tu ne comprends donc pas ? Nous recherchons la Sororité, et si nous ne pouvons pas l'établir entre nous...

Sa voix mourut.

Au moins, se dit Magda, s'allongeant sous la tente qu'elle partageait avec Vanessa, la brouille était terminée. Ce serait déjà assez dur de franchir le Scaravel même si chacune y mettait du sien.

CHAPITRE 17

Jaelle tendit le bras dans le vent léger chargé de quelques flocons.

— Nevarsin, la Cité des Neiges, dit-elle.

Magda reçut sa pensée — maintenant, elles étaient ouvertes l'une à l'autre à un point qui l'effrayait presque — *Allons-nous y trouver Rafaella et Lexie ? Et sinon, quoi faire ?* Il lui semblait incroyable que Jaelle, au moins, ne continuât pas de l'avant. Dans son esprit, ce voyage avait pris une dimension irréelle, il devait se prolonger éternellement, de plus en plus loin dans l'inconnu, à la poursuite de silhouettes en robes longues, d'appels de corbeaux, de l'ombre de la Déesse étendant sur elles ses ailes noires...

Le cheval de Camilla heurta doucement le sien.

— Holà ! Tu dors debout, comme un fermier au marché de printemps bâillant devant la grande ville ?

Nevarsin se déployait devant elles, cité bâtie à flanc de montagne, aux rues montant vers le sommet où se dressait le monastère taillé à même la pierre. Au-dessus du monastère, il n'y avait plus que les neiges éternelles.

Elles franchirent les portes de Nevarsin en fin d'après-midi, et s'engagèrent dans les rues couvertes de neige qui tournaient et montaient, et n'étaient parfois qu'une étroite volée de marches raides où il fallait talonner les chevaux et tirer vigoureusement les chervines. Partout on voyait des statues du prophète ou du dieu *cristoforo* — Magda savait peu de choses sur cette secte — le Porteur de

Fardeaux, en robe de bure avec l'Enfant Saint sur les épaules, la tête surmontée de ce qui pouvait être un soleil, une planète, ou simplement une auréole. Les cloches sonnaient à intervalles réguliers et fréquents, et, tandis qu'elles montaient une rue étroite, elles rencontrèrent une procession de moines vêtus d'austères robes de toile à sac, pieds nus dans la neige. (Mais ils semblaient à leur aise, les pieds roses et sains comme s'ils avaient été chaussés pour le climat rigoureux.)

Les moines chantaient en marchant — Magda ne comprit presque rien de leur hymne ou cantique, qui était en un ancien dialecte *casta* — sans regarder à droite ni à gauche, et les femmes durent s'écarter et démonter pour faire ranger leurs chervines. Le moine de tête, un vieux chauve au nez crochu et au regard sévère, les regarda de travers comme s'il n'approuvait pas les Renonçantes.

Tant pis pour lui ; elles vaquaient à leurs affaires comme lui, et sans embêter personne ; et elles n'exigeaient pas qu'on s'écarte devant elles dans ce qui était après tout, une voie publique.

Les moines étaient très nombreux, et, le temps qu'ils soient passés, le crépuscule tombait et la neige se faisait plus drue.

— Où allons-nous, Jaelle ? Tu le sais, je suppose ? demanda Camilla.

— Nevarsin est une cité *cristoforo*, dit Jaelle, et, comme je crois vous l'avoir déjà dit, les femmes ne sont pas reçues dans les auberges à moins d'être accompagnées d'un mari ou d'un père. Je vous ai parlé de cet endroit où nous allions avec Rafi, et que nous appelions par plaisanterie la Maison de la Guilde de Nevarsin. Peut-être qu'elles nous y attendent.

La maison, grande bâtisse en pierre du pays, était dans le quartier le plus extérieur de la ville, et il y régnait une bonne odeur de cuir neuf. La grande porte ouvrait sur une immense cour (dans « le style des Villes Sèches », murmura Jaelle à Magda) où s'affairaient des jeunes femmes en tablier de travail et grosses bottes. Elles s'interrompirent pour saluer aimablement les arrivantes. La maîtresse des lieux, petite vieille aux bras de forgeron, sortit, regarda Jaelle avec un grand sourire, puis la serra dans ses bras.

— Ah, la pupille de Kindra !

— Arlinda, tu n'as pas changé depuis la dernière fois que je t'ai vue — ça fait déjà sept ans ? Ou plus ?

— Ça fait sept ans ; Betta venait de mourir, la Déesse ait son âme, et elle m'a laissé la maison. Ça me fait vraiment plaisir de te voir. Ici, il y a toujours de la place pour les Renonçantes ! Entrez, entrez ! Suzel, Marissa, Shavanne, menez leurs chevaux à l'écurie, et courez à la cuisine dire à Lulie que nous aurons trois, non quatre, non cinq invitées au dîner ! Donnez de l'avoine et du foin aux chevaux et aux chervines, et enfermez leurs bagages dans la chambre forte ; je vais te donner un reçu, *chiya* ; juste pour la forme. Vous êtes venues par le Scaravel ? Pauvre de moi, comme tu es maigre et pâle ! Pas étonnant après un voyage pareil ! Qu'est-ce que je peux faire pour vous tout de suite ? Vous voulez du vin chaud et des gâteaux ? Un bain ? Un repas dans les dix minutes si vous mourez de faim ?

— Un bain, ce serait divin, dit Jaelle, à l'approbation enthousiaste de ses compagnes. Mais je croyais que nous serions obligées d'aller aux bains publics des femmes...

— Mes enfants, les bains publics des femmes, c'est ici maintenant ! Ils périclitaient, mauvais service, pas de serviettes, avec le personnel qui avait toujours la main tendue pour les pourboires, et les proxénètes si nombreux à attendre leurs filles que les familles respectables ne voulaient plus laisser venir leurs femmes. Alors, j'ai acheté la concession pour une bouchée de pain, et j'ai fait savoir que les filles des rues seraient reçues uniquement si une guérisseuse certifiait qu'elles n'étaient pas contagieuses, et que si je les prenais à donner leurs rendez-vous ici, elles seraient interdites de bains définitivement. J'ai chassé les proxénètes une bonne fois pour toutes, et j'ai averti les filles de joie que si elles voulaient se baigner ici, elles avaient intérêt à se conduire comme de jeunes vierges destinées à devenir Gardiennes ! Et vous voulez que je vous dise ? Je crois qu'elles ont été contentes d'être traitées comme des femmes normales, sans aucune différence avec les épouses et les filles des gens respectables. Suzel, enchaîna-t-elle, donne la meilleure chambre à ces dames, et après, conduis-les au bain. Le bain est offert par la maison, ce sont de vieilles amies !

Elle tira Jaelle à l'écart, mais toutes l'entendirent murmurer :

— Et quand tu seras baignée et reposée, ma chérie, j'ai un message pour toi de ton associée. Non, pas maintenant. Va prendre ton bain d'abord. Je vais vous faire porter du vin chaud dans votre chambre.

— Je t'en prie Arlinda, dit Jaelle, pâle et les traits tirés, si Rafi est ici, je veux la voir immédiatement. Nous venons de Thendara à marches forcées dans l'espoir de la rattraper. Ne ruse pas avec moi, ma vieille amie !

Arlinda plissa son visage, tanné comme du vieux cuir de selle.

— Pourquoi veux-tu que je ruse ? Non, Rafi n'est plus ici. Elles ont attendu trois jours et ont repris la route hier matin. L'envoyée tu-sais-d'où est venue les chercher et elles sont parties avec elle.

Jaelle s'affaissa sur elle-même, et Magda craignit qu'elle ne s'évanouisse. Elle lui entoura les épaules de son bras, et Jaelle se laissa aller contre elle. Au contact de sa compagne, Magda perçut ses regrets et sa déception.

Venir si loin et les manquer de si peu...

Mais elle se ressaisit rapidement et dit avec dignité :

— Tu as parlé d'un message, mais si elles ne sont plus là, ça peut attendre après le bain. Merci, mon amie.

L'établissement d'Arlinda était gouverné avec une efficacité incomparable. En quelques secondes, sembla-t-il à Magda, on leur montra leur chambre, grande, claire et propre comme une salle d'opération terrienne, on leur donna des reçus pour leur bagages, et on leur monta leurs sacs personnels. Il y avait aussi une blanchisserie dans la maison, et on leur enleva tout leur linge sale en promettant de leur rendre bien propre dès le lendemain matin. Le tout exécuté par des filles jeunes, dynamiques et aimables, dont la plupart avaient entre quinze et vingt ans, qui travaillaient avec entrain, dans la plus grande gaîté, et, à l'évidence, dans la plus grande liberté. Camilla traînassant pour se changer (à cause de son corps mutilé, Camilla hésitait toujours à se dénuder devant des étrangères) elles lui proposèrent avec tact un peignoir de bain, s'en furent vivement le chercher, et Camilla était déshabillée et rhabillée avant d'avoir eu le temps de protester qu'elle pouvait se passer de leur aide.

— Je sais maintenant pourquoi Kindra appelait cet endroit la Maison de la Guilde de Nevarsin, dit Camilla, s'enveloppant dans le peignoir un peu passé, mais qui sentait bon le savon.

— Elle est gérée avec plus d'efficacité que la plupart de nos Maisons des Domaines, acquiesça Magda.

La jeune fille qui devait les conduire au bain s'arrêta près de Jaelle.

— Vous êtes le chef du groupe, *mestra* ?

— C'est exact.

— La grande femme aux cheveux blancs... sa maladie de peau est contagieuse ? Car dans ce cas, il faudra qu'elle se baigne à part, et pas dans le bassin collectif.

Le ton était embarrassé, mais ferme, et Jaelle répondit de même.

— Sur mon honneur elle ne souffre d'aucune maladie, contagieuse ou non. Sa peau est noire de naissance ; elle vient d'un pays très lointain où tous les hommes et les femmes sont de cette couleur.

— Pas possible ! C'est incroyable ! s'exclama la fille, stupéfaite.

Cholayna, qui se trouvait derrière Jaelle, dit :

— C'est vrai, mon enfant. Mais si vous croyez que cela gênera vos clientes ou qu'elles auront peur d'attraper une maladie, je veux bien me baigner à part, pourvu que j'aie quand même un bain.

— Oh, non, *mestra* ! Il n'en est pas question. Notre maîtresse connaît Jaelle depuis longtemps et sait qu'on peut se fier à sa parole, dit la jeune fille avec gentillesse, sinon avec tact. C'est juste que personne ici n'a jamais vu quelqu'un comme vous, alors il fallait bien poser la question à cause des autres clientes, vous comprenez. Sans vous offenser !

— Je comprends, dit Cholayna avec une bienveillante dignité. (Comment elle y parvint, pieds nus et en peignoir de bain, Magda ne le sut jamais.)

Se dirigeant vers les cabines qui leur étaient assignées, Cholayna dit à Magda à voix basse :

— Je n'avais jamais pensé que je paraîtrais si étrange dans un monde où tout le monde se ressemble. Pourtant, il existe d'autres planètes comme celle-ci, quoique peu nombreuses. Sur Alpha, une peau claire comme celle de

Camilla serait aussi étrange que la mienne l'est ici. Quel tissu est-celà ? dit-elle, palpant l'étoffe de son peignoir. Ce ne peut pas être du coton, pas sous ce climat. À moins qu'on ne le cultive dans le sud, vers Dalereuth ?

— C'est la fibre de l'arbre à plumes qui pousse partout dans les montagnes. Tissée ainsi, elle est très chère ; en général, on s'en sert plutôt pour faire du feutre ou du papier, parce que les fibres sont très courtes. Mais une fois tissées, elles prennent si bien la teinture que beaucoup pensent que le tissage en vaut bien la peine et le prix. Autrefois, ses tisserands formaient une corporation séparée, qui gardaient leurs secrets de fabrication en vivant dans des villages à part et en se mariant entre eux.

Puis les filles de bain entrèrent ; la petite devait avoir fait passer la consigne au sujet de Cholayna, car aucune ne la dévisagea indûment en savonnant vigoureusement les voyageuses ; même Camilla, généralement sur la défensive, se détendit voyant qu'aucune ne portait la moindre attention à ses nombreuses cicatrices, et elle rit comme une gamine quand on la rinça au jet avant de l'envoyer dans le bassin collectif.

Magda s'y plongea avec délice, mais Vanessa poussa un cri étranglé en tâtant du pied l'eau brûlante.

— On dirait un cochon qu'on égorge, Vanessa ! Tu t'habitueras, dit Jaelle, descendant lentement dans le bassin.

L'eau, légèrement sulfureuse, semblait calmer toutes les douleurs et courbatures du voyage. Elles se renversèrent contre l'appui-tête, soupirant d'aise.

— Ça semble trop beau pour être vrai, dit Cholayna. La dernière fois que nous avons pris un bon bain, on nous a droguées et attaquées.

— Après un bain pareil, je me sens de force à combattre n'importe quels bandits, dit Magda en riant.

— Nous sommes autant en sécurité ici que dans notre propre Maison, dit Jaelle avec sérieux. Et beaucoup plus que dans des bains publics, dont beaucoup sont gérés par des proxénètes et autres canailles.

— À Nevarsin ? Où les saints moines dirigent tout ? dit Camilla, franchement sceptique.

— Les saints moines sont beaucoup trop saints pour penser à des lois protégeant les femmes qui voyagent seules.

Dans leur idée, les femmes vertueuses ne fréquentent pas les bains publics, où des étrangers pourraient les voir nues, et ils pensent que si une femme y va quand même, elle mérite ce qu'elle y trouvera — maladies contagieuses et importunités de toutes sortes. À une époque, quand les *cristoforos* règnaient en maîtres sur Nevarsin, ils avaient décrété la fermeture de tous les bains publics. Certains restèrent ouverts illégalement, et bien entendu, étant tenus par des hors-la-loi, c'étaient des lieux de débauche. Et les moines justifiaient leur édit de fermeture par ce qui s'y passait... *voyez donc, les bains sont des endroits mal famés, regardez les gens qui les fréquentent !* Heureusement, les lois sont devenues plus raisonnables, mais il paraît que les moines n'ont toujours pas le droit de fréquenter les bains publics, ni les femmes pieuses de la secte.

Camilla émit un grognement dédaigneux.

— Si le corps des moines est aussi sale que leurs pensées, ils doivent être vraiment crasseux.

— Oh, non, Camilla, ils ont leurs propres bains, paraît-il, à l'intérieur du monastère. Et beaucoup de maisons particulières en ont aussi. Naturellement, il s'agit de gens riches ; les pauvres, surtout les femmes, n'avaient aucun endroit décent où aller, jusqu'à ce que certaines femmes en ouvrent. Naturellement, les premiers n'étaient pas toujours respectables, comme Arlinda nous l'a dit ; elle a rendu à cette cité un service aussi grand qu'une Maison de la Guilde.

— On devrait la faire Renonçante d'Honneur, dit Camilla, allongée jusqu'au menton dans l'eau brûlante.

Jaelle répondit, baissant la voix pour que les commères se baignant à l'autre bout du bassin ne l'entendent pas :

— Je crois qu'elle est davantage. Tu as entendu ce qu'elle a dit sur Rafaella ? *La femme envoyée tu-sais-d'où...* qui est-ce que ça pourrait être, à part une envoyée de la cité que nous cherchons ? Comme tu le sais, la légende précise que « celle qui arrive assez loin sera guidée ». Peut-être que Rafaella et Lexie sont parvenues assez loin pour être guidées ainsi. Peut-être que le message de Rafi parle des guides venues de... de cet endroit.

— Et quand nous y arriverons, nous trouverons une forêt d'arbres en pain d'épices où les oiseaux tombent tout rôtis dans la bouche du voyageur affamé ? dit Camilla, ouvertement sarcastique.

Mais Jaelle parlait très sérieusement.

— Je ne sais pas du tout ce que nous trouverons. La légende dit que chacune trouve une chose différente, correspondant à sa quête et à ses besoins. Il existe une vieille histoire, que ma nourrice me racontait quand j'étais une toute petite fille dans la Grande Maison de Shainsa.

Magda eut du mal à ne pas trahir sa stupéfaction. Depuis des années qu'elle la connaissait Jaelle n'avait fait qu'une seule fois allusion, et seulement en passant, à son enfance dans les Villes Sèches, et jamais à la maison de son père. Elle comprit à son regard que Camilla était tout aussi étonnée.

— Dans cette histoire, trois hommes partaient pour chercher fortune, dit Jaelle d'une voix lointaine. L'un épousa une femme très belle et très riche, et pensa qu'il était fortuné. Le second trouva un domaine abandonné ; il en tailla les arbres qui lui donnèrent des fruits et des champignons, il domestiqua des bêtes sauvages, travaillant jour et nuit à faire prospérer sa ferme, se trouvant le plus fortuné des hommes. Mais le troisième s'assit au soleil, regardant passer les nuages et écoutant l'herbe pousser et prêtant l'oreille à la voix de Dieu, disant : « il n'y a jamais eu d'homme plus heureux et plus fortuné que moi. »

Il y eut un silence, que Cholayna rompit enfin d'un ton pratique :

— Pour moi, si je retrouve Alexis Anders en vie et en bonne santé, j'ai déjà tant de notes sur cette contrée et j'ai vu tant de choses étranges que je serais la plus ingrate de me plaindre si je n'en trouvais pas davantage.

— Je voudrais rencontrer une montagne égale au Sommet du Montenegro, dit Vanessa. Mais on ne peut pas tout avoir.

— Prends garde à tes souhaits, ils pourraient se réaliser, dit Jaelle en riant. Je peux te dire que tu trouveras par ici des montagnes bien plus hautes que le Scaravel — et pourtant, après ce voyage, je ne me plaindrais pas si on me disait que je ne monterais plus jamais au-dessus de la limite des arbres. Margali, qu'attendrais-tu de cette cité de légende si on nous y conduisait ?

— Comme Cholayna, je me contenterais de retrouver Rafi et Lexie en vie et en bonne santé. Je n'arrive pas à imaginer qu'elles pourraient s'intéresser à une antique sagesse, ni l'une ni l'autre...

— En fait de légende, dit Vanessa d'un petit ton effronté, tu es celle à laquelle elles se mesurent toutes, Lorne...

Magda cilla comme si Vanessa l'avait giflée. Elle n'avait pas besoin qu'on lui rappelle qu'en un sens, c'était à cause d'elle que ces deux femmes, qui auraient pu être ses amies, avaient risqué ce dangereux voyage.

Mais est-ce que je regrette cette expédition ? J'ai mis ma force à l'épreuve, et je l'ai trouvée plus grande que je l'imaginais. Voudrais-je défaire ce qui est fait si c'était possible ?

Se renfonçant dans l'eau brûlante, la tête entourée de nuages de vapeur, elle réalisa que souhaiter défaire le passé n'avait pas la moindre importance. *C'était fait*, ça faisait partie de sa vie, et que ce fût pour le meilleur ou pour le pire n'avait pas non plus la moindre importance. C'était à elle de mettre à profit cette expérience, avant de passer à autre chose.

Au même instant, elle se sentit brusquement libérée de la « Légende Lorne », qui l'avait poursuivie si longtemps. Personne, et Magda moins que toute autre, n'avait obligé Alexis Anders à tenter d'égaler ou de surpasser les exploits de Magda. *Tout venait de Lexie, pas d'elle !* Magda eut l'impression qu'un fardeau plus lourd qu'un chargement de chervine tombait de ses épaules et se dissolvait dans l'eau du bain. Elle aiderait quand même Lexie quand elles la retrouveraient ; la jeune femme avait entrepris plus que son entraînement ne lui permettait d'accomplir. Magda avait l'obligation morale de la secourir dans la mesure de ses moyens. Mais seulement conformément à sa promesse... selon les termes du Serment des Renonçantes... *mère, sœur et fille de toutes les femmes*. Pas par remords, pas parce que c'était sa faute si Lexie s'était embarquée dans cette stupide aventure. Elle poussa un long soupir de soulagement.

— Je commence à me ramollir, dit Vanessa. Je crois que je vais sortir et aller goûter ce vin chaud qu'on nous a proposé.

— À ta santé, Vanessa, dit Jaelle. Pour moi, il me faut le message de Rafaella aussi vite que possible.

Des vêtements propres, c'était un luxe aussi grand que le bain. Magda avait mis de côté une tenue de rechange quand les jeunes filles avaient pris son linge sale. Le dîner les attendait déjà dans la chambre et répandait des effluves appétissants ; mais Jaelle s'en alla chercher son message.

— Excuse-moi, *breda*, mais Arlinda me connaît depuis bien avant que je prononce le Serment des Renonçantes, et elle se sentira peut-être plus libre de parler si je suis seule qu'accompagnée. Gardez-moi ma part du lapin cornu dont je sens la bonne odeur.

Magda concéda de bonne grâce le bien-fondé de ces paroles, et pourtant, elle se sentit étrangement troublée en regardant Jaelle partir seule. Son pantalon d'Amazone était au blanchissage, et dans sa vieille robe de chambre doublée de fourrure, elle paraissait menue et vulnérable, et Magda avait envie de la protéger. Mais Jaelle n'était plus une gamine ayant besoin de protection. Elle retourna vers les autres qui ôtaient les couvercles de plats avec une franche gourmandise. Même Cholayna ne résista pas à une bonne portion de racines blanches au fromage et aux épices, qu'elle fit suivre d'une grosse assiettée de champignons et de légumes farcis. Elle ne toucha pas au lapin cornu, mais mangea un peu de sa farce, composée de pommes séchées et de pain trempés dans du vin.

Magda mit de côté une cuisse de lapin cornu et beaucoup de farce et de légumes pour Jaelle. Pendant tout le repas, elle s'attendait à voir la porte s'ouvrir d'une seconde à l'autre, mais elles avaient déjà attaqué le dessert avant que Jaelle ne revienne.

— Je pensais ne plus jamais pouvoir en avaler après ce fameux village, dit Vanessa, arrosant son flan de sauce aux airelles, mais je trouve la nourriture aussi bonne que là-bas, et cette fois au moins, je suis sûre qu'elle n'est pas droguée.

Elle se tournèrent toutes vers Jaelle qui entrait.

— On t'a mis ta part de côté, dit Vanessa ; mais elle est sans doute aussi froide qu'un cœur de banshee.

— Du cœur de banshee, bouilli ou rôti, est un plat que je ne cuisinerai jamais, dit Cholayna, mais si ton dîner est froid, on peut demander à la cuisine de te le réchauffer.

— Non, pas la peine. On sert du lapin cornu froid à tous les plus grands banquets, dit Jaelle, s'asseyant et se mettant à manger.

Magda lui trouva l'air lointain et contrarié.

— Alors, que disait le message de Rafi, ma chérie ?

— Seulement de la rejoindre aussi vite que possible, dit Jaelle. Mais Arlinda avait un autre message pour nous.

Un si long silence suivit ces paroles que Vanessa demanda finalement d'un ton belliqueux :

— Alors ? C'est un secret ?

— Pas du tout, dit Jaelle. Ce soir, m'a dit Arlinda, une femme viendra de cet endroit pour nous parler. Et j'ai compris, à la façon dont parlait Arlinda, qu'elle avait peur. Si la Sororité est aussi bienveillante que je l'ai toujours entendu dire, je ne comprends pas pourquoi une femme comme Arlinda aurait à en craindre quoi que ce soit. Ce qu'Arlinda est parvenue à faire dans une cité comme Nevarsin est proprement incroyable. Pourquoi devrait-elle avoir peur de la Sororité ?

Jaelle se versa un verre de vin, but pensivement quelques gorgées, puis le reposa.

— Eh bien, nous sommes mises à l'épreuve, dit Camilla. Ça fait partie de toutes les quêtes, Shaya. La Déesse sait que tu n'as rien à redouter. Tu crois vraiment qu'elles nous trouveront trop imparfaites ?

— Comment veux-tu que je le sache ? Comment saurais-je ce qu'elles exigent ?

Jaelle grignotait son lapin cornu avec autant d'indifférence que s'il s'agissait de rations de survie, le visage fermé.

— Elles me jugeront au nom de la Déesse, mais je ne sais pas ce qu'il faut leur dire.

Camilla dit, farouchement sur la défensive :

— Tu es ce que tu es, *chiya*, comme nous toutes, et nous ne pouvons rien y changer. Quant à moi, je n'ai pas plus de vénération pour ces femmes de la Noire Sororité que pour leur Déesse, qui m'a jetée sans que je l'aie ni demandé ni voulu, dans un monde qui m'a traitée, moi qui ne suis qu'humaine, comme je n'aurais jamais traité une bête. Si leur Déesse me veut du mal, je lui demanderai pourquoi, vu que lorsqu'il m'est arrivé, j'étais trop jeune pour l'avoir mérité par mes actes ; et si elle me veut du bien, je lui demanderai pourquoi, elle qui se prétend Déesse, elle fut impuissante à empêcher ce mal. Et quand j'aurai entendu sa réponse, je la jugerai comme elle ou ses représentantes ont l'intention de me juger !

Elle se versa un autre verre de vin.

— Et vous ne devriez rien craindre de ces femmes, qui prétendent parler en Son nom.

— Je ne crains rien d'elles, dit lentement Jaelle. Je me demande pourquoi Arlinda a peur, c'est tout.

Cholayna avait déroulé par terre son sac de couchage, et, adossée à son sac, écrivait dans un carnet. Elle avait, se dit Magda, admirablement retrouvé les habitudes d'un agent sur le terrain. Vanessa brossait soigneusement ses cheveux avant de les natter.

Magda se demanda si elle suivrait son exemple, et elle cherchait son duvet dans son sac, quand une des apprenties entra, apportant un siège de cérémonie et un coussin-appuie-pieds de cuir brodé. Derrière elle, entra Arlinda en personne. Magda pensait qu'elle s'assiérait sur le siège, mais elle n'en fit rien, et s'assit par terre contre le mur, jambes croisées sur son tablier, l'air nerveux.

Puis une femme entra dans la pièce, et toutes la regardèrent.

Elle n'était pas d'une taille démesurée, mais elle semblait prendre plus d'espace qu'elle n'en occupait physiquement. Certaines personnes ont une présence extraordinaire, se dit Magda ; elle en avait rencontré plusieurs, mais c'étaient rarement des femmes. Elle avait d'épais cheveux auburn, ramenés en chignon sur la nuque et maintenus par une aiguille de cuivre. Elle était vêtue avec plus de recherche qu'aucune des femmes qu'elles avaient vues jusque-là aux bains ou à l'atelier de maroquinerie, et cela lui allait bien et semblait étrange dans cette cité de *cristoforos* où les femmes devaient être effacées. Ses yeux gris pâle les regardaient d'un air impérieux sous sa luxuriante chevelure.

Elle prit place sur le siège de cérémonie, comme si cet honneur lui était dû. Magda regarda les bras d'Arlinda, et constata qu'elle avait la chair de poule.

Au nom de tous les Dieux de toutes les planètes de l'Empire, de quoi peut-elle bien avoir peur ? Magda n'aurait jamais cru que cette vieille Amazone — ce nom lui convenait beaucoup mieux que celui de Renonçante — pouvait redouter quoi que ce fût.

— Je suis la *leronis* Aquilara, déclara-t-elle.

Puis elle les regarda une par une et ajouta :

— Voulez-vous me dire vos noms ?

D'un commun accord, elles laissèrent Jaelle répondre.

— Je suis Jaelle n'ha Melora. Et voici mes compagnes, dit-elle, les nommant l'une après l'autre. Nous appartenons à la Maison de la Guilde de Thendara.

Aquilara l'écouta sans bouger, sans un frémissement, sans un battement de cils. Artifice impressionnant, se dit Jaelle, se demandant quel pouvait bien être son âge. Impossible de le deviner. Le visage était moins ridé que celui de Camilla ; pourtant, à ses doigts osseux, à la texture de sa peau, Magda supputa qu'elle n'était plus jeune. Quand elle bougea, ce fut d'un air délibéré, comme si elle ne bougeait que lorsqu'elle l'avait décidé et jamais pour une autre raison.

Tournant la tête vers Cholayna, elle dit :

— J'ai connu une femme de votre couleur de peau. Une substance métallique avait provoqué chez elle un empoisonnement du sang dans sa jeunesse. Il en est de même pour vous, n'est-ce pas ?

Ce n'était pas une question, mais une constatation. Très contente d'elle, elle semblait attendre qu'elles admirent son intelligence à résoudre cette énigme.

Mais Cholayna répondit avec un égal aplomb :

— Ce n'est pas un empoisonnement. J'en ai connu des cas, mais en ce qui me concerne, je suis née avec la peau noire ; je viens d'une contrée lointaine où tous les hommes et toutes les femmes sont comme moi.

Les yeux de la *leronis* cillèrent, puis elle les braqua de nouveau sur Cholayna, ce mouvement, après son immobilité parfaite, révélant à Magda à quel point la réponse de Cholayna l'avait surprise. *Nous aurions dû être impressionnées, et nous lui avons gâché son effet.* L'arrogance faisait partie de son personnage. Sans savoir pourquoi, Magda avait pensé que l'envoyée de la Sororité ressemblerait à Marisela, discrète et bienveillante.

Était-ce une épreuve ? pensa-t-elle sans l'avoir voulu. Elle regarda sa compagne, essayant de lui transmettre un avertissement : *Attention, Jaelle !*

Mais elle savait que Jaelle n'avait pas reçu son appel, son cerveau paraissait mort, et la pièce, un vide inerte

202

incapable de transmettre la pensée. *Ainsi, nous avons une démonstration de ses pouvoirs, quoique différente de celle que nous attendions.*

Blottie contre le mur, Arlinda tremblait toujours et Magda fut mécontente, non de la peur d'Arlinda, mais de l'arrogance de cette *leronis* qui la lui inspirait. Pourquoi une envoyée de la Sororité tentait-elle de les terroriser ? Soudain, Magda se rappela la vieille de son rêve au Col de Ravensmark. Mais plus que de cette vieille, elle avait peur d'Aquilara.

Aquilara reprit la parole.

— Il paraît que vous êtes en quête d'une certaine Cité ?

Jaelle n'y alla pas par quatre chemins.

— Êtes-vous envoyée pour nous y conduire ?

Magda sut, sans savoir comment, que cette question avait mécontenté la femme. Elle remua légèrement, et ce mouvement, après son immobilité de statue, les surprit autant que si elle avait bondi en hurlant.

— Savez-vous bien ce que vous demandez ? Il y a des dangers…

— Si nous avions peur des dangers, rétorqua Jaelle, nous ne serions pas venues si loin.

— Vous croyez savoir quelque chose de ces dangers ? Je vous le dis, ma fille, tous les dangers que vous avez rencontrés jusqu'ici — bandits, banshees et tous les démons des hauts cols — ne sont rien comparés à ceux que vous devrez encore affronter avant d'être conduites dans cette Cité. Ce n'est pas moi qui impose ces épreuves, croyez-moi. C'est la Déesse que je sers. Vous vous réclamez d'elle, vous autres Renonçantes. Mais oserez-vous la regarder face à face, le moment venu ?

— Je n'ai aucune raison de la craindre, dit Jaelle.

— Et vous croyez savoir quelque chose de la peur ?

Aquilara considéra Jaelle avec dédain, et se tourna vers Camilla.

— Et vous, vous cherchez aussi cette Cité ? Dans quel but ? C'est une cité de femmes. Comment pourrez-vous y être admise, vous qui avez renoncé à votre féminité ?

Camilla s'empourpra de colère, et Magda se crut soudain revenue à une Séance de Discussion de la Maison de la Guilde, où l'on mettait délibérément les nouvelles en colère et sur la défensive pour les forcer à clarifier leurs idées, à dépasser ce qu'on leur avait appris à penser et à sentir. Étaient-elles soumises à une épreuve semblable ? Et pourquoi ? Et pourquoi par l'intermédiaire de cette femme, de cette *leronis*, si toutefois elle l'était ?

— Pourquoi dites-vous que j'ai renoncé à ma féminité alors que vous me trouvez en compagnie de mes sœurs de la Guilde ?

Aquilara eut un sourire sarcastique.

— Où pourriez-vous si bien plastronner et jouer à l'homme ? Je lis en vous comme l'homme des bois lit les empreintes du gibier. Nierez-vous que vous avez vécu en homme parmi les hommes pendant des années ? Et maintenant, vous croyez pouvoir redevenir femme ? Votre cœur est celui d'un homme — ne l'avez-vous pas prouvé en prenant une femme pour amante ?

Magda lut la colère et la souffrance sur le visage de Camilla. Cette femme était une *leronis*, sans aucun doute, sinon, comment aurait-elle pu percer les défenses de Camilla avec tant de précision ? Pourtant, elle qui était l'amante de Camilla depuis tant d'années, elle savait mieux que personne comme cette accusation était injuste. Pour aussi assexué que parût le corps d'*emmasca* de Camilla, Magda savait que Camilla n'était que femme.

— Vous, qui avez intérieurement renié la Déesse, comment vous justifierez-vous à Ses yeux ?

Camilla était debout, la main sur la garde de son épée. Magda aurait voulu bondir pour l'empêcher de commettre l'irréparable, mais elle était paralysée, incapable de faire un mouvement pour avertir ou protéger son amie.

— Je me justifierai devant la Déesse, quand elle se justifiera devant moi, dit Camilla. Et je me justifierai devant elle, non devant sa messagère. Si vous avez été envoyée pour nous guider vers cette Cité, alors, guidez-nous. Mais n'essayez pas de nous mettre à l'épreuve ; c'est à elle de le faire, non à ses servantes.

Debout, au-dessus de la *leronis*, elle rivalisait d'arrogance avec elle.

Magda ne sut jamais très bien ce qui se passa après. Il y eut comme un éclair bleu, Camilla chancela à la renverse et tomba plutôt qu'elle ne s'assit sur son sac de couchage.

— Vous croyez connaître la Déesse, dit Aquilara d'un ton où il n'y avait plus que mépris. Vous êtes comme les paysannes qui prient la Miséricordieuse Evanda de faire fleurir leur jardin, de rendre leurs bêtes fertiles, et de leur envoyer des amants virils et des bébés vigoureux. Et qui supplient Avarra d'atténuer pour elles les souffrances de l'accouchement et de la mort. Mais elles ne savent rien de la Déesse. C'est la Déesse Noire, cruelle, et inconnaissable, et son culte est secret.

— S'il est secret, pourquoi nous en parlez-vous ? demanda Vanessa qui écoutait, assise sur son duvet, mais s'était tue jusque-là.

Aquilara se leva brusquement.

— Vous croyez pouvoir utiliser la Déesse ? dit-elle avec un mépris qui englobait même Cholayna, la plus âgée de toutes. Mais c'est elle qui se servira de vous de façon que vous ne pouvez même pas imaginer. Elle est cruelle. Sa seule règle est la Nécessité. Mais comme nous toutes, vous êtes du blé pour son moulin, et elle vous y moudra. Votre amie l'a compris, et elle a supplié qu'on vous y donne une place. Soyez prêtes quand on vous appellera.

Elle leur tourna le dos sans les regarder, et sortit avec majesté.

Arlinda tremblait toujours, terrorisée.

— Tu n'aurais pas dû la mettre en colère, murmura-t-elle. Elle est très puissante ! Non, tu n'aurais pas dû !

— Et si c'était la Déesse en personne, je m'en moque, dit brusquement Jaelle ; elle m'a prise à rebrousse-poil. Mais si Lexie et Rafaella sont en son pouvoir, il faudra jouer son jeu, au moins temporairement.

Vanessa s'était remise à brosser ses cheveux, qu'elle tressait maintenant en une demi-douzaine de petites nattes.

— Tu crois donc qu'elle retient Lexie et Rafaella prisonnières ?

Jaelle se tourna vers Arlinda.

— Rafi est partie avec elle ?

Arlinda secoua la tête en marmonnant.

— Non, comment veux-tu que je sache ce qu'elle fait ? C'est une *leronis*, une sorcière, et ce qu'elle veut, elle le fera...

Magda fut horrifiée. Arlinda, qui lui avait paru si forte et vigoureuse, marmonnait maintenant comme une vieille sénile. Peu après, elle embrassa Jaelle et sortit, les laissant seules.

— Nous ferions mieux de nous coucher, dit Jaelle. Qui sait ce qui nous attend dans cette maison ? Gardez vos couteaux à portée de la main.

Vanessa la regarda, choquée.

— Je croyais que nous étions autant en sécurité que dans une Maison de la Guilde ?

— Même une Maison de la Guilde peut prendre feu ou autre chose. Arlinda a changé depuis la dernière fois. Trembler dans un coin pendant que cette belle dame maltraite ses hôtes ! Il y a dix ans, elle aurait jeté à la rue cette prétendue *leronis* qui se fait appeler Aquilara.

— Tu crois qu'elle n'est pas *leronis* ? demanda Magda.

— Et comment !

Jaelle baissa la voix, regardant autour d'elle comme si elle craignait qu'Aquilara fût cachée dans un coin, invisible.

— Elle s'est donné beaucoup de mal pour nous impressionner par tout ce qu'elle savait sur nous. Camilla ayant longtemps vécu en homme. Tout ce qui pouvait nous mettre en situation d'infériorité.

Jaelle fit une pause, regardant Cholayna, Magda et Vanessa.

— Mais elle n'a même pas été capable de voir que vous êtes toutes les trois Terriennes. En fait de *leronis*, on fait mieux !

CHAPITRE 18

— Tu as raison.

Magda fronça les sourcils, se demandant qu'en penser.

— Des choses lui échappent, que même Dame Rohana aurait perçues. Cette « grande *leronis* » laisse plutôt à désirer du côté des capacités mentales, même si, ajouta-t-elle sombrement, ses capacités physiques sont imposantes.

Camilla était toujours assise sur son duvet, l'air frappée de stupeur.

— *Breda*, tu n'es pas blessée, au moins ? dit Magda en s'approchant.

Pendant une terrifiante minute, Camilla ne répondit pas, et Magda revit mentalement Arlinda bredouillant comme une vieille sénile. Puis Camilla prit une profonde inspiration et expira lentement.

— Non. Je ne suis pas blessée.

— Qu'est-ce qu'elle t'a fait, exactement, Camilla ? demanda Vanessa. Je n'ai pas vu...

— Comment le saurais-je ? Ce démon en jupon a pointé un doigt sur moi, et j'ai eu l'impression que mes jambes ne me portaient plus ; je tombais dans un abîme, ballottée par un vent de tempête. Puis je me suis retrouvée assise là, sans même avoir l'idée d'ouvrir les yeux et de parler.

— Si c'était une représentante de votre Sororité, ça ne me donne pas haute opinion d'elle, dit Vanessa.

Cholayna, très professionnelle comme toujours, faisait une analyse de la situation.

— Tu dis, Jaelle, qu'elle n'a pas les capacités mentales qu'on peut attendre de la plupart des Comyn. Les pouvoirs physiques qu'elle a manifestés pourraient être reproduits par un pistolet paralyseur. Elle semblait compter sur sa présence majestueuse et sur le vieux truc, genre « je sais ce que vous pensez », pour vous impressionner. Elle m'a fait penser à un escroc.

— Tu as raison, acquiesça Vanessa.

Se redressant de toute sa taille, elle entonna solennellement :

— Ayez confiance, mes chers enfants ! Je suis l'envoyée personnelle de la Déesse. Je sais tout, je vois tout ; vous ne savez rien, vous ne voyez rien.

Elle abandonna sa pose, l'air pensif.

— Elle a dit que nous serions *appelées*. Que voulait-elle dire, à votre avis ?

— Aucune idée, dit Jaelle, mais je n'irai nulle part — ni hors de cette maison, ni dans la pièce voisine, ni même au ciel des *cristoforos* — à *son* appel.

— Je ne crois pas que nous ayons le choix, dit Cholayna. Si c'est elle, qui qu'elle soit, qui a Rafi et Lexie en son pouvoir, ou même si elle sait simplement où elles sont...

Jaelle hocha la tête, l'air sombre.

— Exact. Mais nous allons rester ici aussi longtemps que possible. Pour le moment, il faudrait nous reposer, pour être prêtes à affronter ce qu'elles nous préparent peut-être. Je prends le premier quart ?

Cholayna rangea le carnet dans lequel elle écrivait à l'arrivée d'Aquilara. Vanessa noua un foulard sur ses tresses et se glissa dans son duvet. Camilla s'adossa à l'unique mur sans porte, et dit à voix basse à Magda :

— Je me sens toute bête ; pour la première fois depuis des années, j'ai peur de rester seule. Viens dormir à côté de moi.

— Bien volontiers, dit Magda, déroulant son sac de couchage de telle sorte que Camilla soit entre elle et le mur. Je suis certaine que cette créature — que je refuse de qualifier de *leronis* — nous enverra des cauchemars si elle peut.

Les dernières braises du feu rougeoyaient ; Jaelle laissa une lampe allumée et s'assit sur son duvet, son couteau à portée de la main. Magda toucha la garde du sien...

celui de Jaelle ; des années plus tôt, elles avaient échangé leurs couteaux, en le rituel ténébran séculaire qui les liait à vie l'une à l'autre. Aujourd'hui, il lui était aussi familier que sa propre main.

Maintenant que nous sommes en sécurité ici, se dit-elle, je devrais tenter de contacter la Tour Interdite, pour leur faire savoir que nous allons bien. Et elle aurait aimé avoir des nouvelles des enfants. Elle s'allongea comme pour dormir, la main sur le sachet de cuir de sa matrice. Somnolente, elle laissa son esprit sortir de son corps. Un instant plus tard, elle était dans le Surmonde, considérant à travers la grisaille son corps apparemment endormi, et les formes immobiles de ses quatre compagnes.

Mais, malgré ses efforts pour s'enfoncer dans le monde gris à la recherche de la Tour Interdite, quelque chose semblait la retenir dans la chambre. Elle demeura sans bouger, sentant vaguement une influence insolite. Elle regarda ses compagnes l'une après l'autre, prête à l'envol, mais retenue par une force qu'elle ne parvenait pas à surmonter, et, bien que libre de sensations physiques puisqu'elle était hors de son corps, elle ressentait une angoisse, une peur diffuse, qui s'apparentaient à une souffrance réelle.

Qu'est-ce qui n'allait pas ? Tout semblait normal : Jaelle veillait ; Vanessa était enfouie sous ses couvertures ; Cholayna, couchée sur le flanc, cachait la tête dans son oreiller, ne laissant visibles que ses cheveux argentés. Camilla dormait aussi, d'un sommeil agité, et marmonnait, le visage crispé. Magda maudit Aquilara en silence, dans toutes les langues qu'elle connaissait.

Doucement d'abord, puis plus fort, elle entendit un léger son dans le silence du Surmonde ; c'était un appel de corbeaux. Et elle les vit, les formes encapuchonnées, d'abord floues puis de plus en plus nettes. Un instant, elle eut un sentiment de bien-être. *Oui, c'est la Voie juste. Nous faisons ce que nous étions destinées à faire à la naissance.*

Soudain son malaise la reprit, plus fort qu'auparavant ; les corbeaux poussèrent leur cri d'alarme, rauque, strident, dans le Surmonde. Ensuite, un cri plus aigu retentit dans la chambre qui n'en était pas une. Des faucons ! Surgis de nulle part, des douzaines de faucons envahirent la pièce, virant, piquant sur les corbeaux de toutes les directions.

Une puissante vague émotionnelle — mélange de colère, de frustration et de jalousie — émanait des faucons — Magda pensa à la légende terrienne de Lucifer et de ses anges déchus, chassés du ciel et s'efforçant éternellement d'interdire à quiconque l'accès du paradis perdu.

Une paire de faucons déplumés, éclaboussés de sang, piquèrent sur Camilla, et Magda se retrouva dans son corps à l'instant où Camilla se réveillait en hurlant.

Mais avait-elle émis un son ? Camilla s'assit comme mue par un ressort, les yeux hagards, les bras tendus comme pour repousser quelque invisible menace. Magda lui toucha l'épaule, et Camilla battit des paupières et se réveilla vraiment.

— La Déesse me garde, murmura-t-elle. Je viens de les voir... dix milliers de démons... et alors tu es venue, Margali, avec...

Elle s'interrompit, fronça les sourcils, et murmura enfin confusément :

— Des *corbeaux* ?

— Tu rêvais, Kima.

Ce diminutif rarement employé donnait la mesure du trouble de Magda.

Camilla secoua la tête.

— Non. Tu m'as parlé une fois des émissaires de la Dame Noire qui prenaient la forme de corbeaux. Je ne suis pas sûre de comprendre...

— Moi non plus.

Mais alors même qu'elle parlait, Magda eut la vision soudaine d'Avarra, Dame de la Mort, maîtresse des forces qui désintègrent et emportent ce qui n'a plus de raison d'être ; les corbeaux, oiseaux charognards, nettoyaient les débris du passé.

Les faucons, oiseaux de proie, se nourrissaient du vivant.

Vanessa marmonna dans son sommeil, se renfonçant plus profond dans son duvet. Magda considéra ses compagnes, prise de remords. Non, elle ne les réveillerait pas. Elle se leva, s'approcha du feu et s'agenouilla près de Jaelle.

— Tu as vu quelque chose ? murmura-t-elle.

Jaelle, qui somnolait, sursauta.

— Aïe ! Quelle veilleuse je fais ! Nous aurions toutes pu être assassinées dans nos lits !

Elle montra nerveusement le feu.

— J'ai vu des flammes, des femmes à têtes de faucon en longues robes à capuchon, tourner en rond au-dessus de nous... Margali, je n'aime pas cette Sororité.

Magda fit signe à Camilla de les rejoindre.

— Nous avons vu. Toutes les deux. Je crois que les faucons sont... sont les acolytes d'Aquilara, si vous voyez ce que je veux dire. Et qu'elles n'ont rien à voir avec la *vraie* Sororité. Mais les vraies sont toutes proches. Elles nous protégerons si nous les écoutons. Mais si nous écoutons Aquilara, ses menaces et ses ordres...

— Oui, dit Camilla, bourrue. Moi aussi j'ai reçu un avertissement. Si nous restons ici, nous aurions mieux fait de mourir aux mains de ces bandits de village. Cette fois, ce ne sont pas nos corps qui sont en danger ; elles s'attaquent au bastion intérieur de notre esprit. Ou de notre âme, si vous préférez. Ce n'est pas Arlinda et ses filles que je crains, mais si elles ont ouvert la porte à ces...

Elle s'interrompit et dit, troublée :

— Je ne sais pas ce que je dis. C'est à ça que vous pensez, toutes les deux, quand vous parlez de *laran* ?

Jaelle les regarda, désemparée et dit :

— Qu'est-ce que vous proposez de faire ?

— Sortir d'ici en vitesse, dit Camilla, sans même attendre l'aube.

— Ce serait bien mal payer l'hospitalité de la maison, dit Jaelle, hésitante.

— Tu parles d'une hospitalité — lâcher sur nous cette sorcière — à qui je refuse de donner le titre honorable de *leronis*.

Mais Jaelle était toujours troublée.

— Jusqu'ici, Cholayna a raison, dit-elle. Si Aquilara retient Rafi — et le Lieutenant Anders —, je ne sais pas si nous pouvons nous permettre le luxe de les laisser en son pouvoir. Si elle peut nous guider jusqu'à elles...

— Je crois qu'elle nous a menti, trompées, pour nous engager à la suivre, dit Camilla.

— Mais au nom de la Déesse en personne, pour quelle raison ? demanda Magda. Que peut-elle nous vouloir, et pourquoi tenter de nous tromper ?

— Je ne sais pas, dit Camilla, mais je ne crois pas un mot de ce qu'elle a dit ou dira ; si elle me disait que Liriel se lève à l'est, je regarderais le ciel pour vérifier.

Je me désole depuis sept ans parce que Camilla refuse d'utiliser son laran. *Et maintenant qu'elle s'en sert, voilà que je la contredis.*

Mais elle reçut de l'esprit de Jaelle la question vraiment importante ; de leur actions des prochaines heures la vie même de Lexie et Rafi pouvait dépendre.

Elle pensa, *qu'elles aillent au diable*, puis rétracta vivement sa pensée. Elle savait depuis des années qu'une pensée avait une puissance réelle. Elle n'avait pas le *laran* des Alton, qui pouvait tuer dans la colère, et elle réalisa avec lassitude qu'elle ne voulait aucun mal à Rafaella, la plus vieille amie de Jaelle. Elle aurait bien aimé gifler Lexie, mais elle n'avait pas envie de la voir blessée ou morte. Ce qu'elles avaient fait était fou, irréfléchi, contrariant, mais la mort et la damnation seraient des châtiments trop sévères.

Alors, quelle était la réponse ?

— Supposons qu'elle nous ait dit vrai — même dans l'intention de nous troubler — et que Lexie et Rafaella soient vraiment en son pouvoir ? Qu'est-ce que nous faisons ?

— Nous attendons qu'Aquilara revienne, et je vous garantis que je lui tirerai la vérité, dit Camilla.

Elle porta la main à son épée, puis la laissa retomber, le visage sévère.

— Ça ne m'a pas trop bien réussi de m'y prendre comme ça, non ? dit-elle.

— Non, dit Jaelle. Nous ne pouvons pas la combattre ainsi. Ce genre de bataille serait la pire chose à faire. Elle pourrait... utiliser nos émotions contre nous. Tu comprends ce que je veux dire, Magda ?

— Elle nous ferait nous battre entre nous. Les unes contre les autres. C'est peut-être le seul pouvoir mental qu'elle possède, mais je suis certaine qu'elle pourrait le faire, ou pire. Regarde ce qu'elle semble avoir fait à Arlinda.

— Mais au nom de tous les Dieux et Déesses qui furent jamais, quelles seraient ses raisons ? demanda Camilla. Vous n'allez pas me faire croire qu'elle est entrée dans nos vies, nous a menti et a envoyé ses démons contre nous juste pour le plaisir ? Même si elle a du goût pour le mensonge et un sens de l'humour très spécial, qu'est-ce qu'elle pourrait espérer y gagner ? Malfaisante, elle l'est peut-être, mais je n'arrive pas à croire à la méchante sorcière qui fait le mal sans aucune raison. Que croit-elle obtenir de nous ? Si c'est le vol qu'elle avait en tête, elle n'avait pas besoin de recourir à cette comédie. Il aurait été plus simple d'acheter les chiens et les veilleuses d'Arlinda.

Après un long silence, Jaelle dit, hésitante :

— C'est peut-être une façon de nous éloigner de la vraie Sororité.

Camilla dit, sarcastique :

— J'ai déjà du mal à croire à une seule Sororité de sages prêtresses veillant sur l'humanité au nom de la Déesse, mais *deux*, c'est un peu trop pour moi, Shaya.

— Non Camilla, sérieusement. Les légendes disent toutes que nous serons mises à l'épreuve. Si les femmes de la vraie Sororité sont ce qu'on dit, elles doivent avoir des ennemis. Des ennemis réels, sinon, pourquoi entretiendraient-elles un tel secret autour de leurs actes ? Moi, je n'ai aucun mal à croire qu'il peut exister... disons, une Sororité rivale peut-être, qui hait tout ce qu'elles défendent, et qui ne reculera devant rien pour empêcher quiconque d'arriver jusqu'à elles. Et la vraie Sororité laisse faire — parce que ça rend leur approche plus difficile aux candidates sérieuses. Je veux dire, je n'imagine pas qu'elles voudraient s'embarrasser du genre d'aspirantes capables d'écouter Aquilara et ses pareilles.

— Tu as raté ta vocation, Jaelle. Tu aurais dû chanter des ballades sur la place du marché ; je n'ai jamais entendu un mélodrame plus inventif, dit Camilla.

Jaelle haussa les épaules.

— En tout cas, dit-elle, cela laisse la question principale sans réponse. Quoi que soit cette Aquilara, menteuse, voleuse, fauteuse de troubles ou représentante d'une Sororité rivale, nous sommes toujours devant le même problème. A-t-elle Rafaella et Lexie en son pouvoir, ou nous a-t-elle menti également sur ce sujet ? Et dans ce cas, que pouvons-nous faire et comment établir la différence ? Si l'une ou l'autre a une réponse quelconque à *cette* question, je l'écouterai très volontiers, mélodrame ou pas. Parce que je répugne à partir d'ici sans savoir avec certitude si Rafaella est entre les mains de cette femme.

Elles en revenaient toujours à ça, pensa Magda, frustrée. Elles commençaient à tourner en rond sans aller nulle part, et elle le dit.

— Tu ferais aussi bien de dormir un peu, Jaelle. Camilla et moi, nous avons peu de chances de nous rendormir après...

Elle hésita sur le mot, répugnant à dire : « attaque » ; après tout, ce n'était peut-être qu'un rêve qu'elles avaient partagé toutes les trois, et provoqué par leur méfiance et leur peur. Mais Jaelle lut dans sa pensée.

Elle dit, hésitante :

— Il n'est pas très tard. Si nous n'étions pas si épuisées, nous ne nous serions pas couchées si tôt. Les apprenties d'Arlinda sont peut-être encore debout, en train de boire et danser dans leur salle commune, ou même de se détendre dans un bain. Je vais aller les voir et essayer d'apprendre quelque chose. Peut-être que l'une d'elles a parlé avec Rafaella pendant son séjour.

— Bonne idée. Je viens avec toi, *chiya*, proposa Camilla.

Jaelle refusa de la tête.

— Elles me parleront plus librement si je suis seule. La plupart sont de mon âge, ou plus jeunes, et il y en a deux ou trois en qui j'avais confiance. Je vais voir si elles ne sont pas couchées et si elles acceptent de me parler.

Elle glissa ses pieds dans ses bottes et dit en sortant :

— Je tâcherai d'être rentrée avant minuit.

CHAPITRE 19

Le temps s'éternisa après le départ de Jaelle. Magda et Camilla ne se parlèrent pratiquement pas, sinon pour échanger quelques lieux communs sur le voyage. Magda finit par avoir sommeil, mais n'osa pas s'allonger et fermer les yeux de peur d'un nouvel assaut des forces, quelles qu'elles fussent, qui l'avaient assaillie plus tôt. Elle savait que c'était irrationnel, mais, pour une raison inconnue, elle était terrifiée à l'idée de revoir ces faucons qui piquaient sur elle ; et, bien que Camilla essayât de faire bonne figure, elle savait qu'elle ressentait la même chose.

Cholayna dormait d'un sommeil agité ; Magda se dit quelle faisait, pour le moins, de mauvais rêves, mais elle ne la réveilla pas.

Cholayna avait besoin de repos. Elle pourrait survivre à un mauvais rêve. Mais elle lui donnait d'autres sujets d'inquiétude. À sa respiration, elle soupçonna que Cholayna commençait à ressentir les premiers symptômes du mal des montagnes. Comment, à son âge, survivrait-elle sur le haut plateau s'étendant au-delà de Nevarsin et qu'elles abordaient seulement ?

Cholayna était résistante, elle avait déjà survécu au Ravensmark et aux bandits, et avait franchi le Scaravel épuisée, gelée, mais encore vigoureuse. Il faudrait demander à Vanessa, qui en savait plus qu'aucune d'entre elles sur la montagne et l'alpinisme, de veiller sur elle.

Comme si Vanessa avait besoin que je le lui dise ! Voilà que je recommence à vouloir protéger tout le monde ! Ce n'est pas ma responsabilité, et je devrais le réaliser. Les autres ont le droit de prendre leurs risques et de tenter leur propre chance.

Autour d'elles, la vie nocturne ralentissait ; les légers bruits de la rue se taisaient les uns après les autres. Elle ne savait pas comment interpréter le carillon lointain du monastère, mais les cloches avaient tinté plusieurs fois, son lointain et mélancolique, avant que Jaelle ne revienne. Camilla, immobile devant le feu, releva la tête.

— Alors ?

Jaelle s'approcha et s'assit par terre devant la cheminée.

— J'ai trouvé deux vieilles amies, commença-t-elle à voix basse, en partie parce qu'elle ne voulait pas réveiller Vanessa et Cholayna, mais en partie, sentit Magda, parce qu'elle craignait d'être entendue par une présence invisible. Il y en a une que j'ai connue quand je venais ici avec Kindra. Je n'avais pas plus de douze ans, mais Jessamy s'est rappelé certains de nos jeux. Elle a tout de suite reconnu Rafaella à son arrivée. On les a logées dans cette chambre.

— C'est bien ce que je pensais, dit Camilla. Mais pourquoi ne nous ont-elles pas attendues ? Et est-ce qu'Anders était avec elle ?

— Oui, m'a dit Jessamy. Lexie avait des gelures, et elles sont restées un jour de plus pour reprendre la route en meilleure forme. Jessamy n'a pas parlé avec Rafaella de questions personnelles ni en particulier, mais Rafi lui a dit que je viendrais — en fait, Jessamy pensait qu'elles allaient m'attendre ici. Et c'est pourquoi elle a été très étonnée quand Rafi est partie sans même dire au revoir, et sans même laisser le petit cadeau d'adieu traditionnel.

— Ça ne ressemble pas à Rafaella, dit Camilla. J'ai voyagé avec elle dans les montagnes. Elle a toujours donné de généreux pourboires — c'est une bonne politique. Par ici, tout marche comme ça — ça graisse les rouages, comme on dit. Et même si elle commençait à manquer d'argent, elle se serait excusée et aurait trouvé quelque chose à donner. Je me demande ce qui s'est passé ?

— Jessamy dit qu'Arlinda ne s'en est pas aperçue — elles avaient payé leur séjour, et elle ne demande jamais à ses filles le montant de leurs pourboires. Mais Rafaella avait déjà séjourné ici avec des grimpeurs et des explorateurs, et, comme tu le dis, Camilla, elle leur avait toujours donné de généreuses gratifications. Ce n'était pas une critique ou une revendication de la part de Jessamy ; elle m'en a parlé simplement parce qu'elle en a déduit que Rafi devait être très pressée. Elle n'a même pas récompensé celle qui a réparé ses fontes et soigné l'un de ses poneys.

Camilla pinçait les lèvres, l'air sombre.

— S'il nous fallait une preuve, en voilà une. Rafi n'aurait jamais fait ça si elle avait l'intention de revenir et d'être bien servie. Pour une raison ou une autre, elles sont parties précipitamment, alors qu'elles avaient l'intention de nous attendre. Que voulez-vous de plus ? C'est sans doute cette Aquilara qui les a enlevées au milieu de la nuit.

— Mais si elle était là pour nous parler, elle n'a pas pu aller avec elles, objecta Magda.

— À moins qu'elle ne les ait cachées quelque part dans les environs, dit Jaelle. Car si elles sont parties volontairement, comment expliquer que Rafaella ait oublié les pourboires traditionnels ?

— C'était peut-être pour nous faire comprendre qu'elle n'était pas partie de *son plein gré*, dit Camilla.

— Et si Aquilara les a cachées dans les parages, alors, nous pouvons attendre ici, elle nous mènera jusqu'à elles. C'est son intention. Elle nous l'a dit.

— Je ne sais pas ce que vous déciderez, mais pour ma part, je n'irai nulle part en compagnie de cette créature, dit Camilla. *Nulle part*, vous m'avez bien comprise ? Pour rien au monde je ne voudrais l'avoir derrière moi, même si elle était ligotée et bâillonnée.

— Si elle tient Rafaella et Lexie... commença Magda.

— Si Rafaella a eu la bêtise de faire confiance à cette sorcière maléfique, elle mérite de...

— Oh, arrêtez, toutes les deux, supplia Jaelle. Tout ça ne nous avance à rien. Je n'imagine pas Rafi faisant confiance à cette femme.

— Jaelle, crois-tu que je ne m'inquiète pas à son sujet ? À leur sujet à toutes les deux ? Si Camilla ne veut pas faire confiance à cette Aquilara, quand elle viendra nous chercher, et si elle dit que Rafi et Lexie sont avec elle, nous pourrions peut-être, toi et moi...

— J'ai confiance en l'intuition de Camilla, dit Jaelle. Demain, je tâcherai de retrouver la fille qui a soigné son poney, je lui donnerai son pourboire à la place de Rafi, et j'essaierai d'apprendre si quelqu'un les a vues partir, et qui les accompagnait.

— Ça me paraît raisonnable. Et ça ne fera pas de mal à Cholayna de se reposer un jour de plus, dit Magda.

— Moi aussi, elle m'inquiète, dit Camilla. Ne serait-ce que pour elle, il vaudrait mieux que notre voyage se termine ici, à Nevarsin. Plus loin... Vous savez ce qui nous attend.

— Trop bien. Je suis née à Caer Donn, ne l'oublie pas, lui rappela Magda.

Elle bâilla, et Camilla proposa, comme c'était prévisible :

— Tu as sommeil ; va donc te coucher. Je monterai la garde avec Jaelle.

Pourtant, Magda hésitait encore, tout en sachant qu'elle devait se reposer si elle voulait pouvoir repartir le lendemain. C'était encore plus vrai de Camilla, qui n'était plus jeune, et qui accusait déjà des signes de fatigue, mais semblait redouter de s'endormir encore plus que Magda. Pourtant elle avait autant besoin de repos que Cholayna.

Le *laran* de Camilla semblait vouloir faire surface, malgré ses années d'efforts pour le bloquer, et soudain, le cœur serré, en proie à un terrible sentiment d'abandon, Magda pensa : *si seulement Damon était ici ! Il saurait quoi faire pour Camilla.* C'était un fardeau trop lourd pour ses seules épaules.

Mais Damon était dans les Kilghard, et, pour une raison inconnue, l'accès à la Tour Interdite par le Surmonde semblait lui être refusé. Elle avait essayé, et tout au fond d'elle-même, elle savait qu'une autre tentative provoquerait une nouvelle attaque des... *faucons ?*

Damon saurait les vaincre ; il est notre Gardien.

Puis une remarque de Damon lui revint : *n'importe quel technicien à peu près compétent peut remplir, en cas de nécessité, le rôle de Gardien.*

Elle pouvait donc accomplir elle-même tout ce qu'elle croyait du ressort de Damon. Et maintenant, elle le devait.

— Tu as besoin de dormir, Camilla. Je sais ce que tu me dirais en un cas semblable. Moi aussi, j'ai peur, *bredhiya*, dit-elle, donnant à ce terme affectueux le sens de « fais-moi confiance ». Il faut dormir quand même. Jaelle et moi, nous allons installer des défenses pour qu'aucune mauvaise influence ne pénètre ici, même sous forme de rêves. Shaya, aide-moi.

Résolument, elle sortit sa matrice, surveillant le visage de Camilla qui la regarda, puis détourna les yeux.

— N'essaye pas de regarder dans la matrice ; tu n'es pas entraînée et ça te rendrait malade, dit-elle. Le jour viendra. Pour le moment, ne regarde pas...

— Moi ? Une matrice ? La Déesse me préserve...

— Tant que c'est la Déesse et non ta propre peur, Kima...

De nouveau, elle se servit à dessein du diminutif qu'elle n'employait jamais en public.

— Et si c'était la volonté de la Déesse ? Fais-moi confiance ; je sais ce que je fais. Mais pour le moment, détourne le regard de la matrice.

Elle renforça ses paroles en prenant ce que les télépathes appelaient la *voix de commandement*, et Camilla obéit, stupéfaite de sa docilité.

— Jaelle...

Ensemble, elles accordèrent leurs résonances jusqu'au moment où elles se trouvèrent à l'unisson. Un instant, le rapport fulgura, brûla entre elles, intimité plus forte que la parole ou le sexe, indicible.

Si seulement Camilla pouvait partager cette expérience...

Ni l'une ni l'autre ne sut de laquelle émanait cette pensée, ni laquelle répondit avec regret :

Non. Elle n'est pas prête. Pas encore.

Une fois leurs matrices en résonance, un feu bleu emplit la chambre. Camilla sursauta, stupéfaite, mais l'éclair fut si fugitif que Camilla se demandait déjà si ce n'était pas une illusion.

Si les faucons surveillent cette chambre — alors la vraie Sororité doit la surveiller aussi. Les sœurs nous aideront à la sceller à toutes mauvaises influences.

Elles ne peuvent pas interférer. Mais nous, nous en avons le pouvoir.

Le contact mental de Jaelle était comme une main serrée dans la sienne, une main serrant un couteau d'Amazone étincelant d'un feu bleu. Magda savait qu'elle n'avait pas bougé, toujours agenouillée près de la cheminée, sa matrice dans les mains, mais elle se sentit tourner avec Jaelle autour de la Chambre, le couteau laissant derrière lui une traînée de feu bleu. Elle ferma le cercle ; ensemble, elles levèrent leurs mains jointes, formant une arche (bien qu'elles n'aient toujours pas bougé) et entre leurs mains, fulgura un réseau de lignes de feu.

La vieille était là, avec son ricanement sarcastique.

Hé-hé-hé, vous croyez pouvoir m'interdire d'approcher, jeunes folles ?

Pas toi, Grand-Mère. Mais nos amies ont besoin de repos et les faucons ne doivent pas troubler leur sommeil.

Les rayons bleus jaillis des matrices, allant et venant comme une navette, tissèrent un dôme scintillant autour de la chambre. Magda projeta sa conscience, cherchant la moindre faille dans ce réseau protecteur. Un instant, le visage d'Aquilara parut, menaçant, terrible, tel que Magda l'avait vu le soir-même sous sa bienveillance affectée, flamboyant de rage.

Maintenant, elle est prévenue ; elle sait que nous savons qu'elle n'est pas ce qu'elle prétend...

Croyais-tu vraiment pouvoir établir cette protection sans attirer son attention ?

Le faucon était là... piquant sur ses yeux... Instinctivement, Magda lança vers lui sa matrice, interposant entre eux un bouclier de feu. Les plumes du faucon s'enflammèrent ; devant la chaleur soudaine, le hurlement terrible, Magda eut un mouvement de recul. Ses doigts, soudain sans force, lâchèrent la matrice qui lui tomba des mains. Feu et odeur de brûlé... *plumes ?...* se répandirent dans la chambre ; puis sa matrice se retrouva dans sa main... l'avait-elle jamais lâchée, ou n'était-ce qu'une illusion ?

Le feu était tombé ; seul un lit de braises rougeoyait encore dans la cheminée. La chambre était silencieuse et paisible, toutes mauvaises influences évacuées, chambre normale maintenant où cinq femmes épuisées pouvaient dormir. Les restes du dîner étaient encore sur la table ; Jaelle alla y prendre une tranche de pain, la piqua à la pointe de son couteau et la fit griller sur les braises, tandis que Camilla ouvrait la dernière bouteille de vin qu'elles se passèrent à la ronde, buvant au goulot.

Jaelle dit simplement :

— Tu as vu la vieille ?

— Elle m'a fait peur la première fois. Maintenant, je sais qu'elle ne nous fera aucun mal, dit Magda, buvant à la régalade.

Pour la première fois, elle était certaine qu'elles étaient toutes en sécurité. Jaelle partagea le pain en deux, en donna une moitié à Magda, et elles mangèrent en silence. Devant le regard interrogateur de Camilla, Jaelle dit :

— Manger reconstitue les forces psychiques. Tu as faim ?

— Oui, et pourtant, après ce copieux dîner, j'avais l'impression que je n'aurais plus faim d'une semaine, dit Camilla.

Elle croqua une pomme, puis en jeta le trognon dans le feu. Un instant, Magda perçut une odeur de plumes brûlées, puis seulement l'odeur du trognon de pomme qui brûlait.

Elles dormirent d'un sommeil sans rêves.

Magda s'éveilla au bruit d'une quinte de toux rauque, violente, qui secouait le corps amaigri de Cholayna. Vanessa était déjà près d'elle avec la trousse d'urgence, mais Cholayna se leva précipitamment, courut aux latrines dans la pièce voisine où elles l'entendirent vomir.

— Mauvais, dit Vanessa, laconique. Quelle est l'altitude de cette cité ?

— C'est Jaelle qui a les cartes, elle te le dira ; moi, je ne sais pas exactement.

Magda comprit sans plus d'explications. Seule une personne sur quarante ou cinquante souffrait gravement de l'altitude, dont la moitié, avec du temps et du repos, finissaient par s'acclimater et se remettaient peu à peu. Œdèmes pulmonaires et pneumonies se déclaraient chez quelques rares individus, et même parfois des hémorrhagies cérébrales s'ils montaient encore plus haut. Seul le temps pourrait dire comment Cholayna réagirait.

Camilla l'entendit en se réveillant et dit :

— Elle a le mal des montagnes. Je vais voir à la cuisine si on peut lui faire de la tisane d'épine noire. Sinon, n'importe quel liquide ou tisane fera l'affaire, mais il faut qu'elle boive le plus possible.

— Cessez de vous inquiéter comme ça, dit Cholayna reparaissant sur le seuil. Le dîner d'hier soir était trop copieux et je l'ai mal digéré après des jours et des jours de rations, c'est tout.

— Quand même, tu as tous les symptômes du mal des montagnes, dit Vanessa. Toux, nausées et vomissements. À moins que tu ne sois miraculeusement enceinte à ton âge, c'est bien le mal des montagnes ; et crois-moi, Cholayna, ce n'est pas à prendre à la légère.

Les yeux profondément enfoncés dans les orbites, Cholayna tenta de sourire et n'y parvint pas.

— Alors, m'y revoilà ? Je vous retarde encore, moi le maillon faible de la chaîne...

— Nous avons pris cela en compte en acceptant que tu viennes, dit Camilla, bourrue. Il faut que tu te reposes toute la journée ; peut-être que ton corps s'adaptera à l'air raréfié. Je vais chercher de la tisane à la cuisine, sans oublier de graisser la patte à la cuisinière, ce qui pourra nous servir par ailleurs.

Magda n'y avait pas pensé. Peut-être que Rafaella avait parlé avec une fille de cuisine ; si Lexie souffrait de gelures, elles avaient eu besoin de médicaments et de boissons chaudes.

Levant les yeux, elle rencontra le regard de Jaelle qui dit :

— Je vais à l'écurie. Toute réflexion faite, j'ai l'impression qu'un de nos poneys boîtille. Je vais tâcher de retrouver celle qui a soigné celui de Rafaella et lui glisser le pourboire que mon associée n'aurait pas manqué de lui donner si elle n'était pas partie si précipitamment.

Seule Jaelle pouvait s'acquitter de cette tâche, et il valait mieux la lui laisser. Camilla partit à la cuisine, et, une fois Jaelle habillée et sortie, Magda persuada Cholayna de se rallonger dans son duvet pour se reposer. Camilla revint bientôt avec une bouilloire fumante et une demi-douzaine de sachets d'herbes.

— On apportera le petit déjeuner dans quelques minutes, dit-elle. J'ai senti la bonne odeur d'un gâteau aux noix au four. Une fille m'a dit qu'elles en avaient fait un pour nos sœurs lors de leur passage.

Elle versa l'eau bouillante sur les herbes.

— C'est de l'épine noire, un stimulant cardiaque, qui favorise également la formation des globules rouges ; ça t'aidera à t'acclimater à la montagne, dit-elle, s'agenouillant près de Cholayna. Bois, et repose-toi. Demain, ton corps se sera peut-être habitué à l'altitude et tu pourras partir avec nous.

Cholayna but l'amère mixture sans protester, se contentant de froncer un peu le nez au goût.

— Et si je ne m'acclimate pas ? demanda-t-elle d'une voix affaiblie.

— Alors, nous attendrons que tu aies recouvré tes forces, dit vivement Magda.

La maladie de Cholayna serait un bon prétexte pour refuser de suivre immédiatement Aquilara ou une de ses acolytes, s'ils leur prenaient l'envie de l'exiger.

La conversation fut interrompue par l'arrivée du déjeuner, que deux jeunes filles chargées de plateaux apportaient. Magda leur donna un généreux pourboire, puis s'assit devant un déploiement appétissant de bonnes choses : beurre, miel, marmelade de pommes, œufs durs, odorantes saucisses de champignons, sans compter du pain, des scones et un gâteau au noix tout chaud sorti du four. Vanessa et Camilla mangèrent de bon appétit ; mais Cholayna avait trop mal au cœur pour avaler quoi que ce soit. Magda la persuada de tremper une petite tartine de miel dans son thé, mais il était inutile d'essayer de lui faire avaler des nourritures plus exotiques, que son estomac n'aurait d'ailleurs pas gardées, sans doute.

Jaelle ne revint pas. Elle avait sans doute décidé de déjeuner à l'écurie avec les apprenties, pour tenter de découvrir ce qu'elles savaient. Deux jeunes filles vinrent reprendre les plats du déjeuner, bientôt suivies de deux autres qui leur rapportaient leur linge lavé et repassé. À leur invitation, Camilla repartit avec elles visiter l'atelier de maroquinerie. Magda se mit en devoir de raccommoder ses chaussettes ; elle détestait toujours autant la couture, mais elle détestait encore plus porter des chaussettes trouées, surtout sous ce climat. Vanessa l'imita, et elles raccommodèrent en silence.

Cholayna, soutenue par ses oreillers, écrivait dans son carnet. Le feu crépitait joyeusement dans la cheminée ; les filles leur avaient apporté ce qui semblait un tas inépuisable de bûches. Dans cette atmosphère paisible, Magda se dit que ce qu'elles avaient pris pour des visions n'étaient que des cauchemars, sans plus.

De temps en temps, une quinte de toux de Cholayna rompait le silence. Qu'est-ce que Jaelle allait apprendre ? Que se passerait-il si Aquilara leur ordonnait de la suivre avant que Cholayna soit en état de reprendre la route ? Elle lui refit de la tisane d'épine noire, l'exhortant à en boire le plus possible.

— Cholayna, si tu ne vas pas mieux dans un jour ou deux, ça voudra dire que tu fais partie de ces gens qui ne s'acclimatent jamais à l'altitude. Maintenant que nous savons où sont Rafaella et Lexie, te fierais-tu à moi pour les ramener pendant que tu rentrerais à Thendara avec Vanessa ? Vous n'auriez pas à repasser les cols, sauf le Scaravel ; vous pourriez emprunter la Grande Route du Nord, qui est bien entretenue et très fréquentée. Je ne veux pas avoir ta maladie sur la conscience...

— Il n'en est pas question, Magda. Personne ne m'a obligée à venir, je l'ai choisi de mon plein gré, et tu n'es en rien responsable.

— Quand même, intervint Vanessa, le mal des montagnes, c'est sérieux. Dis-moi, est-ce que ta vue est brouillée ?

— Non, rien de la sorte, dit Cholayna avec impatience. Je suis fatiguée et la nourriture ne me convient pas, c'est tout. Un jour de repos me remettra sur pied.

— Je l'espère, dit Magda. Sinon, tu ne te remettras pas tant que tu seras à Nevarsin, et il faudra redescendre à une plus basse altitude. Parce qu'après Nevarsin, tout va empirer. Me fais-tu confiance pour ramener Lexie ?

Cholayna tendit la main et étreignit celle de Magda en un geste de sincère affection.

— La confiance n'est pas en question, Magda. Depuis quand nous connaissons-nous ? Mais j'ai entraîné Lexie elle aussi. Je ne peux pas l'abandonner maintenant, et je ne l'abandonnerai pas. Tu devrais le comprendre mieux que personne.

Elle sourit devant l'air frustré de Magda.

— Il faut attendre et voir, c'est tout. Demain, je serai sans doute capable de reprendre la route. Je sais que certains s'acclimatent moins vite que d'autres. Je réagis plus lentement que Vanessa, c'est tout.

— Mais si tu ne t'acclimates pas ? dit Vanessa. Promets-moi que tu accepteras de rentrer.

— Dans ce cas, il sera toujours temps de décider. Je ne promets rien, Vanessa. Tu n'es pas encore mon supérieur hiérarchique...

— J'ai le droit de te déclarer inapte au service...

— Oublie ça, Vanessa, dit doucement Cholayna. Nos rapports ne sont plus ce qu'ils sont au Q.G. Je suivrai tes conseils de grimpeuse expérimentée, et je ferai tout ce que tu me diras pour compenser ma lenteur d'acclimatation. J'irai même jusqu'à boire ce remède de bonne femme nauséabond que Camilla m'a apporté.

— Cette tisane contient quelque chose d'analogue à...

Vanessa mentionna un médicament terrien que Magda ne connaissait pas.

— ... et on s'en sert ici depuis des siècles pour combattre le mal des montagnes. Ne sois pas étroite d'esprit.

— Ce n'est pas être étroite d'esprit que préférer quelques capsules familières à cet horrible breuvage.

Cholayna avala quand même, en grimaçant, l'infusion que Vanessa lui tendait.

— Je fais de mon mieux. Tu es née dans ces montagnes, Magda, et toi, Vanessa, tu fais de l'alpinisme depuis ton adolescence. Soyez patientes.

— Tu es une vieille sorcière têtue, grommela Vanessa.

Cholayna lui sourit, et dit, d'un ton tout aussi affectueux :

— Et toi, une gamine effrontée.

Les cloches tintaient au loin. Cholayna somnolait. Vanessa s'agitait nerveusement.

— Si seulement je pouvais faire quelque chose !

— Camilla et Jaelle feront mieux que nous tout ce qu'il y a à faire. Pour nous, nous n'avons qu'à attendre en soignant Cholayna.

Pour Magda non plus, cette attente n'était pas facile. Pendant ses années d'agent de terrain, elle avait pris l'habitude de tout faire par elle-même, pour que ce soit fait à son idée. Le simple fait de rester assise en attendant que les autres règlent la situation, était étranger à sa nature.

Il était midi sonné. Cholayna s'était réveillée et elles l'avaient persuadée de boire un peu plus d'infusion d'épine noire, quand Jaelle revint, jetant sa veste sur une chaise.

— J'ai parlé à la fille qui a réparé la selle de Lexie, et elle confirme qu'elles sont parties précipitamment — d'après elle en pleine nuit, pendant que tout le monde dormait. Elle était restée à l'écurie pour soigner un poney malade. Elle dit que les cloches du monastère venaient juste de sonner l'Office de Nuit, ce qui place leur départ quelques heures après minuit — je le sais parce que mon frère a été élevé à Nevarsin.

— Aquilara les accompagnait ? demanda Magda.

— Personne ne les accompagnait, du moins personne qu'ait vu Varvari, dit Jaelle. Elles ont sellé et chargé leurs chevaux elles-mêmes. Et Varvari sait par où elles sont passées, parce qu'elle a entendu Rafaella parler des dangers des banshees dans le col.

— Il y a donc deux possibilités, dit Vanessa. Primo, Aquilara leur a fait peur et elles ont rebroussé chemin. Secondo, elles étaient convenues d'un rendez-vous plus loin. Désolée, Jaelle, mais je ne vois pas à quoi ça nous avance.

— Au moins, nous savons qu'elles ont quitté la ville, observa Jaelle. Il n'aurait guère été possible de fouiller Nevarsin maison par maison. Il ne sera peut-être pas facile de les retrouver dans ces déserts glacés, mais au moins, il y aura peu de gens pour contrarier nos recherches. Et nous savons qu'elles sont parties vers le nord, en direction du Col de Nevarsin, et qu'elles n'ont pas rebroussé chemin vers le sud, ou pris vers l'ouest par le plateau de Leng. J'ai toujours entendu dire que cette route était impossible à passer, hantée par des monstres auprès desquels les banshees font figure d'animaux de compagnie.

— Ça ressemble fort à l'équivalent ténébran des dragons, murmura Cholayna.

— Le Col de Nevarsin et les banshees me suffisent amplement en fait de dragons, dit Jaelle la pragmatique. Seize mille pieds ; plus haut que le Ravensmark. Le chemin est sans doute meilleur, mais la grande question demeure : est-ce que c'est une mauvaise année pour les banshees ? Ça dépend de facteurs écologiques assez compliqué, c'est du moins ce que disait Kindra. Si les lapins des glaces sont assez abondants, les banshees sont bien nourris et ne descendent pas au-dessous de la limite des arbres. Si quelque chose vient perturber le cycle de croissance des lichens, cela provoque un effondrement dans la population des lapins des glaces, les femelles deviennent stériles, et les banshees meurent de faim, de sorte qu'ils viennent chercher des proies plus grosses au-dessous de la limite des arbres. Et ce que je sais sur le cycle évolutif des lapins des glaces tiendrait facilement sur l'ongle de mon pouce. Il faudra donc tenter la chance.

— Nous allons donc franchir le col à leur suite ? demanda Cholayna

— Moi en tout cas ; pour ce qui est de *nous*, je ne sais pas, dit Jaelle. Pour moi, il s'agit d'un engagement. *Toi*, tu n'as pas l'air assez en forme pour aller à la Prière du Soir chez les moines, alors ne parlons pas de franchir un col à seize mille pieds en bataillant contre des banshees.

— On a discuté de tout ça pendant ton absence, dit Cholayna. Pour moi aussi, il s'agit d'un engagement, Jaelle. Rafaella n'a fait que suivre la voie tracée par Lexie. Où tu iras, j'irai. N'en parlons plus.

Jaelle ouvrit la bouche pour protester, mais quelque chose dans le ton de Cholayna la fit taire.

— Très bien. Alors, repose-toi le plus possible et mange bien au dîner. Nous partirons de bonne heure.

CHAPITRE 20

L'après-midi s'éternisait. Jaelle ressortit pour aller voir Arlinda, régler leur séjour et (dit-elle en particulier à Magda) pour distribuer les pourboires que Rafaella n'avait pas donnés.

— Je soupçonne qu'elle n'a pas fait les cadeaux traditionnels pour ne pas avertir un espion éventuel de leur départ, dit Jaelle. Car il paraît évident, premièrement, qu'Arlinda est pétrifiée de peur en présence d'Aquilara, et deuxièmement, qu'il doit y avoir des espionnes, ou des membres de la Loge d'Aquilara ou autre chose, parmi les filles de la maison.

— Alors, en distribuant ces pourboires, ne cours-tu pas le risque d'avertir celles-là même que Rafi voulait garder dans l'ignorance ?

— Peut-être, mais c'est inévitable, dit Jaelle. Rafaella peut avoir besoin de revenir ici un jour ; ou moi. Je leur ai dit que je faisais les cadeaux que Rafi leur aurait fait si elle avait eu le temps et l'argent sous la main. Peut-être qu'elles m'ont crue, et peut-être pas. Tu as une meilleure idée ?

Magda n'en avait pas. Elle remit dans son sac son linge lavé et raccommodé ; Camilla alla au marché avec Vanessa, acheter du porridge et des fruits secs pour Cholayna, puisqu'elle semblait incapable d'avaler les barres de viande séchée qui composaient l'essentiel de leur ordinaire. Elle acheta aussi une bonne provision d'épine noire, dont l'infusion avait fait beaucoup de bien à Cholayna.

Jaelle fit cadeau à Arlinda d'une bonne partie de la pacotille apportée à l'intention de Rafaella.

— À partir d'ici, Rafi n'en aura plus besoin pour le troc ; il n'y a pratiquement rien à troquer, et pratiquement personne avec qui troquer. J'en ai quand même conservé un paquet, qui nous servira de monnaie d'échange au cas où nous trouverions quelques villages sur la route : bonbons et friandises, petits outils, miroirs etc. Car la Guilde doit rester en bons termes avec Arlinda ; c'est la seule maison décente où les Renonçantes peuvent séjourner à Nevarsin.

— Je n'en suis pas si sûre, si Arlinda est surveillée ou dominée par la bande d'Aquilara, dit Camilla, emballant ses nouveaux achats. Nous devrions troquer nos chevaux contre des chervines avant d'aborder les hauts plateaux ; les chevaux n'auront pas le pied assez sûr.

— Cholayna et Vanessa ne savent pas monter à dos de chervine, dit Magda. Et je ne suis pas sûre de savoir. Les poneys de montagne peuvent passer pratiquement partout où passent les chervines. Et je crois que tout terrain trop difficile pour un cheval le sera aussi pour nous.

Pendant qu'elles remplissaient leurs fontes, Camilla attira Magda à l'écart et lui donna une paire de gants brodés, sortant d'une boutique cliente d'Arlinda. Depuis qu'elles étaient amantes, Camilla lui faisait souvent la surprise d'un petit cadeau de ce genre, et les yeux de Magda s'emplirent de larmes.

— Mais ils sont très chers, Camilla, tu n'aurais pas dû...

— Dans les tavernes, j'ai trouvé quelques montagnards amateurs de fléchettes ; ils ne croyaient pas qu'une femme, et même une *emmasca* ex-mercenaire pût lancer le couteau aussi bien qu'eux. Et son orgueil et son amour du jeu ayant poussé l'un d'eux à parier plus qu'il ne pouvait payer, j'ai généreusement accepté ces gants en règlement de sa dette. Je suppose qu'il les avait achetés pour sa femme ou sa maîtresse, mais elle n'aura qu'à lui apprendre à contrôler son orgueil masculin !

Elle eut un grave gloussement de gorge et reprit :

— Ces gants sont trop minces et frivoles pour cette cité montagnarde — tu aurais les mains gelées — mais tu pourras les porter quand nous retrouverons un climat moins rigoureux.

Magda se sentit réconfortée et retrouva son optimisme ; elles retrouveraient bientôt le climat comparativement doux de Thendara. Jusqu'à ce moment, elle n'avait pas réalisé à quel point son univers s'était rétréci à un monde de froid, de glaces, de gelures et de pieds glacés. Les jolis gants brodés lui rappelèrent un monde de fleurs et de soleil, un monde où il était possible de danser dans les rues jusqu'à l'aube au Solstice d'Été, contrairement à cette austère cité où les rues étaient ensevelies toute l'année sous la neige.

Elle pressa la main de Camilla qui la prit par la taille. Jaelle leva les yeux, les vit, et, comme les filles de cuisine apportaient leur dîner, Magda la vit froncer les sourcils, comme lorsqu'elle projetait quelque espièglerie. Puis elle prit Vanessa dans ses bras et l'embrassa sur la bouche. Vanessa eut l'air stupéfaite, mais Magda entendit Jaelle murmurer (tout en sachant qu'elle était trop loin pour entendre et qu'elle lisait les pensées de sa compagne) :

— Joue le jeu, idiote ! À moins que tu ne croies sérieusement que j'essaye de te séduire ?

Vanessa battit des paupières, interloquée, mais ne protesta pas ; elle entoura de ses bras Jaelle, qui lui donna un baiser passionné avant de se retourner languissamment vers les filles qui posaient leurs plats sur la table.

— Ne nous dérangez pas avant la cinquième heure après la cloche de la Prière du Matin, leur dit-elle.

Puis elle leur commanda un petit déjeuner somptueux, et le paya d'avance en ajoutant un pourboire royal. Quand les filles furent parties, ravies de la coûteuse commande de Jaelle, Vanessa s'écarta, rouge jusqu'aux oreilles.

— Tu deviens folle ? Qu'est-ce qu'*elles* vont penser ?

— Justement. Exactement ce que je veux qu'elles pensent, dit Jaelle. Que nous traînerons tard au lit demain, diversement accouplées. Il ne leur viendra pas à l'idée que nous avons l'intention de partir avant la cloche de l'Office du Soir ; elles ne s'apercevront de notre départ qu'en apportant le déjeuner, quand le soleil sera déjà haut dans le ciel.

— Et si l'espionne d'Aquilara ne travaille pas à la cuisine, mais à l'écurie ? demanda Vanessa.

— Alors, je t'aurai embarrassée pour rien, dit Jaelle.

Avec un sourire malicieux, elle la reprit dans ses bras et l'embrassa une nouvelle fois.

— Ça te déplaît tellement ? Ça ne se voit pas !

Vanessa se contenta de pouffer. Quelques jours plus tôt, se dit Magda, elle aurait été furieuse.

Au moins, elle n'a plus l'impression que nous représentons un danger pour elle.

Nouveau bain prolongé, suivi d'un copieux dîner, avant de s'installer pour dormir le plus longtemps possible. Mais pour Magda, le sommeil fut long à venir, pourtant, la chambre étant maintenant magiquement protégée contre toute intrusion maléfique, elle n'avait plus à craindre les cauchemars. Elle était allongée entre Jaelle et Cholayna, qui s'était endormie immédiatement ; comme Magda se tournait et retournait, Jaelle lui murmura :

— Tu ne dors pas non plus ? Qu'est-ce qu'il y a ? Le voyage sera rude, mais Cholayna va mieux, je crois qu'elle tiendra le coup. Tu ne continues pas à t'inquiéter de cette vieille sorcière d'Aquilara, non ? Je crois que nous en sommes débarrassées, et que Lexie et Rafaella s'en sont libérées aussi.

— Je n'en suis pas si sûre, Shaya. Ce qui m'inquiète c'est… qui sont-elles ? Qu'est-ce qu'elles peuvent nous vouloir, et pourquoi ?

— Je croyais que tu avais une théorie sur la question. À savoir qu'elles veulent sans doute nous éloigner de la *vraie* Sororité.

— Mais encore une fois, pourquoi ? Qu'est-ce que ça leur rapporterait ? La simple satisfaction de faire le mal ? Je n'arrive pas à le croire. Il doit falloir autant de talent et d'énergie pour faire ce que fait cette Aquilara qu'il nous en faut pour travailler à la Tour Interdite.

— Et alors ? demanda Jaelle. Peut-être agissent-elles simplement par haine et jalousie des pouvoirs de la vraie Sororité ; Aquilara ne me semble pas posséder beaucoup de pouvoirs elle-même, malgré ce qu'elle a fait à Camilla.

— Mais même si elle hait la Sororité… non, Jaelle. *Nous*, nous avons une raison d'exister. Damon, Callista, Andrew, Hilary, nous tous — nous travaillons pour faire bénéficier du *laran* des gens nés en dehors des Tours, des gens qui ne veulent pas nier leur don, mais ne veulent pas vivre dans les Tours coupés du monde réel. Nous essayons d'apporter le *laran* au monde, de prouver qu'il n'est pas besoin d'être Comyn, aristocrate ou même Ténébran pour posséder et utiliser ce don. Il y a un but à ce que nous faisons ; c'est un travail dur et parfois même douloureux, et je n'arrive pas à croire qu'Aquilara se donne tant de mal simplement pour nous impressionner.

— Je ne sais pas quelles sont ses motivations, Magda. Mais quelle importance ? Je ne veux rien avoir à faire avec elle ou ses pouvoirs ; et je sais une chose, Magda : si tu continues à penser à elle, tu vas la contacter télépathiquement, et toutes nos précautions auront été inutiles.

Magda savait que Jaelle avait raison, et elle fit de son mieux pour s'endormir. Elle pensa à son lointain foyer d'Armida, à sa petite fille qu'elle bordait dans son lit tous les soirs — à sa petite Shaya, en chemise de nuit, ses boucles brunes ébouriffées. Elle ne savait pas qu'elle connaissait tant de ballades et de chants folkloriques ténébrans, que sa mère avait passé sa vie professionnelle à recueillir, avant de commencer à chanter des berceuses à sa fille. Élizabeth Lorne, elle le savait, adorait son travail, et était morte persuadée que sa fille Magdalen ne s'y intéressait pas. Comme elle serait contente de m'entendre chanter ces vieilles ballades des Heller et des Kilghard qu'elle aimait tant. Un jour, quand Shaya sera grande, je lui montrerai la collection de chants et de ballades de sa grand-mère — huit volumes en tout, à peu près — pour qu'elle apprenne à la connaître un peu.

Peut-être Shaya serait-elle musicienne ; sa fille pouvait chanter une mélodie, d'une voix juste et claire, avant même de savoir parler.

Cleindori dans le Surmonde : *J'ai été étonnée quand Tante Ellemir m'a dit d'où venaient les bébés. Je croyais qu'ils venaient du monde gris.*

Quelle lumière éclatante jetée sur les rapports de l'éducation sexuelle avec la métaphysique !

Elle était adulte, et après, elle était un bébé, et je ne pouvais plus lui parler, sauf ici dans le Surmonde.

Pour le moment, l'accès au Surmonde était interdit à Magda à cause de la sorcellerie d'Aquilara ; sinon, elle aurait pu contacter sa fille, la prendre dans ses bras. Elle pensa : *si je devais mourir au cours de ce voyage, je ne reverrais plus jamais Shaya.*

Mais si ce qu'a dit Cleindori est exact, et je n'ai aucune raison de ne pas la croire, alors la mort ne fait pas grande différence. Curieux que je doive apprendre la foi d'une enfant de cinq ans.

Elle glissa dans le sommeil entendant au loin un appel rassurant de corbeaux.

Il lui sembla qu'elle n'avait dormi que quelques minutes quand Jaelle la réveilla.

— Les cloches du monastère viennent de sonner l'Office de Nuit. Réveille Cholayna ; il reste du pain et des fruits secs du dîner ; nous les mangerons en route.

Jaelle enfilait un collant de laine noire sous son pantalon. Magda s'habilla rapidement, puis se pencha pour réveiller Cholayna. La Terrienne dormait profondément, et Magda se dit que, si elles avaient voulu la laisser en arrière, elles auraient pu s'éclipser discrètement, et elle ne se serait réveillée qu'à l'arrivée du petit déjeuner inutile. *Non. Elle est notre sœur, elle aussi. Nous devons être honnêtes avec elle*, se dit Magda en soupirant, regrettant que Cholayna n'ait pas accepté de rester dans la sécurité relative de cette maison, ou de rentrer à Thendara avec Vanessa. Elle regrettait presque de ne pas repartir vers le sud elle-même, vers Armida et sa famille de la Tour, vers son enfant, et même vers Thendara et ses sœurs de la Guilde. Elle enfila un gros pull supplémentaire par-dessus tous ses vêtements, et, sans un mot, en tendit un à Camilla.

— J'ai ce qu'il faut, Margali. Arrête de me materner !

Magda la regarda bien en face, l'obligeant à baisser les yeux, et Camilla finit par l'enfiler ; elle était si mince que sa chaleur lui serait nécessaire quand elles arriveraient dans le col.

Cholayna frissonnait ; elles avaient laissé le feu s'éteindre. Gaspiller du combustible était un crime majeur dans les Heller. Le déjeuner qu'elles avaient commandé serait consommé par d'autres et en serait tout aussi bon, mais entretenir un bon feu toute la nuit était un luxe que Magda et Camilla, élevées dans la montagne, auraient trouvé inexcusable, même si ça les obligeait à dormir sous un tas de couvertures. Une mince pellicule de glace s'était formée sur le pichet d'eau, encore sur la table du dîner, et l'unique fenêtre de la chambre était voilée de givre.

Jaelle marmonna :

— Mon frère m'a dit un jour que les novices du monastère dorment dans la neige, nus sous leur robe de bure, et circulent partout pieds nus. Je regrette de ne pas avoir appris comment ils font.

— Je suppose que ça fait partie de vos pouvoirs psychiques, dit Vanessa.

— Valentin dit que non ; il s'agirait simplement de convaincre l'esprit de remplir sa fonction, qui est de réchauffer le corps.

Cholayna haussa un sourcil sceptique.

— Je me permets d'en douter. L'hypothermie a tué et tue toujours beaucoup de gens. Comment peuvent-ils la combattre ?

— Val n'avait aucune raison de me mentir. D'après lui, un des tests de l'avancement spirituel des moines était de se baigner tout habillés au Pic de Nevarsin, dans un torrent issu du glacier, et de sécher leur robe de bure à la chaleur de leur corps. Il l'a vu faire.

— Tour de magie pour impressionner les novices ?

— Pour quoi faire ?

— J'ai entendu parler d'une chose semblable pendant mon stage à la Cartographie et Exploration, dit Vanessa. Ça se faisait autrefois sur Terra ; bien avant l'Empire. Les habitants des hauts plateaux, qui vivaient à quatre mille mètres ou plus, avaient une capacité pulmonaire supérieure à la normale, et leurs corps étaient si bien acclimatés à l'altitude qu'ils tombaient malades au niveau de la mer. Je ne doute pas que les frères de Nevarsin ne soient capables de la même prouesse. L'animal humain est étonnamment adaptable. Bien des gens trouveraient ta planète natale beaucoup trop chaude, Cholayna. J'y suis allée une fois, et j'ai cru mourir de chaleur. L'homme n'est pas fait pour vivre en des lieux où la température de l'air est normalement supérieure à celle du corps.

— Peut-être, dit Cholayna, enfilant en force ses bottes par-dessus trois paires de chaussettes, mais j'aimerais mieux être là-bas qu'ici.

Elle passa un gros coupe-vent par-dessus sa veste.

— Prêtes ?

Jetant sur leur épaule le sac de leurs affaires personnelles, elles traversèrent furtivement les salles silencieuses, puis enfilèrent le long couloir menant à l'écurie. Les portes grincèrent, puis une quinte de toux de Cholayna rompit brusquement le silence.

— Chut ! gronda Jaelle à mi-voix.

Cholayna tenta d'étouffer le bruit dans sa manche, sans beaucoup de succès.

Leurs chevaux et leurs chervines étaient tous là, et leurs bagages, bien réduits depuis leur départ de Thendara, empilés dans un coin.

Jaelle siffla doucement, soulagée.

— Je suppose qu'Arlinda a compris mes intentions quand je lui ai parlé. Hier soir, nos bagages étaient dans une pièce fermée à clé.

Se retrouvant près de Vanessa pour seller son cheval, Magda lui demanda à voix basse :

— À ton avis, Cholayna pourra suivre ?

— Qui sait ? Je l'ai examinée de mon mieux ; elle n'a pas les lèvres exangues, et ses poumons sont dégagés ; cette toux n'est qu'une simple irritation causée par le vent et la sécheresse de l'air à cette altitude. Il faut attendre, en espérant que tout ira bien.

Elles chargèrent les chervines et se rangèrent en ordre de marche. Jaelle, qui connaissait bien la cité, prit la tête de la colonne ; Camilla qui la connaissait presque aussi bien fermant la marche. Magda resta en arrière pour aider Camilla à refermer les lourdes portes ; mais elles ne pouvaient pas pousser les verrous de l'extérieur, et Camilla chuchota finalement :

— Attends, Margali, je te rejoins dans un instant.

Elle se glissa dans l'écurie, et Magda l'entendit pousser les verrous. Magda l'attendit si longtemps dans la rue qu'elle commençait à se demander si Camilla n'était pas tombée aux mains d'une des espionnes d'Aquilara. *Nous aurions dû partir sans verrouiller la porte*, pensa-t-elle. Mais juste au moment où elle s'apprêtait à rejoindre Camilla à l'intérieur, la grande *emmasca* reparut, sortant par une fenêtre. Elle se laissa glisser à terre, se retourna pour envoyer un baiser à quelqu'un puis se hâta pour rejoindre Jaelle.

Magda lui courut après.

— Camilla, qu'est-ce...

— C'est mon ami joueur. Ne perdons plus de temps ; j'ai entendu les cloches du monastère. Allons-y.

Riant sous cape, elle ajouta :

— Je voudrais voir leur tête en constatant qu'on est parties et que l'écurie est verrouillée de l'intérieur !

Il était impossible d'étouffer tout à fait les pas des chevaux et des chervines sur les pavés, pourtant, elles les menaient par la bride, ce qui faisait moins de bruit que si elles avaient monté. Les sabots arrachaient des étincelles aux pavés dans l'air sec. L'atmosphère était claire et glaciale ; les étoiles scintillaient au-dessus de la cité endormie, et tout en haut, seules quelques lumières brillaient aux fenêtres du monastère de Saint-Valentin. Les cloches tintèrent doucement dans le grand silence qui précède l'aube.

Tandis qu'elles gravissaient les rues en pente raide, les étoiles pâlirent et le ciel rosit vers l'est. Leur haleine et celle des bêtes se condensaient devant elles en petites nuages de vapeur. Magda avait déjà les mains glacées dans ses gros gants, et les pieds gelés dans ses bottes, et elle pensa avec regret au déjeuner qu'elles ne mangeraient jamais.

Plus haut, toujours plus haut, les rues devenaient de plus en plus raides, mais Magda avait accompli tant de missions sur le terrain qu'elle n'était pas essoufflée en arrivant en haut de la plus abrupte ; même Cholayna suivait le train soutenu imposé par Jaelle.

La porte septentrionale se trouvait au point le plus haut de la cité, et la route continuait vers le Col de Nevarsin. Deux veilleurs, *cristoforos* à en juger par leurs vêtements sombres, mais pas des moines, leur ouvrirent les portes.

— Vous êtes matinales, mes sœurs, dit l'un d'eux, s'écartant pour laisser passer les bêtes.

— Nous suivons deux de nos sœurs qui sont passées ici avant-hier, dit Camilla, dans le *casta* très pur des montagnardes. C'est peut-être vous qui leur avez ouvert, à peu près à la même heure, mon frère ?

Le garde *cristoforo* souffla dans ses mains pour les réchauffer, et il parla à travers un nuage de vapeur, regardant la grande *emmasca* d'un air désapprobateur.

— Oui, c'était moi. L'une des deux était grande et

brune, une guerrière comme vous, *mestra*, avec un *rryl* en bandoulière — c'était votre sœur ?

— Ma sœur de la Guilde ; au nom de celui qui porte les fardeaux du monde, pouvez-vous me donner de ses nouvelles, mon frère ?

De nouveau, il fronça les sourcils, balançant entre sa réprobation de l'*emmasca*, et la sorte de franc-maçonnerie qui existe entre tous les soldats, *cristoforos* ou pas. Et il n'était guère possible d'ignorer une requête présentée au nom du saint *cristoforo*.

— Oui, il y avait une autre femme avec elle, si petite que j'ai cru d'abord qu'elle voyageait avec sa fille, comme une femme respectable ; une toute petite chose, tellement emmitouflée qu'on ne voyait que ses grands yeux bleus.

Lexie. Donc, elles étaient toujours ensemble, et Lexie saine et sauve encore l'avant-veille. Magda entendit Cholayna soupirer de soulagement. Elles les rattraperaient peut-être quelque part dans le col.

— Elle m'a demandé — la grande, votre sœur — si c'était une mauvaise année pour les banshees. J'ai été obligé de lui dire que oui, une année terrible ; on en a entendu un hurler juste devant ces portes il y a seulement une décade, pendant la dernière tempête. Soyez prudentes, mes sœurs ; tâchez de passer le sommet avant la nuit, leur conseilla-t-il. Et que les saints vous protègent. Vous en aurez besoin si vous continuez de nuit sur cette route.

Il s'effaça pour les laisser passer, et referma les portes derrière elles.

Devant elles, la route montait, raide, rocailleuse, couverte d'une couche de neige qui leur arrivait à la cheville et encadrée de hautes congères. Jaelle se mit en selle et fit signe aux autres de l'imiter. Très haut dans le col, comme un avertissement, retentit le cri terrifiant d'un banshee.

— Aucune importance, dit Jaelle. Le soleil sera levé depuis longtemps avant qu'on arrive au sommet, et ce sont des bêtes nocturnes. En route !

CHAPITRE 21

Trois jours plus tard, Magda, assise sur ses fontes, considérait la barre de viande séchée qu'elle tenait à la main. Elle était presque trop lasse pour seulement penser à manger ; l'effort nécessaire pour mâcher et avaler lui semblait au-dessus de ses forces.

Les vents violents soufflant du Pic de Nevarsin avaient emporté avec eux les craintes frivoles, telles la peur des sorcières ou d'une attaque psychique. Aucune n'avait eu un instant pour penser à autre chose qu'à la survie la plus élémentaire. Elles avaient affronté jusque-là les étroites corniches, une tempête qui avait emporté leur dernière tente, les obligeant à dormir blotties dans un trou creusé à la hâte dans la neige, les vents glacés qui les avaient dépouillées de tout courage et d'énergie, et, chaque nuit, le terrible cri paralysant du banshee rôdant dans les cols.

Camilla lui mit un quart de thé dans la main. À son âge, comment Camilla pouvait-elle survivre à tout cela ? Elle avait les yeux rouges, brûlés par le vent, et le bout du nez gelé, mais ces quelques heures de sommeil dans la neige l'avaient révigorée. Elle s'assit sur un ballot et avala son thé, dans lequel elle avait émietté de la viande séchée et du pain, sans dire un mot. À cette altitude, il ne fallait pas gaspiller son souffle en paroles inutiles.

— Cholayna va bien ce matin ?

— On dirait. Mais si on ne redescend pas bientôt, je ne réponds de rien. Elle a toussé toute la nuit.

Mais même la toux de Cholayna n'avait pas empêché Magda de dormir, après le cauchemar de la descente du col après la nuit tombée, à la seule lumière de la lune se reflétant sur la glace, avec des *kyorebni* surgissant tout à coup des abîmes presque sous leurs pieds, virevoltant en hurlant puis disparaissant brusquement, les sentiers effondrés où même les chervines renâclaient, et où il fallait tirer par la bride les chevaux qui se cabraient, les yeux fous de terreur à l'odeur du banshee dans les falaises.

Jaelle les avait menées jusque-là sans dommages, sans perdre un cheval ou un chervine, pas même un sac. Magda regarda la silhouette familière et menue de sa compagne, portant à sa bouche une poignée de raisins secs, ses boucles rousses emmêlées et collées sous son capuchon bordé de fourrure, les yeux brûlés par le vent, comme elle et Camilla. Magda admira la force et le courage de ce corps frêle. Plusieurs fois dans le passage du col, Magda, elle-même jeune et vigoureuse, et en parfaite condition physique, avait été sur le point de se coucher dans la neige, comme l'avait fait l'un des poneys, sans force pour continuer, le cœur battant la chamade, le souffle court, le visage et le corps gourds de froid. Elle imaginait ce que cela avait dû coûter à Cholayna, mais elle avait continué bravement à son côté, sans une plainte. C'était Jaelle, réalisa Magda, qui leur avait donné l'exemple.

Magda, imitant Camilla, émietta sa barre de viande dans son thé brûlant ; ça lui donnait un goût bizarre, mais peu importait. Étonnant comme, à cette altitude, cette mixture la réchauffa, apportant un peu de chaleur à ses membres transis. Quand elle eut vidé son quart, elle sortit de ses fontes une autre barre, de fruits secs et de noix écrasés dans du miel, et se mit à la grignoter distraitement. Cholayna mangeait une mixture similaire amollie dans son thé.

— Il faudrait que j'enlève ma botte pour voir comment va ma foulure, dit Vanessa, mais il fait trop froid. Où allons-nous à partir de là, Jaelle ?

Jaelle jeta un coup d'œil sur le Pic de Nevarsin, qui se dressait derrière elles.

— La route fait une fourche, dont une branche mène à Caer Donn. S'il y avait des cités inconnues dans cette direction, quelqu'un les aurait découvertes avant nous.

De ses mains gantées, elle déplia maladroitement la carte

239

et leur montra l'endroit ; à cette altitude, enlever ses gants sans nécessité, c'était courtiser les gelures.

— Ce minuscule hameau ne figure sur aucune carte ténébrane, mais il paraît sur les photos satellites. Et ça, poursuivit-elle, suivant du doigt une mince ligne, on dirait quelque chose qui ressemble à une route.

— Quelque chose *qui ressemble* à une route ! grogna Cholayna.

Maintenant, elles savaient toutes à quoi ressemblaient, dans cette région, les routes non portées sur les cartes ténébranes.

— Je sais ; mais à part elle, je ne vois pas où Rafi et Lexie auraient pu passer, dit Jaelle.

Aux approches du col, elles étaient tombées sur un sac vide, portant la marque de Rafaella.

— Elles doivent commencer à manquer de nourriture pour elles et les poneys... Elles savent que nous les suivons. Pourquoi ne nous attendent-elles pas ?

Magda ne le comprenait pas non plus, à moins qu'elles n'aient été guidées vers cette cité inconnue de la légende. Du haut du Pic de Nevarsin, pendant une brève éclaircie, entre deux tempêtes, elle avait aperçu une succession ininterrompue de chaînes et de pics s'étageant jusqu'à la lointaine falaise de glace inaccessible connue sous le nom de Mur-Autour-du-Monde. Elle l'avait vu une fois, dans un avion de la Cartographie et Exploration, mais jamais, dans ses rêves les plus fous, elle n'aurait imaginé qu'elle y irait un jour à pied.

— Encore un peu de thé, les filles ? demanda Camilla, partageant ce qui restait entre les quatre quarts qui se tendirent.

Puis elle rangea la bouilloire et répandit de la neige sur le feu, par pure habitude, car il n'y avait rien à brûler.

Vanessa chargea les chervines, vérifiant soigneusement les sangles, et Cholayna aida Jaelle à seller. Brusquement, une quinte de toux la plia en deux, cramponnée à la bride, se soutenant contre le flanc du cheval. Vanessa la regarda, soucieuse, se demandant si elle arriverait au bout du voyage. Mais elle ne pouvait rien faire pour elle. Au bout d'un moment, le visage couvert de larmes qui gelaient déjà,

Cholayna se redressa et sortit de son sac la boussole qui permit de vérifier la direction.

— Par ici, décida Jaelle. En route.

Le sentier descendit sur une certaine distance, puis, après un tournant, remonta entre deux hautes pentes. Le soleil montait dans le ciel, et Magda se mit à transpirer, la sueur coulant sous sa veste où elle gelait peu après. Trois heures plus tard, Jaelle fit passer la consigne d'ouvrir l'œil pour trouver un endroit convenant à une halte. Le sentier était raide et étroit ; les chevaux trébuchaient sur la glace translucide et pourrie du vieux glacier. Puis la piste s'incurva et traversa une pente neigeuse. À l'instant où elles y posèrent le pied, une douzaine d'oiseaux s'envolèrent en piaillant ; il y eut un grondement de tonnerre, et Jaelle, qui ouvrait la marche, retint son cheval par la bride.

Enfin, quelque part au-dessus d'elles, des tonnes de rocaille et de glace dévalèrent une ravine. Les chevaux se cabrèrent en hennissant. La montagne trembla sous elles. Les chervines se bousculèrent, affolés ; Camilla étreignit Magda, et elles restèrent blotties l'une contre l'autre tandis que l'avalanche passait, tombait, tombait toujours.

Enfin, le silence revint, mais l'air était plein de poussière et de glace écrasée. Le poney de Jaelle s'était abattu, frappé par une pierre. Camilla démonta et se hâta vers elle sur le sentier jonché de rocs. Jaelle tremblante, était agenouillée près de sa monture. Magda chercha du regard ses compagnes. Vanessa, pâle comme une morte, serrait ses bras contre sa poitrine ; Cholayna, couchée sur l'encolure de son poney, la respiration sifflante, n'avait même plus la force de tousser. Silence total, à part les hennissements du poney blessé et les cris stridents des oiseaux qui continuaient à virevolter au-dessus d'elles.

Vanessa dit enfin, d'une voix mal assurée :

— Il paraît qu'on n'a jamais le temps d'entendre l'avalanche qui vous tue. Si on l'entend, c'est qu'on est encore vivant.

Elle avança précautionneusement à travers les débris de glace et de rocs — tout ce qui restait du sentier — et s'agenouilla près de Camilla et du cheval blessé.

— Il a la jambe broyée, dit-elle. Rien à faire.

Jaelle, le visage inondé de larmes qui gelaient sur ses joues, cherchait maladroitement à dégaîner son couteau.

— Laisse-moi faire, dit Camilla, posant la main sur celle de Jaelle. Tiens-lui la tête, Shaya.

Jaelle prit la tête du poney sur ses genoux, l'animal cessa un instant de se débattre, et d'un seul coup de dague, Camilla lui trancha la gorge. Quelques bouillons de sang, un dernier spasme, puis plus rien. Serrant les dents, Camilla brossa sa cape éclaboussée de sang.

— Ôte-lui sa selle. Tu as déjà monté des chevaux non dressés. Mets-la sur le chervine à tête blanche ; c'est le plus doux, dit-elle dissimulant son émotion sous un air affairé.

Vanessa dessella le poney qui commençait à geler (il avait eu la jambe broyée par un roc, et c'était miracle que Jaelle n'eût pas été tuée) et Magda s'approcha de Jaelle, qui semblait frappée de stupeur. Elle barbouilla de crème protectrice le visage de sa compagne, qui, se mêlant au sang du poney, lui donna l'air grotesque, mais elle empêcherait ses joues de geler.

— Tu es blessée, *breda* ?

— Non.

Pourtant, Jaelle boîtait et dut s'appuyer sur Magda.

— Quelque chose m'a frappée au mollet quand le poney s'est abattu. Mais je crois que c'est une simple ecchymose.

Elle était au bord des larmes.

— Oh, Danseur ! se lamenta-t-elle.

C'était le nom de son cheval.

— Damon me l'avait donné à la naissance de Dori. Petite, il me suivait partout comme un chiot. Je l'avais dressé moi-même. Oh, Magda, Damon sera furieux que je l'aie laissé mourir.

Paroles absurdes ; Jaelle était hystérique, et Magda le comprit. Jaelle était en état de choc, comme elles toutes.

— Desselle les autres, Camilla, on va faire du thé. Jaelle en a besoin après une émotion pareille. On en a toutes besoin.

Elles montèrent un peu plus haut sur la pente, s'éloignant du poney que les *kyorebni* commençaient déjà à déchirer de leurs becs. Vanessa alluma un feu. Magda fit asseoir Jaelle sur ses fontes, et examina ce qui avait été le chemin, maintenant emporté par l'avalanche. Elles avaient de la chance d'en sortir vivantes.

Le sentier ayant disparu, il fallait aller reconnaître le terrain à l'avant. Mais ni Jaelle ni Cholayna n'en auraient la force. Le thé infusé et bu, Camilla essaya d'adapter la selle du cheval mort au plus doux de leurs chervines, mais la différence de taille et de forme rendait la tâche presque impossible, même après avoir rembourré d'une couverture le dos osseux du chervine.

— J'ai déjà monté des chervines à cru dans ma jeunesse, mais je n'ai pas l'intention de recommencer si je peux faire autrement, dit Jaelle. Leur épine dorsale me fend toujours en deux.

Le thé bien sucré lui avait redonné quelques couleurs, mais elle avait le mollet à vif et contusionné jusqu'à l'os.

— Si on rencontre un village, il faudra le troquer contre un chervine de monte, ou au moins contre une selle de chervine, dit Camilla.

Magda termina son thé et se leva avec lassitude.

— Vanessa, on va aller reconnaître le terrain, et tâcher de trouver un sentier quelque part.

Elle examina la carte. Il était midi, il faisait encore beau, mais de longs nuages noirs arrivaient par le nord, et Magda savait, elles savaient toutes, ce qu'ils présageaient : du vent au moins, peut-être une tempête et de la neige.

Sur la carte, figurait quelque chose ressemblant à un hameau ou un village. Elle pria qu'il ne ressemblât pas à celui où elles avaient fait halte au début du voyage.

— Allonge-toi, et profite de ce répit pour te reposer, Jaelle. Vanessa et moi, on va reconnaître le terrain.

Cholayna, se dit-elle, semblait encore plus mal en point que Jaelle, la respiration oppressée et sifflante. Pourtant, il était impossible de faire demi-tour, et il n'y avait pas d'abri en vue. Il n'y avait qu'une chose à faire : continuer de l'avant en espérant trouver un refuge. Magda n'était pas superstitieuse, mais la mort du poney lui semblait un mauvais présage. Elles avaient eu de la chance jusque-là, mais si la chance les abandonnait, qui serait la prochaine victime ?

— Je vais aller avec vous, dit Camilla.

— Il faut que tu restes pour veiller sur Cholayna et Jaelle. Vanessa connaît bien la montagne, et je suis la plus valide, dit Magda avec un faible sourire, ajoutant : tu as la plus mauvaise part ; tu vas avoir froid ici, sans bouger.

Sors les duvets et enveloppez-vous dedans. Nous au moins, on se réchauffera en marchant.

— Dans toutes les histoires de Kindra, dit Jaelle, le chemin de la cité secrète était gardé. Je me demande si on nous éprouve.

Enroulant un duvet autour d'elle et Jaelle, Cholayna dit :

— Je trouve difficile à croire qu'elles aient tant de pouvoir. Contrôler le temps ? Peut-être — j'arriverais encore à le croire. Provoquer une avalanche ? Non. À mon avis, c'est à mettre sur le compte de...

Une longue quinte de toux l'interrompit, et elle termina enfin d'une voix étranglée :

— ... de la perversité naturelle des choses. Camilla, tu as encore un peu de ton breuvage de sorcière ?

Magda répugnait bizarrement à quitter ce camp de fortune. Elle n'avait jamais été encordée, mais un seul regard sur la pente semée de blocs de rocs et de glace la convainquit de laisser Vanessa l'assurer. Collées au glacier, elles s'ébranlèrent lentement, avançant prudemment sur les pierres descellées, au risque de se rompre une cheville, ou pire, à chaque pas. Au-dessus d'elles les parois du glacier semblaient pencher vers elles, sur le point de tomber.

L'altitude l'oppressait ; elles devaient être à cinq mille mètres, au moins. Toute la pente était jonchée de blocs de glace et saupoudrée de neige. Il y avait des contreforts rocheux, séparés par des ravines remplies jusqu'au bord de pierres et de rocs instables. Et toujours pas de sentier, et aucun signe que personne soit jamais passé par là.

À mesure qu'elles montaient, le haut plateau se déployait sous leurs yeux. Elles approchaient du mur de glace qui gardait le sommet marqué sur la carte ; elles traversèrent les ravines à la hâte, craignant des chutes de pierre, recherchant la sécurité des contreforts rocheux saillant sur la pente.

— Trop de glace et de pierres branlantes par ici, dit Vanessa, s'arrêtant sous un surplomb pour s'éponger le visage. Si nous passons par-là, il faudra encorder les chevaux et les chervines, et rester très groupés. Mauvais. Et ça, ça ne me dit rien qui vaille.

Elle tendit le bras, et Magda, déjà oppressée, sentit son cœur s'arrêter. Sur leur pente, elles étaient à peu près en sécurité. Mais en haut de l'autre pente, le grand glacier, énorme masse de formations gelées en plein mouvement, menaçait de s'écrouler, langue finale du grand lit de glace posée sur le sommet qu'elles devaient traverser.

Magda savait peu de choses sur les glaciers ; seulement qu'ils avançaient, d'un mouvement inexorable, bien qu'imperceptible, sur les pentes qu'elles devaient traverser ou escalader. Quand ces masses de glace, soumises à des pressions inimaginables, arrivaient au bord du sommet, elles devaient s'écrouler dans la vallée. Telle était sans doute l'origine de l'avalanche qui avait tué le poney de Jaelle et failli l'emporter elle aussi. Comment savoir quand cette masse se trouverait en déséquilibre ? Leurs compagnes étaient-elles en sécurité là où elles les avaient laissées ?

Elles traversèrent vivement une autre ravine pleine de pierres branlantes et de fragments d'ardoises tranchants comme des lames. Des nuages de plus en plus épais cachaient le soleil ; regardant en bas, Magda ne vit qu'une minuscule tache rouge, le duvet qui enveloppait Cholayna et Jaelle. Levant les yeux, et dirigeant le regard de l'autre côté de la vallée, elles virent sur la pente suivante, quelques formes rectangulaires et grisâtres.

— Est-ce que c'est le village figurant sur la carte, ou juste un groupe de roches comme celles-ci ? s'interrogea Magda.

— Dieu seul le sait, et je ne suis pas dans ses secrets, dit Vanessa. Pour le moment, je vendrais bien mon âme pour un hélicoptère. Je me demande si c'est ça que Lexie a vu de son avion ?

— Impossible de le savoir, dit Magda. Et le ciel ne me dit rien qui vaille. Si c'est un village, il va falloir se diriger droit dessus. Parce qu'à part ça, je ne vois rien qui pourrait constituer un refuge, et je ne voudrais pas que Cholayna passe une nouvelle nuit à la belle étoile. Elle m'inquiète vraiment, Vanessa.

— Et moi, tu crois qu'elle ne m'inquiète pas ? Prions que cet endroit soit un village ou un hameau. Je ne crois pas que c'est ce que Lexie a vu : ça figure sur la carte. Mais ça a l'air un peu trop régulier pour une formation rocheuse. De toute façon, il faut essayer de l'atteindre. Avec l'orage qui se prépare, nous n'avons pas le choix. Et je n'ai pas envie de bivouaquer *là-dessus* !

— Tu m'étonnes ! dit Magda, faisant demi-tour pour revenir sur ses pas.

Mais elle se retourna avant de s'éloigner, pour regarder Vanessa, debout à l'extrême bord du précipice, et Magda ressentit des picotements d'appréhension dans les bras et les jambes.

— Regarde donc ça, Lorne, dit Vanessa à mi-voix. À côté, les montagnes d'Alpha ne sont que des taupinières. J'étais fière d'avoir escaladé le Montenegro, mais je n'ai jamais rien vu qui approche de cela. Quoi qu'il arrive, j'aurai eu la chance de voir ça...

Elle s'interrompit, regarda Magda et dit doucement :

— Tu ne comprends pas, n'est-ce pas, Lorne ? Tu ne vois que les difficultés, les dangers, les épreuves, et tu ne vois même pas le paysage ?

— Pas comme toi, Vanessa, concéda Magda. Je n'ai jamais eu envie d'escalader les montagnes par plaisir. Ni par amour.

Inopinément, Vanessa lui entoura les épaules de son bras.

— C'est quelque chose, que tu continues comme ça, alors que ça ne signifie rien pour toi. Lorne, je... je suis contente qu'on ait pu se connaître. Tu... tu mérites tout ce qu'on dit de toi.

Ses lèvres glacées effleurèrent la joue de Magda en un timide baiser, puis elle se détourna brusquement.

— Il faut redescendre dire aux autres ce qu'on a trouvé. Mais ça me ferait tout drôle de monter jusqu'à ce groupe de blocs grisâtres pour m'apercevoir que ce n'est qu'un tas de pierres !

— Drôle n'est pas exactement le mot que j'aurais choisi, dit Magda, mais c'est le plus poli.

La descente fut plus facile, même si elles devaient choisir où elles posaient les pieds pour éviter des chutes. Malgré tout, Vanessa trébucha, et seule la corde la sauva d'une longue glissade jusqu'au bas de la pente. Se recevant sur ses mains tendues, elle se tordit douloureusement un poignet.

Les nuages avaient envahi le ciel et un vent mordant commençait à souffler. Magda frissonnait, et, à mi-pente, elles s'abritèrent derrière un contrefort pour manger une barre de fruits secs au miel tirée de leur poche. Malgré la crème protectrice, Magda avait le visage à vif. Le ciel s'assombrissant, elles voyaient mal où elles posaient les pieds. Au nom du ciel, comment pourraient-elles faire passer par là chevaux et chervines, sans parler de Cholayna affaiblie par la maladie ? Elle n'avait pas de chronomètre, mais il ne pouvait pas être aussi tard que le donnait à penser le ciel noir et menaçant. Cela annonçait-il un blizzard soufflant du nord inaccessible ?

— À ton avis, ils sont à quelle distance, ces blocs gris ?

— Quelques kilomètres ; si nous pouvons passer à cheval, deux heures, pas plus. S'il faut escalader, Dieu seul sait combien, dit Vanessa. Le passage le plus difficile est derrière nous, nous pourrons peut-être mettre Cholayna sur un cheval et le mener par la bride.

Elle resserra les cordons de sa capuche autour de son visage.

Magda eut l'impression que le vent forcissait, charriant une odeur de neige. Elle s'exhorta à ne pas anticiper les problèmes ; elles en avaient déjà assez comme ça. À mesure qu'elles approchaient de l'endroit où elles avaient laissé les autres, des craintes soudaines l'assaillirent. Et si le camp était désert ? Et si Camilla, Jaelle et Cholayna avaient disparu, précipitées dans l'oubli par la main de la sorcière qui avait peut-être conduit Lexie et Rafaella à leur perte... ?

Mais, descendant lentement la dernière pente, elles virent une tache orange se détacher de la neige, la vieille cape de Camilla, et la lueur d'un feu de camp. Puis elles furent près des autres, et Camilla leur mit un quart de thé brûlant dans la main ; Magda se laissa tomber sur un duvet. Rien ne lui avait jamais paru aussi bon que ce thé qui lui brûlait la gorge !

Un peu revigorée par cette boisson, un peu réchauffée (mais pas encore assez), elle demanda :

— Comment va Cholayna ?

Jaelle lui montra de la tête Cholayna endormie sous une pile de duvets et de couvertures. Même d'où elle se trouvait, Magda entendait sa respiration sifflante. Vanessa s'approcha et se pencha sur elle.

— Alors ? demanda Camilla.

— Elle ne va pas bien du tout, dit Vanessa, les dents serrées. Elle a les bronches très prises. Je ne sais pas si les poumons sont touchés. Mais il faut lui trouver un abri avant peu. Prions que ce que nous avons vu en soit un !

Et moi qui ne voulais pas de Vanessa dans ce voyage ! Qu'est-ce que nous aurions fait sans elle ?

Elles décrivirent brièvement ce qu'elles avaient aperçu au loin, sellèrent les chevaux, chargèrent les chervines et les encordèrent. Cholayna se réveilla et protesta qu'elle pouvait marcher, mais elles l'obligèrent à monter sur son cheval dont Magda prit la bride, et elles attaquèrent la montée. Pour la première partie, au moins, il n'était pas nécessaire de s'encorder.

Pourtant, quelques centaines de pieds au-dessus de l'endroit où elles avaient campé après l'avalanche, il y avait tant de pierres et de rocs instables que Vanessa sortit ses cordes.

— Désolée, Cholayna, il va falloir démonter. Un cheval n'a pas le pied assez sûr dans ce terrain. Si tu pouvais monter un chervine...

— Inutile.

Malgré tout, Cholayna s'aida de la bride d'un chervine pour se traîner sur la pente ; c'était la femelle la plus âgée et la plus douce, et, tout en brâmant plaintivement, elle laissa Cholayna se cramponner à ses sangles. Les autres chervines suivirent celui de tête ; elles laissèrent aussi les chevaux choisir leur chemin à leur guise dans la glace et la rocaille. Ce serait un miracle si toutes les bêtes arrivaient sans dommage. Une fois, le pied de Camilla glissa, et seule la corde l'empêcha de rouler jusqu'au bas de la pente. Elle se releva, lâchant une bordée de jurons inconnus de Magda.

— Blessée, Camilla ?

— Juste secouée.

Camilla repartit en boitillant, mais il n'y avait rien à faire. Lentement, elles gravirent l'interminable pente, sous un ciel de plus en plus bas, chargé de nuages de neige. Elles avançaient lentement, péniblement ; Magda, qui avait déjà parcouru ce chemin, eut l'impression que ses genoux allaient se dérober sous elle ; elle haletait, la respiration sifflante. Elle avait des élancements dans la tête, ses oreilles bourdonnaient, mais son visage était devenu totalement insensible. Elle se fît un voile protecteur de son écharpe, mais son haleine tiède gela dessous, lui couvrant la figure d'un mince masque de givre.

Son univers s'était réduit à ceci : un pas, puis un autre. Pourtant, hors du cercle tracé par sa propre respiration, elle percevait ses compagnes, sentait les élancements douloureux de la jambe contusionnée de Jaelle, le coup de poignard fulgurant dans le pied de Camilla chaque fois qu'elle le posait devant elle, savait que la cheville que Vanessa s'était foulée au début du voyage recommençait à lui faire mal, recevait la sourde douleur pulmonaire de Cholayna. Elle tenta de remonter ses écrans mentaux, sachant qu'elle ne pouvait rien faire pour elles, à part ménager ses forces pour ne pas avoir besoin de leur aide. Elle savait que Vanessa pleurait doucement de fatigue et de souffrance. Elle aussi avait déjà parcouru ce chemin aujourd'hui.

Juste un pas, puis un autre. Ça, et rien d'autre.

C'était un cauchemar. Elles montaient depuis une éternité et elles allaient monter éternellement. Elle marchanda avec elle-même : *je vais faire encore dix pas, et après, je m'arrêterai.* Et au bout des dix pas : *encore dix pas, seulement dix, et pas un de plus.* Elle avançait ainsi, divisant la montée en petits segments, évitant de penser plus loin, *sept, huit, neuf, dix, et après je m'assieds pour ne plus me relever.*

— Magda ?

C'était Vanessa, qui l'appelait doucement.

— Tu peux aider Cholayna ?

Sortant du cercle étroit de ses préoccupations présentes, elle vit que Cholayna avait lâché la bride du chervine et s'était effondrée dans la neige. Vanessa bataillait avec un cheval rétif, tentant de lui faire traverser un passage instable, et Magda se demanda distraitement pourquoi elle se donnait tant de mal, tandis qu'une partie de son esprit savait que, si elles perdaient un nouveau cheval, elles n'atteindraient jamais le village.

Elle s'approcha de Cholayna, se baissa et la prit par le bras.

— Je vais t'aider. Appuie-toi sur moi.

Le visage noir de Cholayna était maculé de taches de crème blanche qui avait gelé, elle avait les yeux rouges et profondément enfoncés dans les orbites, et des glaçons dans les cheveux. Sa voix n'était plus qu'un murmure rauque.

— Je n'y arriverai jamais. Je vous retarde. Continuez sans moi ; laissez-moi là. Vous, vous pouvez passer. Moi, je suis finie.

Magda sentit mentalement la profondeur de son désespoir, et lutta pour ne pas s'en laisser envahir.

— Tu es fatiguée, c'est tout. Appuie-toi sur moi.

Elle se pencha et lui passa les mains sous les bras pour la relever. Elle eut un sursaut de révolte ; mais une partie d'elle-même savait que c'était l'effort final.

— Regarde, on est bientôt au sommet. À partir de là, tu pourras finir à cheval.

— Magda, je ne peux pas, je ne peux pas. Je crois que je vais mourir.

Et, en la regardant, Magda la crut un instant ; elle faillit lui lâcher la main... puis quelque chose, la colère, une décharge d'adrénaline, la mit en rage.

— Pas de ça avec moi, bon sang ! Tu nous as forcées à t'emmener quand je te *disais* que ce serait trop dur pour toi. Je *t'ai dit* que tu ne devais pas dépasser Nevarsin, mais tu n'as pas voulu faire demi-tour ! Alors maintenant, soulève ta vieille carcasse d'entêtée, ou je te propulse jusqu'au sommet à grands coups de pied dans le train ! Il faut que tu marches ; je n'ai pas la force de te porter, et les autres sont encore plus faibles que moi. Debout, bon Dieu !

Elle s'entendit prononcer ces paroles, incrédule. Mais la colère la dominait au point qu'elle leva le bras pour frapper Cholayna.

Cholayna haleta un moment, puis elle remua, très lasse. Magda lui tendit la main, et Cholayna se mit sur pied, péniblement, se cramponnant un instant à son bras tendu.

— Si j'avais la force... commença-t-elle, les dents serrées, mais une quinte de toux l'empêcha de terminer.

Magda l'entoura de son bras.

— Là, appuie-toi sur moi.

— Je me débrouillerai toute seule, dit Cholayna, se forçant à refuser le soutien offert, foudroyant Magda du regard en découvrant les dents comme une bête.

Elle fit un pas chancelant, puis un autre. Mais au moins, elle avançait. Magda la reprit par les épaules, et cette fois, Cholayna ne refusa pas son aide.

Jaelle marchait devant, Vanessa juste derrière, bataillant avec les chevaux. Camilla avait rattrapé un chervine et marchait, cramponnée à sa bride, comme Cholayna l'avait fait si longtemps. Magda avait envie de la rejoindre, mais elle savait que Camilla pouvait avancer sans son aide, alors que Cholayna serait perdue sans son soutien.

Quelque part au-dessous d'elle retentit le tonnerre d'une avalanche, et la montagne trembla. Magda en eut le souffle coupé de saisissement, et Cholayna se blottit contre elle ; mais c'était très loin, et le bruit mourut au bout d'un moment.

Il faut absolument traverser cette pente ; elle pourrait s'écrouler d'une minute à l'autre !

— Regardez, s'exclama Jaelle très excitée, à une douzaine de pas devant elles. Regarde, Vanessa ! De l'autre côté, là-haut, là-bas ! Tu vois ? Des lumières ! Des lumières devant nous ! C'est le village marqué sur la carte ! Il existe, et nous l'avons trouvé !

Magda prit une profonde inspiration, soulagée. L'air sec et glacé lui irrita la gorge et lui brûla les poumons, mais la nouvelle venait juste à temps. Maintenant, elles auraient la force de continuer. Rien n'avait plus d'importance, pas même la neige qui commençait à tomber. Cholayna accrochée à son bras, elles gravirent en trébuchant les derniers mètres les séparant du sommet, et blotties les unes contre les autres, elles contemplèrent les faibles lueurs de l'autre côté de la vallée.

À partir de là, le chemin descendait, et elles pourraient en couvrir au moins une partie à cheval.

CHAPITRE 22

À mi-pente, il se mit à neiger ; elles continuèrent, dans le jour déclinant et la neige de plus en plus épaisse, Cholayna et Camilla à cheval, Jaelle ouvrant la marche à pied, suivie de Magda et Vanessa. Les chevaux restants et les chervines venaient après, se bousculant sur l'étroit sentier. D'après la position des lumières, Magda jugea qu'elles surplombaient d'assez haut le fond de la vallée, et espéra qu'elles trouveraient un chemin qui y montait. Elle doutait que Cholayna pût supporter une nouvelle escalade.

Elles avançaient maintenant entre deux rideaux d'arbres de plus en plus fournis, qui cachaient parfois les lointaines lumières. La neige tombait de plus en plus dru, et le vent se leva.

Et si nous n'arrivons pas à atteindre le village dans la neige ? Et si le vent devient blizzard ? Et si on nous refuse l'hospitalité, ou si c'est un village de bandits comme à Barrensclae ?

Mais Magda était trop lasse pour se soucier vraiment d'autre chose que de ces lumières bienveillantes. Elles descendaient, descendaient toujours, quelque peu protégées de la neige et du vent par les arbres bordant la route, et Magda crut percevoir une faible odeur de résine. Elle avait si froid qu'elle douta d'abord de ses sens. Elles continuèrent à descendre, et alors, Magda fut certaine de sentir une odeur de fumée, mêlée à d'imperceptibles effluves de nourriture, si délicieux que les larmes lui montèrent aux yeux. Les lumières vacillaient très haut au-dessus d'elles, et pourtant, elles semblaient trop proches pour briller de l'autre côté de la vallée, comme si elles flottaient en l'air.

Les lumières disparurent. Puis Magda se cogna doucement dans le cheval de Camilla, et toutes les bêtes se bousculèrent en désordre, arrêtées par une falaise à pic. Il faisait noir comme dans une poche.

— Il nous faut de la lumière.

C'était la voix de Camilla. Cholayna toussa. Jaelle tripota quelque chose de noir, et soudain, jaillit une flamme minuscule, et elles virent ce qui bloquait leur descente.

Elles se trouvaient au pied d'une paroi rocheuse qui s'élevait verticalement au-dessus d'elles. Dans un passé sans doute très reculé, on y avait taillé des marches, trop hautes et espacées pour les monter, comme si leurs créateurs n'étaient pas tout à fait humains.

Mais à côté de cet escalier rudimentaire pendait une corde, enroulée au bout autour d'un morceau de bois. Après avoir interrogé ses compagnes du regard, Jaelle tira sur la corde, et elles entendirent tinter une cloche, très loin au-dessus d'elles.

Rien ne se passa ; au moins, la falaise les protégeait du vent, mais le froid était toujours aussi féroce. Jaelle et Vanessa battaient vigoureusement la semelle pour se réchauffer. Magda savait qu'elle aurait dû en faire autant, mais elle n'en avait même plus la force. Cholayna toussait, emmitouflée dans sa veste de duvet, le visage masqué d'une écharpe qui étouffait sa respiration sifflante. Frissonnante, Magda attendit.

— Tu entends quelque chose, Jaelle ? Tu ne devrais pas sonner de nouveau ?

— J'entends un bruit, là-haut.

Elle prit un peu de recul, tentant d'apercevoir quelque chose à travers l'obscurité et les tourbillons de neige. Maintenant, elles entendaient toutes ; on aurait dit un faible râclement.

Jaelle craqua une nouvelle allumette ; et, dans le petit cercle de lumière traversé de lourds flocons, elle vit un pied qui descendait, puis un autre, suivis de jambes de pantalon et d'un corps emmailloté de gros châles, le tout surmonté d'un visage à moitié caché par des cheveux blancs embroussaillés constellés de glaçons, les sourcils couverts de neige.

— Pas moyen d'monter les bêtes, faudra qu'a restent là, dit une voix rauque en un patois des montagnes. Hommes ou femmes ?

Et, à la dernière lueur de l'allumette, Magda vit les yeux couverts d'une taie blanche. Pourtant, stupéfaite, elle crut un instant que c'était la vieille vue dans le Surmonde.

— Je suis Jaelle n'ha Melora, Renonçante de la Maison de la Guilde de Thendara. Et mes quatre compagnes sont mes Sœurs de Serment. Nous sommes fatiguées du voyage et nous avons une malade. Nous vous prions de nous donner l'hospitalité pour la nuit.

— Ouais, l'hospitalité, vous en faites pas, dit l'aveugle. On accepte même les hommes, mais y doivent coucher à l'étable avec les bestiaux. Ici, c'est l'ermitage d'Avarra, mes filles. Maudits les mâles qu'essayent d'entrer, mais vous pouvez monter et dormir. Une minute.

Elle rejeta la tête en arrière et émit un long cri inarticulé et strident qui résonna longtemps dans la nuit. Un instant, Magda crut qu'il s'agissait d'un mot de son dialecte barbare, puis elle réalisa que c'était un signal. Il fut suivi d'une sorte de râclement, et, au bout d'une corde qui oscillait follement, une forme sombre descendit. Au bout d'un moment, Magda réalisa qu'il s'agissait d'un grand panier tressé, apparemment en osier, qui s'abaissait lentement en rebondissant au flanc de la falaise.

L'aveugle leur fit un signe.

— Montez, les filles. Vos bêtes, on s'en occupe.

Et, le panier maintenant à sa hauteur, Magda vit dedans une forme frêle d'adolescent, mais qui devait être une adolescente, emmaillotée de vêtements informes comme ceux de l'aveugle.

— Je ne devrais pas rester avec les chevaux ? demanda Camilla.

L'aveugle tourna vivement la tête vers la voix, et, s'approchant, tâta la tête, les épaules et la frêle poitrine de Camilla.

— T'es sûre que t'es une femme ? J'trouve que ces mains sont faites pour l'épée, et t'as pas d'nichons...

Voilà au moins une question réglée, pensa machinalement Magda ; ce n'était pas la cité cachée des Sorcières ; cette femme n'avait pas de *laran*. Sa gorge se serra à l'humiliation de Camilla, qui répondit pourtant avec calme :

— Je suis *emmasca*, grand-mère. Depuis ma prime jeunesse, mais je suis née femme et je le reste. Y a-t-il ici une règle interdisant à une femme de porter l'épée ?

— Hrrmmmphhh ! grogna la vieille, mi-dédain, mi-consentement.

Elle avait toujours les mains sur les épaules de Camilla.

— Na, na, celle d'en haut t'le dira ; c'est pas à moi d'décider. Monte.

Elle fit un geste vers le panier ; la jeune fille en descendit et l'inclina pour permettre à Camilla d'y prendre place, suivie des autres. La vieille soutint à deux mains la marche chancelante de Cholayna, puis, de nouveau, émit son cri strident. Un cri semblable lui répondit, et le panier commença à monter.

L'ascension fut terrible ; le panier ballottait, oscillait au bout de sa corde, cognant lourdement contre les parois, s'arrêtant, puis reprenant sa montée cahotante dans d'inquiétants grincements de poulies rouillées, secoué par de brusques rafales qui le faisaient tournoyer sur lui-même. Cholayna regardait par-dessus bord, avec un intérêt évident, mais Magda, cramponnée des deux mains au bord du panier, se cachait le visage dans sa cape pour ne pas voir.

— Fascinant ! murmura Cholayna.

Magda ne put s'empêcher de l'admirer ; malgré sa respiration toujours sifflante et sa voix faible et rauque, la Terrienne avait retrouvé curiosité et intérêt pour son entourage.

— Tu crois que c'est la cité des Sorcières ? murmura-t-elle à Magda.

— Je ne crois pas, murmura Magda en réponse, lui expliquant pourquoi.

— Mais l'aveugle n'est qu'une sorte de portière ou quelque chose de ce genre. Les autres sont peut-être bien différentes, chuchota Jaelle entre ses dents.

Magda ne répondit pas ; les mouvements du panier lui donnaient la nausée.

Mais jusqu'où va-t-on monter ? se demanda-t-elle. Il lui semblait que l'ascension cahotante durait depuis une demi-heure, tout en sachant que la falaise ne pouvait pas être si haute. Elle se dit : *la prochaine fois que je me porterai volontaire pour une mission dans la montagne, je tâcherai de me rappeler que je suis acrophobe.*

Pourtant, ballottant, cognant et cahotant au bout de sa corde, le panier finit par s'arrêter. Elles étaient entourées de lumières, de torches de goudron qui fumaient et empestaient, tenues par des femmes grossièrement vêtues et échevelées.

— Si ce sont là les élues de la Déesse, murmura Vanessa en Terrien Standard pour n'être comprise que de ses compagnes, je ne suis pas impressionnée. Je n'ai jamais vu une équipe plus crasseuse.

Magda haussa les épaules.

— Il ne doit pas y avoir beaucoup d'eau et de bois par ici. Ça ne veut rien dire ; la première chose qu'on nous a offerte au village des bandits, c'était un bain.

Deux femmes stabilisèrent le panier pour leur permettre de descendre. Magda se félicita de la nuit ambiante, qui lui cachait la vue de l'abîme vertigineux d'où elles sortaient.

— Bienv'nue dans la d'meure d'la Déesse, dit l'une en son dialecte barbare. Qu'la Dame vous protège. V'nez vous met' à l'abri.

Encadrées par ces femmes, elles montèrent un long raidillon pavé jusqu'à un groupe de bâtisses. Le vent hurlait et soufflait en tempête, mais les murs les protégèrent un peu des tourbillons de neige. Magda se rappela qu'après avoir vu les blocs gris dans le lointain, elle avait essayé de supputer leur taille. Ces constructions n'étaient pas à l'échelle humaine, pas plus que l'escalier par lequel l'aveugle était descendue dans le noir et la tempête.

Leurs guides leur firent enfiler une longue allée étroite entre deux immenses bâtisses, puis passer une grande porte ouvrant sur une pièce où brûlait un petit feu dans une cheminée de pierre, dont les flammes n'arrivaient pas à éclairer les coins les plus éloignés.

Une silhouette sombre enveloppée de gros châles était pelotonnée près de l'âtre. Les femmes les firent avancer.

— *Kiya*, dit l'une, utilisant le terme courtois employé pour toutes les parentes du côté maternel, et signifiant généralement « Tante » ou « Fille adoptive ». V'là des étrangères et une malade pour vot' bénédiction.

La femme assise devant la cheminée se leva et rejeta lentement son capuchon en arrière. Elle était grande, vieille, avec un visage boucané aux yeux largement espacés sous de minces sourcils grisonnants. Elle les examina posément l'une après l'autre.

— Bienvenue à vous, mes sœurs, dit-elle enfin.

Elle parlait le même dialecte montagnard que les autres, mais lentement, comme s'il ne lui était pas familier. Mais sa prononciation était plus nette et moins barbare.

— C'est la sainte maison d'Avarra, où nous vivons dans la réclusion, recherchant Ses bénédictions. Toutes les femmes peuvent toujours trouver un abri chez nous ; vous qui partagez notre quête, soyez bénies. Qu'est-ce que je peux vous offrir ?

Elle avait une voix profonde de contralto, si grave qu'on aurait à peine dit une voix de femme.

— Nous demandons l'hospitalité pour la nuit ; et nous avons une malade, dit Jaelle.

La femme les considéra, une par une. Cholayna toussa dans le silence ; la vieille femme lui fit signe d'avancer, mais Cholayna, trop faible et apathique pour voir son geste, ne bougea pas, alors la femme s'approcha d'elle.

— Qu'est-ce que tu as, ma sœur ?

Mais, sans attendre la réponse, elle poursuivit :

— À ta toux, tu viens des basses terres et tu respires mal dans la montagne ; c'est ça ?

Ouvrant la veste de Cholayna, elle appliqua l'oreille contre sa poitrine, écouta un moment, puis dit :

— On peut guérir ça ; mais il faudra rester ici une poignée de jours.

Elle fit signe à Vanessa.

— Et toi, tu as les doigts gelés, et sans doute aussi les orteils. Mes sœurs vont vous apporter de l'eau chaude et de la soupe, et vous donner une pièce où vous pourrez dormir au sec.

Puis elle tourna les yeux vers Jaelle, le regard soudain acéré.

— Ton nom, ma fille ?

— Je suis Jaelle n'ha Melora...

— Non, ton vrai nom. Celle qui te parle a autrefois séjourné dans les basses terres et sait que les Renonçantes peuvent se donner le nom qui leur plaît. Le nom que tu portais en naissant, *chiya*.

— Je suis fille de Melora Aillard, dit Jaelle. Je ne reconnais pas mon père ; suis-je un cheval de course pour être jugée sur mes géniteurs ?

— Ma fille, beaucoup te jugeront sur moins que ça. Tu portes ton sang Comyn sur ton visage comme une bannière.

— Puisque vous reconnaissez ma qualité de Renonçante, Grand-mère, vous savez que j'ai renoncé à cet héritage.

— Renoncé à tes yeux, ma fille ? Tu es Comyn, et avec les *donas* de cette grande maison, dit-elle, utilisant le terme archaïque plutôt que celui, plus commun, de *laran*. Et ta sœur-frère, ici présente ?

Elle fit signe à Camilla et lui dit :

— Pourquoi contrevenir aux règles de ton clan, demi-femme ?

C'étaient des paroles sévères, mais, pour quelque raison inconnue, moins humiliantes que celles de la portière aveugle.

— Confieras-tu à cette vieille femme le nom de ta naissance, Renonçante ? reprit-elle, regardant Camilla dans les yeux.

Camilla dit :

— Voilà des années, j'ai juré de ne plus jamais prononcer le nom de ceux qui ont renoncé à moi avant que je renonce à eux. Mais c'était il y a très longtemps et dans un autre pays. Ma mère était du Domaine Aillard, et dans mon enfance, je portais le nom d'Élorie Lindir. Mais Alaric Lindir ne m'a pas engendrée.

Magda eut du mal à étouffer un cri de stupéfaction. Camilla n'avait jamais dévoilé ce nom à personne, pas même à Magda, pas même à Mère Lauria. Qu'elle le révélât maintenant indiquait un changement si profond et radical que Magda ne sut pas l'interpréter.

— Et tu as les *donas* du clan Hastur ?

— C'est possible, dit doucement Camilla. Je ne sais pas.

258

— Vous êtes les bienvenues dans cette maison, mes filles, dit la femme inclinant courtoisement la tête. Le moment viendra où celle qui vous parle vous retrouvera, mais ce soir, il vous faut de la chaleur et du repos.

Elle fit un signe aux femmes qui les avaient accompagnées, et leur donna des instructions à voix basse dans leur curieux patois. Mais, Cholayna lourdement appuyée contre elle, Magda ne l'écouta pas.

— V'nez avec moi, dit l'une d'elles.

Et elles repartirent dans des couloirs venteux, puis la femme les fit entrer dans une vieille bâtisse de pierre, où elles se retrouvèrent dans une immense salle, avec des oiseaux nichant près du plafond et des petits rongeurs remuant dans la paille étalée pour réchauffer le sol dallé. Pour tout ameublement, quelques vieux bancs de pierre, et un immense châlit, ou plutôt une estrade de pierre. L'une des femmes disposa du bois dans la cheminée et l'alluma de sa torche.

— Ici, vous s'rez en chaud et en sécurité, dit-elle accompagnant son rude patois d'un geste étonnamment cérémonieux. On va apporter d'la soupe et des r'mèdes pour vos pieds gelés et vot'malade.

Elle sortit, les laissant seules.

— Pour ce qui est du feu, elles sont plus généreuses avec nous qu'avec cette vieille femme, leur prêtresse ou autre chose, remarqua Vanessa.

— Bien sûr, dit Jaelle. L'hospitalité est un devoir sacré dans les montagnes. La vieille femme qui nous a accueillies a sans doute fait vœu d'austérité. Mais de toute façon, elles nous aurait donné ce qu'elles ont de mieux, même si ce mieux n'était qu'une paillasse moisie et une poignée de porridge.

— Jaelle, qui sont ces femmes ? demanda Vanessa.

— Je n'en ai pas la moindre idée. Qui qu'elle soient, elles nous ont sauvé la vie pour cette nuit. Si quelqu'un venait me dire que c'est Avarra ou la Sororité qui nous a guidées jusqu'à elles, je ne discuterais pas.

Regardant autour d'elle, elle constata que Cholayna s'était écroulée sur un banc.

— Vanessa, apporte la trousse d'urgence, dit-elle.

Puis, elle regarda Vanessa, effondrée sur un banc voisin, pliée en deux par la souffrance, et ajouta :

259

— Tu peux marcher ?

— Plus ou moins. Mais je crois que j'ai les pieds gelés, avoua Vanessa, presque d'un ton d'excuse. Ça ne fait pas mal ; pas encore. Mais...

Elle serra les lèvres, et Jaelle dit vivement :

— Ôte vite tes bottes et soigne-toi tout de suite. Qu'est-ce qui s'est passé ?

— Je crois que j'ai un trou dans ma semelle — coupée sur les ardoises tranchantes, dit Vanessa, tandis que Jaelle lui tirait ses bottes. Oui — là.

Les orteils étaient livides et glacés. Jaelle branla du chef en disant :

— Elles ont promis d'apporter de l'eau chaude. Approche-toi du feu, mais pas trop. Non, ne les frictionne pas, tu risques d'endommager la peau. L'eau chaude leur fera plus de bien.

Elle regarda Cholayna, toujours prostrée sur son banc de pierre, puis Camilla, qui tirait doucement sur ses bottes, et finit par prendre son couteau pour les couper.

— Nous sommes combien hors de combat ? demanda Jaelle. Cholayna est sans doute la plus atteinte. Magda, tu es la plus valide pour le moment. Mets-la dans son duvet, aussi près du feu que possible. La vieille dame a dit qu'elle nous enverrait des remèdes, de la soupe et de l'eau chaudes — toutes choses qui nous feront le plus grand bien.

— Alors, *celle-là*, je croirais volontiers qu'elle est *leronis*, dit Camilla, coupant sa botte qui, une fois ôtée, révéla un pied affreusement enflé, marbré de taches rougeâtres et d'ampoules.

Magda, qui leva les yeux à cet instant, en fut bouleversée ; elle aurait voulu aller soigner Camilla, mais Cholayna, à demi inconsciente et le front brûlant avait encore plus besoin d'elle.

— Ça ira. J'ai juste besoin de repos. Il fait si froid ici, marmonna-t-elle, le corps agité de violents frissons.

— Tu auras chaud d'ici quelques minutes, dit doucement Magda. Là, laisse-moi ôter ta veste...

— Non, j'ai froid, dit Cholayna en résistant.

— Alors, garde-la, mais enlève au moins tes bottes, dit Magda, l'allongeant sur un duvet et se penchant pour l'aider.

Cholayna tenta de protester, mais, terrassée par la faiblesse, elle se renversa en arrière, à demi inconsciente, et laissa Magda la déchausser et l'envelopper de couvertures.

— La soupe et la tisane d'épine noire lui feront du bien, faute de mieux, dit Magda.

Mais ce qu'elle craignait surtout, c'est que Cholayna en fût aux premiers stades de la pneumonie.

— Qu'est-ce que nous avons d'autre en fait d'éclopées ? Jaelle, tu t'es blessé la jambe quand Danseur s'est abattu sur toi, et tu as continué à marcher. Fais voir comment ça va.

Jaelle avait le mollet sanguinolant et contusionné, mais apparemment sans fracture. Vanessa avait les pieds gelés et aussi des gelures aux mains. Le pied de Camilla était enflé et douloureux ; Magda craignit qu'elle se soit fracturé un ou deux petits os.

Magda avait quelques gelures au visage, le nez coulant et les sinus douloureux, et elle avait l'impression qu'elle pourrait dormir trois jours d'affilée dès qu'elle s'allongerait, mais à part ça, elle était la plus valide du groupe.

Brusquement, les vieilles portes grincèrent, le vent et la neige s'engouffrèrent dans la salle, en même temps que des femmes chargées de deux grandes bassines d'eau bouillante, de cuvettes, bouilloires et pansements, tandis qu'une autre fermait la marche avec une grande marmite de soupe qu'elle suspendit vivement à la crémaillère. Elles adressèrent un timide sourire aux étrangères, et sortirent immédiatement sans dire un mot, ignorant les efforts de Magda qui tentait de les remercier dans leur patois.

Magda, la seule à pouvoir marcher normalement, sortit leurs quarts de leurs fontes et se mit à distribuer la soupe — d'abord à Jaelle et Camilla, puis à Cholayna. Se rappelant qu'à cette altitude, l'eau bouillait à une température supportable, elle fit prendre un bain de pieds à Vanessa.

— Ça va faire mal ; mais sois courageuse, sinon tu pourrais...

— Perdre des orteils et même des doigts. Sur Alpha, j'ai passé trois ans à étudier les maladies et les blessures pouvant survenir en montagne, Margali, et je connais l'enjeu de la partie, tu peux me croire.

Portant le quart à sa bouche de sa main valide — l'autre trempait dans l'eau, et Magda la vit grimacer de douleur — elle dit avec une nonchalance affectée :

— Drôlement bonne, cette soupe. Je me demande ce qu'il y a dedans ?

— Il vaut peut-être mieux ne pas le savoir, dit Camilla. Du lapin des glaces, sans doute ; c'est à peu près le seul gibier qu'on trouve à cette altitude, abstraction faite du banshee.

Magda souleva la tête de Cholayna et essaya de lui faire avaler un peu de soupe, mais elle était à demi inconsciente, la respiration si rauque que Magda, paniquée, crut un instant qu'elle était à l'agonie.

— Si c'est une pneumonie, dit Vanessa, — et Magda se demanda si Vanessa lisait dans sa pensée —, il y a un antibiotique à large spectre dans la trousse. Passe-la-moi — je suis immobilisée pour le moment.

Elle fouilla parmi les tubes et les fioles.

— Tiens. Ça devrait faire l'affaire. je ne crois pas qu'elle pourra avaler, mais il y a un cathéter utilisable sans connaissances médicales spéciales...

Mais avant que Magda ait pu administrer l'antibiotique à Cholayna, la porte se rouvrit, et, respectueusement encadrée de deux jeunes femmes, la vieille dame qui les avait accueillies à leur arrivée, entra.

À la lueur tremblotante des torches, on aurait dit la sorcière des contes. Mais, pensa Magda, pas des contes terriens ; elle était plus vieille, plus archaïque et bienveillante, comme une sorte de « mère des cavernes » de l'humanité, la sorcière-prêtresse-souveraine d'une époque où « grand-mère » signifiait à la fois grand-mère, ancêtre, reine et déesse. Les rides de son visage, l'éclat de ses yeux profondément enfoncés dans les orbites sous ses cheveux en désordre, lui donnaient l'air sage, et son sourire était bienveillant.

Elle se dirigea d'abord vers Cholayna et s'agenouilla près d'elle. Magda remarqua machinalement qu'elle était la première personne, depuis leur départ, à ne pas manifester la moindre surprise devant la peau noire de Cholayna. Elle tâta son front brûlant, se pencha pour écouter sa respiration, puis leva les yeux sur Magda, anxieusement penchée sur elles. Elle eut un large sourire édenté, et elle parla d'une voix si douce qu'elle donna à Magda envie de pleurer.

— Ton amie a le mal-poitrine, dit-elle. Mais ne crains rien, *chiya*, nous savons le guérir. Va manger ta soupe ; tu t'occupes tellement des maux de tes amies que tu ne penses pas aux tiens. Celle qui te parle va s'occuper d'elle ; toi, va manger.

Les larmes aux yeux, Magda répondit :

— J'allais lui donner un médicament, grand-mère...

Elle avait utilisé ce terme sur son mode le plus respectueux.

— ... et après, j'irai manger.

— Non, non, dit la vieille dame. Ça, ce sera meilleur pour elle que des médecines étrangères ; beaucoup arrivent ici avec le mal-poitrine, et ça les guérit toujours.

Elle tira de sous ses nombreux jupons une petite fiole et une vieille cuillère en bois. Elle souleva la tête de Cholayna sur son bras, lui ouvrit la bouche de force et y versa une dose de sa médecine.

— Va manger, répéta-t-elle à Magda, avec douceur, mais aussi tant d'autorité que Magda réagit comme une enfant grondée et alla vivement remplir son quart à la grande marmite de soupe.

Elle vint s'asseoir près de Vanessa, et la porta à ses lèvres. Elle trouva la soupe délicieuse, nourrissante et fortifiante, bien que n'ayant aucune idée de sa composition.

— Et même si c'est du banshee bouilli, ça m'est égal, dit-elle à voix basse.

— Magda, murmura Vanessa, tu crois qu'on devrait laisser cette vieille donner cette mixture à Cholayna sans savoir ce que c'est ?

— Elles ne pourraient pas survivre dans un endroit pareil si elles ne savaient pas ce qu'elles font, murmura Magda en retour ; je lui fais confiance.

Elle se retourna pour regarder ce que faisait maintenant la vieille dame. Avec ses deux assistantes, elles avaient soulevé Cholayna, à moitié assise, soutenue par une pile d'oreillers, et tendaient maintenant au-dessus d'elle des couvertures, en une tente improvisée, sous laquelle elles introduisirent une bouilloire fumante posée sur un brasero, emplissant l'espace de vapeur. Déjà, se dit Magda, entre la vapeur et la drogue inconnue, Cholayna semblait respirer mieux.

La femme prit une ramille dans la cheminée, et de son bout enflammé, alluma une chandelle d'une étrange couleur, qui se mit à fumer, émettant une puissante odeur astringente.

Puis elle s'approcha de Magda, vérifia la chaleur de l'eau où Vanessa trempait son pied et hocha la tête.

— Mes filles ont apporté trois bandages et un baume ; quand ton pied sera tout rose, enduis-le de baume et bande-le. C'est bon aussi pour ton pied et ton mollet, dit-elle, s'arrêtant près de Camilla et Jaelle. Pour votre amie, poursuivit-elle en montrant Cholayna, faites bouillir l'eau tant que la chandelle brûlera, pour qu'elle respire la vapeur ; et voilà des herbes à faire bouillir avec. La fumée de la chandelle l'aidera aussi à respirer. Quand elle s'éteindra, donnez-lui une cuillère de ça, dit-elle, sortant une fiole et une cuillère, et laissez-la dormir bien couverte. Dormez aussi, vous autres ; elle, elle guérira maintenant.

Un instant, elle se pencha sur Magda et scruta son visage comme si elle y avait vu quelque chose qui la plongeait dans la perplexité, puis elle se redressa et dit à la cantonnade, sans exclure Cholayna, toujours à demi inconsciente :

— Avarra vous bénisse, maintenant et à jamais.

Puis elle sortit.

Vanessa tourna et retourna la petite fiole dans sa main. Elle était en verre soufflé, plein de défauts. Elle ôta le bouchon de pierre et renifla la forte odeur d'herbes.

— À l'évidence, puissant décongestif, hasarda-t-elle. Écoutez, Cholayna respire déjà mieux. Même chose pour la tente de vapeur et la chandelle.

— Comment va ton pied ? demanda Magda.

Vanessa grimaça mais dit d'un ton léger :

— L'eau chaude fait des miracles. J'ai eu de la chance. Pour cette fois.

Magda, qui avait souvent souffert de gelures au cours de ses missions dans les Kilghard, et savait à quel point la circulation qui se rétablit est douloureuse, prit cette insouciance pour ce qu'elle valait.

— N'oublie pas le baume qu'elle t'a donné quand tu te banderas le pied.

— Merci. Mais je crois que je vais m'en tenir à nos antibiotiques.

— J'ai expérimenté les deux, dit Jaelle, prenant le petit pot qu'avait laissé la vieille femme, et je crois que je vais plutôt me servir de ça. Magda, puisque tu es debout, tu peux m'apporter un autre quart de soupe ?

Pendant que Magda s'exécutait, elle ajouta :

— Les prêtresses d'Avarra sont légendaires ; Kindra disait qu'elles sont guérisseuses depuis des siècles, et qu'elles sont traditionnellement très versées dans les arts médicaux. Et de plus, certaines ont le *laran*.

Comme si cela lui rappelait leur étonnante première entrevue avec la vieille femme, elle se tourna vers Camilla qui essayait maladroitement de se bander le pied. Jaelle lui posa la jambe sur son genou et fit le pansement à sa place.

— Ainsi, tu es ma parente, Camilla ?

— Vraiment, tu ne le savais pas, *chiya* ? répondit doucement Camilla.

Jaelle secoua la tête.

— Rohanna m'avait bien parlé d'une femme de notre famille qui avait disparu ; mais elle ne devait pas savoir que c'était toi. Il s'agissait d'une fille Aillard — disparue dans des circonstances mystérieuses...

— Oh oui, dit sombrement Camilla. Le destin d'Élorie Lindir a fait scandale pendant au moins six mois dans les Kilghard, jusqu'à ce qu'ils aient un autre sujet de commérages, une autre pauvre fille violée et oubliée, ou un seigneur Hastur reconnaissant un nouveau bâtard ! Pourquoi crois-tu que j'aie si longtemps vécu en homme, si ce n'était pour échapper aux bavardages écœurants de toutes ces vertueuses dames ? Rohanna est meilleure que la plupart, mais ces neiges ont fondu depuis vingt ans ; n'en parlons plus, Shaya.

— Pourtant, tu es aussi la parente de Rohanna, Camilla.

Tendant la main à Magda, Jaelle ajouta :

— Excuse-moi de te commander comme ça, mais tu peux marcher et pas moi. Tu peux aller me chercher quelques épingles de sûreté dans mes affaires ?

— Bien sûr, *breda*, dit Magda, qui alla chercher les épingles et les lui rapporta.

Jaelle épingla le pansement de Camilla, puis, posant sa propre jambe sur le banc, demanda :

— Qui va me faire mon pansement, à moi ?

Magda lui prit la jambe sur ses genoux et se mit à l'enduire du baume de la vieille femme.

Soudain, Camilla dit à mi-voix d'un ton farouche :

— Je reconnaîtrai ma parenté avec Rohanna quand elle reconnaîtra la sienne avec moi !

Elle se leva, posa son pied bandé par terre, grimaça, puis alla secouer son duvet près du feu.

— Vous voulez que j'entretienne le feu sous la bouilloire de Cholayna, ou il y a une volontaire ? dit-elle d'un ton définitif, mettant fin à la conversation.

— Je m'en occuperai dit Magda.

Mais Jaelle secoua la tête.

— Tu as materné tout le monde toute la journée ; va te coucher, Magda, je vais m'occuper d'elle. Quand cette chandelle s'éteindra — ça ne prendra pas plus d'une heure ou deux — je pourrai dormir aussi. Au moins, nous n'avons pas besoin de monter la garde ; nous sommes sous la protection d'Avarra, qui déploie sur nous ses ailes.

Magda voulut protester, mais ses yeux se fermaient tout seuls. Elle acquiesça de la tête, et déroula son duvet près de celui de Camilla. Le feu tombait dans la cheminée ; dehors, elle entendait crisser la neige et hurler le vent comme dix milliers de démons.

Au bord du sommeil, la tête de Camilla posée sur son épaule, elle réalisa une fois de plus combien elle savait peu de choses sur cette femme qu'elle aimait. Les paroles stupéfiantes résonnèrent dans son esprit.

Ma mère appartenait au clan Aillard, mais j'ai porté le nom d'Elorie Lindir après ma naissance.

Et tu as les donas *du clan Hastur ?*

Et la réponse encore plus stupéfiante de Camilla : *C'est possible.*

CHAPITRE 23

Le blizzard fit rage pendant trois jours.

Le premier jour, Magda ne fit que dormir, ou presque ; après les fatigues, le stress et les émotions du voyage, son corps et son esprit épuisés exigèrent leur dû ; pendant une nuit et un jour, et la plus grande partie de la nuit suivante, elle dormit, ne se réveillant que pour boire et manger. Les autres étaient à peu près dans le même état d'épuisement.

— D'abord, on a pensé que tu avais contracté une fièvre de poitrine, lui dit Camilla par la suite, mais la vieille *leronis* nous a dit que non, que c'était simplement le froid et la fatigue. Et, la Déesse soit louée, elle avait raison.

À son réveil, Magda eut l'énergie de se laver (à une pompe intérieure ou l'eau dépassait à peine le point de congélation) de changer de linge et de se brosser les cheveux.

— Comment va Cholayna ce matin ? demanda-t-elle.

— Mieux, lui dit Camilla. La fièvre est tombée, et elle a mangé un peu de soupe. Elle est encore très faible, mais sa respiration s'est dégagée. Et elle m'a parlé en *cahuenga*, ce qui indique au moins qu'elle m'a reconnue. Quel soulagement ! Ça faisait deux jours qu'elle parlait dans une langue que personne ne comprenait, et elle ne nous reconnaissait pas !

— Et comment vont les autres ?

— Jaelle a descendu la falaise — dans cette tempête ! — pour voir si les bêtes sont bien soignées. Ce n'est pas tant qu'elle se méfie de ces femmes, mais elle avait envie d'exercice, gloussa Camilla.

Magda rit avec elle. Jaelle supportait très mal l'inaction.

— Et Vanessa ?

Camilla tendit le bras ; Vanessa dormait près du feu, seules quelques mèches noires dépassant de son duvet.

— Ses pieds lui font toujours très mal, et deux orteils sont restés dans son pansement quand elle l'a changé hier, mais ça aurait pu être pire. Mes pieds étaient presque en aussi piteux état, mais ils guérissent mieux. À mon avis, c'est parce qu'elle n'a employé que vos remèdes terriens, tandis que Jaelle et moi, nous avons utilisé le baume de la vieille *leronis*.

Magda termina son porridge au goût de brûlé, posa son bol, et se rallongea, très lasse.

— Je n'ai plus sommeil, mais j'ai l'impression d'avoir été rouée de coups.

— Alors, repose-toi, *bredhiya*, dit Camilla. Personne n'ira nulle part par ce temps.

Dehors, la tempête continuait à faire rage ; il lui sembla qu'elle l'entendait dans son sommeil depuis des jours.

Jaelle entra à cet instant, sa veste couverte de neige, ses sourcils et ses boucles auburn saupoudrés de flocons.

— Tu es réveillée, Margali ? Tant mieux. Je commençais à m'inquiéter. J'ai descendu et remonté la falaise par l'escalier ce matin, bien qu'elles m'aient proposé de remonter dans le panier avec les sacs de grain. C'était merveilleux, même dans la neige ; quand il ne neige pas, paraît-il, la vue s'étend jusqu'au Pic de Nevarsin d'un côté, et jusqu'au Mur-Autour-du-Monde de l'autre.

Jaelle avait vraiment une conception très particulière des loisirs, se dit Magda. Elle se rappela que, quelques semaines avant la naissance de sa fille, Jaelle avait insisté pour accompagner Damon jusqu'aux fins fonds d'Armida pour rassembler les chevaux, assurant qu'elle se sentait parfaitement bien et qu'elle avait largement le temps de revenir avant l'accouchement. Et Cleindori avait moins de quarante jours quand elle s'était remise en selle. Quant à Magda, elle avait été fatiguée et léthargique pendant toute sa grossesse, très contente de rester dans la maison à se faire materner par Ellemir et Callista.

Mais avant qu'elle ait eu le temps d'épiloguer sur ces questions, la porte s'ouvrit et entra la vieille dame qui les avaient accueillies et soignées à leur arrivée. Elle les salua à peine de la tête, et se dirigea droit sur Cholayna, s'agenouilla près d'elle, lui tâta le front, et appliqua sa tête contre sa poitrine pour écouter son cœur et ses poumons.

— Tu vas mieux ce matin, ma fille.

Cholayna s'éveilla, et voyant pour la première fois les cheveux en bataille et les vêtements loqueteux de la vieille femme, s'efforça de s'asseoir, affolée. Magda s'approcha vivement pour lui montrer qu'elle n'était pas seule, à la merci d'une étrangère.

— Où sommes-nous ? demanda Cholayna d'une voix faible. Qu'est-ce qui se passe ?

La vieille femme prononça quelques paroles apaisantes, mais dans son patois montagnard, et Cholayna ne comprit pas.

— Qui êtes-vous ? Qu'est-ce qui se passe ?

La vieille sortit sa fiole et sa cuillère, faisant signe à Cholayna d'ouvrir la bouche, et Cholayna demanda d'un ton mal assuré :

— Qu'est-ce que c'est que vous me donnez ?

Elle agita la tête de droite et de gauche, refusant le remède, paniquée.

— Qu'est-ce que c'est ? Magda, au secours ! Personne ne m'écoute ?

Elle semblait vraiment terrorisée, alors Magda s'agenouilla près d'elle et lui prit les mains.

— Tout va bien, Cholayna. Tu as été très malade, mais elle t'a soignée. Je ne sais pas ce qu'elle te donne, mais ça t'a fait beaucoup de bien. Écoute-la.

Cholayna ouvrit la bouche assez docilement et avala la drogue, l'air troublé.

— Où sommes-nous ? Je ne me rappelle pas être arrivée ici.

Ses questions se succédaient en Terrien Standard tandis qu'elle s'efforçait de s'asseoir, l'air hagard.

Magda la rassura dans la même langue.

— Cholayna, personne ne te fera aucun mal. Ces femmes se sont montrées très bonnes à notre égard... tu es en sécurité ici...

— Qui est cette étrange femme ? C'est une servante d'Aquilara ? Elles nous ont suivies jusqu'ici ? Je... je crois que j'ai rêvé ; Aquilara nous avait capturées et amenées ici...

— Dites-lui qu'elle ne doit pas parler ; elle doit rester couchée au chaud, ordonna la vieille femme.

Magda força doucement Cholayna à se rallonger.

— Il ne faut pas parler. Pas bouger. Et j'expliquerai.

Secouée d'une quinte de toux, Cholayna se rallongea, suivant des yeux les deux assistantes de la vieille qui remontaient la tente de vapeur. Elle écouta les explications simplifiées de Magda sans poser de questions ; Magda se dit qu'elle acceptait tout comme argent comptant, parce qu'elle n'avait pas la force de discuter.

Elle murmura enfin :

— Ce ne sont pas les servantes d'Aquilara ? Tu en es sûre ?

— Aussi sûre que possible, répondit Camilla. Elle est venue toutes les deux ou trois heures pour surveiller ton état. Mais il faut rester couchée et dormir. Ne pense à rien sauf à guérir.

Cholayna referma les yeux, très lasse, et la vieille femme releva la tête, foudroyant Camilla.

— Un nom a été prononcé qui est interdit dans la sainte maison d'Avarra. Qu'avez-vous à faire avec elle ?

— Qui ? Aquilara ?

La vieille femme eut un geste de colère.

— Silence ! Ne prononce pas ce nom de mauvais augure ! Celle qui te parle a dit que quand vous iriez mieux, elle entendrait votre histoire. Le moment est venu de la raconter. Qu'est-ce que vous faites dans ce désert ? où ne vient aucune femme, sauf en quête de Ses bénédictions ?

— Margali vous le dira, Grand-mère, dit Camilla dans son dialecte.

Magda se demanda où elle l'avait appris, et vit dans l'esprit de son amie que c'était un souvenir lointain de l'année ayant suivi son enlèvement et ses viols, et passée comme esclave au camp des bandits.

— Nous sommes en quête de Ses bénédictions, nous aussi.

Magda se rappela le soir où elle avait vu l'image d'Avarra pour la première fois, le jour de la première réunion de la Sororité.

— Nous cherchons une Cité qu'on dit habitée par la Sororité des Sages. Deux de nos amies la cherchaient aussi et sont parties avant nous. Nous pensions, en voyant vos lumières dans ce désert de glace, que nous l'avions trouvée, et peut-être aussi nos camarades.

— Celle qui te parle a lu ton esprit et tes souvenirs dans ta faiblesse, ma fille. Nous sommes seulement sous la protection de ses ailes, *chiya*, et nous ne faisons pas partie de Sa Sororité. Pourtant, votre quête vous rend sacrées ici, où vos amis *ne sont pas* venues.

La vieille femme posa la main sur l'épaule de Magda.

— Parle maintenant de celle dont elle a prononcé le nom par deux fois.

— Elle est venue nous voir de nuit, promettant de nous conduire jusqu'à nos camarades.

— Et pourquoi ne l'avez-vous pas suivie ?

— Il nous a semblé, dit lentement Camilla, que la vérité ne sortait pas de sa bouche, et que suivre un tel guide était pire que de ne pas en avoir du tout.

— Pourtant, ton amie malade l'a appelée à son secours dans sa langue inconnue...

— Cholayna avait peur d'elle, rectifia vivement Magda. Lisez aussi dans *son* esprit et *ses* souvenirs, Grand-Mère, et vous verrez que je dis vrai.

— Quel est le problème ? demanda Jaelle en Terrien Standard.

— Elle dit que Rafi et Lexie ne sont pas venues ici. Ce qui signifie qu'elles ont dû tomber aux mains d'...

Elle allait dire, « d'Aquilara », mais regarda la vieille femme, et, se ravisant, poursuivit :

— Je crains que les deux que nous cherchons ne soient tombées aux mains de celles que nous considérons comme des ennemies.

La vieille femme les regarda alternativement, puis elle dit lentement :

— Votre amie va mieux, mais elle est encore très malade. Il faut la surveiller encore une poignée de jours.

Et elle sortit.

Camilla et Jaelle regardèrent Magda en disant :

— Alors là, que faut-il penser de tout ça ?

La vieille prêtresse ne revint pas ce jour-là, ni le suivant, ni celui d'après. Des femmes venaient trois fois par jour leur apporter à manger : un grossier porridge le matin et à midi, une bonne soupe nourrissante le soir. Ce repos forcé leur fit beaucoup de bien ; Magda recouvra ses forces, les pieds gelés de Vanessa guérirent, et même Cholayna commença à s'asseoir de temps en temps dans la journée.

Au matin du cinquième — ou sixième jour — Magda ne savait plus, car ils passaient sans que rien ne les distingue les uns des autres — la neige cessa et le silence réveilla Magda ; le vent était tombé et ne hurlait plus autour des bâtisses. Elle sortit dans un monde de lumière, où le soleil faisait scintiller la neige sur les toits, et sous un ciel si clair qu'elle voyait à perte de vue les pics neigeux et les vallées déployés devant elle.

Peut-être que Cholayna serait bientôt assez forte pour repartir. Mentalement, Magda commença à passer en revue ce qu'elles possédaient, cherchant des cadeaux à faire à la vieille femme et à ses sœurs en remerciement de leur hospitalité. Elle tremblait à l'idée du départ, et de la descente de la falaise en panier. Et jusqu'où devraient-elles encore marcher ? Peut-être que la vieille femme pourrait leur apprendre quelque chose sur Rafi et Lexie ; au moins, elle semblait connaître l'existence d'Aquilara et de sa bande, et les mépriser.

Ce matin-là, Cholayna s'était assise et avait mangé un peu de porridge. Elle avait la mine plus fraîche et reposée ; elle avait demandé de l'eau pour se laver le visage, puis, fouillant dans ses affaires, elle en avait retiré sa brosse pour brosser ses cheveux.

— On voit que tu vas mieux, dit Magda, s'agenouillant près d'elle, et Cholayna sourit.

— J'ai l'impression de redevenir à peu près humaine ; j'arrive à respirer sans coups de poignard dans la poitrine ! Et il ne neige plus ! Dis-moi, Magda, depuis quand sommes-nous là ?

— Cinq ou six jours. Dès que tu seras en état de voyager, nous repartirons. Je crois que ces femmes savent quelque chose de cette Cité. Si nous le leur demandons comme il faut, elles nous le diront peut-être.

— Mais comme il faut, c'est quoi ? demanda Vanessa.

— Une chose est sûre, dit Camilla les rejoignant. Elles ne sont pas de connivence avec...

Elle s'interrompit, et Magda vit dans son esprit le souvenir de la colère exagérée de la vieille femme au nom d'Aquilara.

Elle entendit, comme si quelqu'un d'absent avait parlé, mais en esprit, pas en paroles :

Le nom du mal peut l'attirer, et être utilisé comme lien...

— Elles ne sont pas d'intelligence avec cette femme qui est venue nous harceler à Nevarsin dans la maison d'Arlinda, dit Magda. Elles ont une sainte horreur de son nom, ce qui prouve qu'elles connaissent ses agissements.

— Je voudrais bien les connaître aussi ! geignit Vanessa. Cette vieille femme me donne la chair de poule !

Jaelle protesta.

— Elle a sauvé la vie à Cholayna. Et sans elle, tu aurais pu rester infirme à vie. Ne sois pas ingrate !

— Mais je comprends Vanessa, dit Camilla. Tu as remarqué, Magda ? Je suppose que Vanessa ne s'en est pas aperçue ; elle ne connaît pas la langue aussi bien que toi, qui l'a apprise tout enfant à Caer Donn. Elle ne dit jamais « je » ; elle parle toujours d'elle à la troisième personne, comme de quelqu'un d'autre. Je ne comprends pas pourquoi.

— Je ne sais pas s'il est jamais possible de comprendre des pratiques religieuses étrangères, dit pensivement Cholayna. Contentons-nous de lui être reconnaissante de ses bonnes dispositions à notre égard.

— Pourtant, ça ne suffit pas, dit Jaelle. Nous sommes arrivées au bout de la route. Je ne sais rien de ce qu'il y a au-delà, et les cartes n'indiquent rien. Si elles ne peuvent pas nous dire où aller, je ne sais pas ce que nous pouvons faire.

— Et la vieille femme n'est pas venue depuis des jours, dit Camilla. Quand tu as prononcé... un certain nom, elle a semblé très contrariée. Avant, elle était très amicale, et depuis... plus rien. Pas une visite, pas un signe, rien.

Elle eut un sourire de regret.

— Quand elle a découvert que certaines d'entre nous avaient le *laran*, elle a dû en conclure que nous pouvions trouver notre chemin toutes seules à partir d'ici.

— Mais cela signifierait qu'il y a quelque chose à trouver, dit Magda. Et qu'il serait possible de le trouver en partant d'ici.

Le soir, quand les deux femmes revinrent pour dresser la tente de vapeur de Cholayna — elles lui firent signe qu'elle devait dormir dessous, même si elle respirait bien dans la journée —, Jaelle redescendit la falaise avec elles pour voir les bêtes. À son retour, elle leur fit signe de se grouper autour d'elle.

— Demain, paraît-il, quelqu'un viendra nous parler. D'après ce que m'a dit l'aveugle — au fait, elle s'appelle Rakhaila, ce qui est l'équivalent de Rafaella dans le dialecte des Heller — j'ai cru comprendre qu'il y a ici des femmes qui vont et viennent de... de cet endroit que nous cherchons. J'ai l'impression que nous devrions être prêtes à partir sans préavis.

— Cholayna n'est pas encore assez solide pour voyager, protesta Vanessa.

— C'est un autre point qu'il nous faut discuter. Nous devrions peut-être renvoyer Cholayna, ou la laisser ici pour se rétablir tout à fait. D'après une parole qui a échappé à Rakhaila, je crois que cela pourrait nous conduire au-delà du Mur-Autour-du-Monde. Impossible que Cholayna nous suive dans ce genre d'expédition.

Cholayna dit, têtue :

— On en a déjà discuté. Je me débrouillerai. Je suivrai, même si je dois y laisser la vie.

— C'est bien ce que nous craignons, espèce de vieille sorcière entêtée, dit Vanessa. À quoi ça servira de te tuer dans ce voyage ? Tu crois que Lexie s'en trouvera mieux ? Ou toi ?

Mais Magda n'était pas si sûre.

— Nous sommes venues jusque-là ensemble. Je trouve que ce ne serait pas juste d'abandonner Cholayna maintenant. Il faut continuer toutes ensemble, ou nous arrêter ici toutes ensemble.

Mais quand Cholayna fut installée pour la nuit, Jaelle toucha le bras de Magda en disant :

— *Breda*, je voudrais te parler. Sors avec moi une minute.

Elles enfilèrent le long passage entre deux bâtisses, et Jaelle la conduisit à l'extrême bord de la falaise. Paniers et poulies attendaient pour descendre.

— L'escalier n'est pas si terrible, dit Jaelle. Je l'ai déjà emprunté deux fois.

— J'aime mieux que ce soit toi que moi, dit Magda. Jaelle, tu te rappelles ? À Thendara tu avais envie de t'absenter de la Tour pendant un an pour reprendre la route. Eh bien, tu l'as eue ton aventure, non ?

Au-dessus d'elles, le ciel rarement dégagé de Ténébreuse, scintillait d'étoiles. Jaelle regarda vers le nord, vers, Magda le savait, le Mur-Autour-du-Monde, fin des terres connues des Domaines. Elle dit :

— Ce n'est peut-être que le commencement.

Magda eut un sourire indulgent.

— Tu te régales, non ?

C'était presque une plaisanterie, mais Jaelle ne plaisantait pas. Elle dit avec sérieux :

— Oui. Pour terrible qu'ait été ce voyage, j'en ai aimé toutes les minutes. Je regrette de t'y avoir entraînée, parce que je sais que tu l'as détesté...

— Non, dit Magda, elle-même surprise de sa réponse. Je n'aurais pas voulu manquer... certaines choses.

Ce sentiment de se dominer parfaitement en accomplissant ce dont elle ne se serait jamais crue capable. Cholayna et Vanessa, jusque-là amies au seul sens limité de collègues, et qui lui étaient maintenant aussi proches que les sœurs qu'elle aimait le mieux. Pouvait-elle regretter ces expériences ? Et en un sens très réel, c'était aussi *sa* quête. Depuis le jour où elle avait vu pour la première fois les silhouettes en longues robes noires, entendu l'appel des corbeaux, elle savait qu'elle devait les suivre, même si cette quête la menait sur le toit du monde connu.

Elle comprit cela en un instant, puis son sens pratique reprit le dessus.

— Si tu trouvais cette Cité des légendes de Kindra, y resterais-tu ?

— Je ne sais pas si elles voudraient de moi. Je crois qu'il faut... enfin, étudier et se préparer pendant longtemps avant ça. J'ai l'impression qu'elles représentent l'université de la sagesse, et que je suis encore au jardin d'enfants. Demande plutôt si j'ai décidé de me préparer pour être digne d'être admise ? Mais si quelque chose m'empêchait de revenir à Thendara ? Dans un voyage comme celui-là, un faux pas... nous avons toutes frôlé la mort, Margali. Si je ne revenais pas, tu veillerais sur Cleindori, n'est-ce pas ?

— Il me faudrait faire la queue pour attendre mon tour, après Damon, Ellemir, Dame Rohana, dit-elle en souriant. Tout ce que je pourrais faire pour elle, ce serait de la parrainer auprès des Terriens si elle décidait jamais de travailler pour eux. Et comme elle est héritière d'Aillard, je doute qu'elle choisisse cette option. Mais si tu me demandes de l'aimer comme ma fille — as-tu jamais douté de notre serment, ma compagne ?

Jaelle toucha la garde du couteau de Magda, passé à sa ceinture.

— Jamais, *breda*.

— Nous devrions rentrer, dit Magda.

Le grand disque violet de Liriel se levait, presque en son plein, la plus grosse des quatre lunes de Ténébreuse. Le croissant bleuâtre de Kyrddis était presque au zénith. Les étoiles scintillaient dans la nuit commençante, et un vent glacial commençait à souffler des sommets, véritable courant jet qui les échevelait et les plaquait contre la paroi. Magda se cramponna à un mur givré pour ne pas tomber. Tout autour d'elles, la lumière des lunes se reflétait sur la neige.

— Tu as froid ? Viens sous ma cape, dit Jaelle, l'enveloppant de son vêtement.

Magda se blottit contre elle en souriant.

— J'ai besoin de te parler seule à seule quelques minutes, reprit Jaelle, très grave. Je préférerais ne pas avoir à rentrer, Magda. On n'a pas besoin de moi à la Tour Interdite. Mon *laran* n'est pas très puissant, ne l'a jamais été. Je suis tout juste une monitrice acceptable, tandis que toi — une Terrienne ! — tu es une technicienne aussi accomplie que Damon lui-même. Ils m'aiment, sans doute, mais ils n'ont pas besoin de moi. En un sens, personne n'a jamais eu besoin de moi nulle part. Les gens ne s'accrochent pas à moi, comme ils le font pour toi, je ne leur suis pas nécessaire. Même ma fille va plutôt vers toi que vers moi pour se faire cajoler ; elle la sent elle aussi, cette particularité qui attire les gens vers toi. Moi, je n'ai jamais su... où aller ni pourquoi.

Magda écoutait, atterrée. Depuis qu'elle connaissait Jaelle, elle lui enviait son assurance, sa détermination, la passion avec laquelle elle se jetait dans toutes ses entreprises, et que Magda n'avait jamais connue. Elle n'avait jamais soupçonné ces pensées chez Jaelle.

— Ce n'est pas vrai, Shaya. Tu es bien plus forte que moi dans bien des domaines. Tu es plus brave que moi. Tu ne paniques jamais, tu n'hésites pas en retournant mille fois les choses dans ta tête...

— Oh, le courage ! dit Jaelle avec un sourire malheureux. Damon m'a dit un jour ce qu'il pensait du courage, du courage du soldat — le mien : il pense que je n'ai pas assez d'imagination pour avoir peur. Damon lui-même reconnaît qu'il est un fieffé poltron, parce qu'il a beaucoup d'imagination. Et moi, j'en ai si peu ! Pas d'imagination, pas la moitié de ton intelligence ni de ta sensibilité. Ce qu'il me faut, c'est peut-être la sagesse qu'elles possèdent, les sorcières de la Cité légendaire. Je suis comme Camilla. J'ai envie de leur demander pourquoi je suis née et quel est le sens de la vie.

— Il y a des moments où j'ai ressenti la même chose, Jaelle. Mais nous avons des obligations toutes les deux. Des devoirs, des responsabilités...

Jaelle s'écarta nerveusement de Magda, et se mit à faire les cent pas à l'extrême bord de la falaise. Magda frissonna. Courage ? Ou manque d'imagination ? Sachant qu'elle ne tomberait pas, pourquoi s'inquiéter de ce qui pourrait arriver si elle tombait ?

— Tu ne comprends donc pas, Margali ? Je n'ai *aucune raison* de rentrer. En un sens, j'ai l'impression que tout ce que j'ai fait dans ma vie tendait à m'amener jusqu'ici, à cette occasion de découvrir le réel, de découvrir ce qu'il y a en profondeur. Découvrir le sens de la vie. Peut-être que ces *leronis* de la Sororité connaissent ces réponses et pourront me les donner. Ou m'aider à les trouver.

— Ou peut-être qu'elles prétendent seulement les connaître. Comme Aquilara. Pour se donner de l'importance. Et que tout n'est qu'une illusion.

— Non. Tu ne vois donc pas la différence ? Aquilara

est gonflée d'arrogance, et... et elle nous hait toutes les deux parce que nous avons le *laran* et pas elle, bien qu'elle ait tenté de nous le faire croire. Je pense à... tiens, Marisela. Elle ne discourt pas sur le sens de la vie, elle n'essaye pas de convaincre ou de convertir personne, elle fait simplement ce qu'elle a à faire. Je désire savoir ce qu'elle sait. La légende dit que si on arrive à leur Cité par ses propres moyens, elles sont obligées de vous admettre. Et si elles ne m'admettent pas, je m'assiérai à la porte jusqu'à ce qu'elles m'ouvrent.

L'idée ne manquait pas d'attrait : *connaître le sens de la vie, remonter à la source de la sagesse et exiger de savoir.*

Pourtant, elles avaient d'autres devoirs, d'autres obligations, d'autres responsabilités.

— M'abandonnerais-tu pour partir en quête de cette sagesse, Shaya ?

— Tu ne serais pas seule, Margali ; tu n'es pas du genre à rester seule. Et puis, tu as Camilla...

Magda lui serra les mains, très fort.

— Jaelle — *bredhiya*, mon amour, ma compagne, tu crois vraiment que c'est la même chose ?

L'amour n'était pas comme ça, Magda le savait, on ne pouvait pas le diviser ainsi, par petites cases.

— Je n'arrive pas à croire que tu sois jalouse de Camilla, et je...

— Non, ma fille de serment.

Maintenant, Jaelle se servait rarement de cette expression, mais elle lui rappelait ainsi le premier de leurs nombreux engagements réciproques.

— Pas jalouse, pas ça. C'est seulement...

Jaelle lui serrait les mains ; à la lumière de la lune reflétée par la neige, elle était très pâle, ses longs cils se détachant en noir sur le petit triangle livide de son visage. Un instant, un flot de souvenirs déferla sur elles et les submergea.

Jaelle, levant les yeux sur elle comme un animal pris au piège, attendant le couteau du chasseur ; elle avait sauvé Jaelle des bandits qui les auraient tuées toutes les deux, mais maintenant, Jaelle était sa prisonnière, ce n'était plus celle qui l'avait capturée et obligée à prononcer le Serment des Amazones ; maintenant, d'un simple coup de couteau,

Magda pouvait se libérer ; elle n'avait même pas besoin de la tuer. Elle n'avait qu'à s'en aller, l'abandonnant seule et blessée dans la neige à une mort certaine.

Jaelle, dans la grotte où elles avaient affronté ensemble l'inondation, l'abandon, la faim, la mort. Jaelle, qui avait éveillé son laran. *L'échange de leurs couteaux, leur serment d'union libre.*

Jaelle si proche d'elle à la Tour Interdite, liées qu'elles étaient par le cercle des matrices, plus proche d'elle que sa famille, plus proche que le sexe, plus proche que sa peau...

Jaelle en travail, cramponnée à sa main, le visage couvert de sueur, la nuit où Cleindori était née, le rapport télépathique si étroit entre elles que lors de la naissance de Shaya, les douleurs de l'enfantement ne lui furent pas nouvelles, elle fut moins consciente de la souffrance que de l'effroi violent, de la terreur, puis du triomphe et du bonheur ; en un sens, Cleindori était aussi sa fille, car elle avait souffert aussi pour la mettre au monde...

Quelque voie qu'elle choisît, il semblait toujours que Jaelle l'y eût précédée, qu'elle n'était elle-même qu'une suiveuse maladroite. Encore maintenant...

Puis le rapport se rompit (combien avait-il duré ? Une vie ? Une seconde ?) et Jaelle dit doucement :

— Non, *bredhiya mea*, je ne suis pas jalouse de Camilla. Pas plus que tu ne l'es de Damon.

Mais, se rappela Magda, il y avait eu un temps où elle était jalouse de Damon, douloureusement, aveuglément, obsessivement jalouse de Damon. Cette idée lui était maintenant insupportable, comme lui avait été insupportable à l'époque le fait qu'un homme puisse apporter à Jaelle quelque chose qu'elle ne pouvait pas lui donner. Maintenant, elle avait honte de cette brève période de jalousie, de la peur ressentie à l'idée que Jaelle pouvait l'aimer moins parce qu'elle aimait le père de sa fille. Elle avait combattu cette faiblesse et en avait triomphé, et elle aimait toujours Jaelle, et elle aimait aussi Damon, *parce qu'*il pouvait donner à Jaelle la seule chose que, malgré tout son amour, elle ne pouvait pas lui donner.

— La seule chose qui me ferait hésiter, ce serait de te

quitter, Margali. Même Cleindori a une douzaine de personnes qui seront heureuses de l'élever si je ne le peux pas. Toi, tu as un but dans la vie. Moi pas. Que me réserve l'avenir si je rentre ? Le siège Aillard au Conseil, quand Dame Rohanna ne sera plus ? Et pourquoi le prendrais-je ? Chez les Renonçantes, et aussi à la Tour Interdite, nous travaillons pour que les Domaines ne dépendent plus du Conseil, ni des Comyn qui essayent de monopoliser le *laran* à leur seul usage. Les Hastur, qui gouvernent le Conseil, ne veulent pas des sujets indépendants, qui pensent par eux-mêmes, pas plus qu'ils ne désirent des femmes indépendantes.

— Alors, est-ce que ce n'est pas ton devoir de prendre ton siège au Conseil pour les aider à changer leur façon de penser ?

— Oh, *breda*, crois-tu que je n'ai pas mille fois réfléchi à tout ça ? Je ne peux pas changer le Conseil, parce qu'au fond, le Conseil ne désire pas changer. En l'état actuel des choses, le Conseil a tout ce qu'il veut : le pouvoir, les moyens de satisfaire sa cupidité. Maintenant, quand les gens ne travaillent pas pour le Conseil de leur plein gré, il les corrompt par des promesses de pouvoir et un appel à leur propre cupidité.

Elle se retourna et se remit à faire les cent pas au bord de la falaise, le visage éclairé par la lumière de la lune.

— Regarde ce qu'ils ont fait de Dame Rohanna ! Ils lui ont dit : « Peu importe que vous ne soyez pas libre ; vous avez le pouvoir à la place, et le pouvoir est plus précieux que la liberté. » Ils l'ont corrompue par le pouvoir. Et j'ai peur qu'ils me corrompent moi aussi, qu'ils découvrent ce que je désire le plus et qu'ils me le donnent — je ne crois pas que tous les Comyn sont corrompus, mais ils possèdent le pouvoir, et plus ils en possèdent, plus ils en veulent. Même les Tours se sont prises au jeu du pouvoir, du pouvoir qu'elles ont sur les autres.

— Ainsi va la vie, peut-être, Jaelle. Ça ne me plaît pas non plus. Mais c'est comme ce que tu disais à propos du marchandage au marché : ça donne à chacun l'impression de faire une bonne affaire, dit Magda, avec un sourire contraint. Tu disais que tu aimais marchander.

— Seulement quand c'est un jeu. Pas quand c'est réel.

— Mais c'est un jeu aussi, Shaya. Le pouvoir, la politique, quel que soit le mot que tu emploies, c'est... c'est ainsi que va la vie. La nature humaine. Les Terriens romantiques croient que les Ténébrans sont immunisés contre le pouvoir, parce qu'ils ne font pas partie d'un Empire Interstellaire ; mais c'est le profit, la cupidité, comme tu dis, qui fait tourner le monde...

— Alors, je n'en veux pas, Magda. Et je sais qu'ils vont me harceler sans relâche pour que je prenne le siège Aillard au Conseil ; et d'ici dix ans, je ne vaudrai pas mieux qu'eux, je me servirai du pouvoir parce qu'ils m'auront convaincue que je m'en sers pour faire le bien...

— Je suis sûre que tu serais incorruptible, Jaelle... commença Magda, mais Jaelle secoua la tête avec tristesse.

— Personne n'est incorruptible, pas s'il se laisse piéger à jouer au jeu du pouvoir. La seule chose à faire, c'est de rester en dehors de tout ça. Je crois que, peut-être, les *leronis* d'Avarra, la Sororité des Sages, pourraient me montrer comment on peut rester en dehors. Peut-être savent-elles pourquoi le monde fonctionne ainsi. Pourquoi le bien et le mal sont ce qu'ils sont.

Jaelle se retourna nerveusement, sa cape claquant au vent.

— Regarde Camilla. Elle a le droit de haïr — plus qu'Aquilara. Tu l'as entendue dire elle-même qu'elle était une Hastur, qu'elle a au moins le *laran* des Hastur. Et regarde ce qu'on lui a fait ! Et pourtant, regarde comme elle est bonne, comme elle est aimante. Et Damon aussi. La vie l'a bien maltraité — mais il a conservé la capacité d'aimer. Le monde est pourri, et les gens se plaignent que c'est injuste...

Magda murmura :

— Les *cristoforos* le disent : « Saint Porteur de Fardeaux, pourquoi les méchants prospèrent-ils comme des champignons sur un arbre mort, alors que le juste ne trouve que des épines sur son chemin... ? »

— Magda, ça t'est déjà venu à l'idée ? Que le monde n'est peut-être pas censé être bon ? Peut-être qu'il va comme il va pour que les gens puissent *choisir* ce qui est vraiment important, dit Jaelle avec passion, marchant à grands pas dans le vent, ses boucles auburn s'échappant de sa capuche.

Elle avait oublié le froid et le vent glacial.

— Laisse le Conseil et les Terriens jouer entre eux au jeu du pouvoir. Andrew les a plantés là, et a trouvé sa vie ailleurs. Laisse les Tours à leurs absurdes luttes politiques, sous la direction de cette horrible vieille sorcière de Léonie Hastur — je me moque de ce que dit Damon ; peut-être qu'il l'aime, mais je sais que c'est un tyran aussi cruel et dominateur que son jumeau qui gouverne le Conseil ! Entre le Conseil et les Tours, où y a-t-il un lieu où l'on puisse utiliser le *laran* ? Mais Callista et Hilary ont trouvé un autre moyen, malgré la corruption des Tours. On laisse les femmes porter des chaînes dans les Villes Sèches, ou être de bonnes épouses dans les Domaines, à moins qu'elles n'aient le courage d'en sortir — le vrai courage, pas mon genre de courage, qui n'est qu'un manque d'imagination — le courage de sortir des Villes Sèches, ou de leurs propres chaînes, comme l'ont fait ma mère et Dame Rohana, ou comme tu l'as fait quand tu as trouvé la Maison de la Guilde…

— Mais ta mère n'est pas sortie des chaînes, Jaelle, elle est morte.

Pendant des années, Magda le savait, Jaelle s'était caché cette vérité.

— Bien sûr qu'elle est morte. La tienne aussi. Et toi et moi aussi, nous mourrons un jour. Et puisque nous devrons tous mourir tôt ou tard et quoi que nous fassions ou pas, pourquoi continuer à jouer le jeu, rampant dans la terreur ou acceptant ces compromissions pour durer un peu plus ? Regarde Cholayna. Elle aurait pu rester tranquillement à Thendara, ou y retourner quand nous avons quitté Nevarsin. Même si elle y était morte, cela aurait mieux valu que de s'être arrêtée au Ravensmark, sachant qu'elle avait échoué sur toute la ligne. Vivre, c'est prendre des risques. Tu aurais pu rester à la Maison de la Guilde et suivre des ordres. Ma mère aurait pu rester dans les Villes Sèches et porter des chaînes toute sa vie. Elle serait peut-être morte quand même à la naissance de Valentin, et d'une mort plus confortable, mais je serais toujours dans les chaînes. Dans les chaînes, répéta-t-elle, considérant pensivement ses poignets nus. Voilà la vérité, Magda. Nous ne pouvons pas changer la vie. L'amour du gain, la cupidité et… l'attrait de la sécurité s'y opposent. La nature humaine, comme tu dis. On ne peut que sortir du

système. Comme Damon quand il a fondé la Tour Interdite. Il aurait pu devenir aveugle mental — son *laran* brûlé,
parce qu'il ne voulait pas reculer et promettre d'utiliser
ses *donas* uniquement comme le font les autres, ceux qui
détiennent le pouvoir. Mais s'il avait fait cela, il serait
quand même devenu aveugle mental, et de sa propre faute,
et il le savait.

Magda connaissait l'histoire de Damon. Elle savait
qu'elle n'avait pas la même force que lui. *Sauf parfois,
quand Jaelle m'oblige à la suivre, à la poursuite de quelque défi fou...*

— Ainsi, tu vois, Magda, je peux retourner en arrière
pour jouer au jeu du pouvoir au Conseil, ou je peux aller
de l'avant, apprendre ce que ces *leronis* peuvent
m'enseigner...

— Tu as dit qu'il fallait du courage pour ériger la Tour
Interdite, et nous y avons notre place...

— Ça, ce fut l'épreuve du feu de Damon, Magda. Pas
la mienne.

Jaelle se tourna face à sa compagne.

— Sauf que je ne peux pas partir si ça doit te causer
une telle souffrance. C'est l'unique chose qui pourrait
m'arrêter. Je ne le ferai pas... s'il faut pour ça te passer
sur le corps.

La gorge serrée, Magda fut incapable de parler ; mais
ce n'était pas nécessaire. De nouveau, elle tendit ses mains
à Jaelle.

Shaya, mon trésor, mon amour, fais ce que tu dois faire.

Et tu viendras avec moi, Margali ?

Soudain, Magda sut que la quête de Jaelle était devenue la sienne. Mais les liens la retenant au monde étaient
plus forts. Dans cette situation, ce n'était plus une force,
mais une faiblesse.

*Je ne sais pas. Il faut que je ramène Cholayna saine et
sauve. C'est moi qui l'ai amenée ici, et je ne peux pas
l'abandonner maintenant. Je ne suis pas sûre de ce que
je ferai, Jaelle. Mais je n'essaierai pas de te retenir.*

— J'espérais que nous partirions ensemble, dit Jaelle
à voix haute comme elles revenaient vers les bâtiments.
Il faut rentrer, Margali, sinon, nous allons geler.

Effectivement, le froid, de plus en plus intense, n'était
plus stimulant mais mortel.

— Tu as raison, je suppose, dit Jaelle. Si tu n'es pas prête, il vaut mieux ne pas venir. Mais, oh *breda*, nous irons ensemble ou pas du tout. Je ne supporterais pas de te laisser en arrière.

Et naturellement, se dit Magda, Jaelle avait encore un pas d'avance sur elle, comme toujours.

— Conduis-moi donc, dit-elle d'un ton léger, et je te suivrai aussi loin que je pourrai. Mais pour le moment, je préfère te suivre dans la maison.

CHAPITRE 24

Magda rêvait...

Des silhouettes en longues robes noires faisaient cercle autour de quelque chose qui se trouvait au centre. Magda ne voyait pas ce que c'était ni ce qu'elles faisaient ; elle entendait seulement un bruit ressemblant aux cris des faucons, chacun accompagné d'un hurlement terrible, et un instant, elle pensa avec horreur, *c'est Shaya, elles se sont emparées de ma petite Shaya et elles la torturent.* Du centre du cercle surgirent des flammes, et Magda vit que ce n'était pas Shaya, mais le corps nu d'une femme ligotée.

Magda voulut se ruer vers elle, mais elle était comme retenue par des liens invisibles, des chaînes semblables à celles des Séchéennes.

Pour l'amour de Dieu, Lorne, aide-moi ! C'est toi qui m'as mise dans ce pétrin ; maintenant, tu as le devoir de m'en sortir !

C'était la voix de Lexie. Elle avait toujours su que c'était Lexie qui gisait là, impuissante, et que c'était à cause d'elle, Magda, qu'elle était là.

Elle se débattait dans ses liens, mais les faucons continuaient à crier. Maintenant, Magda voyait mieux à chaque sursaut de la flamme, les faucons montaient en planant sur le courant d'air chaud, puis piquaient sur le corps inerte de Lexie, déchirant ses chairs, et remontaient, de gros morceaux de chair sanguinolente dans leurs becs, tandis que Lexie hurlait, des hurlements terribles qui rappelèrent à Magda ceux de Jaelle dans la grotte où les retenait l'inondation, quand elle avait avorté de l'enfant de Peter Haldane. Elle délirait, la plupart du temps inconsciente, et dans son délire, elle hurlait ainsi, le ventre déchiré, et Magda ne pouvait rien faire pour elle. Ce jour-là, elles avaient frôlé la mort de très près.

Et maintenant, c'était Lexie qui hurlait. Et c'est ma faute ; elle voulait rivaliser avec moi, et c'est pourquoi elle s'est lancée dans cette aventure.

Elle se débattit de plus belle contre ses liens pour se porter au secours de Lexie, mais l'air était plein d'un feu bleu, et dans sa luminescence maléfique, elle vit le visage d'Aquilara, la magicienne noire.

— Oui, tu veux toujours te donner bonne conscience par ton désir d'aider les autres. Mais il te faut maintenant apprendre le détachement. Tu n'es pas responsable de ses problèmes, et c'est à elle de les assumer, expliqua Aquilara, impitoyable.

Cela semblait très rationnel, très raisonnable, pourtant, les hurlements continuaient à la déchirer comme si c'était son propre cœur que les serres acérées et les becs cruels mettaient en pièces.

— Oui, c'est ce qu'ils font en effet, poursuivit Aquilara. Ils mettent en pièces cette fausse façade de sentimentalité que tu appelles ton cœur, et te l'arracheront de la poitrine.

Et Magda, baissant les yeux, vit un grand trou sanglant s'ouvrir dans sa poitrine, d'où un faucon s'envolait en emportant un lambeau de chair.

Non. Réfléchis. Ce n'est qu'un rêve. Lentement, l'esprit de Magda revint à la réalité ; lentement, très lentement. Elle sentit tomber ses liens invisibles, leva les bras, se souleva, et se retrouva assise dans son sac de couchage. Son cœur battait encore la chamade. Elle entendit Jaelle crier, et la secoua pour la réveiller.

— Shaya, Shaya, tu fais un cauchemar, toi aussi ?

— Par les enfers de Zandru, murmura Jaelle, ce n'était qu'un rêve ! Je rêvais de la sorcière — Aquilara. Elle torturaient Rafaella ; elles m'avaient enchaînée à son *rryl* et m'obligeaient à jouer des ballades... Elle hurlait, elle hurlait — comme une gamine de quatorze ans en travail —

286

et les démons me criaient : « Plus fort, joue plus fort qu'on n'entende pas ses cris... ».

Elle frissonna et cacha son visage contre l'épaule de Magda.

Magda caressa ses doux cheveux soyeux, comprenant ce qui se passait. Même les thèmes de leurs cauchemars étaient pratiquement identiques.

Elle se demanda si Camilla et les autres avaient aussi fait des cauchemars. Elle avait peur de se rendormir.

— Je croyais que cette maison était protégée, dit-elle. Que même les noms de cette sorcière et de ses acolytes ne devaient pas y être prononcés...

— Protégée ? Sans doute seulement tant que nous étions épuisées et malades, hasarda Jaelle. Maintenant que nous sommes guéries et qu'il y a des décisions à prendre, ces démons ont retrouvé la liberté d'envahir nos esprits et... de nous torturer ?

Mais Magda n'eut pas le loisir de réfléchir à cette possibilité. Elle reçut des images d'horreur qui lui donnèrent la nausée.

Elle gisait par terre, pieds et poings liés au milieu d'un cercle de silhouettes en longues robes noires... non ; c'étaient des hommes, des bandits balafrés, brandissant des poignards, nus, laids et poilus, leurs phallus en érection la fouaillaient, acérés comme des rasoirs, tranchant ses seins, envahissant son ventre, lui arrachant sa féminité. L'un d'eux, un balafré à tête de faucon, éleva dans sa mains un fœtus sanglant de fille : « Voilà l'héritier d'Hastur qui ne naîtra jamais ! » Lentement, très lentement, le visage du bandit se modifia ; ce n'était plus le visage rude et balafré du bandit, mais celui, noble, pâle, et distant de la sorcière Léonie... Non ; c'était un visage d'homme. Le visage du régent, Lorill Hastur. « Comment puis-je reconnaître pour ma fille une enfant tellement souillée ? » demanda-t-il avec froideur en se détournant...

— Magda ! dit Jaelle horrifiée, se cramponnant à elle.

Magda secoua la paralysie induite par cette vision. Une fois déjà, avant l'éveil de son *laran*, elle s'était trouvée emportée dans un cauchemar de Camilla. Horrible expérience ; mais pire encore, la honte de Camilla de n'avoir pas pu barricader son esprit et cacher ces horreurs à son amie et amante.

Elle se pencha sur Camilla et la secoua pour la réveiller.

— Tu criais dans ton sommeil, ma chérie. Tu faisais un mauvais rêve ?

Magda l'avait déjà vue ainsi, s'efforçant de se libérer de la paralysie de la terreur. Les mains tremblantes, Camilla essuya son visage couvert de sueur, s'efforçant de faire bonne contenance.

— Oui, murmura-t-elle enfin. Merci de m'avoir réveillée, mes sœurs de serment.

Elle savait, et elle savait qu'elles savaient, le contenu de son rêve. Mais elle savait aussi qu'elles ne poseraient pas de questions et elle leur en était reconnaissante.

Le lendemain matin, Cholayna avait bonne mine et la respiration si dégagée que les deux femmes qui vinrent leur apporter leur porridge démantelèrent la tente de vapeur et l'emportèrent. Cholayna se leva, et s'habilla seule, disant qu'elle se sentait parfaitement guérie.

Mais cela soulevait de nouveau la question mise en sommeil tant que la vie de Cholayna était en danger, et Magda redoutait ce débat. Cholayna ne pouvait pas continuer à affronter le froid et la tempête.

Pourtant, quelles chances y avait-il qu'elle accepte de retourner à Thendara et de s'en remettre à Vanessa et Magda pour rechercher Lexie ? Le voudrait-elle ? Magda en doutait.

Elles évitèrent donc soigneusement ce sujet, et ce silence forcé éprouva les nerfs de Magda.

Il faisait beau, et Vanessa sortit pour scruter les falaises, à la recherche d'une voie de passage. Magda l'accompagna.

— Dis-moi, Vanessa, tu as fait des cauchemars, cette nuit ?

Vanessa hocha la tête, mais détourna les yeux, en rougissant, sans dire de quoi elle avait rêvé, et Magda ne le lui demanda pas. De nouveau, elles se trouvaient en butte à une attaque psychique ; la Sororité des Sages était très efficacement gardée par la Noire Sororité, du moins le semblait-il... à moins que les deux ne fussent étroitement imbriquées ? Son cauchemar et celui de Jaelle ne lui avaient pas été imposés du dehors, mais émanaient de leurs propres démons intérieurs.

Mais Camilla ? Ce n'était pas un cauchemar inspiré, comme les leurs par une omission, faute ou cruauté qu'elle eût commise et qui revenait la hanter, mais par des sévices infligés à une enfant innocente qui ne les avait pas mérités...

Jaelle avait posé la question sans réponse : *Pourquoi les méchants prospèrent-ils ?* Mais même les *cristoforos* étaient incapables d'y répondre ; ils la formulaient en langage poétique et en faisaient un mystère de leur Dieu.

Pour l'heure toutefois, Vanessa ne se souciait pas de considérations philosophiques, mais de réalités pratiques.

— À partir d'ici, il faudra aller à pied. Avec, peut-être, un ou deux chervines, mais les chevaux ne passeront pas.

— Tu crois que Cholayna pourra suivre ?

— Bon sang, je ne lis pas dans les pensées, Lorne. Mais elle insiste pour venir, et je ne crois pas pouvoir l'en empêcher. Tu veux essayer de la convaincre ? Non ? C'est bien ce que je pensais.

Quand elles rentrèrent, Camilla s'inclinait vers quelqu'un se tenant près de la cheminée. Magda et Vanessa s'approchèrent, et Jaelle dit, comme terminant des présentations commencées :

— Et voici nos deux compagnes, Vanessa ryn Erin et Margali n'ha Ysabet.

Magda vit alors une jeune femme, petite et menue, aux longs cheveux tressés en une unique natte lui tombant dans le dos, comme les femmes de Caer Donn. Elle portait une tunique safran toute simple, brodée de fleurs et de papillons à l'encolure et aux poignets, et des pantalons de cheval marron. Aucun ornement ou bijou, à part un anneau de cuivre à l'oreille gauche.

Elle dit dans le *casta* ordinaire des montagnes, mais parlant lentement et distinctement :

— Je m'appelle Kyntha. On m'a appelée ici, et je dois m'en aller bientôt. Dites-moi pourquoi vous êtes venues dans cette contrée, si loin au-delà de Nevarsin.

Jaelle se pencha et dit à Magda en un murmure imperceptible :

— C'est la femme dont m'a parlé Rakhaila.

Tout haut, elle poursuivit :

— Nous devions rejoindre des amies parties avant nous. Maintenant, nous avons des raisons de penser qu'il leur est arrivé malheur ou qu'elles sont captives quelque part.

Kyntha ne répondit pas, et Jaelle, fouillant dans sa poche, en tira la lettre de Rafaella qu'elle lui tendit.

— Je ne sais pas si, dans votre contrée, la coutume veut que les femmes apprennent à lire et à écrire...

— Oui, je sais lire, dit Kyntha, prenant la lettre qu'elle lut lentement en remuant les lèvres comme si elle était écrite en une langue étrangère.

Puis elle dit :

— Qu'attendez-vous de moi ? Si c'est la Sororité des Sages que votre amie recherche, vous savez sans doute que sa tentative était condamnée dès le départ.

— Pouvez-vous nous aider à la sauver ? dit Jaelle.

— Non.

C'était un « non » définitif, ne laissant aucune place à la discussion, et qui eut plus d'impact que des douzaines de protestations et d'excuses.

— Malgré tout, en raison de notre amitié, je dois le tenter, dit Jaelle.

— Si vous devez, vous devez. Mais prenez garde de ne pas vous laisser entraîner dans les causes qu'elle a mises en mouvement. Et si vous la sauvez des effets de sa propre folie, que ferez-vous ensuite ? La garderez-vous toute sa vie pour l'empêcher de tomber dans l'erreur ?

— Si elle a violé involontairement le territoire de votre Sainte Sororité, la punirez-vous de son ignorance ? demanda Vanessa.

— La neige punit-elle l'enfant qui s'y aventure sans cape, bottes et capuchon ? Et l'enfant en est-il moins gelé pour autant ?

Une fois de plus, se dit Magda, cette réponse excluait toute discussion. Finalement, Jaelle demanda :

— Pouvez-vous nous aider à trouver le chemin de la Cité où réside la Sororité ?

Kyntha dit, d'un ton encore plus définitif :

— Si je le connaissais, j'aurais juré de ne pas le révéler. Je crois que vous le savez. Alors, pourquoi le demander ?

— Parce que je sais que certaines vont et viennent entre cette maison et la Cité, alors, pourquoi chercher la clé d'une serrure inconnue quand il suffirait peut-être de frapper poliment à la porte pour être admise ?

Pour la première fois, Kyntha eut une ombre de sourire.

— Certaines ont mérité d'y être admises, et ce n'est pas à moi de dire que vous n'y seriez pas les bienvenues. Qui vous a parlé de ce lieu ?

— Ma mère adoptive, entre autres, dit Jaelle. Je n'avais jamais pensé que je partirais à sa recherche, mais maintenant, le moment semble venu.

— Et vos compagnes ? Parlez-vous aussi en leur nom ?

Jaelle ouvrit la bouche, puis la referma. Elle dit finalement :

— Non. Je les laisserai exposer leurs raisons elles-mêmes.

— Très bien.

Kyntha les regarda l'une après l'autre, mais toutes se taisaient. Cholayna dit enfin :

— Je n'ai aucun désir de violer les limites de votre Cité. Je m'intéresse uniquement à la jeune femme mentionnée dans la lettre.

— Est-ce votre fille ou votre amante ? Ou est-elle encore une enfant, que vous tentiez de lui éviter les conséquences de ses actes, fille de Chandria ?

Magda s'étonna que Kyntha, après des présentations sommaires, eût retenu le nom de Cholayna.

— Ni l'un ni l'autre. Mais elle a été autrefois mon élève ; c'est moi qui l'ai formée, et j'assume la responsabilité de son échec.

— Arrogance, dit Kyntha. Elle est adulte. Elle a choisi elle-même son échec, et elle doit supporter les conséquences de ses fautes.

Vanessa l'interrompit d'un ton contestataire :

— S'il est interdit d'aider une amie dans votre Cité, j'espère bien ne jamais y entrer. Oserez-vous dire que vos règles interdisent de secourir une camarade ?

Kyntha regarda Vanessa dans les yeux, et soutint son regard un long moment ; puis elle dit avec le même sérieux :

— Vos motivations sont altruistes. Comme celles de l'enfant qui voulait aider le chat-tigre à transporter ses petits en un lieu chaud et confortable, et les mit dans son lit. Vous ne savez pas ce que vous faites, et vous ne serez pas épargnée sur le vu de vos motifs admirables.

Ses yeux se posèrent sur Camilla.

— Et vous ? Recherchez-vous la Cité, ou êtes-vous là uniquement dans le désir inconsidéré de partager le sort de vos amies ?

— Si vous raillez l'amitié et l'amour, rétorqua Camilla, je me moque de ce que vous pensez de moi. Mes raisons pour rechercher cette Cité m'appartiennent, et vous ne m'avez pas encore convaincue que je devrais vous les révéler. Quelles preuves ai-je que vous détenez la clé de la porte ?

— Très bien, remarqua Kyntha. Nombreuses sont celles qui connaissent le chemin de cette Cité, mais certaines qui vous proposent de vous l'indiquer ne le connaissent pas si bien qu'elles le croient. Il n'est pas impossible que l'autorisation vous soit donnée, et aussi à celle-ci... dit-elle, montrant Jaelle de la tête. Je ne sais pas. Si la destinée veut que vous soyez autorisées à rechercher cette Cité, alors vous serez guidées, et peut-être même aidées. Mais beaucoup ont reçu de l'aide et ont fait demi-tour avant la fin, et parmi celles qui ont persévéré, certaines n'ont pas terminé le voyage. Il faut être sage et prudente.

Elle se tourna vers Magda et demanda :

— Et vous ?

— J'ai rencontré deux fois la Sororité, du moins me le semble-t-il, dit Magda.

Kyntha fixait sur elle des yeux curieusement autoritaires ; Magda sentait qu'il serait impensable de mentir sous ce regard.

— Une fois, elles m'ont sauvé la vie et celle de ma compagne. Et l'une de ces femmes, qui, selon vos propres termes, *viola* leur retraite, a également, lors d'une crise profonde et à l'article de la mort, rencontré la Sororité. C'est pourquoi j'ai cru avoir été appelée... et elle aussi, peut-être. Comment pouvez-vous savoir que nous n'avons pas été choisies, et pourquoi supposez-vous que nous cherchons à nous introduire en fraude ?

— Parce que j'ai lu la lettre de son amie, répliqua Kyntha. Même si elle avait été appelée, quiconque approuvant les motifs exposés dans cette lettre ne trouverait jamais ce qu'elle cherche. À ce moment précis et dans cette compagnie précise, ce serait un acte de violation. Quant à vous, je n'ai aucun moyen de savoir si vous avez été élue ou si vous êtes l'objet d'une illusion. Si vous avez vraiment été appelée, vous trouverez de l'aide. Et on ne vous laissera pas dans le doute.

Long silence. Jaelle dit enfin :

— Puis-je vous poser une question ?

— Une douzaine si vous voulez. Mais je ne vous promets pas d'y répondre. Je ne vous ai pas été envoyée pour cela, et je ne suis ni sage ni savante.

— Êtes-vous membre de cette Sororité ?

— Si je le prétendais, comment sauriez-vous que je dis vrai ? N'importe qui peut le prétendre.

Camilla l'interrompit.

— Certaines d'entre nous ont le *laran*. Assez en tout cas pour distinguer le mensonge de la vérité, dit-elle d'une voix dure.

Pourtant, Kyntha sourit ; Magda eut l'impression très nette que Camilla lui plaisait.

— Une autre question, dit Jaelle. Nous avons rencontré...

Elle hésita, et Magda se douta qu'elle se rappelait l'interdiction de prononcer le nom d'Aquilara.

— Nous avons rencontré une femme qui a prétendu nous donner des ordres au nom de la Déesse. Fait-elle partie de votre Sororité ?

— Pourquoi douter de votre instinct, Shaya n'ha Melora ? Me permettrez-vous de vous conseiller, dans la mesure où je le peux ?

— Certainement, dit Jaelle.

— Alors, voici ce que je vous conseille. Gardez le silence. Ne confiez votre objectif à personne, et ne nommez jamais, trois fois jamais, le mal que vous craignez. Il serait plus facile à votre fille, chaussée de ses pantoufles et armée d'une cuillère en bois contre les banshees, de passer le Ravensmark, qu'il ne vous le serait d'entrer en ce lieu en mauvaise compagnie. Et il y a celles qui, même si vous êtes appelées, chercheront à vous arrêter, par jalousie ou par simple plaisir de nuire. Si de l'aide vous est envoyée, faites confiance à votre instinct.

Elle s'inclina, les englobant toutes dans son salut.

— Que vous le croyiez ou non, je vous souhaite bonne chance, dit-elle, et, sans autre adieu, elle sortit.

— Eh bien, dit Cholayna, quand il fut évident qu'elle ne reviendrait pas, qu'allons-nous faire de *ça* ?

— Aucune idée, dit Jaelle. Mais je crois qu'il ne faut plus compter très longtemps sur l'hospitalité de cette maison. Nous avons reçu notre avertissement, nous sommes guéries et reposées, et c'est à nous de décider si nous continuons ou si nous faisons demi-tour.

— Je ne fais pas demi-tour, dit Camilla. Je conclus de ce qu'elle a dit que la Cité de notre quête est proche, car, étant la Cité de la Sororité d'Avarra, on peut présumer qu'elle n'est guère éloignée de la Sainte Maison d'Avarra. Elle n'a pas parlé de nous renvoyer.

— Je crois qu'elle a été envoyée pour juger de la force de notre détermination. En tout cas, elle a tout fait pour nous décourager.

— Je n'ai pas eu du tout cette impression, protesta Magda.

Elle trouvait que Kyntha avait fait preuve d'une franchise admirable.

— Pourtant, si elle est partie faire un rapport à ses supérieures, nous devrions peut-être en attendre les réactions et le verdict. Elle a dit que, peut-être, on nous enverrait de l'aide, et même des guides.

— Je suppose que nous sommes toutes d'accord sur un point, à savoir, qu'elle nous a été envoyée et qu'elle n'est pas membre de... de l'autre bande, dit Vanessa. Pourtant, elle a parlé comme s'il n'était pas question de nous laisser approcher de cet endroit, Cholayna et moi. Juste vous deux, et peut-être Magda. J'ai remarqué qu'elle te traitait comme si tu étais toi-même Ténébrane.

Magda se dit qu'elle aurait dû le remarquer elle-même. Oui, elle avait certainement le droit d'être considérée comme Ténébrane.

Mais avait-elle vraiment ce droit, ou n'était-ce qu'une supposition flatteuse ? Et pourquoi se souciait-elle de cela, questionnant ses motivations à ce stade ? Elle était venue trop loin pour reculer maintenant.

— Je trouve que nous devrions partir aussi vite que possible, dit Jaelle.

— Et moi, je trouve que nous devrions attendre pour voir si on nous envoie l'aide à laquelle elle a fait allusion, objecta Magda.

— Je ne suis pas d'accord, dit Camilla. Et vous savez pourquoi ? Elle a dit qu'elle ne nous accorderait aucune aide pour porter secours à Lexie et Rafaella. Elle a traité Cholayna et Vanessa comme si c'étaient des intruses légèrement importunes, malgré la gentillesse et les soins qu'on leur a prodigués. Voici ce que je pense : si nous attendons leur aide, nous devrons la payer du renvoi de ces deux-là, dit-elle, montrant de la tête les deux Terriennes, et en abandonnant tout espoir de sauver Rafaella. Et je ne suis pas prête à le faire.

— Ni moi, dit Magda. Je crois qu'il faut faire nos bagages et partir aussi vite que possible.

Elle ajouta, hésitante :

— Aucune d'entre nous n'avait prévu cela, mais je crois que c'est notre dernière chance : je veux bien essayer de suivre Lexie et Rafaella par le *laran*, quelles que soient les mains entre lesquelles elles se trouvent actuellement. Et toi, Jaelle ?

— J'ai peur de recevoir... l'autre, dit Jaelle, troublée, mais Camilla secoua la tête.

— Si elles sont entre *ses* mains, comme je commence à le craindre, nous n'avons pas le choix. Je vois Lexie et Rafaella, et je la vois... elle. Shaya, est-ce cela que tu appelles le *laran* ?

Jaelle n'eut pas le temps de répondre à la question. D'abord, deux femmes entrèrent, très affairées. Puis la vieille prêtresse qui avait soigné Cholayna entra avec une bienveillante assurance, et vint s'asseoir parmi elles.

Et derrière elle, suivait une petite femme solide qu'elles dévisagèrent, ébahies, incrédules. Si le Légat Terrien était entré, Magda n'aurait pas été plus stupéfaite.

— Eh bien, on dirait une réunion de la Chaîne d'Union, section des Heller, dit la femme. Alors, personne ne va me dire bonjour ?

Mais elles étaient trop stupéfaites pour parler. Finalement, ce fut Cholayna qui croassa d'une voix encore rauque :

— J'aurais dû m'en douter ! Bonjour, Marisela.

CHAPITRE 25

— Marisela, comment es-tu venue jusqu'ici ? demanda Jaelle.

— Comme vous ; à cheval quand c'était possible, à pied quand ça ne l'était pas, et grimpant quand il le fallait, dit Marisela. Naturellement, comme je savais où j'allais, j'ai pris la route directe jusqu'à Nevarsin.

— Tu aurais pu nous prévenir, dit Camilla.

— Oui. J'aurais pu vous tenir la main à chaque pas, dit Marisela, ironique. Ne dis pas de bêtises, Camilla. C'est vrai, ce que j'ai dit à Magda. Je ne suis pas libre de discuter des affaires de la Sororité avec des profanes, et cela inclut le lieu où elles résident et la quête obligatoire et sans aide pour parvenir jusqu'à elles.

— Si elles exigent tant d'efforts pour les atteindre, comment peut-on savoir si ça en vaut la peine ?

— On ne le sait pas. Personne ne vous a forcées à venir. Que ce soit bien clair, Camilla. À n'importe quel moment, vous pouviez faire demi-tour pour retrouver la sécurité de Thendara et les plaisirs que vous attendez de la vie. Vous n'aviez aucune raison d'y renoncer, et toi moins que toute autre. Pourtant, je remarque qu'aucune n'a choisi de rentrer.

— C'est à côté de la question, dit Vanessa. Quelle que soit la quête spirituelle dont tu parles, Camilla, notre idée essentielle est de retrouver Lexie et Rafaella.

Ce fut Marisela qui répondit :

— En es-tu bien sûre, Vanessa ? Je remarque que tu n'as pas fait demi-tour, toi non plus. N'as-tu rien gagné au cours de ce voyage ? Ta quête est-elle entièrement désintéressée ?

— Je voudrais que tu cesses de parler par énigmes, protesta Vanessa. Qu'est-ce que cela a à voir avec nous ?

— Tout, dit Marisela. Réfléchis bien maintenant, parce que de ta réponse dépend peut-être que vous soyez autorisées à continuer ou non. L'amitié peut te conduire jusqu'à un certain point, et ne va pas penser que je raille ton désir louable d'aider tes amies. Mais à la longue, Vanessa ryn Erin...

Magda fut stupéfaite de l'entendre utiliser, non le nom sous lequel Vanessa était connue à la Guilde et à la Chaîne d'Union, mais son nom terrien.

— À la longue, rien ne compte que tes propres motifs d'entreprendre cette quête. N'y as-tu rien gagné ?

— Est-ce une faute ? demanda Vanessa, agressive.

Marisela hésita et regarda un instant la vieille prêtresse, impassible sur son banc de pierre. La vieille femme leva les yeux et regarda simplement Vanessa. Un instant, Magda crut qu'elle allait l'attaquer et la démolir avec cette dureté dont elle était capable, mais c'est avec une douceur surprenante qu'elle lui dit :

— Elle ne te demande pas ce qui est bien ou mal, petite sœur. Tu cherches ce qui est bien, nous le savons, sinon tu serais dehors dans la tempête, quel que soit ton dénuement, car nous n'offrons jamais refuge à celles qui cherchent activement à nuire à leurs semblables. Ta sœur te demande si tu as trouvé quelque chose qui t'est propre et à ton goût ? Parle sans crainte.

— Je n'arrive pas à croire que vous me posiez une telle question, répondit Vanessa avec impatience. Oui, l'une de mes raisons pour participer à cette expédition était mon désir de voir ces montagnes, de les escalader, parce que je savais que sinon, je n'en aurais jamais l'occasion, et j'étais prête à tout accepter pour en profiter. Mais cela ne veut pas dire que mon désir d'aider à retrouver Lexie et Rafaella était moins sincère.

— Je ne savais pas que tu l'aimais tellement, remarqua Marisela.

— Aimer n'a rien à voir avec ma décision, dit Vanessa avec colère. Elle n'est ni mon amie intime, ni ma confidente, ni mon amante, je ne suis pas une… bon, je sais que c'est la coutume ici, et je n'y trouve rien à redire, mais je ne suis pas, sexuellement, attirée par les femmes. Mais nous avons fait nos études ensemble, et elle est en danger. Elle a besoin d'amies, et elle en a peu. Je suppose que si ma vie était menacée elle me tendrait la main. Ou alors, que vaudraient tous vos discours sur la sororité — et je ne parle pas de sociétés secrètes — si je ne peux pas tenter de sauver une amie ? Pour ce qui est de Rafaella, c'est une montagnarde, et je la respecte. Vous ne comprenez pas ces choses-là ?

La vieille femme souriait, mais Vanessa ne le remarqua pas. Marisela hocha la tête, comme pour approuver ses paroles, et dit :

— Rafaella et moi, nous avons accompli ensemble notre période de réclusion à la Maison de la Guilde de Thendara ; cela me semble très loin. Je m'inquiète à son sujet, moi aussi, et c'est une raison de ma présence ici. Elle a le droit d'entreprendre sa propre quête, elle aussi, même si elle ne recherche que la richesse, mais je craignais que, tout en pensant ne faire que son métier, elle aille s'attaquer à trop fort pour elle. Je savais que Jaelle s'inquiétait à son sujet, pourtant s'il n'y avait eu que le mauvais temps et les mauvais chemins à craindre, Jaelle aurait pu s'en tirer, avec ton aide. Mais il y avait d'autres dangers, et j'espérais l'empêcher de les rencontrer sans en avoir auparavant une idée bien claire.

Elle soupira.

— Ainsi, vous ne l'avez pas rattrapée ?

— Tu vois bien que non, dit Camilla, ironique. Comme si tu ne savais pas, étant *leronis*…

— Je ne suis pas plus omnisciente que toi, Camilla. Jusqu'à mon arrivée ici, j'espérais encore. Mais si elle n'a pas trouvé refuge ici pendant la grande tempête, il n'y a que deux possibilités : ou bien elle est en sécurité *ailleurs*…

Elle prononça le mot avec hésitation, regardant furtivement la vieille femme, et Magda comprit qu'elle parlait d'Aquilara et de ses servantes.

— … ou elle est morte. Car il n'y a aucun autre refuge dans les environs, et personne ne peut survivre à la belle étoile dans ces montagnes. Je ne supporte pas l'idée qu'elle soit tombée entre les mains de...

Elle battit furieusement des paupières, et Magda s'aperçut qu'elle essayait de refouler ses larmes.

La vieille femme se pencha sur elle et dit d'un ton apaisant en lui touchant la main :

— Espère qu'elle soit en sécurité dans la mort, ma fille.

Cholayna qui se concentrait intensément pour suivre la conversation — Magda, qui avait reçu le même enseignement qu'elle, comprit quel effort il lui fallait pour comprendre la langue dont elles se servaient, bien que Cholayna eût bénéficié du meilleur enseignement linguistique de tout l'Empire — prit la parole pour la première fois.

— Marisela, je suis comme Vanessa, je n'en crois pas mes oreilles. Ces femmes sont-elles intolérantes au point d'espérer sincèrement que Lexie et Rafaella soient mortes, plutôt qu'adeptes d'une hérésie religieuse quelconque ? J'ai entendu parler de l'intolérance religieuse, mais cela dépasse tout ce qu'on peut imaginer ! Je ne suis pas ingrate envers ces femmes. Elles m'ont sauvé la vie, elles ont évité à Vanessa une infirmité permanente — elles nous ont toutes sauvées. Mais je trouve quand même terrifiante cette façon de penser !

Ce fut la vieille femme qui répondit, lentement — comme pour se faire comprendre de Cholayna à travers une barrière insurmontable.

— Tu es ignorante. Celle qui te parle ne peut pas te communiquer toute une vie de sagesse en quelques minutes. Mais si tu ne peux rien imaginer de pire que la mort, tu est pire qu'ignorante. Ne vois-tu rien qui te fasse assez horreur pour préférer mourir que de le faire ? Celles dont nous ne voulons pas prononcer le nom...

Elle s'interrompit et secoua la tête, sa frustration presque tangible.

— Comment t'expliquer ? N'aimerais-tu pas mieux mourir que de torturer un enfant sans défense ? Ou trahir ton honneur ? Celles dont nous parlons trouvent leur plus grand plaisir à voir leurs victimes commettre des horreurs auxquelles elles croyaient jusque-là préférer la mort. Par peur de la mort, et parce qu'elles ne savent rien de la mort.

Elle branlait la tête de colère.

— Et prononcer leur nom est les inviter dans ta tête. Pense que celle qui te parle t'aime, ma fille, pour tant risquer pour toi dans ton ignorance, et pour tenter de t'enseigner quelques miettes de sagesse.

Magda regarda Jaelle, et, en un éclair, que ce fut par le *laran* ou autrement, elle comprit tout. C'était exactement ce que Jaelle lui avait dit la veille : *De toute façon, nous mourrons toutes.*

Magda repensa aux atrocités, commises tout au long de l'histoire de l'humanité, par des hommes sur d'autres hommes — et femmes — parce qu'ils redoutaient la mort : gardiens donnant la mort à leurs frères dans les camps de concentration ; massacres des guerres où le tueur se justifiait par la peur d'être tué à son tour ; et toutes les horribles trahisons découlant de cette horrible peur — *je ferai n'importe quoi, n'importe quoi, mais je ne veux pas mourir...* Ces abominations étaient déjà assez condamnables lorsque celui qui les commettait, par une sorte d'aberration mentale, croyait les commettre pour le bien de ses victimes, comme les monstres religieux qui brûlaient, pendaient et massacraient pour sauver les âmes. Mais quelle justification pouvait trouver celui qui les commettait par simple peur de la mort ? Un instant, Magda ressentit une joie farouche, qui fulgura en elle comme un éclair de connaissance absolue, et qui lui fit comprendre la puissance de la vie et l'insignifiance de la mort.

Totalement possédée par cette connaissance, elle prit conscience de son intense amour pour Jaelle, *bien sûr, c'est pourquoi j'ai risqué ma vie pour elle ;* de son amour totalement différent pour Camilla. Son amour engloba même cette vieille femme, *elle ne connaît même pas Cholayna et pourtant elle risque ce qu'elle considère comme une mort spirituelle pour elle ; elle craint d'inviter Aquilara et ses acolytes à venir jouer leurs jeux redoutables dans sa tête, mais parce qu'elle nous aime...*

Elles ne peuvent que me tuer, et cela n'a pas d'importance. C'est l'agonie qui fait mal, non la mort.

Puis elle revint à la réalité, étonnée de ses propres pensées. La question ne se posait pas — personne ne lui avait demandé de mourir pour quoi que ce soit ! *Qu'est-ce qui me prend. Je n'ai pas plus envie de mourir qu'une autre ; pourquoi me laisser aller à ces idées héroïques ?*

Puis elle se demanda si elle n'avait pas tout imaginé, car Cholayna disait justement, réfrénant poliment son impatience, que la question ne se posait pas.

— Personne ne m'a offert ce choix, et, avec tout le respect que je vous dois, je trouve difficile à croire que cette Sororité rivale se comporte comme les anciens dictateurs ou les spécialistes du lavage de cerveau, en leur proposant le choix entre la mort et le déshonneur. C'est absurde et mélodramatique !

Puis Cholayna se pencha vers la vieille femme et poursuivit, très grave :

— Chaque fois que j'entends quelqu'un dire qu'il est des choses plus importantes que la vie ou la mort, je me demande quelle est la vie qu'il est prêt à risquer. Et j'ai découvert que c'est rarement la sienne !

Le sourire édenté de la vieille femme était doux, et presque désespéré.

— Tes intentions sont bonnes, mais tu es ignorante, fille de Chandria. Qu'Avarra te prête vie assez longtemps pour que tu acquières un jour une sagesse qui égale ta force et ta bonne volonté.

Marisela se leva, comme pour conclure la conversation.

— Il est temps de partir, pendant qu'il fait encore beau. Vous êtes prêtes ?

— Je te l'avais bien dit, Magda, dit doucement Jaelle. Nous avions été averties de nous tenir prêtes.

Camilla enfonça les mains dans les poches de sa tunique et dit :

— Pour aller où ?

— Pour aller à l'endroit que vous cherchez. Sinon, où ?

— La Cité de...

— Chut, dit vivement Marisela. Tais-toi. Non. Je parle sérieusement. Les mots et la pensée ont un pouvoir certain.

— Au nom de la Déesse, ou de tous les démons de Zandru, épargne-moi tes niaiseries mystiques, Marisela !

— C'est toi qui oses me dire ça ? Tu sais très bien ce qu'il en est, bien que tu aies tenté d'y fermer ton esprit, *Elorie Hastur* !

Camilla porta la main à son couteau.

— Va au diable. Je m'appelle Camilla n'ha Kyria...

Marisela lui fit baisser les yeux.

— Et tu maintiens que les noms n'ont aucun pouvoir, Camilla ?

Camilla se laissa tomber sur un banc, soudain sans voix.

Magda se mit à ranger leurs affaires. Après leur séjour prolongé, la salle avait pris l'aspect d'un campement de romanichels, bien qu'elles aient essayé de la garder en ordre. La vieille femme se leva péniblement, Marisela se précipitant pour l'assister. Camilla s'approcha d'elle.

— Grand-Mère de bien des mystères, une question est-elle permise à l'ignorante ?

— Bien sûr, sinon, comment apprendrait-elle ? répondit-elle doucement.

— Comment saviez-vous...

Elle s'interrompit, déglutit avec effort, et termina :

— Tout ça ?

— Pour celles qui voient sous la surface, ma fille, dit-elle avec une infinie douceur, c'est écrit dans toutes les rides, toutes les cicatrices de ton visage. Cela se lit dans l'énergie que rayonne ton corps aussi clairement que le chasseur lit les traces du chervine sauvage. Ne crains rien. Ton amie, poursuivit-elle en regardant Marisela, n'a pas trahi ta confiance. Celle qui te parle te le jure.

— Elle ne pouvait pas la trahir, dit Camilla avec brusquerie, elle ne l'a jamais possédée.

Elle considéra Marisela, l'air interrogateur, et Magda l'entendit penser : *a-t-elle lu en moi, elle aussi ? Sait-elle tout sur moi ?*

Puis elle demanda, d'une voix dure, mais parlant avec clarté le patois montagnard de la vieille femme :

— Puisque vous prenez à tâche de déterrer les anciens noms et les passés oubliés, puis-je vous demander le vôtre, Mère ?

Le sourire édenté était serein.

— Celle qui te parle n'a pas de nom. Il a été oublié dans une autre vie. Quand tu auras des raisons de le connaître, *chiya*, tu le liras aussi facilement que je lis le tien. Qu'Avarra bénisse ta route, ma chère fille. Peu de tes sœurs ont subi tant d'épreuves. Comment le fruit peut-il mûrir si l'arbre n'est pas élagué ?

Elle eut un sourire bienveillant et ferma les yeux, comme s'abîmant dans le sommeil soudain de la sénilité. Marisela considéra Camilla, avec une crainte presque révérencielle, mais ne dit rien.

— Quand allons-nous partir ? Il fait beau, et il faut en profiter.

Elles furent prêtes avec une rapidité étonnante. Le ciel était sans nuages, mais le vent soufflait à l'approche de la falaise. Elles descendirent en deux fois, et Magda, reculant discrètement pour faire partie du deuxième groupe, regarda avec horreur le panier contenant Jaelle, Camilla, Cholayna et Marisela, cogner, cahoter et rebondir contre la paroi. La corde semblait trop fine pour le porter, malgré ses trois doigts d'épaisseur. Elle détourna les yeux, sachant que si elle continuait à regarder, elle n'aurait jamais le courage de monter dans ce dispositif rudimentaire.

Rakhaila la sentit se crisper et s'esclaffa.

— Ha ! Ha ! T'aimes mieux descendre par l'escalier, jeun'dame ? J'suis vieille et aveugle, et je descends tous les jours. Les marches, c'est par-là !

Elle poussa Magda vers l'escalier ; Magda cria et tomba à genoux à l'extrême bord de la plate-forme ; un pas de plus, et elle aurait basculé dans l'abîme.

Vanessa la prit par le bras et murmura :

— C'est très solide, en fait. Il n'y a rien à craindre, Magda. Elles montent et descendent comme ça depuis des siècles, apparemment sans dommages.

Elle soutint Magda qui, détournant les yeux de l'étroit espace entre la falaise et le panier, en enjamba le rebord avant de s'asseoir, les yeux fixés au fond, où restaient encore quelques brins de paille et des grains.

D'où sortent-elles leur céréales et leur nourriture ? Doivent-elles tout monter dans ce panier ? se demandat-elle, sachant que ce n'était qu'une façon de se distraire de sa peur. Puis elle se railla intérieurement.

Moi et mes belles théories sur la mort qu'il ne faut pas craindre ! Et me voilà prête à mouiller ma culotte de peur, à cause d'un ascenseur primitif qui est sans doute aussi sûr que ceux du Q.G. Terrien.

L'acrophobie, se rappela-t-elle, n'était pas rationnelle, par définition. Mais elle n'en souffrait pas autant quand elle avait franchi le Col de Scaravel pour la première fois, sept, non, huit ans plus tôt avec Jaelle. Et elle se rappela avoir pris beaucoup de plaisir à son premier voyage à Nevarsin avec Peter Haldane, quand ils avaient tous deux une vingtaine d'années.

Avec un soulagement inexprimable, elle sentit le panier toucher le sol et elle en sortit précipitamment.

— Tu viens avec nous, Marisela ?

— Bien sûr, ma chérie ; mais je ne connais pas tous les détours du chemin ; Rakhaila nous guidera. Les chevaux devront rester ici. Nous prendrons un seul chervine, et laisserons le reste pour le retour.

Se demandant vaguement comment une aveugle pourrait les guider sur un chemin si compliqué que Marisela elle-même n'arrivait pas à le retrouver, Magda prit le chervine par la bride. Au bas de la falaise, le vent soufflait moins fort que sur les hauteurs, mais assez pour rabattre en arrière les cheveux embroussaillés de Rakhaila qui prit la tête de la colonne.

La neige était molle sous les pieds, et le vent mordant, mais Magda, rabattant son écharpe sur son visage, se félicita qu'il ne fût pas glacial. Vanessa boîtillait un peu. Elle marchait immédiatement derrière Rakhaila ; ensuite venaient Jaelle, puis Camilla et Cholayna de front. Pour le moment, Cholayna marchait d'un pas vif, la respiration dégagée. Peut-être s'était-elle acclimatée à l'altitude ? Elles ne l'auraient pas laissée partir, se dit-elle, s'il y avait encore subsisté des risques de pneumonie.

Elles empruntaient un chemin de crête, avec un précipice de chaque côté. Magda, conduisant le chervine derrière Camilla et Cholayna, regardait sur sa droite, où la pente était moins abrupte et lui donnait moins le vertige. Le sentier était juste assez large pour une personne, mais semblait fréquenté ; aux endroits où la neige avait fondu, la terre en était martelée et durcie par des générations de pieds.

Derrière Magda et le chervine, Marisela fermait la marche. Le vent excluait toute conversation, et elles avançaient d'un bon pas.

Plus d'une heure de marche. Ces cinq jours de repos avaient fait du bien à Magda ; l'altitude ne lui faisait plus battre le cœur à grands coups. Plus bas, elle voyait le faîte des arbres. Bon endroit pour les banshees, se dit-elle avec indifférence, considérant les étendues glacées de chaque côté de la crête. Mais même les banshees devaient être morts de faim depuis des siècles.

Rakhaila leva le bras en poussant un long cri strident, et elles s'arrêtèrent.

— Repos ici ; mangez si vous avez faim.

On dirait que cent ans d'exposition au vent ont rendu Rakhaila d'un stoïcisme imperturbable, se dit Magda ; tandis qu'elles sortaient le réchaud et faisaient le thé, l'aveugle s'assit sur le sentier, immobile, comme un tas de vieux chiffons, et quand Camilla lui en proposa un quart, elle refusa dédaigneusement de la tête.

— Alors, voilà une Amazone qui nous ridiculise toutes ! marmonna Camilla, grignotant une barre de viande séchée à moitié gelée.

Cholayna mangea avec appétit une barre de noix au miel.

Magda l'entendit demander à Camilla :

— Tu crois vraiment qu'elles sont mortes ?

— Marisela n'est pas portée sur l'exagération, et je ne l'ai jamais vue mentir. Si elle dit qu'elles sont sans doute mortes, c'est qu'elle le pense. Où alors, comme elle l'a dit, elles sont tombées entre les mains d'Aquilara.

— Et nous continuons à marcher vers cet endroit, cette cité de sorcières ? Il ne vaudrait pas mieux essayer d'aller là où sont les autres ? Essayer de découvrir où Aquilara les a emmenées ? Si elle espère une rançon, nous pouvons la payer. Et si elle veut se battre, eh bien, je suis partante aussi pour ça.

Rakhaila tourna vers elle ses yeux aveugles et dit :

— Ha, attention à c'que tu d'mandes, ma sœur ; la Déesse pourrait t'le donner.

— J'en prendrais le risque, si vous vouliez bien m'y conduire, dit doucement Cholayna. Marisela peut accompagner les autres jusqu'à la Cité ou ailleurs. Voulez-vous me guider jusqu'à l'endroit où Marisela pense que nos amies sont retenues prisonnières ?

— Ha ! fit Rakhaila avec dédain en détournant la tête.

Jaelle et Camilla, assises sur leurs sacs, mangeaient une barre de viande. Magda les entendit parler de Kyntha.

— Elle a dit « ne nomme jamais le mal que tu redoutes ». Cela concerne-t-il aussi le temps ? Est-ce mal de parler d'une tempête qui se prépare ? demanda Jaelle.

— Mal ? Bien sûr que non. Sage ? Seulement si l'on peut faire quelque chose pour l'éviter. Il est certainement raisonnable de discuter des précautions à prendre. À part ça, en parler ne peut que renforcer la peur d'une chose qu'on ne peut empêcher. Il ne faut pas parler de la fureur présumée de la tempête, mais réfléchir à ce qu'il faut faire pour en sortir sans dommages.

— Alors, pourquoi nous a-t-elle dit de ne pas parler d'Aquilara, ni même de prononcer son nom ?

Marisela sourit. Du même sourire joyeux et plein de fossettes qu'elle avait pour instruire les jeunes Renonçantes à la Maison de la Guilde, remarqua Magda.

— J'ai passé trop de temps à enseigner, observa-t-elle. Je dois me faire vieille ; je suis contente qu'il y en ait de plus sages que moi pour vous instruire toutes les deux. En deux mots, la nommer pourrait attirer son attention ; les mots, comme nous le savons, ont un pouvoir.

— Mais qui sont-elles, Marisela ? J'arrive à concevoir une Sororité bienveillante, qui manifeste de l'intérêt pour les affaires des femmes...

— De l'humanité tout entière, Camilla. De nos sœurs et de nos frères.

— Mais l'idée qu'il existe une organisation rivale, se consacrant à nuire à l'humanité me semble difficile à croire.

Marisela eut l'air troublé. Elle dit :

— L'endroit est mal choisi pour en discuter. Permets-moi simplement de te dire une chose — Jaelle, tu dois l'avoir entendue parmi les Terriens comme je l'ai entendue moi-même quand je faisais mes études d'infirmière au Q.G. — *chaque action entraîne une réaction de force égale et opposée.*

— Elles seraient donc une réaction à la présence des bonnes magiciennes, et se consacreraient au mal ?

— Ce n'est pas si simple. Je peux seulement dire qu'elles ne se soucient pas assez de l'humanité pour vouloir lui nuire ; elles veulent obtenir ce qu'elles désirent, c'est tout. Elles veulent le pouvoir.

— Est-ce si répréhensible ? argua Jaelle. Pendant les Séances de discussion, tu dis toujours aux jeunes qu'elles ont le droit d'acquérir le pouvoir...

— Le pouvoir sur *elles-mêmes*, ma chérie ! Ce genre de pouvoir est en accord avec la Sororité. Nous n'avons qu'un seul but : c'est qu'au cours du temps, toute personne qui vient en ce monde puisse devenir ce qu'il ou elle est, ou faire tout ce dont il ou elle est capable. Nous ne tombons pas dans l'erreur de penser que si seulement les gens faisaient ceci ou cela, le monde deviendrait parfait. La perfection est pour les individus, pris chacun un par un ; nous ne déterminons pas leur façon de vivre. Néanmoins, quand la Sororité détecte des évolutions et des dangers à long terme, elle favorise — comment dire ? — les tendances qui modifieront ces évolutions et donneront aux gens une chance de vivre autrement.

Elle sourit avec bonté à Camilla et reprit :

— Je ne sais pas ; cela faisait peut-être partie de leur plan que tu ne deviennes pas la puissante Gardienne que tu étais destinée à être.

— Gardienne ? Moi ? gronda Camilla avec indignation. Même si j'avais grandi dans la maison de mon père — de mon vrai père, je veux dire, et après ce que tu m'as dit, je serais une idiote si je ne soupçonnais pas son identité...

— Exact. T'imagines-tu à la place de la magicienne Léonie ?

— J'aimerais mieux... commença Camilla.

Elle prit une profonde inspiration, et dit, surprise elle-même comme si l'idée ne lui en était jamais venue :

— J'aimerais mieux avoir couru les routes toute ma vie avec un bandit pour frère d'arme !

— Exactement, dit Marisela. Mais si tu avais grandi dans le luxe et les privilèges de la maison royale d'Hastur, je doute que tu aies pensé ainsi, et tu aurais sans doute suivi Léonie à Arilinn. Ah Camilla, Camilla, ma chérie, ne commets pas l'erreur de penser que c'était ta destinée, gravée dans la pierre avant ta naissance. Mais si un Dieu ou un saint bien intentionné avait tendu la main pour t'épargner ta destinée, où en serais-tu aujourd'hui ?

Bien sûr, pensa Magda. C'était sa vie, prise dans sa totalité, qui faisait de Camilla ce qu'elle était.

— Tu le savais ? Avant ça ? demanda Camilla.

— Jusqu'à aujourd'hui, je ne savais de toi que ce que tu avais bien voulu me dire, Camilla, et ce que j'ai lu dans ton esprit et dans ton cœur, un jour que tu... émettais ; crois-moi, je n'ai jamais violé ton esprit. Ce que tu *étais* est sans intérêt pour moi.

Jaelle dit, agressive :

— Maintenant, je suppose que tu vas nous dire que la Sororité nous a sauvé la vie, à moi et à Magda, pour une raison bien précise...

— Je ne suis pas dans le secret de toutes leurs raisons ! Shaya, mon enfant, je ne suis qu'une de leur servantes, une de leurs nombreuses messagères. Je suis libre de deviner, c'est tout. Elles avaient peut-être un but à long terme, à savoir la préservation du *laran* des Aillard par une fille que tu enfanterais. Peut-être souhaitaient-elles que quelque don psychique terrien fût renforcé à la Tour Interdite, et qu'elles y ont dirigé Magda, quand elle eut décidé d'avoir un enfant, afin que sa petite Shaya soit élevée parmi ceux qui pourraient développer son *laran*. Et peut-être l'une d'elle a-t-elle simplement succombé, comme je le fais parfois sachant que je ne devrais pas, au désir de sauver une vie. Qui peut savoir ? Elles aussi ne sont qu'humaines, et commettent des erreurs, bien qu'elles voient plus loin que nous. Mais personne n'est parfait. Perfectible, sans doute, au plein sens du terme. Mais parfait, non.

— Pourtant, après avoir pris la peine de sauver la vie à Lexie, la laisser tomber aux mains... d'Aquilara ? Désolée, Marisela, je n'arrive pas à le croire.

— Je ne t'ai jamais demandé de croire à quoi que ce soit, dit Marisela, soudain indifférente, en se levant. Sauf que pour le moment, je crois que Rakhaila veut repartir, et que j'ai les jambes engourdies d'être assise. Je t'aide à ranger les affaires ?

Tout en marchant, Magda retournait tout cela dans sa tête. Si ce qu'ils disent du *laran* des Terriens est vrai, je m'étonne de n'avoir pas été poussée à choisir Andrew pour père de mon enfant ; le ciel m'est témoin qu'il a le *laran* le plus puissant de tous les Terriens que je connais. Mais à l'évidence, elles laissent jouer le libre arbitre. Elles m'ont laissée à ma destinée. Et il paraît que les Syrtis sont une ancienne branche des Hastur ; de sorte que Shaya est parente de Camilla par le sang, et de Jaelle selon les lois du serment d'union libre.

C'était rassurant. *S'il m'arrive quelque chose, Shaya aura des parents qui s'occuperont d'elle. En fait, elle et Cleindori sont sœurs.*

— Je vais conduire un peu le chervine, dit Jaelle, et Magda lui donna la bride et alla marcher auprès de Marisela.

Maintenant, le sentier montait avec force tournants, au pied d'une falaise d'où tombaient parfois des pierres ; mais à cet endroit, il était dominé par un surplomb, et Rakhaila avançait avec assurance, comme si elle voyait où elle posait les pieds.

— Tu veux marcher vers l'intérieur ? demanda Marisela. Je crois que les hauteurs te donnent le vertige.

— Un peu, dit Magda en acceptant, et elles continuèrent un moment côte à côte, en silence.

Finalement, Magda demanda :

— Marisela, ces... je ne les nommerai pas, tu sais qui je veux dire...

L'image d'Aquilara était dans son esprit, au milieu de ce curieux feu bleu.

— Je peux te demander une chose ? Pourquoi quelqu'un voudrait-il... évoluer de cette façon ? Sont-elles celles qui ont essayé... de chercher la *vraie* Sororité et ont échoué ? Et que cette voie était plus facile ?

— Oh, non, ma chérie. Il faut beaucoup plus de force et de puissance pour faire le mal que le bien.

— Pourquoi ? Je croyais que le mal c'était simplement la faiblesse de prendre la voie de moindre résistance...

— Grands dieux non ! Suivre la voie de moindre résistance, c'est être simplement faible, craintif, égoïste... en un mot, humain, imparfait. Si être faible était un crime, nous serions toutes devant nos juges. C'est excusable. Terrible parfois, mais en tout cas excusable. Les gens qui sont bons ou qui essayent de faire le bien, comme ils peuvent, vont dans le sens de la nature, tu comprends ? Pour faire le mal activement, il faut travailler *contre* la nature, et c'est beaucoup, beaucoup plus difficile. Il y a des résistances, et il faut arriver à avoir suffisamment d'élan pour s'opposer à sa pente naturelle.

C'était nouveau pour Magda, cette idée que le bien était le simple accomplissement de la finalité naturelle, et que faire le mal équivalait à travailler contre elle. Elle n'était pas certaine de bien comprendre, car Marisela était infirmière et sage-femme, et cette théorie, poussée jusqu'à ses extrêmes, pouvait s'interpréter comme une interdiction de sauver des vies, ce que Marisela avait passé toute son existence à faire. Elle décida qu'elle en reparlerait avec elle une autre fois. Mais elle n'en aurait jamais l'occasion.

Maintenant, elles descendaient une pente raide menant dans une vallée, au-dessous de la limite des arbres. Avant de s'engager sous les résineux, Marisela appela doucement Rakhaila et montra quelque chose devant elle. De l'autre côté de la vallée se dressait un long rempart de falaises de glace, scintillant à la lumière rouge du soleil.

— Le Mur-Autour-du-Monde, dit-elle.

Elles se regroupèrent et contemplèrent, ébahies. Vanessa prit une profonde inspiration, emplie d'une crainte révérencielle.

Mais tout ce qu'elle trouva à dire, ce fut :

— Il paraît plus haut que vu d'un avion de la Carto et Explo.

C'était un euphémisme. Les glaciers s'étendaient à l'infini, à perte de vue. Magda pensa, grands dieux, nous n'allons pas passer ça, pas à pied ?

Rakhaila leur fit un signe impatienté et repartit, d'une démarche si rapide qu'elle disparut bientôt sous les arbres. Camilla et Jaelle suivirent son rythme, mais Cholayna resta un peu en arrière avec Magda et Vanessa.

— Ça fait du bien de descendre, dit-elle.

— Fatiguée ?

— Pas autant que je le craignais, dit Cholayna en souriant. En un sens, je suis plus contente que jamais d'être venue. Si seulement je pouvais cesser de m'inquiéter au sujet de Lexie.

— C'est ce qu'elle a dû voir, dit Vanessa. Rien que ça, ça justifie le voyage. Et nous allons le traverser ! gloussa-t-elle, incrédule et ravie.

— Et en service actif, en plus, dit Cholayna, ironique. Qui parlait de missions bidon pour se faire payer des vacances, Vanessa ?

C'était un plaisir dont Magda se serait bien passé, mais elle ne voulait pas gâter celui de Vanessa. Maintenant, elles étaient sous les arbres, certains montant de la vallée, sous des angles bizarres, d'autres suspendus au-dessus du sentier, obscurcissant la vive lumière du soleil ; mais ils les abritaient un peu du vent. Rakhaila, Cholayna et Jaelle étaient hors de vue. Marisela se retourna pour faire signe aux Trois Terriennes de se hâter, et un instant, son visage qui souriait gaîment se figea, pour Magda, en un masque d'horreur, puis disparut dans une gerbe de sang. Ses yeux continuaient à la regarder. Une fraction de seconde, en état de choc, Magda se rappela avoir lu quelque part que les yeux d'un cadavre voyaient encore vingt secondes après la mort.

Puis le rire d'Aquilara résonna dans sa tête, et elle fut traînée en arrière et renversée sans possibilité de se défendre. Elle entendit Cholayna étouffer un cri, le seul qui lui parvint — Marisela était morte sans avoir eu le temps d'émettre un son.

Moi non plus, je n'ai pas eu une chance, pensa-t-elle, absurdement contrariée, avant de sombrer dans les ténèbres et le silence.

CHAPITRE 26

La première chose qui lui revint à l'esprit, ce fut :
l'agonie fait souffrir, pas la mort. Pourtant, la mort fait
souffrir aussi, pensa-t-elle. Elle avait les membres moulus,
et était certaine d'avoir une jambe cassée.

*Je pensais que si je mourais, je me retrouverais dans
le Surmonde. Cleindori dit qu'elle y était avant sa naissance. À moins que l'enfant n'ait rêvé ?*

Dommage. C'était une belle idée.

Maintenant, elle était sûre que la réalité serait moins
plaisante. Mais où était Marisela ? Si elles avaient été tuées
ensemble, ne devaient-elles pas être ensemble maintenant ?

Au bout d'un long moment, elle aperçut une luminescence orangée, et, au loin, elle entendit une voix.

— Vous avez encore tout raté, comme d'habitude. C'est
surtout l'autre que je voulais vivante, la sage-femme.

La voix d'Aquilara. *Bien sûr, sinon, qui d'autre ?*

— Alors, il faut tuer celle-là ?

— Non. Je trouverai à l'employer.

Au bout d'un certain temps, Magda réalisa : *mais c'est
de moi qu'elles parlent !*

La pensée suivante mit également un certain temps à
se former dans sa tête. *Si elles parlent de me tuer, alors,
à l'évidence, c'est que je ne suis pas morte.*

Puis elle resta longtemps sans rien se rappeler.

Quand elle se réveilla la seconde fois, elle eut peur d'être devenue aveugle. Les ténèbres l'entouraient, et un silence total, uniquement rompu par un suintement lointain. Magda prêta l'oreille et finit par percevoir une respiration rauque. Quelqu'un dormait près d'elle. *Dormait*, pensa-t-elle avec indignation, alors que Marisela avait été tuée, alors que j'ai été battue et capturée ? Comment peuvent-elles dormir ? Puis elle se rappela qu'elle avait été elle-même endormie ou inconsciente pendant un temps considérable. Peut-être qu'elle n'était pas aveugle. Peut-être qu'elle se trouvait dans un endroit très sombre, avec l'autre dormeuse. Elle ne savait pas... elle fermait les yeux.

Dès qu'elle en eut pris conscience, elle les ouvrit.

Elle était couchée dans une grotte. Au-dessus d'elle, de grands stalagtites pâles tombaient du plafond comme des épées, comme les piliers d'un temple, à perte de vue. Au loin, la lueur tremblotante d'un feu projetait des ombres mouvantes autour d'elle.

Une épaisse couverture de fourrure était déployée sur elle, mais elle n'était pas attachée, pour autant qu'elle pouvait s'en rendre compte. C'était logique ; elle ne pouvait pas s'enfuir ; où aller seule dans ce climat ? Elle se retourna ; à la pâle lueur tremblotante, elle distingua deux formes couchées près d'elle. Ses ravisseurs ? Ou d'autres prisonnières ? Il ne faisait pas assez clair pour reconnaître quiconque. Elle porta la main à sa ceinture, et constata que son couteau n'y était plus.

— Shaya ? murmura-t-elle.

Et elle constata qu'une des formes avait remué.

— Qui est-ce ? Il y a quelqu'un d'autre ici ?

— Vanessa, c'est Magda, chuchota-t-elle. Elles nous ont toutes capturées ?

— Elles ont Cholayna. Elle n'a pas bougé ; j'ai peur qu'elles ne l'aient frappée trop fort.

Magda réalisa que Vanessa avait pleuré.

— Je ne l'entends pas respirer. Oh, Magda, elles ont tué Marisela !

— Je sais. J'ai vu, dit Magda, la gorge serrée.

Marisela était son amie, pratiquement depuis le jour de son arrivée à la Maison de la Guilde ; elles avaient travaillé ensemble pour fonder la Société de la Chaîne d'Union. Cette vie innocente avait été anéantie si rapidement qu'elle avait encore du mal à y croire.

Pourquoi, pourquoi ?

Marisela disait qu'elles étaient maléfiques. Elle avait raison. Je ne me souviens pas que Marisela ait jamais fait du mal à personne, ni même l'avoir entendue dire un mot méchant sur qui que ce soit ; pas en ma présence, en tout cas.

Et maintenant, elles ont peut-être tué Cholayna aussi. Elle rampa jusqu'à Vanessa.

— Tu es blessée, *breda* ?

Elle se demanda pourquoi elle n'avait jamais donné à Vanessa ce nom si commun entre sœurs.

— Je... je ne suis pas sûre. Pas grièvement, en tout cas, mais j'ai une bosse sur la tête. Elle ont dû me donner un bon coup pour m'assommer. Mais pour autant que j'en puisse juger, mes réflexes sont intacts. Tout fonctionne quand je remue.

Magda en eut les larmes aux yeux ; c'était bien de Vanessa, cette façon pratique de voir les choses.

— Il y en a d'autres avec nous ?

— S'il y en a, je ne les vois pas. Elles pourraient...

De nouveau, la voix de Vanessa trembla, et Magda comprit qu'elle s'était remise à pleurer.

— ... elles pourraient toutes êtres mortes, à part nous. Si elles ont tué Marisela...

Magda l'étreignit doucement dans le noir.

— Ne pleure pas, *breda*. C'est terrible. *Elles sont* terribles, mais pleurer ne la fera pas revenir. Faisons en sorte qu'elles n'aient plus l'occasion de tuer. Elles t'ont pris ton couteau ?

Vanessa parvint à refouler ses larmes. *Elle arrive à pleurer Marisela. Moi, je ne peux pas. Pourtant, je l'aimais,* pensa Magda. Elle savait qu'elle n'avait pas encore réalisé sa perte. Et elle ne devait pas se cacher que Camilla et Jaelle pouvaient être mortes également. Raison de plus pour s'occuper de Vanessa et de Cholayna, si elle était encore vivante. Elle répéta doucement :

— Elles t'ont pris ton couteau ? Moi, elles m'ont pris le mien.

— Elles ont le couteau que je portais à la ceinture, mais j'en ai un petit dans la poche de ma cape, et celui-là, elles ne me l'ont pas pris ; pas encore.

— Va voir, chuchota Magda d'un ton pressant, et moi, je vais voir si Cholayna... respire encore.

Elle se mit à fouiller ses poches, tandis que Magda rampait vers le paquet inerte qui était Cholayna Ares.

— Cholayna !

Elle lui toucha la main avec circonspection. Elle était froide. Du froid glacial de la mort ? Puis Magda réalisa qu'il faisait très froid dans la grotte — quoique pas autant que dehors en plein vent — et qu'elle avait les mains glacées. Tâtonnant, elle ouvrit la veste de Cholayna, glissa la main à l'intérieur, et sentit une tiédeur, la tiédeur de la vie. Puis penchant la tête, elle prêta l'oreille, et perçut le souffle léger d'une respiration.

Peut-être endormie, peut-être inconsciente, mais Cholayna était vivante. Elle communiqua l'information à Vanessa.

— Dieu soit loué, murmura Vanessa, et Magda crut qu'elle allait se remettre à pleurer.

— On ne peut rien faire tant qu'on ne sait rien sur son état, dit vivement Magda. Je vais tâcher de la réveiller.

Craignant une blessure à la tête, elle n'osa pas la secouer. Murmurant son nom sans relâche, elle lui caressa le visage, lui frictionna les mains, et enfin, Cholayna remua faiblement, et, dans un hoquet, ouvrit les yeux et regarda Magda sans la reconnaître.

— Lâchez-moi... ! Assassins... !

À l'évidence, Cholayna voulait hurler, mais elle n'émettait qu'un murmure pitoyable. Il était tout aussi évident que si elle parvenait à crier, elle alerterait leurs ravisseurs, qui ne pouvaient pas être très loin. Elle étreignit doucement Cholayna, essayant de la calmer, murmurant avec insistance :

— Tout va bien, Cholayna, je suis là, je suis là ; Vanessa est là et on ne les laissera pas te faire du mal.

Cholayna cessa enfin de se débattre, et parut la reconnaître.

— Magda ?

Battant des paupières, elle porta la main à sa tête.

— Qu'est-ce qui s'est passé ? Où sommes-nous ?

— Quelque part dans une grotte, chuchota Magda, et sans doute aux mains d'Aquilara.

Vanessa les rejoignit dans le noir.

— J'ai toujours mon petit couteau. Comment ça va, Cholayna ?

— Je suis toujours en un seul morceau, dit Cholayna. Je les ai vues tuer Marisela, puis elles t'ont assommée, Magda, et m'ont réduite à l'impuissance ; je crois que j'en ai blessé une avant qu'elles me prennent mon couteau. Puis cette maudite sorcière d'Aquilara m'a tapé sur la tête, on aurait dit une tonne de briques, et je ne me rappelle plus rien.

— Et on s'est réveillées ici, résuma Vanessa, les étreignant dans le noir. Qu'est-ce qu'on fait, maintenant ?

Magda eut un rire sans joie.

— Tu voulais corrompre Rakhaila pour qu'elle t'amène ici. Elle t'a répondu : attention à ce que tu demandes à la Déesse, elle pourrait te l'accorder... et nous y voilà... au cœur de la forteresse d'Aquilara. Au moins, si Lexie et Rafaella sont encore vivantes, nous sommes bien placées pour leur porter secours, ou payer leur rançon.

Cholayna hocha la tête ; son visage se crispa de douleur, et elle interrompit son mouvement.

— Qui sait ? Tôt ou tard, il viendra bien quelqu'un ; si elles nous croyaient mortes, elles ne nous auraient pas donné des couvertures. Et je ne vois pas le corps de Marisela attendant l'enterrement ou tout autre traitement aussi charitable.

Magda frissonna.

— Oh non, Vanessa, murmura-t-elle.

Cholayna se pencha vers elle et la prit dans ses bras.

— Allons, allons, je sais que tu l'aimais, nous l'aimions toutes, dit-elle. Mais il n'y a plus rien à faire pour elle, Magda. Quoique si je tiens jamais cette maudite sorcière au bout de mon couteau... mais pour le moment, il faut penser à nous, et à ce qu'on peut faire pour sortir d'ici. Et Jaelle et Camilla ? Vous savez si elles sont mortes ou vivantes ?

Magda se rappelait seulement Marisela tombant dans une gerbe de sang. Puis, plus rien.

— Je t'ai vue tomber, Magda, puis Cholayna, dit Vanessa. Jaelle et Camilla avaient disparu derrière un tournant ; elles ne se sont peut-être aperçu de rien, jusqu'au moment où elles se sont arrêtées pour nous attendre.

— Et ça fait combien de temps ? demanda Cholayna.

Elles n'en avaient aucune idée, et ne savaient même pas s'il faisait jour ou nuit dehors. Elles ignoraient aussi le nombre de leurs ennemies, leur armement, leurs plans, et même si Jaelle et Camilla étaient mortes ou vivantes.

Pourtant, Magda avait une conviction totalement irrationnelle.

— Si elles étaient mortes, je le saurais, dit-elle. Si l'une ou l'autre avait été tuée, je suis *certaine* que je le saurais.

— La certitude n'est pas une preuve, dit Vanessa.

— Tu te trompes, l'interrompit Cholayna. Magda a suivi un entraînement psi très poussé. Pas du genre qu'on dispense dans l'Empire, mais sans doute encore plus efficace. Pour moi, sa certitude est une preuve, et une preuve d'un ordre supérieur.

— Tu as peut-être raison, concéda Vanessa après réflexion, mais ça ne nous avance guère, vu qu'à l'évidence, elles ne savent pas où nous sommes ni comment nous porter secours.

Pour le moment, et après avoir vu Marisela assassinée sous ses yeux, c'en fut assez pour Magda d'être certaine que sa compagne et son amante avaient échappé à la mort. Pourtant, elle et les deux Terriennes se trouvaient au pouvoir d'une sorcière cruelle et sans scrupules, sans doute douée de *laran*. Elle se rappelait qu'Aquilara avait renversé Camilla d'un simple regard.

En fait de regard, elle pourrait aussi bien nous tuer !

Vanessa la sentit frissonner, et resserra son étreinte.

— Tu as froid ? Tiens, prends ma couverture. Autant profiter de l'occasion pour se reposer. C'est peut-être le soir, et elles vont sans doute aller se coucher avant de venir nous chercher. Dormons aussi.

Elles se blottirent les unes contre les autres sous les couvertures, en silence. Magda recevait la peur et l'appréhension des deux femmes, la souffrance qui, avec le froid pénétrait Cholayna jusqu'aux os. Elle aurait voulu la protéger, les protéger toutes les deux, mais elle était impuissante.

Le temps s'éternisait ; une heure passa, peut-être deux, elles ne savaient pas. Par à-coups, Magda tombait dans des somnolences où elle entendait des paroles incohérentes à la limite de la perception, voyait des taches floues qui se transformaient en visage étranges, puis se réveillait en sursaut, réalisant que tout cela n'était qu'illusion, et qu'elle était toujours blottie entre Cholayna et Vanessa, dans le froid glacial de leur prison. Quand elle vit un point de lumière approcher, elle se dit que c'était encore un rêve, mais Vanessa se raidit à son côté et murmura :

— Regarde ! Quelqu'un vient !

C'était la lumière d'une torche électrique, qui montait et descendait au rythme de la marche, comme portée à hauteur de la taille. La lumière se rapprochait. Ce n'était pas une illusion. Ce n'était pas une flamme au bout d'un bâton. C'était une petite torche électrique, et bientôt, elles verraient qui la tenait.

Lexie Anders se pencha sur elles et dit :

— Très bien, Lorne. Lève-toi et suis-moi. Tu vois ça ?

Elle montra quelque chose à Magda, qui en eut le souffle coupé ; c'était en contravention avec tous les traités passés entre Ténébrans et Terriens.

— C'est un désintégrateur, expliqua Lexie.

Magda ne le voyait que trop.

— Pour ta gouverne, il est armé sur « mort ». Je préférerais ne pas avoir à m'en servir, mais je n'hésiterai pas à tirer si tu veux jouer les héroïnes. Debout. Non, Van, tu restes où tu es. Je ne veux pas vous avoir sur les bras toutes les deux en même temps.

— Anders, pour l'amour du ciel, tu travailles pour ces femmes ? dit Cholayna, outrée. Tu sais qui elles sont ? Tu sais qu'elles ont tué Marisela de sang-froid ?

— C'était une erreur, dit Alexis Anders. Aquilara en a été furieuse. Marisela se trouvait au mauvais endroit, c'est tout.

— Je suis sûre que Marisela serait très contente de l'apprendre, dit Cholayna, en proie à une colère froide.

— Je n'ai rien à y voir, Cholayna, et j'en refuse la responsabilité. Marisela n'avait pas le droit d'interférer.

— Interférer ? Alors qu'elle s'occupait uniquement de ses affaires... s'écria Magda.

Lexie déplaça le désintégrateur.

— Tu ignores tout de la situation, Lorne ; tu ne sais pas ce qui est en jeu, ni à quoi Marisela était mêlée. Alors, ferme-la et suis-moi. Si tu as froid, tu peux emporter ta couverture.

Magda se leva lentement. Cholayna tendit la main pour l'arrêter.

— Pour mémoire, Anders : insubordination, défection, intrusion dans un territoire interdit sans autorisation, possession d'une arme illégale en violation des accords passés entre l'Empire et les autorités planétaires. Tu *sais* que tu jettes ta carrière aux orties...

— Tu es une vieille sorcière entêtée, dit Lexie.

Choquée, Magda se rappela que Vanessa avait dit la même chose ; mais c'était avec affection.

— Tu ne sais pas reconnaître ta défaite, Cholayna. Tu peux toujours t'en sortir vivante ; je ne suis pas assoiffée de sang. Mais tu ferais bien de la fermer, parce qu'Aquilara ne porte pas les Terriens dans son cœur. Je t'aurais prévenue, ferme-la une bonne fois pour toutes.

Nouveau geste péremptoire de la main tenant le désintégrateur. Magda toucha le bras de Cholayna et lui dit à voix basse :

— Ne risque pas ta vie pour moi. Cette affaire est entre elle et moi. Je vais voir ce qu'elle veut.

Elle se mit debout, et constata qu'elle tremblait des pieds à la tête. Était-ce le désintégrateur pointé sur elle, était-ce le froid, ou simplement le fait que le coup qui l'avait assommée était tombé exactement à l'endroit de son précédent traumatisme ? Elle vit une lueur de satisfaction dans les yeux de Lexie.

Elle croit que j'ai peur d'elle, et ça lui fait plaisir.

Eh bien, tant mieux pour elle ! Magda réalisa que, tout en craignant un peu que le désintégrateur parte par accident, elle n'avait pas peur de Lexie elle-même.

Elle n'a pas cillé quand Cholayna lui a énuméré toutes les accusations dont elle était passible. Cela peut vouloir dire deux choses. Ou bien elle est résignée à jeter sa carrière aux orties — ou bien elle n'a pas l'intention de laisser la vie à Cholayna pour témoigner contre elle.

De nouveau, Lexie agita son désintégrateur.

— Par ici.

Elle précéda Magda dans la grande salle pleine de stalagtites, lui fit descendre une rampe que des eaux d'infiltration rendaient glissante, et la poussa dans une autre caverne.

Celle-là était éclairée par des torches plantées dans les parois et qui fumaient abondamment ; machinalement, Magda nota la direction dans laquelle s'élevait la fumée et pensa : *il doit y avoir quelque part une ouverture sur l'extérieur*. Au centre brûlait un feu ; d'abord, Magda se demanda d'où venait le bois, puis elle réalisa à l'odeur qu'il s'agissait d'un feu de bouses de chervine séchées ; elle en vit un petit tas près du feu. Des silhouettes en robes noires faisaient cercle tout autour, et, un instant, affreusement déçue, elle se demanda : *est-ce là la Sororité ?*

Puis une silhouette familière se leva.

— Bienvenue, ma chère, dit-elle. Je suis désolée que mes messagères aient dû se servir de la force. Je vous avais dit d'être prêtes quand vous seriez appelées. Si vous m'aviez écoutée, vous nous auriez épargné bien des problèmes.

Essayant de faire bonne contenance, Magda prit une profonde inspiration.

— Que voulez-vous de moi, Aquilara ?

CHAPITRE 27

Mais ce n'était pas ainsi qu'Aquilara conduisait ses affaires. Magda aurait dû le savoir.

— Vous êtes blessée ; permettez-nous de panser vos blessures. Et je suis sûre que vous avez froid. Voulez-vous une tasse de thé ?

Magda avait le sentiment qu'accepter les propositions de la magicienne noire, c'était se mettre en son pouvoir. Elle allait répondre fièrement : *Non, merci, je ne veux rien venant de vous.* Elle ne sut jamais ce qui la retint.

Pour l'heure, sa première obligation était de rester aussi vigoureuse que possible, pour pouvoir s'évader, aider Vanessa et Cholayna.

— Oui, merci, dit-elle.

Une femme lui tendit une tasse de thé surmonté d'écume. Il était un peu amer, sentait vaguement la bouse brûlée, et on y avait fait fondre une noix de beurre qui lui donnait un goût bizarre, mais ajoutait à ses qualités fortifiantes. Magda le but, sentant sa chaleur se répandre jusqu'au bout de tous ses membres. Elle en accepta une deuxième tasse.

Deux femmes quittèrent le cercle pour panser ses blessures. Extérieurement, elles étaient plus avenantes que celles de l'ermitage d'Avarra ; elles étaient assez propres, et portaient, sous leur long manteau noir, la tenue ordinaire des montagnardes : longues jupes de tartan, épaisses tuniques et surblouses, châles et bottes de feutre. Leurs bandages étaient rêches, mais assez propres. Magda réalisa qu'elle avait la jambe à vif — sans savoir comment cela lui était arrivé, mais elle se dit qu'elle avait dû rouler sur une pente hérissée de pierres coupantes. Elle avait aussi des écorchures au visage, qu'elle n'avait pas remarquées jusque-là.

Ses blessures empommadées et pansées, revigorée par le thé, en dépit de son goût un peu nauséeux, elle se sentit prête à affronter la suite.

— Vous vous sentez mieux, dit Aquilara d'une voix ronronnante. Alors, asseyons-nous et discutons en personnes civilisées. Je suis sûre que nous arriverons à nous entendre.

Nous entendre ? Alors que vous avez assassiné mon amie, emprisonné mes compatriotes, et peut-être tué ma compagne et mon amante ? Jamais !

Mais Magda eut le bon sens de ne pas exprimer tout haut sa pensée. Si cette femme avait ne fût-ce que la moitié du *laran* qu'elle revendiquait, elle sentirait l'antipathie de Magda et saurait qu'elle avait peu de chances de la convertir à ses idées.

— Qu'attendez-vous de moi, Aquilara ? Pourquoi m'avez-vous, selon vos propres termes, appelée ?

— Je suis la servante de la Grande Déesse que vous cherchez...

Magda ouvrit la bouche pour s'écrier : *Sottises, il n'en est rien,* mais elle se ravisa pour ne pas l'indisposer.

— Très bien ; alors dites-moi ce que votre Déesse attend de moi.

— Nous devrions être amies, commença Aquilara. Vous êtes une puissante *leronis* de la Tour qu'on nomme Interdite, et qui a refusé de jouer le jeu des Hastur ou de se soumettre à cette terrible vieille *teneresteis* de Léonie Hastur, qui maintient tous les gens des Domaines sous la loi de fer de la Tour d'Arilinn. Je salue en vous l'une de ceux qui ont participé à la libération de nos frères et de nos sœurs, et je vous souhaite la bienvenue.

Et Marisela ? Pourtant, Magda ne dit rien. Si elle était assez patiente, elle finirait peut-être par apprendre ce qui se passait. Comme l'avait observé Camilla, même une magicienne noire ne se donnait pas tout ce mal pour le plaisir.

— Votre amie m'a dit que vous venez d'un autre monde, et elle m'a parlé d'un Empire, reprit Aquilara.

Magda laissa son regard dériver vers Lexie, debout dans un coin ; le désintégrateur n'était plus en vue.

— Vous êtes une puissante *leronis* mais vous ne devez rien aux Comyn. Et parmi vos compagnes, il en est deux de sang Comyn. Est-ce exact ?

— Vous avez été correctement informée, dit-elle.

Le *casta* était une langue cérémonieuse dont Magda exploitait à merveille toutes les possibilités.

— Pourtant, je ne comprends pas le rapport avec le fait que vous avez assassiné une de mes amies et emprisonné deux autres.

— Je vous ai prévenue, Aquilara, que vous n'arriveriez à rien avec elle en vous y prenant comme ça, dit une voix venant du coin de Lexie.

Rafaella n'ha Doria n'avait pas de désintégrateur, ni aucune autre arme visible à part son couteau d'Amazone à la ceinture.

— Laissez-moi lui parler. En deux mots, Margali, elle sait que tu as entraîné ton *laran* à la Tour Interdite. Mais tu es Terrienne. D'autre part, Jaelle, née Comyn, a renoncé à son héritage, et, en sa qualité de Renonçante, est libre d'utiliser ses pouvoirs à sa guise.

Elle attendit que Magda confirme ses paroles, mais Magda explosa :

— Si on me l'avait dit, je ne l'aurais pas cru, Rafi ! Toi, qu'elle aime comme une sœur, la vendre ainsi lâchement ! Et Camilla aussi, qui te croit son amie !

— Tu ne sais pas de quoi tu parles, dit Rafaella avec colère. La vendre ? Jamais ! C'est toi qui l'a poussée à se trahir elle-même, et j'essaye d'y remédier.

Elle s'avança et se planta devant Magda.

— Tu n'as même pas laissé Aquilara te dire ce qu'elle a à offrir. On ne veut aucun mal à Shaya, ni à Camilla…

— C'est l'*emmasca* rousse ? dit Aquilara, hochant la tête avec satisfaction. Elle a des pouvoirs Comyn, peut-être Hastur, peut-être Alton, impossible de le savoir avant de la tester. Ce qui est assez facile. Elle renâclera un peu, mais il y a des moyens de la soumettre.

Les paroles du Serment du Moniteur fulgurèrent dans le souvenir de Magda : *ne jamais entrer de force dans un esprit, sauf pour secourir ou guérir.* Ces femmes n'avaient jamais entendu parler de cette obligation. À la pensée de Camilla, forcée contre sa volonté à accepter cette intrusion éprouvante, elle se mit à trembler de rage. Si elle avait eu une arme, elle aurait tué Rafaella avec plaisir.

Rafaella savait-elle seulement ce qu'elle proposait, et à quel point c'était douloureux ?

— Écoute-moi, Margali, dit Rafaella avec sérieux. Nous sommes sœurs à la Société de la Chaîne d'Union — nous n'avons peut-être pas toujours été aussi bonnes amies que nous l'aurions dû, mais nous travaillons en vue du même objectif, d'accord ?

— Tu crois ? Pas moi. Il me semble que si tes objectifs étaient les mêmes que ceux de la Chaîne d'Union, tu serais venu trouver Cholayna pour lui proposer cette expédition, ou moi, ou même Jaelle ou Camilla. Le Lieutenant Anders, poursuivit-elle, se servant à dessein du grade officiel de Lexie, ne fait pas partie de la Chaîne d'Union. Pourquoi aller la lui proposer, à elle ?

— C'est elle qui est venue me la proposer. Et si tu ignores pourquoi elle n'en a pas parlé à Cholayna ou à toi... bien sûr, j'aurais dû savoir que tu n'accepterais jamais qu'il se fasse quoi que ce soit à la Chaîne d'Union ou dans l'Empire à quoi tu ne participes pas.

Sous l'emprise de la colère, ses paroles s'échappaient de ses lèvres comme un torrent impétueux, mais Aquilara la fit taire d'un geste.

— Assez. Présentez-lui ma proposition. Vos griefs personnels ne m'intéressent pas.

— Jaelle a bénéficié d'un certain entraînement à la Tour Interdite, mais ces femmes peuvent le compléter pour la rendre plus puissante que Léonie d'Arilinn. Camilla aussi sera instruite au maximum de ses possibilités. Si elle a véritablement du sang Hastur, elle peut devenir la plus puissante *leronis* qu'on ait vue depuis des années. Le vrai pouvoir les attend...

— Qu'est-ce qui te fait croire que c'est ce qu'elles recherchent ?

Ce fut Aquilara qui répondit :

— Sinon, pourquoi seraient-elles venues dans nos montagnes, en quête de la vieille déesse-corbeau dans son sanctuaire abandonné ? N'était-ce pas pour acquérir le plein potentiel des pouvoirs qu'elles peuvent posséder un jour ? Elles ne le savent peut-être pas, mais c'était là leur véritable but. C'est la fin de toute quête : devenir ce qu'on est, et il s'agit là de pouvoir, de pouvoir véritable, non de discours philosophiques ou moraux. Les fidèles de la déesse-corbeau leur imposeront des austérités sans nombre, et à la fin, le serment de ne jamais utiliser leurs pouvoirs. On leur dira que la fin ultime de toute sagesse est la connaissance, et le refus de l'action, car agir serait de la magie noire, dit Aquilara avec un mépris souverain. Je peux leur proposer mieux que ça.

— Alors que, si elles sont instruites ici par Aquilara, dit Rafaella, à la fin de leur entraînement, elles seront renvoyées à Thendara, armées pour provoquer de vrais changements dans leur monde, pour le modifier à leur propre avantage. Jaelle au Conseil, comme elle aurait pu, comme elle aurait *dû* y être depuis longtemps. Et Camilla... il n'y a pas de limite aux possibilités de Camilla. Elle pourrait gouverner toutes les Tours des Domaines.

— Ce n'est pas ce qu'elle désire.

— C'est ce qu'elle devrait désirer, en sa qualité d'Hastur. Et quand j'en aurai terminé avec elle, c'est ce qu'elle désirera, dit Aquilara avec une assurance inébranlable.

Cette femme a des pouvoirs. Magda le sentait à son attitude, à ses gestes. Aquilara fit signe à Lexie de continuer.

— Tu es très naïve, Lorne, dit Lexie. C'est pourquoi tu t'es mêlée à tant de choses sans jamais vraiment arriver à rien. Tu as vu ton dossier personnel au Q.G. ? Moi, si. Tu sais ce qu'on y dit de toi ? Que tu pourrais occuper un poste de pouvoir...

Magda retrouva sa voix.

— Je ne peux pas présumer de ce que désirent Jaelle et Camilla, dit-elle, mais je peux te dire que le pouvoir, du moins sous cette forme, n'est pas ce que je recherche.

— Et moi, je peux te dire que tu mens, dit Lexie. En dépit de toutes les belles paroles, il n'y a qu'une seule chose que tout le monde désire, et c'est le pouvoir. Fais celle que ça n'intéresse pas, sois hypocrite si tu veux, nie tant que tu voudras, mais je ne te croirai pas ; le pouvoir, c'est ce que veut *tout le monde.*

— Tu juges tout le monde d'après toi ?

— Contrairement à toi, Lorne, je ne prétends pas être

neilleure que les autres, dit Lexie, mais peu importe.
Quand la nouvelle coopération entre Terriens et Ténébrans
commencera, elle prendra une toute autre tournure ; et
cette fois, l'instigatrice n'en sera pas Magdalen Lorne,
mais Alexis Anders.

— C'est ce que tu désires par-dessus tout, n'est-ce pas,
Lexie ?

— C'est ce que tu désirais et que tu as obtenu, non ?
Alors, pourquoi pas moi ?

De nouveau, Aquilara les interrompit d'un geste impérieux. Magda, l'observant avec attention, réalisa qu'elle
était mal à l'aise dès qu'elle n'était plus le centre de la
conversation.

— Assez, j'ai dit. Magdalen Lorne...

Comme tous ceux parlant le *casta*, elle écorcha le nom
ce qui lui fit perdre de sa dignité ; elle s'en aperçut, et tenta
de prendre un air d'autant plus imposant.

— ... promettez de m'aider à convaincre Jaelle n'ha
Melora, et l'autre comynara, l'*emmasca* rousse, de travailler avec moi, et je trouverai à vous employer parmi
nous. Ce serait une bonne chose d'avoir parmi les nôtres
un Agent de Renseignement Terrien. Ce serait une puissante *Penta Cari'yo*, et non pas un club de dames. Une
fois notre influence bien établie à Thendara, il serait facile
de vous faire nommer chef du Renseignement Terrien...

— Qu'est-ce qui vous fait croire que je le désire ?

— Bon sang, Aquilara, je vous ai déjà dit que ce n'était
pas la façon de s'y prendre avec Lorne, l'interrompit
Lexie.

— Vous présumez trop de votre importance, *terranis*,
gronda Aquilara. Ne m'interrompez pas ! Réfléchissez à
ma proposition, Magdalen Lorne.

— C'est tout réfléchi, dit doucement Magda. Elle ne
m'intéresse pas.

— Vous ne pouvez pas vous permettre le luxe de refuser, dit Aquilara. Je vous fais une proposition très généreuse. Les *Terranans* ne sont pas populaires dans ces
montagnes. Je n'ai qu'à révéler qui vous êtes pour vous
faire mettre en pièces dans n'importe quel village. Quant
à votre amie, la femme à la peau noire, qu'est-ce qu'on
penserait d'elle ? Monstre pitoyable, à jeter aux banshees

et aux *kyobreni*. Au contraire, si vous êtes des nôtres, ma protection s'étendra sur vous dans toutes ces montagnes.

Elle fit signe à deux de ses femmes.

— Ramenez-la, et laissons-la réfléchir. Demain, vous me donnerez votre réponse.

Faisant signe à Lexie, elle ajouta :

— Gardez-la avec votre arme.

L'une des femmes s'approcha d'Aquilara et lui dit quelque chose à l'oreille. Elle acquiesça de la tête.

— Tu as raison. Si elle est aussi puissante *leronis* qu'on le dit, elle ne perdra pas de temps à prévenir les *comynaris*. Donne-moi du *raivannin*.

Du raivannin ! pensa Magda avec consternation. C'était une drogue paralysant les facultés psi et le *laran* ; on s'en servait parfois pour immobiliser un puissant télépathe malade ou délirant, et momentanément incapable de contrôler ses pouvoirs destructeurs. Elle chercha vivement à se projeter dans le Surmonde, à entrer en contact avec Jaelle pour lui lancer un avertissement, *Jaelle, Camilla, prenez garde...* quelques mots, quelques secondes pour les prévenir...

Elle avait sous-estimé ces femmes. quelqu'un la saisit — pas physiquement, aucune main ne la toucha — et elle s'aperçut qu'elle était glacée, incapable de remuer et de parler. Elle se sentit tomber, tomber, tout en sachant qu'elle était immobile ; un vent de tempête chargé de glace lui secouait le corps et l'esprit, comme si elle était nue en plein blizzard.

Elle entendit Lexie qui disait :

— Laissez-moi m'occuper d'elle. Je peux régler le désintégrateur pour la réduire à l'impuissance pendant quelques heures.

— Non, elle a besoin de sa liberté pour prendre sa décision, dit Aquilara.

Deux paires de mains puissantes la saisirent et l'immobilisèrent, cette fois physiquement. Rafaella lui ouvrit la bouche de force et y versa quelque chose de glacé et d'une douceur écœurante.

— Tenez-la une demi-minute, dit Aquilara, debout dans l'ombre. La drogue agit très vite ; après quoi, il n'y aura plus de danger.

Une bouffée de chaleur incroyable envahit le visage de

Magda, et une onde de feu fulgura dans sa tête. Cela ne dura qu'un instant, mais elle aurait voulu hurler de douleur. Puis l'onde se retira lentement, la laissant vide et apathique, et soudain sourde. Elle battit des paupières, et se laissa aller lourdement contre les femmes qui la tenaient ; elle ne retrouvait plus son équilibre ; toutes ses sensations périphériques avaient disparu, elle était mutilée, aveuglée, privée de ses cinq sens ; elle voyait, entendait, touchait, mais si peu, mais si mal ; rien, plus rien en dehors d'elle, l'univers mort... même ses sens ordinaires paraissaient émoussés, il y avait comme une taie sur ses yeux, les sons lui parvenaient assourdis comme de très loin, et même le froid lui semblait lointain, comme si on l'avait trempée dans un liquide gras qui l'isolait du monde.

Le *raivannin*. Il avait mutilé ses sensations psi, la laissant aveugle mentale. On lui avait administré une dose puissante. Une fois, elle en avait pris quand elle était malade, et que Callista voulait l'isoler d'une opération qu'ils devaient faire à la Tour ; mais cela n'avait fait qu'émousser sa perception du travail des matrices qui avait lieu autour d'elle. Rien de semblable à cette isolation complète, à cette fermeture totale de tous ses sens.

— Vous lui en avez donné trop, dit une des femmes qui la tenaient.

Même sa voix lui sembla indistincte, mais c'était peut-être ainsi que sonnaient toutes les voix ordinaires, quand elles n'étaient pas renforcées par la conscience psychique de leur signification.

— Elle tient à peine debout. Elle ne recouvrera peut-être jamais son *laran*, après une dose pareille.

Aquilara haussa les épaules. Désespérée, Magda réalisa qu'elle ne percevait même plus la malveillance de la voix d'Aquilara ; elle sonnait comme une voix ordinaire, plutôt agréable ; comment les aveugles mentaux arrivaient-ils à savoir en qui ils pouvaient avoir confiance ?

— Tant pis. Nous pouvons nous passer d'elle, et elle sera plus facile à manœuvrer ainsi. Ramenez-la auprès des autres.

CHAPITRE 28

L'entraînant hors de la lumière du feu, les deux femmes la ramenèrent dans la grotte où elle s'était réveillée, captive. Magda était désespérée. Elle ne pouvait même plus prévenir Jaelle ou Camilla, les mettre en garde.

Elle essaya de se convaincre qu'elle n'avait pas à s'inquiéter. Jaelle et Camilla ne savaient pas où elle était, ni même où la chercher. Et maintenant qu'elle était droguée au *raivannin*, elles ne pouvaient même pas la localiser à l'aide de leur *laran*.

Et si Aquilara tentait de les persuader de seconder ses plans, elles pouvaient toujours refuser. Il n'y avait aucun moyen de les y obliger, et aucun danger que Jaelle ou Camilla se laissent tenter par l'offre d'Aquilara au point de trahir leurs principes. Alors, pourquoi se rongeait-elle ?

Elles la jetèrent sans cérémonie dans la première grotte et s'en allèrent. Magda se pelotonna par terre, accablée.

Lexie projette sûrement de tuer Cholayna ou de la faire tuer, sinon, elle n'aurait pas osé lui parler comme elle l'a fait.

— Magda, ça ne va pas ? Qu'est-ce qu'elles voulaient ? dit Cholayna, levant la tête.

— Me faire une proposition, sans intérêt pour moi, dit Magda d'une voix morne. Sinon, je n'ai rien. Je leur ai dit, en bref, d'aller au diable. Dors, Cholayna.

Elle avait fait une erreur fatale de stratégie. Elle aurait dû feindre d'entrer dans leur jeu, feindre d'être impressionnée par les plans d'Aquilara ; alors, elles l'auraient laissée libre et elle aurait pu contacter Jaelle ou Camilla par le *laran*. Maintenant, c'était trop tard.

— Tu trembles de tous tes membres, dit Vanessa. Moi, je trouve que tu ne vas pas bien. Qu'est-ce qu'elles t'ont fait, franchement ? Allez, viens te réchauffer sous ma couverture. Tu as une tête à faire peur.

— Je n'ai rien. Rien que tu puisses comprendre. Laisse-moi tranquille, Vanessa.

— Pas question ! dit Vanessa, l'attirant de force sous sa couverture.

Elle lui prit les mains et s'écria :

— Mais tu as les mains brûlantes ! Allez, Lorne, qu'est-ce qu'elles t'ont fait ? Je ne t'ai jamais vue comme ça !

Magda se sentait apathique, épuisée, et elle avait envie de pleurer, de pleurer à s'en user les yeux. Les mains de Vanessa sur les siennes lui paraissaient étrangères, réduites au contact physique. Ce devait être horrible de n'avoir que cela à partager avec une autre personne, même très aimée, et comment discerner l'ami de l'ennemi ? Et elle pouvait rester comme ça toute sa vie. Elle aurait préféré mourir. Elle se laissa aller contre Vanessa, et, à sa honte, s'aperçut qu'elle sanglotait éperdument.

Vanessa la serra dans ses bras lui tapotant doucement le dos.

— Allons, allons, ne pleure pas, tout ira bien, tu verras. Nous sommes là, avec toi...

Cholayna se leva et prit les mains brûlantes de Magda dans les siennes.

— Allons, dis-nous ce qu'elles t'ont fait. Ça te fera du bien. Et peut-être qu'on pourra t'aider.

— Personne ne peut rien faire pour moi, murmura Magda entre deux sanglots. Elles... elles m'ont droguée. Au *raivannin*.

— Qu'est-ce que c'est que ça, sapristi ?

— Ça... ça annihile le *laran*. Alors... je ne peux plus... c'est comme si j'étais sourde et aveugle...

Magda s'entendit balbutier ces paroles, inanimées, ne transmettant rien de sa personnalité, de sa pensée profonde, bruits morts comme des balbutiements d'idiot.

Cholayna prit Magda dans ses bras et la serra très fort.

— Quelle horreur ! Tu ne comprends pas, Vanessa ?

C'était pour éviter qu'elle prévienne Jaelle — tu comprends ? Quelle torture pour quelqu'un qui a des dons psychiques ! Oh, Magda, Magda, ma chérie, je sais que je ne peux pas vraiment comprendre ce que c'est pour toi, que je ne peux même pas l'imaginer, mais je me doute un peu de ce que ce doit être !

Magda était totalement désemparée, mais, embrassée et réconfortée par ses amies, elle parvint, au bout d'un moment, à maîtriser ses sanglots.

— Ça peut même tourner à notre avantage, murmura Vanessa. Quand elles t'ont ramenée, elles n'ont pas pris la précaution de ramener avec toi Lexie et son désintégrateur. À l'évidence, elles pensent que tu n'es pas un danger pour elles, sans ton *laran*. Et j'ai l'impression qu'elles ne se soucient pas de nous — moi et Cholayna — parce que nous n'avons aucun pouvoir psychique.

Magda n'avait pas pensé à ça ; en état de choc, elle n'avait pensé à rien.

En suis-je venue à tant compter sur mon *laran* que plus rien d'autre n'a d'importance ? se demanda-t-elle. C'était une erreur.

— Tu as raison, dit-elle, se ressaisissant.

Elle s'assit, s'essuyant les yeux de sa manche. Vanessa avait raison ; elles n'étaient pas gardées. Elles pouvaient peut-être faire quelque chose. Sans nourriture, sans matériel, sans cartes, sans même savoir s'il faisait jour ou nuit dehors, une évasion serait difficile, mais peut-être pas impossible.

Vanessa avait son couteau, arme modeste, à la lame longue comme la main, mais tranchante comme un rasoir ; c'était un couteau pliant, et c'est sans doute pourquoi il était passé inaperçu. Cholayna n'avait pas d'arme.

— Mais je n'ai peur de personne si je peux voir, dit-elle avec un geste que Magda reconnut.

Elle aussi, elle était entraînée au combat à mains nues. Jusqu'à l'attaque des bandits villageois, Magda ne s'en était jamais servie pour tuer ; mais elle avait été impressionnée par les exploits de Cholayna.

— Il doit faire nuit dehors, dit-elle, s'efforçant de rassembler ses idées.

Elles avaient peut-être invalidé son *laran*, mais après tout, elle avait vécu vingt-sept ans sans savoir qu'elle le ossédait. Il y avait autre chose que le *laran*, chez Magdalen Lorne.

— D'abord, Aquilara leur avait dit de me garder, pour que je puisse réfléchir à ma réponse jusqu'à demain ; j'avais l'impression que leur journée se terminait. Tôt ou tard, elles sont bien obligées de dormir ; elles ne sont pas quelque espèce d'Œil-du-Mal-Qui-Ne-Dort-Jamais ; ce ne sont que des femmes ordinaires, avec des pouvoirs maléfiques, et des idées encore plus maléfiques sur la façon de les utiliser. Si nous devons faire quelque chose, ce sera pendant leur sommeil.

— On n'aura peut-être même pas à les tuer, dit Cholayna. On pourra peut-être se faufiler dehors sans les réveiller...

— Si seulement nous connaissions la sortie, dit Magda. Je suppose d'ailleurs qu'elle sera gardée, à moins qu'elles ne soient dangeureusement confiantes...

— C'est possible, dit Cholayna. Réfléchis à la psychologie du pouvoir, Magda. Cette grotte est isolée dans la région la plus écartée de ces montagnes inaccessibles. Personne ne sait comment venir ici. Personne n'y vient jamais. L'endroit est sans doute protégé psychiquement contre leurs rivales de la Sororité des Sages, mais je te parierai un mois de salaire qu'il n'y aura pas de sentinelles *physiques* à la sortie. Elles t'ont réduite à l'impuissance. Elles se protègent de la Sororité rivale en les surveillant par le *laran*. Mais elles ne prennent même pas la peine de nous garder, Vanessa et moi. Elles se sont juste protégées contre toi — et à cause de ton *laran*.

Cholayna avait raison. Elles n'avaient donc que deux problèmes : attendre qu'Aquilara et ses acolytes s'endorment pour trouver le chemin de la liberté (elle avait senti un courant d'air frais du dehors dans la grotte où on l'avait interrogée, et qui devait donc être plus proche de la sortie), et survivre à l'extérieur.

Le deuxième problème était le plus préoccupant. Vanessa le mentionna avant elle.

— Supposez qu'on sorte ? Nous n'avons ni provisions, ni vêtements chauds, ni matériel de survie...

— Il doit bien y avoir de la nourriture et des vêtements quelque part dans ces grottes, objecta Cholayna.

— Bien sûr. Tu veux aller en demander à Aquilara ?

— Autre chose, encore plus important, dit Cholayna avec une tranquille détermination. Lexie. Je ne partirai pas sans elle.

— Tu l'as vue, Cholayna, protesta Vanessa. Elle nous a menacées d'un désintégrateur. La sauver ? Tu plaisantes ! Elle fait cause commune avec *elles* !

— Comment sais-tu qu'une autre ne la tenait pas sous la menace d'un pistolet, ou autre chose ? Avant de l'abandonner, je veux l'entendre dire elle-même qu'on ne l'a pas forcée à nous trahir, dit Cholayna. Et Rafaella — tu l'as vue, Magda ? Elle est vivante ?

— Vivante et en pleine forme, dit Magda. C'est elle qui m'a versé la drogue dans la gorge pendant que les autres m'immobilisaient. Et je te garantis que personne ne la tenait sous la menace d'un pistolet ou d'autre chose. Elle m'a expliqué en long et en large ce que faisait Aquilara, et pourquoi Jaelle et Camilla devraient la seconder au lieu de rechercher la Sororité. Je n'ai pas été convaincue, mais elle, elle semblait l'être. Franchement, je trouve qu'il ne faut pas perdre notre temps à les sauver. J'ai eu l'impression qu'elles étaient contentes où elles étaient, et que ce serait inutile d'essayer de les persuader de partir avec nous.

— Je n'arrive pas à croire ça d'Alexis, dit Cholayna, au désespoir. Mais il faut dire que je ne l'aurais jamais crue capable de me menacer d'un désintégrateur.

Même sans son *laran*, Magda sentait le chagrin de Cholayna. Comme c'était dur cette idée que Lexie n'était pas une prisonnière, mais une complice consentante.

Cholayna, revenant aux choses sérieuses, fouillait maintenant dans ses poches. Elle en sortit un petit paquet.

— Ration d'urgence, dit-elle. Nous avons besoin d'énergie.

Elle cassa la barre en trois parts.

— Mangez.

Magda secoua la tête.

— Elles m'ont fait boire du thé beurré ; je n'ai pas faim ; Partagez-vous ma part.

Elle n'accepta qu'une bouchée de la pâte pressée insipide, mais riche en calories. *Après ce thé beurré fleurant la bouse de chervine, je ne me plaindrais plus jamais du goût de ce truc-là !*

Se préparant à toute éventualité, Vanessa ouvrit son

petit couteau. Elles plièrent leurs couvertures, et se les attachèrent dans le dos en bandoulière ; si elles parvenaient à sortir de ces grottes, elles pourraient s'en faire un abri de fortune. Leurs yeux s'étaient si bien adaptés à l'obscurité qu'elles perçurent sans peine la faible lueur venant de la caverne qui servait apparemment de lieu de réunion et de quartier général à Aquilara et ses fidèles.

Magda se demanda : d'où viennent ces fidèles d'Aquilara ? Vivent-elles ici toute l'année, ou ne s'y réunissent-elles que de temps en temps ? Elles ne peuvent pas passer leur vie dans ce désert glacé, parce qu'il n'y a rien pour entretenir la vie.

Ce n'était pas le moment de se perdre en spéculations. Au fond, peu importait à Magda que ces femmes soient venues là poussées par la nécessité, l'esprit d'imitation ou la perversité toute pure, ou parce que, comme Vanessa, elles avaient la passion de l'escalade.

Elles se faufilèrent furtivement vers la lueur du feu de l'autre grotte. Magda perçut une odeur de bouse brûlée, et sentit un courant d'air froid sur sa joue — ces grottes étaient bien ventilées. Si les cavernes étaient habitées, cela expliquait partiellement pourquoi si peu de villages figuraient sur les cartes des Heller. Mais les gens n'ont pas seulement besoin d'un abri ; il leur faut aussi du feu, des vêtements, de la nourriture et des champs à cultiver. S'il y avait beaucoup d'habitants dans cette région, cela se serait vu. Pas un instant elle ne croyait à la théorie de Lexie, à cette cité des sommets rendue invisible par quelque technologie inconnue. Quelques ermites isolés, retirés du monde dans un but de recherche spirituelle, peut-être. Mais pas de population importante.

Il y avait deux grottes intermédiaires, dont l'une accessible par un escalier descendant vers une vague lueur. Sans doute des torches brûlant quelque part, se dit Magda. Une fois, elle avait vu une carte géologique, révélant la présence de plusieurs volcans actifs dans les Kilghard — ce qui n'avait rien d'étonnant, vu les sources chaudes très nombreuses dans toute la région. Il devait y avoir des volcans en sommeil par ici, mais sans doute que personne n'habitait à l'intérieur.

— Nous devrions explorer un peu ces grottes, chuchota

Vanessa. Il y a sûrement des entrepôts de nourriture et de vêtements quelque part.

— On ne peut pas prendre le risque, dit Cholayna à voix basse.

Étonnant, pensa Magda, cette façon dont, sans concertation, Cholayna avait pris le commandement des opérations.

— On pourrait tomber sur toute la troupe endormie, en bas. Il faut sortir le plus vite possible, et sans poids inutile. On s'arrangera. Droit vers la sortie, en combattant s'il le faut ; ne tuer que si on ne peut pas faire autrement, mais pas de zèle superflu.

Elle ajusta sa couverture, pour s'assurer qu'elle pouvait bouger librement les bras et les jambes, et Magda repensa à la façon dont elle avait expédié au tapis les bandits villageois.

Quelques pas de plus, et elles se trouvèrent à l'entrée de la grotte principale, du moins selon les suppositions de Magda, la grande salle caverneuse où elle avait parlé à Lexie et Rafaella sous l'œil vigilant d'Aquilara. Elle regarda les braises presque éteintes du feu, et frissonna ; c'est ici qu'elles l'avaient réduite à l'impuissance, et droguée de force... *droguée... c'était un acte pire que le viol, qui affectait son identité même...*

— Allons, dit Vanessa, lui saisissant l'épaule. Pas de bêtises, Lorne, tu vas bien maintenant.

Vanessa ne comprenait pas, mais Magda se ressaisit. Elles l'avaient capturée, blessée, mais elle était toujours vivante, toujours en possession de ses sens, de son moi, de son intégrité.

Pourtant, si Aquilara avait raison, si elles m'ont droguée au point que je perde définitivement l'usage de mon laran...

Je m'en passerai. Camilla a bien choisi *de s'en passer.*

Elle déplora le fait de ne peut-être jamais pouvoir partager avec Camilla ce qu'elle avait partagé avec Jaelle, avec ses amis de la Tour, mais si c'était ainsi, elle devait l'accepter. *Camilla a perdu plus que ça.* Elle inspecta prudemment la grande caverne.

Au premier abord, elle semblait vide. Elles devaient s'être retirées dans des grottes plus profondes utilisées soit pour dormir, soit pour les rites mystérieux qui occupaient leur temps. *Quand elles ne sont pas en train de droguer ou d'assassiner les gens. Je me moque pas mal qu'elles soient toutes en train de copuler avec des démons ou des banshees. Grand bien leur fasse. Tant que ça les occupe pendant que nous leur faussons compagnie !*

— Mais il doit y avoir des gardes quelque part, même si ce n'est qu'à la porte extérieure, murmura Vanessa. Attention ! Tu peux déterminer d'où vient ce courant d'air, Magda ?

Elle tourna la tête de droite et de gauche, essayant de distinguer d'où venait le courant froid. C'est maintenant que le *laran* lui aurait bien servi, même si la clairvoyance n'avait jamais été son fort. Cholayna lui toucha la main en silence et tendit le bras devant elle.

Quelqu'un dormait par terre, sous la lumière tremblotante d'une torche. Une femme enveloppée dans une couverture. L'une des sorcières d'Aquilara. Une gardienne, à tout le moins. Vanessa avait son couteau à la main. Elle se pencha, levant le bras pour frapper, mais Cholayna secoua la tête, et Vanessa, haussant les épaules, obéit.

Magda avait déterminé d'où venait l'air froid, mais elle hésitait ; ces grottes étaient parfois ventilées par de hautes cheminées de pierre, et suivre le courant d'air les conduirait peut-être dans une impasse. Mais il fallait prendre le risque. De toute façon, il était vraisemblable qu'une gardienne, même endormie, soit postée devant la porte que des fugitives devraient emprunter pour s'enfuir. Elle tendit le bras.

Une par une, elles enjambèrent prudemment la femme endormie. Mais si Magda espérait que la grotte suivante déboucherait sur l'extérieur et la liberté, dans une débauche de lumière, elle fut bien déçue, car la caverne où elles entrèrent était encore plus grande que la précédente, totalement vide, et presque sans lumière.

CHAPITRE 29

Elles pouvaient errer des jours dans ces grottes, sauf que la bande d'Aquilara les retrouverait tôt ou tard, et sans doute plus tôt que plus tard, et les expédierait prestement dans un monde meilleur. Aquilara avait pensé se servir d'elle, mais elle ne se faisait pas d'illusions ; la sorcière serait sans merci.

Pas de drogue, cette fois. La mort.

Vanessa faisait lentement le tour de la salle, tâtant les murs de la main. Elle glissa, reprit son équilibre, mit un genou en terre et leur fit signe. Elles la rejoignirent sur la pointe des pieds. Elle s'était cognée contre un tas de gros sacs, dont un ou deux avaient été ouverts, et repliés en haut.

L'un contenait des fruits secs, l'autre une sorte de céréale, du millet, sans doute pour nourrir les bêtes. Sur un geste de Cholayna, elles en remplirent leurs poches. Dans le froid extérieur, c'était peut-être le fil du rasoir séparant la vie de la mort.

Au-delà des sacs montait un long escalier, aux marches taillées dans le calcaire, humides, glissantes, et Magda hésita à y oser le pied.

— Tu crois que c'est le chemin de la sortie ? Ou que ça va vers d'autres grottes ?

— Explorons d'abord le reste, dit Cholayna, complétant à tâtons le tour de la salle.

Magda tenta, machinalement, de projeter son *laran*, de

338

voir au-delà de l'escalier, mais elle ne ressentit qu'une douleur sourde.

Dans les... yeux ? Non. Dans le cœur ? *Je n'arrive pas à identifier ce que c'est, mais je ne suis qu'à moitié moi-même.* Elle écarta cette pensée, se forçant à suivre à tâtons les parois suintantes. Revenue aux sacs de grains, elle se cogna doucement dans Vanessa.

— Il y a une grande porte par-là, murmura Cholayna. J'aimerais sortir d'ici avant que la gardienne se réveille et qu'on soit obligées de la tuer.

— À mon avis, c'est l'escalier qui mène vers la sortie, argua Vanessa. Je sens de l'air frais venir de là.

— Je n'en suis pas si sûre. Réfléchis, Vanessa. Auraient-elles pu nous descendre par cet escalier sans qu'au moins l'une de nous se réveille ? dit Cholayna, persuasive.

— C'est toi qui commandes, dit Vanessa.

— Non. La situation est trop grave. Votre vie est en jeu, à vous aussi. Magda, tu as une prémonition quelconque ?

Magda pensa sombrement que Cholayna ne savait pas à quel point cette question lui rappelait son infirmité ; Cholayna n'avait pas pensé à son *laran*.

— Je n'en ai pas pour le moment, tu te rappelles ? Mais j'aimerais jeter un coup d'œil sur cette porte avant de grimper l'escalier.

— Alors, dépêche-toi, dit nerveusement Cholayna, et Magda partit en tâtant les parois.

Il faisait très sombre. Elle distinguait à peine ses doigts devant elle. Vanessa murmura quelque chose et s'éloigna dans le noir. Après quelques minutes angoissantes, elle revint avec une torche crachotante.

— Il a fallu que je l'enjambe une fois de plus. J'ai pris celle-là, qui m'a semblé avoir une espérance de vie meilleure, mais aucune n'était très prometteuse. Je voudrais bien savoir où elles gardent leur provision de torches.

— Nouveau problème, dit Cholayna entre ses dents. À moins qu'on trouve la sortie très vite, on va avoir besoin de lumière ; sinon, nous pourrions errer dans ces grottes jusqu'à la fin de nos jours.

— Tiens-moi ça, dit Vanessa, lui mettant la torche dans la main et s'éclipsant une nouvelle fois.

Après un bon moment et de curieux grattements, Vanessa revint, haletante, avec une brassée de torches.

Une ou deux brillaient encore au bout ; elle avait éteint les autres.

— Désolée d'avoir mis si longtemps ; il a fallu que je les arrache aux parois. Maintenant, on ferait bien de repartir — un coup d'œil dans la grotte, et elles sauront qu'on y est passées. Allons-y.

Cholayna la saisit par le poignet et dit :

— Bien pensé. Mais écoute-moi bien, Vanessa : à partir de cette minute, nous restons groupées, nous ne nous séparons plus. Compris ? Tu connais peut-être les montagnes, mais moi, je connais les grottes. Il faut rester ensemble, et si possible en contact physique. Si l'une de nous est séparée des autres ou se perd, nous ne pouvons même pas crier pour nous retrouver !

— Oh, c'est vrai, dit Vanessa, dégrisée.

Magda prit la torche enflammée des mains de Cholayna.

— Tu ne me perdras pas de vue. Je vais voir où conduit cet escalier. Inutile de monter toutes les trois s'il aboutit à une cheminée ou à une autre grotte vide.

— J'en doute ; il a l'air trop fréquenté pour ça, dit Cholayna, se penchant pour scruter les marches.

Levant sa torche devant elle, Magda se mit à monter. Elle regarda en arrière, Cholayna debout au pied de l'escalier. Et il ne menait pas dans une impasse, mais dans une sorte de salle, où il y avait de la lumière. La lumière du jour, déjà ? Elle passa la tête au-dessus du rebord, puis, instinctivement, la rétracta.

Elle mit la torche derrière son dos pour en dissimuler la flamme. Au moins deux douzaines de femmes dormaient par terre ; à l'autre bout de la pièce, elle aperçut les boucles blondes de Lexie Anders. Elle ne vit pas Aquilara. Lentement, elle commença à faire marche arrière, posant prudemment le pied sur la marche du dessous.

La femme la plus proche de l'escalier ouvrit les yeux qui tombèrent tout droit sur Magda.

C'était Rafaella n'ha Doria.

Magda ne sut jamais comment elle retint son cri. Elle redescendit précipitamment, et Vanessa, observant sa retraite précipitée, sortit son couteau et se mit en posture d'attaque.

Mais jusqu'où va-t-on monter ? se demanda-t-elle. Il lui semblait que l'ascension cahotante durait depuis une demi-heure, tout en sachant que la falaise ne pouvait pas être si haute. Elle se dit : *la prochaine fois que je me porterai volontaire pour une mission dans la montagne, je tâcherai de me rappeler que je suis acrophobe.*

Pourtant, ballottant, cognant et cahotant au bout de sa corde, le panier finit par s'arrêter. Elles étaient entourées de lumières, de torches de goudron qui fumaient et empestaient, tenues par des femmes grossièrement vêtues et échevelées.

— Si ce sont là les élues de la Déesse, murmura Vanessa en Terrien Standard pour n'être comprise que de ses compagnes, je ne suis pas impressionnée. Je n'ai jamais vu une équipe plus crasseuse.

Magda haussa les épaules.

— Il ne doit pas y avoir beaucoup d'eau et de bois par ici. Ça ne veut rien dire ; la première chose qu'on nous a offerte au village des bandits, c'était un bain.

Deux femmes stabilisèrent le panier pour leur permettre de descendre. Magda se félicita de la nuit ambiante, qui lui cachait la vue de l'abîme vertigineux d'où elles sortaient.

— Bienv'nue dans la d'meure d'la Déesse, dit l'une en son dialecte barbare. Qu'la Dame vous protège. V'nez vous met' à l'abri.

Encadrées par ces femmes, elles montèrent un long raidillon pavé jusqu'à un groupe de bâtisses. Le vent hurlait et soufflait en tempête, mais les murs les protégèrent un peu des tourbillons de neige. Magda se rappela qu'après avoir vu les blocs gris dans le lointain, elle avait essayé de supputer leur taille. Ces constructions n'étaient pas à l'échelle humaine, pas plus que l'escalier par lequel l'aveugle était descendue dans le noir et la tempête.

Leurs guides leur firent enfiler une longue allée étroite entre deux immenses bâtisses, puis passer une grande porte ouvrant sur une pièce où brûlait un petit feu dans une cheminée de pierre, dont les flammes n'arrivaient pas à éclairer les coins les plus éloignés.

Une silhouette sombre enveloppée de gros châles était pelotonnée près de l'âtre. Les femmes les firent avancer.

Voilà au moins une question réglée, pensa machinalement Magda ; ce n'était pas la cité cachée des Sorcières ; cette femme n'avait pas de *laran*. Sa gorge se serra à l'humiliation de Camilla, qui répondit pourtant avec calme :

— Je suis *emmasca*, grand-mère. Depuis ma prime jeunesse, mais je suis née femme et je le reste. Y a-t-il ici une règle interdisant à une femme de porter l'épée ?

— Hrrmmmmphhh ! grogna la vieille, mi-dédain, mi-consentement.

Elle avait toujours les mains sur les épaules de Camilla.

— Na, na, celle d'en haut t'le dira ; c'est pas à moi d'décider. Monte.

Elle fit un geste vers le panier ; la jeune fille en descendit et l'inclina pour permettre à Camilla d'y prendre place, suivie des autres. La vieille soutint à deux mains la marche chancelante de Cholayna, puis, de nouveau, émit son cri strident. Un cri semblable lui répondit, et le panier commença à monter.

L'ascension fut terrible ; le panier ballottait, oscillait au bout de sa corde, cognant lourdement contre les parois, s'arrêtant, puis reprenant sa montée cahotante dans d'inquiétants grincements de poulies rouillées, secoué par de brusques rafales qui le faisaient tournoyer sur lui-même. Cholayna regardait par-dessus bord, avec un intérêt évident, mais Magda, cramponnée des deux mains au bord du panier, se cachait le visage dans sa cape pour ne pas voir.

— Fascinant ! murmura Cholayna.

Magda ne put s'empêcher de l'admirer ; malgré sa respiration toujours sifflante et sa voix faible et rauque, la Terrienne avait retrouvé curiosité et intérêt pour son entourage.

— Tu crois que c'est la cité des Sorcières ? murmura-t-elle à Magda.

— Je ne crois pas, murmura Magda en réponse, lui expliquant pourquoi.

— Mais l'aveugle n'est qu'une sorte de portière ou quelque chose de ce genre. Les autres sont peut-être bien différentes, chuchota Jaelle entre ses dents.

Magda ne répondit pas ; les mouvements du panier lui donnaient la nausée.

Mais rien ne se passa. Silence total ; pas de cris, pas de bousculade, pas de hordes hurlantes dévalant l'escalier, arme au poing. *Est-ce qu'elle dormait ? Est-ce qu'elle ne m'a pas vue ? A-t-elle décidé de me laisser partir par amour pour Jaelle ou en souvenir de notre ancienne amitié ?*

Puis, furtivement, Rafaella descendit. Vanessa prépara son couteau, mais la Renonçante lui fit signe de le ranger et de la rejoindre à bonne distance de l'escalier.

— Tu peux rengainer ça, Vanessa n'ha Yllana, dit-elle. Si vous partez, je viens avec vous.

— Tu m'as bien eue, dit Magda à mi-voix.

— Oh, ne te fais pas d'illusions, dit Rafaella, acide. Tu ne m'a pas convertie à la justesse de ta cause. Je pense toujours que Jaelle ferait mieux de travailler avec elles qu'avec l'autre bande. Mais je n'aime pas ce qu'elles ont fait à Lexie, et je ne veux pas qu'elles me fassent la même chose.

— Tu connais le chemin de la sortie, par hasard ?

— Je crois pouvoir le retrouver. Je suis entrée et sortie deux fois depuis la tempête.

Prenant la tête, Rafaella se dirigea vers la grande porte qui ouvrait dans une salle jonchée de pierres et de gravats. Des lichens phosphorescents poussant sur les parois y répandaient une lumière fantomatique, et la torche projetait des ombres mouvantes sur des concrétions géantes, pâles et luisantes comme des os, aux formes tourmentées et magnifiques.

— Attention. C'est glissant ; ça suinte de partout, mais au moins l'eau est pure et bonne à boire, et il y en a à revendre.

Elle en puisa dans sa main en coupe à un petit ruisseau longeant la salle, et la but.

— Si vous vous perdez, souvenez-vous qu'il faut suivre le ruisseau *vers l'amont*. Si vous le suivez vers l'aval, il s'enfonce dans des profondeurs insondables — moi, je ne suis descendue qu'à trois ou quatre niveaux au-dessous de celui-ci ; il paraît qu'il y en a au moins dix, dont certains pleins de livres et d'artefacts... qui doivent remonter à des milliers d'années. Lexie y est allée et en a vu quelques-uns ; elle dit qu'à l'évidence, il y a eu sur Ténébreuse une époque de très haute technologie, mais qui n'a absolument rien de Terrien. Ce qui l'a étonnée. Elle dit que Ténébreuse a été colonisée par des Terriens, mais que ces antiquités remontent à une époque antérieure ; qu'il y avait ici une autre civilisation avant que les humains colonisent la planète. Tu es une spécialiste, Margali, ces trucs t'intéresseraient, et Mère Lauria en serait tout excitée, mais moi, ça me laisse froide.

Au bout de cette salle luisait une faible lueur — pas la lumière du jour, mais une pâle clarté toute différente de la lumière tremblotante de la torche. Et elles sentirent comme un souffle glacé venant de l'extérieur. Magda frissonna, boutonnant sa grosse veste et enfilant ses gants. Vanessa resserra sa couverture sur ses épaules, comme un plaid de montagne. Quatre de front, elles avancèrent furtivement vers l'entrée.

Magda jura toujours que ce qui se passa ensuite n'avait pas d'explication naturelle. Vanessa dit qu'elle vint par l'escalier, et elles ne cessèrent jamais d'en discuter. Magda vit flamboyer une flamme bleue, un cri strident, comme d'un faucon, retentit, et Aquilara se dressa devant elles.

— Vous nous quittez ? J'ai peur de ne pas pouvoir renoncer si vite à votre compagnie.

Elle leva la main, et Magda vit des guerrières tout autour de la porte. Elles arrachèrent les torches à Cholayna, renversèrent Vanessa, lui enlevèrent son couteau, puis, les traînèrent toutes les quatre jusqu'à la caverne du feu où elles les maintinrent solidement.

La salle s'emplit de femmes, dont certaines, Magda en était sûre, dormaient encore quelques minutes plus tôt dans la chambre en haut de l'escalier.

— Je suis trop clémente, dit Aquilara. Mais je ne peux pas tolérer des traîtres. *Terranan*…

Lexie s'avança, se frayant un chemin parmi les femmes.

— J'ai sous-estimé sa force et son intelligence, dit-elle, montrant Magda. Une fois qu'elle sera matée, nous trouverons à l'utiliser. Mais je dois faire un exemple pour donner une leçon à celles qui ridiculisent ma clémence. Celle-ci nous a trahie.

Elle s'approcha de Rafaella, prit le couteau qu'elle portait à la ceinture, et le tendit à Lexie.

— Prouve-moi ta loyauté. Tue-la.

— Lexie ! Non ! s'écria vivement Cholayna.

D'un geste brutal et délibéré, Aquilara gifla Cholayna à toute volée.

— Ça devrait être toi, monstre ! dit-elle. Alors, *Terranan*, j'attends.

Sans même un regard pour le couteau, Lexie ouvrit la main et il tomba à ses pieds.

— Au diable vos tests de loyauté ! Et si vous les croyez nécessaires, allez au diable vous-même !

Elle ne ramassa pas le couteau.

Magda crut qu'Aquilara allait l'exécuter, car elle l'avait défiée publiquement, lui avait fait perdre la face devant ses fidèles. La sorcière resta pétrifiée quelques instants, puis décida de sauver ce qu'elle pouvait de la situation.

— Pourquoi, *Terranan* ?

— Elle connaît toutes les routes de montagne. Elle est compétente. Elle sera nécessaire pour les ramener à Thendara, le moment venu. Et d'ici-là, elle n'aura plus envie de désobéir ou trahir. La tuer serait du gaspillage ; et j'en ai horreur, dit Lexie avec froideur, sans la moindre trace d'émotion.

Dit-elle vrai, ou conserve-t-elle encore un peu d'amitié pour Rafi ? Après tout, elles ont traversé ces montagnes ensemble, et une telle expérience ne manque pas de créer des liens. Magda ressentait cruellement la privation de son *laran*, qui lui aurait permis de le savoir avec certitude.

Elles se retrouvèrent bientôt dans la grotte où elles s'étaient réveillées, avec Rafaella qu'elles y jetèrent brutalement. On leur lia les mains, et Aquilara ordonna à ses femmes de leur ôter leurs bottes.

Cholayna protesta.

— Vous ne nous avez même pas dit pourquoi nous sommes prisonnières. Et sans bottes, nous allons geler.

— Pas si vous restez dans ces grottes, où la température reste toute l'année au-dessus du point de congélation, dit Aquilara. Si vous y demeurez, comme je vous le conseille, vous ne courez aucun risque. Je devrais aussi vous enlever vos vêtements.

Toutefois, elle ne mit pas cette menace à exécution, et leur laissa même leurs couvertures. Elle posta également deux gardiennes à la porte, armées de dagues et de couteaux.

S'aidant de ses longs orteils préhensiles, Cholayna s'enveloppa chaudement dans sa couverture, et conseilla aux autres d'en faire autant.

— Il faut conserver notre chaleur et nos forces.

— Jaelle — elles ne l'ont pas tuée, au moins ? demanda Rafaella, s'entortillant dans sa couverture du mieux qu'elle put avec les mains liées.

— Pour ce qu'on en sait, elle est libre. Et j'espère qu'elle le restera.

— Par les tétons d'Évanda, moi aussi, je le jure ! Je ne voudrais pas qu'il lui arrive malheur pour tout le métal des forges de Zandru. Je croyais vraiment que nous trouverions… Je ne savais pas que cette *Terranan* était si sanguinaire. Un moment, j'ai bien cru que Lexa allait me règler mon compte !

— J'espérais bien que non, dit Cholayna. Je n'arrivais pas à croire cela de Lexie.

— Je suppose que ce n'est pas à ça qu'elle pensait, Lexa, quand elle parlait d'une *cité de la sagesse*. Quand même, si on pouvait mettre la main sur les anciens artefacts qui sont sous la montagne, je parie que les Terriens en donneraient une fortune.

— J'aimerais bien les voir moi-même dit Cholayna, mais j'aimerais encore mieux sortir d'ici en un seul morceau. Je ne sais pas si nous aurons une autre occasion d'évasion. Mais si elle se présente, il faut être prêtes à la saisir.

Elle se tortilla maladroitement pour s'allonger près de Magda en lui tournant le dos.

— Regarde si tu arrives à me détacher les mains, Magda. Vanessa, fais la même chose pour Rafi.

— Les gardes… dit Magda, jetant un coup d'œil par-dessus son épaule.

— Pourquoi crois-tu que j'ai provoqué tout ce remue-ménage avec les couvertures ? Les gardes ne feront pas attention si nous agissons discrètement, et toujours comme si nous étions attachées.

Magda s'attela à la tâche. Les nœuds étaient serrés, et il lui fallut du temps, mais elle n'avait rien d'autre à faire.

Enfin, le dernier céda, et elle tendit ses poignets à Cholayna pour qu'elle la détache à son tour.

— Dehors, il doit faire jour, dit Vanessa, allongée de
tout son long et feignant de dormir pendant que Rafaella
bataillait avec un nœud récalcitrant.

Le jour. Si elle avait eu assez de bons sens, ou de *laran*
pour ne pas monter cet escalier, pour choisir la porte, elles
seraient sans doute loin, maintenant.

— Cette Aquilara ? Vous croyez que c'est une puissante
sorcière ? demanda Rafaella.

— Elle n'a pas beaucoup de *laran*. À part ça, je ne sais
pas quels dons elle a ou n'a pas, et je ne suis pas en position d'en juger pour le moment, dit Magda.

— Le *laran* ! s'écria Rafaella avec mépris.

Soudain, Magda comprit la raison de la jalousie viru-
lente de Rafaella. Pas besoin de pouvoirs psychiques pour
ça. Depuis son enfance, Rafi savait que Jaelle était née
dans la puissante caste des Comyn, qui gouvernaient les
Domaines, et tout Ténébreuse, grâce à leurs pouvoirs
psychiques. Pourtant, Jaelle avait choisi la Maison de la
Guilde de préférence à son héritage, anéantissant la distance qui l'aurait sinon séparée de Rafaella. Elles avaient
été amies, associées ; et même, pendant une brève période
de leur adolescence, amantes.

Puis Magda, qui n'était même pas Ténébrane et n'aurait
pas dû avoir plus de *laran* que Rafaella, était venue se mettre entre elles, et c'était Magda, l'étrangère, qui avait
ramené Jaelle vers son *laran* et son héritage.

*J'aurais dû avoir assez d'imagination pour le compren-
dre plus tôt.*

— *Laran* ou pas, dit Cholayna, je sais quand même une
chose sur cette Aquilara : elle est névrosée. La moindre
contrariété peut déclencher le déclic, et alors, elle devient
dangereuse.

— Tu crois qu'elle n'est pas dangereuse en ce moment ?
Est-ce qu'une femme saine d'esprit aurait commandé à
Lexie de tuer Rafaella ? demanda Vanessa.

— Une femme saine d'esprit aurait pu l'ordonner, mais
elle ne s'en se serait pas laissé si facilement détourner, dit
Cholayna. Jusqu'à présent dans ce voyage, rien ne m'a
fait aussi peur qu'elle.

Le jour, ou la nuit, s'éternisait, et elles n'avaient aucun

moyen de marquer le passage du temps. Quelle importance ? se dit Magda. Il était improbable qu'elles s'en sortent vivantes. Ou bien Aquilara les tuerait dans un accès de rage démente, ou bien elles s'évaderaient pour mourir peu après de froid ou de faim. Elle regrettait seulement que son *laran* meure avant elle. Elle aurait aimé contacter Callista, Andrew, sa fille, surtout. La Tour Interdite la pleurerait, ignorant à jamais comment elle était morte. C'était peut-être mieux ainsi.

Elle réfléchit à une question d'éthique, se demandant si elle était particulière aux femmes. Certains, et mêmes certaines à la Guilde, auraient dit que, chargée de famille et avec la responsabilité d'une fille à élever, elle n'aurait pas dû se lancer dans une expédition si dangereuse. Le Q.G. Terrien, et au moins le Renseignement, réservaient ces missions aux hommes célibataires et sans enfants.

Mais le Renseignement était un service où l'on n'acceptait que des volontaires. Les services Carto et Explo, ou Topographie, par exemple, ne tenaient aucun compte du statut marital pour les ordres de missions. Était-ce donc tellement pire d'élever un enfant sans mère, que sans père ? Shaya lui manquait, et elle se demanda si elle la reverrait. Si Jaelle s'était échappée, elle s'occuperait de sa fille. Et si Jaelle était morte elle aussi — les enfants étaient au moins en sécurité.

— Elle ne vont pas nous envoyer à manger, je suppose, dit Vanessa, mais j'ai encore une poche pleine de ce qu'on a trouvé dans ces sacs. Tenez...

Derrière le dos des gardes, elle fit passer à la ronde des poignées de fruits secs.

— Autant manger et conserver nos forces.

Magda mastiquait prosaïquement, quand un éclair fulgura dans sa tête, puis elle entendit la voix de Camilla :

... en ma qualité de fille d'Alton, j'ai le don de parler aux aveugles mentaux...

Elle entendit clairement, comme si Camilla était dans la pièce voisine ; puis la voix s'évanouit, et rien ne put la faire revenir ; Magda projeta son esprit, tentant désespérément de contacter Jaelle, Camilla, d'atteindre le Surmonde et la Tour Interdite...

Mais le *raivannin* continuait à inhiber son *laran*, et elle ne comprenait pas comment cette voix avait pu lui parvenir.

Si seulement je pouvais prier, mais je ne crois pas en la prière.

Elle ne croyait même pas, pensa-t-elle, en la Déesse Avarra, bien qu'elle eût vu son idée-forme à la réunion de la Sororité. Elle essaya d'évoquer cette image, la sombre déesse aux ailes déployées, les silhouettes en longues robes noires, et l'appel de corbeaux, mais elle savait trop bien que ce n'était qu'une image, un souvenir, sans rien du contact immédiat du *laran*.

Elle se pelotonna dans sa couverture, mâchant distraitement les fruits secs qui, comme tout dans ces grottes, sentaient la bouse qu'on y brûlait.

Puis, levant les yeux, elle vit Camilla devant elle.

Pas la vraie Camilla, elle voyait la paroi à travers son corps, et ses yeux flamboyaient d'un feu surnaturel. Ses cheveux, grisonnants dans le monde réel, avaient repris la flamboyance de sa jeunesse. Pas Camilla. Son image dans le Surmonde. Pourtant, les effets persistants du *raivannin* lui faisaient encore la tête cotonneuse. Elle ne voyait pas Camilla par son *laran*. C'était Camilla qui était venue à elle. Puis elle vit, debout près de Camilla — mais ses pieds ne touchaient pas le sol de la grotte, et elle était entourée d'une curieuse auréole noire — la modeste jeune femme venue leur parler au monastère.

Elle entendit ses paroles par les oreilles. Pas dans sa tête.

— Fais ton possible pour ne pas les haïr, dit Kyntha. Ce n'est pas une recommandation spirituelle, mais un conseil pratique. Ta haine leur donne accès à ton esprit. Dis-le aux autres.

Puis elle disparut, mais Camilla demeura.

Bredhiya, dit-elle, et sa forme s'évanouit.

CHAPITRE 30

L'impensable s'était accompli. Elle ne pouvait pas utiliser son *laran* pour appeler Camilla ; droguée au *raivannin*, elle était aveugle mentale, insensible, inaccessible. Jaelle, seule, sans l'aide de la Tour, n'avait pas la puissance nécessaire pour la contacter. Et Camilla avait brisé ses barrières, fait ce qu'elle avait évité toute sa vie.

Magda ressentait un trouble inexprimable. En un sens, elle était fière de Camilla, qui avait surmonté son aversion et sa crainte de ce potentiel nié si longtemps. Par ailleurs, elle était touchée jusqu'aux larmes que Camilla s'y soit résolue pour elle, après tant d'années de refus. Mais à un autre niveau, elle ressentait une douleur qui frisait le désespoir. *Camilla n'aurait jamais fait ça pour personne, sauf pour moi. Il aurait mieux valu mourir que la forcer à cette décision.*

Elle éprouvait à la fois tant de joie et de douleur qu'elle ne réalisa pas immédiatement ce que signifiait cet incident. Camilla l'avait retrouvée, par le *laran*. D'une façon ou d'une autre, cela signifiait que des secours étaient en route, et qu'elles devaient être prêtes.

Elle rampa jusqu'à Cholayna et chuchota :

— Elles nous ont trouvées. Tu as vu Camilla ?

— Si j'ai vu… *quoi* ?

— Je l'ai vue. Elle m'est apparue. Non, Cholayna, ce n'était pas une hallucination. J'ai vu Kyntha aussi. Ça veut dire que, puisque je ne pouvais pas la contacter, elle est partie à ma recherche, et qu'on va tenter de nous libérer. Il faut nous préparer.

Vanessa écoutait, haussant un sourcil sceptique.

— Défenses psychiques ! Je te soupçonne d'avoir perdu l'esprit temporairement, Lorne, et ça n'est pas étonnant, avec toutes les drogues qu'on t'a fait prendre sans la moindre raison...

— Tu n'es pas sur cette planète depuis aussi longtemps que moi, dit Cholayna. Ces choses arrivent, et il ne s'agit pas d'illusions, Vanessa. Moi, je n'ai rien vu. Je ne m'attendais pas à des visions. Mais je ne doute pas des paroles de Magda, et donc il nous faut être prêtes.

— Elles ne pourront pas nous libérer sans une bataille quelconque, ni sans nos bottes, dit Vanessa.

Rafaella, qui sommeillait, se réveilla et s'assit, et on lui apprit la bonne nouvelle.

— Et Jaelle ? Vous avez des nouvelles de Jaelle ? demanda-t-elle.

Magda dit, ironique :

— Cette fois, tu n'essayes pas de nous persuader que la bande d'Aquilara nous serait plus utile à long terme ? Tu ne trouves plus que ce sont des citoyennes au-dessus de tout soupçon ?

Rafaella pâlit de colère.

— Au diable, Margali ! Je ne voulais pas de toi dans cette équipée, et avec juste raison. tu ne peux pas t'empêcher de retourner le couteau dans la plaie, hein ? Parce que toi, bien sûr, tu ne te trompes jamais, tu as toujours raison, et tu es puante d'orgueil d'avoir toujours raison ! Et tous ces gens qui bâillent d'admiration devant toi parce que tu fais toujours tout bien... un jour, Jaelle réalisera ce que tu lui as fait, ce que tu fais à tous ceux que tu dis aimer, et elle te tordra le cou, et j'espère bien être là pour applaudir !

Elle tourna le dos à Magda, enfouit sa tête dans sa couverture, le corps agité de spasmes, et Magda réalisa qu'elle sanglotait.

Un instant sous le choc, Magda en eut le souffle coupé. *Rafaella et moi, nous nous sommes déjà disputées, mais je pensais qu'elle était toujours mon amie. C'est ainsi que je suis ? C'est ainsi que les autres me voient ?*

Vanessa avait entendu, vu le visage de Magda se décom poser.

— Ne fais pas attention, dit-elle en se penchant vers elle. Elle finira par se calmer. Et n'oublie pas que son juge ment sur les gens est loin d'être infaillible. Elle avait misé sur Lexie, et elle a perdu.

Rafaella parle comme si toute cette histoire était de ma faute, de ma faute que Lexie Anders ait agi comme elle l'a fait, de ma faute que Rafaella l'ait suivie.

Puis elle se rappela les paroles de Kyntha : *fais ton pos sible pour ne pas les haïr.* Elle avait toujours l'esprit embrumé, mais elle savait qu'elle ne haïssait pas Rafaella. *Je suis furieuse contre elle. C'est différent.*

Lexie ? C'était plus difficile. Malgré tous ses efforts elle n'arrivait pas à lui pardonner d'avoir pris l'initiative de cette malheureuse expédition.

— Qu'est-ce qu'il y a ? dit Cholayna.

Magda se rappela les dernières paroles de Kyntha : *dis le aux autres..*

— Je fais de mon mieux pour ne pas haïr Lexie.

Elle répéta ce que Kyntha lui avait dit. Ses sentiments envers Rafaella, c'était son affaire, et elle n'avait pas à en informer Cholayna, mais Lexie, c'était une autre his toire.

— En fait de haine, tu peux compter sur moi, dit Vanessa, implacable. Elle a failli nous faire toutes tuer..

— Mais elle n'a pas tué Rafaella, argua Cholayna. Pas même avec un couteau dans la main, et un public admira tif autour d'elle.

Rafaella sortit sa tête de sous sa couverture.

— Je savais qu'elle ne me tuerait pas. Depuis le temps, je la connais assez bien, Lexa.

Stupéfaite, Magda réalisa que, même en cette situation désespérée, elle réagissait toujours en linguiste, notant que Rafaella disait « Lexa » selon le dialecte des Kilghard, et non « Lexie » qui était la prononciation terrienne.

— Elle ne m'aurait jamais tuée, répéta Rafaella.

On aurait dit qu'elles étaient dans le salon de musique de la Maison de la Guilde, discutant un point d'éthique à une Séance de Discussion pour les jeunes Renonçantes.

— Elle n'aurait pas tué Margali non plus — même si elle l'a menacée d'un pistolet... d'un désintégrateur !

Si elle, elle peut pardonner à Lexie, comment puis-je continuer à la haïr ? Comment conserver ma colère contre Rafi ? Nous nous sommes déjà querellées. Pourtant, elle a un jour parlé en ma faveur, comme elle vient de le faire pour Lexie. Soudain, Magda eut envie de la serrer dans ses bras, mais elle n'en fit rien, sachant que Rafaella lui en voulait toujours.

Eh bien, elle a ses raisons. Ce que je lui ai dit c'était *méchant*, étant donné la situation.

Mais si elle peut pardonner à Lexie, je devrais être capable de surmonter ma haine. Magda se força à revoir Lexie sous son meilleur jour, à se rappeler ses meilleurs côtés... Lexie expliquant le travail du service Topographique aux jeunes femmes de la Chaîne d'Union ; Lexie à l'Académie du Renseignement d'Alpha, partageant son expérience avec les étudiantes plus jeunes, Lexie, quand elle était petite... *petite blonde de l'âge de Cleindori. Je me promenais avec elle, la tenant par la main comme une petite sœur...* Elle essaya de retrouver la sympathie qu'elle lui avait inspirée alors.

Je ne sais pas si ça servira à grand-chose. Mais j'essaye.

Vanessa dit sombrement :

— Je peux encore arriver à ne pas haïr Lexie, s'il le faut. Mais ne me demandez pas de ne pas haïr cette Aquilara. Ce serait pousser les bons sentiments un peu loin. Elle aurait pu nous tuer toutes...

— Mais le fait est qu'elle ne l'a pas fait, dit Cholayna. Elle nous a même laissé les couvertures. « Celle qui fait le bien, disposant du pouvoir illimité de faire le mal, doit être louée non seulement du bien qu'elle fait, mais du mal dont elle s'abstient. »

— Qui est-ce que tu cites là, sapristi ?

— Je ne me rappelle plus ; quelque chose que j'ai lu quand j'étais étudiante, dit Cholayna. Et n'oubliez pas non plus qu'elle est névrosée ; elle n'y peut rien.

— Ces histoires de responsabilité limitée, je n'y ai jamais cru, dit Vanessa, fronçant les sourcils.

Magda se demanda si cela disculpait Aquilara, coupable de rechercher le pouvoir par tous les moyens. C'était la définition que Jaelle avait donnée du mal. Elle ne savait pas.

— Écoutez ! Que se passe-t-il ? dit Cholayna, levant soudain la tête.

Une grande agitation régnait à l'autre bout de la caverne, des femmes entraient et sortaient en courant. Alexis Anders s'approcha des gardes et leur parla d'un ton pressant. Puis les gardes se hâtèrent vers les prisonnières.

Elles tenaient quatre paires de bottes.

— Enfilez ça ! Vite, ou il vous en cuira !

— Qu'est-ce que vous allez faire de nous ? demanda Vanessa.

— Pas de questions, dit l'une.

Mais l'autre avait déjà répondu :

— On vous déplace. Vite.

Elles enfilèrent leurs bottes à la hâte, craignant que les gardes perdent patience et les forcent à partir pieds nus. Les gardes les poussèrent devant elles avec de longs bâtons. Cholayna trouva l'occasion de murmurer à Vanessa et Magda :

— Si ta supposition est vraie, si Camilla organise une offensive, c'est peut-être le moment. Soyons vigilantes, et sautons sur la moindre occasion de nous éclipser !

Magda essaya de prendre des repères dans ce labyrinthe. L'obscurité la rendait nerveuse, avec, pour toute lumière, la lueur tremblotante des torches qui projetaient des ombres mouvantes sur les parois inégales. Elle se cogna le pied contre un obstacle, et reconnut l'escalier glissant par lequel elles avaient tenté de s'évader.

Cholayna haletait. Après tout, elle ne faisait que relever d'une pneumonie. Rafaella la saisit par la taille.

— Appuie-toi sur moi, l'Ancienne.

Ce terme de respect de la Guilde sonnait étrangement en ce lieu.

Vanessa se cogna contre elle par-derrière, si proche qu'elle sentit son haleine dans son cou quand la Terrienne lui dit :

— Je vais essayer de prendre son désintégrateur à Lexie ; ça égalisera un peu les chances.

Le premier mouvement de Magda fut de protester — elle vivait depuis si longtemps sur Ténébreuse qu'elle était atterrée à l'idée d'une arme de portée plus longue que le bras de l'agresseur. Et de plus, la loi terrienne interdisait les armes de haute technologie sur les planètes de technologie primitive. Mais Alexis Anders avait déjà montré, utilisé son arme. Et elles étaient en telle infériorité numérique — quatre ou cinq contre quarante ou plus... Et — dernier argument sans réplique — elle ne pensait pas que Vanessa l'aurait écoutée.

— Si tu passes en cour martiale au retour, demande-moi de témoigner en ta faveur, murmura-t-elle en réponse.

Mais au début, regroupées dans un coin de la chambre supérieure, elles ne virent Lexie nulle part. En bas, Magda entendait des cris, une grande agitation, mais ici en haut, il faisait noir dans cette salle simplement éclairée par une torche plantée dans le mur, et une autre qui tremblotait dans la main d'une vieille, plaquée contre la paroi.

Puis il y eut comme un cliquetis de fers, et Magda vit des gens se presser vers le haut de l'escalier. Elle ne voyait pas ce qui se passait.

La Sororité ne tue pas. C'est un point sur lequel toutes les légendes sont d'accord, avaient dit Camilla et Jaelle. Se battaient-elles pour effectuer un sauvetage ? Quelqu'un hurla dans l'escalier. Des torches neuves projetèrent une lumière plus vive, et Magda vit Camilla qui se battait en haut des marches.

Il fallait passer à l'action. Elle se rua sur une de leurs gardes, l'expédia par-dessus son épaule en lui ôtant son épée au passage ; comme la femme se mettait à quatre pattes pour se relever, elle l'assomma d'un coup de pied appris sur un autre monde. Emportée par son élan, elle fit un demi-tour sur elle-même, et vit Cholayna et Rafaella qui tentaient de suivre son exemple, mais, sans s'attarder pour voir ce qui en résultait, elle courut vers Camilla en criant. Où était Jaelle ? Dans l'obscurité à peine trouée par la lueur des torches, impossible de distinguer l'amie de l'ennemie.

Camilla lui saisit la main, elles descendirent l'escalier en courant, et continuèrent à courir. Une femme se dressa devant elle, et Magda l'abattit d'une manchette, sans penser à utiliser l'épée de la garde. Elles l'enjambèrent et continuèrent à courir, Camilla hurlant :

— *Comhi'letzii !* Par ici ! Par ici !

Une femme saisit Magda, qui faillit l'abattre avant de réaliser que c'était Jaelle, un bonnet pointu sur ses cheveux flamboyants.

— Elles sont ici, haleta Magda. Rafi et Lexie. Rafi, ça va, elle est de notre côté. Lexie a un désintégrateur. Attention, je crois qu'elle pourrait s'en servir.

Les femmes d'Aquilara descendaient l'escalier en désordre. Magda entendit Vanessa hurler, et pivota sur elle-même. Lexie braquait son désintégrateur sur le visage de Cholayna, sans dire un mot, menaçante. Balançant la jambe en un balayage de *vaido*, Cholayna le lui fit sauter des mains, et le désintégrateur s'envola au-dessus des têtes, Magda courut après, et s'en saisit juste avant qu'Aquilara le ramasse. La sorcière était armée d'un couteau, que Magda lui fit sauter des mains d'un coup de pied.

Une femme affreusement balafrée l'attaqua. Magda se défendit, jouant des pieds et des mains comme un beau diable, après avoir glissé le désintégrateur sous sa tunique, glacial contre sa peau nue, et elle s'effraya soudain à l'idée que Lexie avait peut-être enlevé le cran de sécurité et qu'il pouvait partir tout seul. Mais où était Lexie ? Affolée, elle la chercha du regard, à la lueur tremblante des torches, dans un groupe de femmes qui se bousculaient et se battaient en hurlant. Et Cholayna ? Où était Cholayna ? Magda se fraya un chemin dans la presse pour la trouver. Cholayna gisait par terre, Lexie debout au-dessus d'elle, et pendant une seconde de panique, Magda crut que Lexie l'avait tuée.

Mais la respiration rauque de Cholayna s'entendait jusqu'au milieu de la caverne. Elle s'efforça de se lever, et Magda comprit brusquement. Cholayna n'était toujours pas acclimatée à l'altitude et elle s'était battue comme une femme de la moitié de son âge. Et Lexie était désarmée.

C'est moi qui ai le désintégrateur ! Et elle n'a pas été entraînée pour travailler sur le terrain — elle ne pratique pas le combat à mains nues, mais contre un couteau... désarmée, Lexie tenait en respect deux femmes armées d'épées qui tentaient d'approcher de Cholayna. Magda se rua vers elles dans la presse. *Rafaella avait raison —* Vanessa saisit Cholayna et la remit debout. Toutes les trois reculèrent lentement vers la lumière du jour qui pointait à l'entrée de l'immense caverne. Les deux épéistes firent un assaut final, et Lexie tomba, dans un fouillis de corps enchevêtrés.

Magda s'efforça de les rejoindre, et vit Camilla se

dresser, repoussant ses assaillantes. Vanessa entraînait Cholayna, lourdement appuyée à son bras. Camilla était blessée au front, et le sang de la blessure lui inondait le visage.

Lexie Anders gisait par terre, immobile, et un instant, Magda la crut morte. Puis elle remua, et Vanessa se pencha et la saisit sous les bras. Lexie s'efforça de se remettre sur pied, se raccrochant à Vanessa.

Elle ne les a pas laissées tuer Cholayna. Je le savais. Sa blessure est-elle grave ?

Magda avait mal à la gorge, et elle s'arrêta un moment pour reprendre son souffle. Puis elle traversa la caverne en courant, pour rejoindre Cholayna et Camilla qui avaient trouvé un abri, suivie de Vanessa soutenant Lexie. Maintenant, Magda voyait une grande tache de sang au dos de la tunique de Lexie. Ça semblait grave. Elles étaient écrasées par le nombre. Rafaella et Jaelle, dos à dos, essayaient de contenir une nouvelle attaque des femmes d'Aquilara, armées de longs couteaux, elles, et qui n'hésiteraient pas à s'en servir. Pour le moment, elles reculaient, mais elles pouvaient reprendre l'offensive d'une seconde à l'autre.

Le sang coulant de la blessure de Camilla lui inondait les yeux et transformait son visage en un masque sanglant. Magda se rappela que toutes les blessures à la tête, même bénignes, saignaient abondamment, et que, si celle-ci était grave, Camilla n'aurait plus tenu debout. Néanmoins, son aspect la terrifia et elle courut la rejoindre. D'ici, elles apercevaient la lumière du dehors, mais il y avait encore des douzaines de femmes armées entre elles et la liberté. Cholayna haletait à tel point que Magda s'étonna qu'elle tienne encore debout. Vanessa, elle-même boîtillante, soutenait Lexie, à demi inconsciente.

Puis, comme sortant de nulle part dans une clarté éblouissante — *des torches ? Non, trop brillant !* — une demi-douzaine de femmes immenses, voilées de bleu nuit et couronnées de têtes de vautours, apparurent soudain, armées de grandes épées incurvées et flamboyantes. Des épées telles que Magda, qui avait un peu étudié les armes, n'en avait jamais vu sur Ténébreuse, et qui luisaient d'un éclat surnaturel. Magda comprit qu'elles ne pouvaient pas être réelles. Les femmes d'Aquilara reculèrent. Même les deux ou trois qui eurent le courage de se ruer vers ces épées de lumière, battirent en retraite en hurlant, comme blessées à mort, mais Magda ne vit pas de sang. Étaient-elles donc entièrement illusoires ?

— Vite ! Par ici ! dit une voix familière, la poussant vers la lumière du dehors.

Magda hésita devant le froid paralysant, la bourrasque glacée, mais Keitha lui dit à l'oreille :

— Vite ! Ces guerrières sont illusoires ; elles ne tiendront pas longtemps !

Elle poussa Magda sur ce qui semblait un sentier caché entre la caverne et la paroi de la falaise.

Jetant un coup d'œil en arrière, Magda vit que ses compagnes étaient déjà regroupées dans cette crevasse, Camilla essuyant le sang qui lui coulait dans les yeux. Magda écartant Keitha qui la tenait par le coude, retourna vers elles. Surprise par une bourrasque, elle glissa et tomba à genoux vers le précipice ; elle se releva, terrifiée, se plaquant à la paroi.

Camilla était sauve. Où était Jaelle ? La respiration de Cholayna, rauque et oppressée, s'entendait par-dessus les cris venant de la caverne. Vanessa boîtait. Deux guerrières illusoires gardaient leurs arrières, couvrant leur évasion. *Où était Jaelle ?*

Puis Magda la vit, derrière les guerrières couronnées de vautours. Illusion ? Non, impossible ! Elle se hâta vers sa compagne. Soudain, dans un flamboiement pâle, comme de l'ultraviolet, Aquilara se dressa derrière elles, armée d'un couteau qu'elle lança sur Vanessa, qui fermait la marche. Une guerrière couronnée de vautour s'interposa avec son épée flamboyante, mais Aquilara d'un geste étrange, la fit exploser dans un éclair bleu.

Jaelle se jeta sur Aquilara, épée au point. Magda se précipita vers sa compagne, la main sur la garde de son épée. Le sentier était étroit, mais elle bouscula les autres, ne pensant qu'à Jaelle.

Aquilara fit un geste. Une autre guerrière imaginaire disparut dans un éclair bleu. Magda essaya de la bousculer.

— Non ! Non !

Elle ne sut jamais si Jaelle avait crié ces mots ou non.

— Je vais la retenir ! Éloigne les autres !

Elle se jeta sur Aquilara, épée au poing.

Aquilara feinta avec son long couteau, et Jaelle bloqua sa lame. Sa manche se couvrit de sang. La sorcière releva son arme, et Magda se rua...

Et se figea, prise de vertige et de nausées devant le précipice béant à ses pieds. Jaelle plongea son épée dans le sein d'Aquilara, qui poussa un hurlement d'agonie et de rage, et, se ruant sur Jaelle, la prit à la gorge.

Puis elles glissèrent ensemble, lentement, lentement, avec l'inévitabilité d'une avalanche, vers le gouffre et tombèrent. Magda hurla en s'élançant vers elles, mais Camilla, d'une poigne de fer, l'arrêta, titubante, au bord de l'abîme.

Très loin au-dessous d'elles, elles entendirent un grondement, un bruit de fin du monde, et des tonnes de glace et de rocaille, se détachant de la paroi, s'écroulèrent sur elles et les enterrèrent, loin, très loin, tout au fond.

Le cri horrifié de Camilla fit écho à celui de Magda. Mais le grondement de l'avalanche faisait encore trembler le sol que, déjà, Kyntha les pressait :

— Venez ! Venez !

Et comme Magda se retournait vers l'endroit où Jaelle était tombée, Camilla cria :

— Non ! Viens ! Que son sacrifice ne soit pas inutile ! Pour les enfants — pour les *deux* enfants — *bredhiya*...

Mais déjà, il était évident que la bataille était terminée. Aquilara disparue, ses combattantes se dispersèrent, jetant leurs armes, hurlant de terreur, comme les fourmis d'une fourmilière détruite d'un coup de pied. Les guerrières fantômes se dressèrent au-dessus d'elles, triomphantes.

Cholayna était tombée à genoux, haletante, oppressée. Magda les regarda, accablée.

Jaelle ! Jaelle ! Le combat était terminé, mais trop tard. Quelle importance maintenant si elles mouraient toutes ! C'est ma lâcheté. Je n'ai pas eu le courage d'affronter l'abîme. J'aurais pu la sauver...

Comme engourdie, elle ne pouvait même pas pleurer. Mais dans le vent glacial, le dernier son qu'elle s'attendait à entendre la tira de son désespoir muet.

Depuis tant d'années qu'elle la connaissait, elle n'avait jamais entendu Camilla pleurer.

CHAPITRE 31

Camilla avait les yeux rouges et gonflés d'avoir trop pleuré. Elle avait repoussé Rakhaila, l'aveugle, qui voulait soigner ses blessures, l'entaille qu'elle avait au front, et le coup de couteau qui lui avait presque sectionné le sixième doigt de la main droite.

Magda s'était assise près d'elle, dans leur chambre de l'ermitage d'Avarra, où Kyntha les avait ramenées après la bataille. Et pendant toute la montée dans le panier, elle s'était forcée à regarder le gouffre vertigineux, pour se punir.

Trop tard. Trop tard pour Jaelle.

Moins d'une heure après la fin du combat, elle avait senti son esprit s'éclaircir, son *laran* se réaffirmer. Maintenant, serrant Camilla dans ses bras, elle ressentait le chagrin de son amie en même temps que le sien. Voilà tant d'années qu'elle espérait vivre avec Camilla cette union des esprits que permet le *laran*, et maintenant que Camilla l'acceptait, elles n'avaient plus que douleur et affliction à partager.

— Pourquoi pas moi ?

De nouveau, Magda ne savait pas si Camilla avait parlé tout haut.

— Elle était si jeune. Tant de choses la retenaient à la vie, son enfant, tous ceux qui l'aimaient... au moins, tu as essayé de la sauver, mais moi, je ne voyais même pas !

Elle se frappa furieusement le front, couvert de sang gelé dans ses cheveux.

— Non, Camilla — non, *bredhiya*, tu n'as rien à te reprocher. C'est ma... ma lâcheté...

Désespérée, Magda revécut ce moment où elle avait reculé, terrorisée devant l'abîme. En cet instant, aurait-elle pu sauver Jaelle ?

Elle ne le saurait jamais. Jusqu'à sa mort, ce souvenir la tourmenterait, le jour, ou la nuit dans ses cauchemars. Mais qu'elle eût pu ou non la sauver... elle se força à réprimer son angoisse, il était trop tard pour Jaelle, et quoi qu'elle fasse, elle ne pourrait pas la faire revenir, tandis que Camilla était vivante, et semblait encore plus désespérée qu'elle-même.

— Kima, *bredhiya*, ma chérie, laisse-moi te soigner.

S'approchant de la cheminée, elle prit de l'eau chaude dans la bouilloire, et épongea le sang coagulé, révélant une blessure impressionnante, mais superficielle.

— Il faudrait suturer, mais je ne sais pas le faire, et je crois que Cholayna ne sait pas non plus.

— Oh, laisse ça, ma chérie. Quelle importance une cicatrice de plus ou de moins ? dit Camilla.

Passive, indifférente, elle laissa Magda panser sa main blessée.

— Je ne savais même pas qu'elles vous avaient enlevées — Aquilara et sa bande... tu te rends compte, c'est l'aveugle, Rakhaila, qui a voulu retourner sur ses pas à toute force, pour constater que vous aviez disparu. Et Jaelle...

Sa gorge se serra, et de nouveau, le chagrin faillit la terrasser.

— Jaelle... a essayé de te suivre par le *laran*, mais elle n'était pas assez puissante et ne t'a pas trouvée. Alors elle...

Camilla enfouit son visage dans ses mains et se remit à pleurer tandis que Magda revivait par le *laran* cette scène désolante.

Je ne peux pas, Camilla. Je ne suis pas assez forte. Toi seule peux les trouver. Elles peuvent être n'importe où dans ces montagnes, mortes ou vivantes, et si nous ne les trouvons pas rapidement, elles vont mourir de faim, de froid...

Je ne suis pas leronis...

Te cramponneras-tu à ce mensonge jusqu'à ce qu'elles
soient toutes mortes ? Es-tu donc si égoïste, Camilla ? Ne
le fais pas pour moi, mais pour Magda — Magda qui
t'aime plus qu'aucune autre personne vivante, plus que
le père de son enfant, plus que sa compagne jurée...

Entendant ces paroles par le *laran*, Magda crut qu'elle
allait se remettre à pleurer. Était-ce possible ? Jaelle était-
elle morte en pensant que Magda l'aimait moins que
Camilla ?

Puis, résolument, Magda se força à écarter ces pensées
accablantes. Elle se dit : ou bien Shaya connaît la vérité
maintenant, ou bien elle est en un lieu où cela n'a plus
d'importance. Elle est maintenant hors d'atteinte. Pour
douloureux que ce fût, elle ne pouvait plus rien pour Jaelle.
Elle força son esprit à revenir à Camilla.

— Alors, elle t'a persuadée — et tu m'as trouvée ! Mais
d'où sortait Kyntha ?

— Je ne sais pas. Jaelle...

Camilla déglutit avec effort, puis poursuivit :

— Jaelle m'a dit : *je suis télépathe catalyste ; j'ai peu*
de *laran moi-même, mais il paraît que je peux l'éveiller*
chez les autres. Elle m'a touchée, et c'était comme si —
comme si un voile me tombait des yeux. Je t'ai vue, j'ai
su... et je t'ai trouvée.

— Elle nous a toutes sauvées.

Mais pas elle-même. Magda savait qu'elle ne cesserait
jamais de la pleurer, et Camilla non plus. Elle commençait
seulement à ressentir la douleur qui reviendrait la hanter
toute sa vie, mais pour le moment, elle devait la faire taire.
Quand elle penserait à Jaelle, elle la reverrait toujours les
cheveux flottant au vent des hauteurs, se retournant pour
lui dire : *je ne veux pas rentrer...*

Elle partagea cette image avec Camilla, disant doucement :

— Elle me l'a dit. Elle ne voulait pas revenir à Thendara. Je crois qu'elle savait, je crois qu'elle voyait sa vie
comme terminée... Elle avait fait ce qu'elle désirait faire.

— Pourtant, je voudrais tellement être morte à sa place,
dit Camilla, la gorge serrée.

La main de Rafaella se posa sur son épaule.

— Moi aussi, Camilla. La Déesse le sait — si la Déesse
existe...

Elle aussi avait pleuré ; elle se pencha et serra Camilla dans ses bras.

Kyntha parut et dit, compatissante, mais pratique comme toujours :

— On vous a préparé à manger. Et on a soigné les blessures de vos compagnes.

Elle se pencha pour examiner le front de Camilla.

— Si tu veux, je peux te faire des points de suture.

— Non. Inutile.

Elle se leva avec lassitude et suivit Kyntha qui se dirigea vers la cheminée ; Magda resta un peu en arrière, considérant Kyntha avec curiosité.

— Vous ne parlez pas le dialecte de ces femmes, dit-elle. D'où êtes-vous ?

Kyntha eut l'air un peu contrarié.

— Je peux le parler s'il le faut, et quand je suis ici, je m'y efforce, mais je suis encore jeune et imparfaite. J'ai grandi dans les plaines de Valeron, et j'ai servi cinq ans à la Tour de Neskaya avant de trouver ici un service plus gratifiant, Terrienne.

— Vous le savez ?

— Je ne suis pas aveugle ; je connais Ferrika, et Marisela est ma sœur jurée au service d'Avarra. À une époque, moi aussi je pensais couper mes cheveux et prononcer le serment de Renonçante. Croyez-vous que nous sortons des fissures mystérieuses des profondeurs ? Bon, venez manger un peu de soupe.

Une femme qui avait apporté la marmite lui mit un quart dans la main. Elle pensa : *comment manger alors que Jaelle...*

Mais elle se força à avaler la soupe, épaisse et nourrissante, composée de haricots et d'une céréale qui ressemblait à de l'orge. Ça lui fit du bien et la détendit un peu.

L'une des femmes échevelées qu'elle avait vue, lors de son précédent séjour, agenouillée près de Vanessa, lui changeait son pansement à la jambe. Rafaella semblait indemne, pourtant, Magda l'avait vue combattre vaillamment, et sa cape était lacérée de coups d'épée et de couteau. Cholayna était allongée, soulevée sur des oreillers. Magda s'agenouilla près d'elle.

Cholayna lui prit la main.

— Je n'ai rien. Mais comme je regrette pour Jaelle. Je l'aimais moi aussi, tu le sais...

Les yeux de Magda s'emplirent de larmes.

— Je sais. Nous l'aimions toutes. Je vais te chercher de la soupe.

C'était tout ce qu'elle pouvait faire. Elle regarda Lexie, couchée sur un matelas de manteaux et de couvertures, toujours inconsciente.

— Est-ce qu'elle...

— Je ne sais pas. Elles disent qu'elles ont fait tout ce qu'elles pouvaient pour elle, dit Cholayna, la gorge serrée. Tu as vu ? Elles... ces femmes... j'étais à terre. Elle me tuaient à coups de pied. Lexie m'a sauvée. C'est à ce moment-là qu'elles l'ont poignardée.

— J'ai vu.

Ainsi, Rafaella ne s'était pas trompée sur Lexie. Elle s'agenouilla près de la jeune femme, pâle comme une enfant malade, avec ses fins cheveux blonds qui lui tombaient dans le cou. Elle avait les yeux clos, et la respiration saccadée.

Rafaella s'approcha et dit, en un murmure presque inaudible qui ressemblait à une prière :

— Ne meurs pas. Ne meurs pas, Lexa. Il y a déjà eu trop de morts.

Elle regarda Magda et dit avec défi :

— Tu ne la connaissais pas. C'était... une amie sûre, une bonne compagnonne de route. Elle a bataillé comme un chat sauvage pour passer le Ravensmark après le glissement de terrain. Je... je n'aurais jamais cru que je te demanderais ça un jour, mais tu es... tu es une *leronis*. Peux-tu la guérir ?

Magda considéra Lexie. Il y avait eu trop de morts. Elle projeta son esprit vers celui de Lexie, essayant de contacter l'enfant qu'elle avait senti un instant, cherchant doucement le rapport...

Lexie ouvrit les yeux et se tourna légèrement, la respiration rauque. Machinalement Magda diagnostiqua : *poumons percés. Je doute que Damon et Callista, même avec l'aide de Dame Hilary puissent guérir ça.*

Pourtant, elle devait essayer.

Lexie la reconnut un instant, et murmura :

— Par l'enfer ! Encore toi, Lorne ?

Et elle referma résolument les yeux en détournant la tête.

— Je n'arrive pas à établir le rapport, chuchota Magda, sachant qu'elle disait vrai. Je ne suis pas magicienne, Rafaella. Cela dépasse mes possibilités.

Les yeux de Rafaella rencontrèrent ceux de Magda, et elle sut que Magda disait vrai. Puis, toujours avec défi, elle lui tourna le dos et s'éloigna. Magda vit alors la vieille prêtresse sans nom emmaillottée dans ses châles, qui les regardait en silence. Rafaella s'agenouilla devant l'antique magicienne et dit :

— Je vous en supplie, guérissez-la. Aidez-la, s'il vous plaît. Je vous en supplie. Ne la laissez pas mourir.

— Non, ça ne peut pas se faire, dit la vieille femme, d'une voix douce mais détachée.

— Vous ne pouvez pas la laisser mourir comme ça... s'écria Rafaella.

— Tu ne crois donc pas en la mort, petite sœur. Elle vient pour tous ; son temps est venu avant le nôtre, c'est tout.

La vieille femme tapota le banc à côté d'elle, un peu, pensa Magda, comme si elle encourageait un chiot à venir se pelotonner près d'elle. Rafaella s'assit machinalement à la place indiquée.

— Écoute. Celle qui est mourante a *choisi* sa mort, et une belle mort, en sauvant son amie, afin qu'elle ne parte pas avant son temps...

Cholayna se retourna, comme galvanisée et s'écria :

— Comment pouvez-vous parler ainsi ? Elle était si jeune, pourquoi doit-elle mourir avant son temps alors que moi qui suis vieille je suis encore vivante, et vous m'avez soignée...

— Celle qui te parle te l'a déjà dit, tu es ignorante, dit la vieille prêtresse. Celle qui est en train de mourir a choisi sa mort quand, même pour un moment, elle s'est alliée avec le mal.

— Mais elle s'en est détournée ! Elle m'a sauvée, s'écria Cholayna, à demi étouffée par une quinte de toux, le visage inondé de larmes. Comment pouvez-vous dire qu'elle était mauvaise ?

— Elle ne l'était pas. Mieux vaut mourir en ayant renié le mal que mourir dans le mal, dit la vieille femme. Repose-toi, ma fille. Ces cris et ces larmes ne sont pas bons pour ta maladie. Son heure était venue ; la tienne viendra, et la mienne aussi, mais pas aujourd'hui ni demain.

— Ce n'est pas juste ! s'écria Rafaella avec désespoir. Jaelle est morte en nous sauvant toutes ; Lexie a sauvé Cholayna. Et elles sont mortes toutes les deux, et nous, nous vivons... nous toutes ici, nous méritions la mort bien plus qu'elles ; elles *méritaient* de vivre...

La vieille prêtresse dit, très doucement :

— Je comprends. Tu considères la mort comme une punition des mauvaises actions, et la vie comme une récompense des bonnes, comme le gâteau qu'on donne à un enfant sage, et le fouet à un enfant méchant. Tu es une enfant, petite fille, et tu n'es pas prête à entendre la sagesse. Reposez-vous, petites sœurs. Il y aurait beaucoup à vous dire, mais dans votre douleur, vous n'êtes pas capables de l'entendre.

Elle se leva péniblement ; l'aveugle, Rakhaila, s'approcha pour lui offrir son bras et elles sortirent lentement de la salle.

Kyntha s'attarda quelques instants, les regardant avec rancœur. Puis elle dit :

— Vous lui avez fait une peine indicible. Vous avez apporté le sang dans cette maison, et les morts par la violence.

Elle regarda Lexie avec aversion.

— Reposez-vous et reconstituez vos forces, comme elle vous en a priées. Demain, il y aura des décisions à prendre.

Lexie mourut juste avant le coucher du soleil, dans les bras de Cholayna, sans avoir repris connaissance. Comme si elles en avaient été averties, quatre suivantes de la vieille prêtresse parurent aussitôt et emportèrent son corps.

— Qu'allez-vous en faire ? demanda Vanessa avec appréhension.

— La donner aux saints oiseaux d'Avarra, dit l'une des femmes.

Et Magda, repensant aux coiffures de vautour des guerrières illusoires comprit que leur Sororité révéraient les *kyorebni* dont le rôle était de faire disparaître toute matière ayant survécu à son utilité. Elle l'expliqua calmement à Vanessa et Cholayna, qui baissa la tête.

— Maintenant, ça n'a plus d'importance pour elle. Mais je regrette qu'elle soit venue si loin pour mourir. Pauvre enfant, pauvre enfant, murmura-t-elle.

Vanessa se leva et jeta sa cape sur ses épaules.

— Je vais assister à la cérémonie. Je peux faire ça pour le service du Personnel. Non, reste ici, Cholayna. Si tu sors par ce froid, tu vas faire une rechute et nous obliger à rester ici dix jours de plus. C'est mon travail, pas le tien.

Les femmes semblaient connaître son intention, et l'attendirent.

Rafaella se leva et dit avec brusquerie :

— Ma cape est déchirée ; prête-moi la tienne, Margali, tu es à peu près de ma taille. J'y vais aussi. Nous étions camarades ; si elle avait vécu, nous aurions été... amies.

Magda hocha la tête, les larmes aux yeux.

— Non, Camilla, reste là ; elle n'était rien pour toi. Nous, nous l'aimions.

Instinctivement, Camilla et Magda vinrent s'agenouiller près de Cholayna et lui prirent les mains tandis que les prêtresses emportaient le corps d'Alexis Anders. Au bout d'un long moment, Vanessa et Rafaella revinrent, tristes et silencieuses, et ne dirent plus un mot de la soirée. Mais Magda entendit Rafaella pleurer bien avant dans la nuit ; au bout d'un long moment, Vanessa se leva et alla s'allonger près d'elle, et, juste avant de s'endormir, Magda les entendit discuter à voix basse.

Magda s'éveilla la première, prêtant l'oreille au doux crissement de la neige. Jaelle n'était plus ; leur quête était terminée. Mais était-ce bien sûr ? Elles avaient retrouvé Lexie et Rafaella. Lexie était morte. Jaelle, venue chercher une cité légendaire, l'avait précédée dans la mort. Marisela, qui connaissait cette cité et la Sororité, était morte, elle aussi. Étaient-elles dans le néant, esprits solitaires portés par le vent, ou bien étaient-elles réunies, à la recherche de quelque chose de tangible ? Magda aurait bien voulu le savoir, mais elle en était réduite aux suppositions.

La Sororité. Elles savent. Marisela savait. Si Jaelle avait
vécu, Magda savait maintenant qu'elles auraient cherché
ensemble la connaissance. Peut-être avec Camilla, dont
la quête consistait à demander à la Déesse, si la Déesse
existait, le sens de sa vie et de ses souffrances. Maintenant, elle avait un nouveau grief contre la Déesse, qui lui
avait enlevé Jaelle. Si elle pouvait trouver le chemin de
la Cité et se battre pour y entrer, Magda savait que Camilla
continuerait la quête.

Et Magda devait l'accompagner. C'était sa destinée.
Puis, entendant la respiration rauque de Cholayna,
Magda sut qu'elle n'était pas libre de suivre Camilla.
Cholayna avait peut-être fait une rechute et ne pourrait
pas voyager de longtemps. Elle ne pourrait pas les suivre
jusqu'à la Cité ; elle n'y serait pas admise. La quête de
la sagesse n'était pas son destin. Elle retournerait au Q.G.
Terrien, avec Vanessa. Et elle, Magda, devait les y ramener.

Elle eut une brève vision de Jaelle — tête baissée dans
le vent, le visage dans la tempête, les entraînant — les
entraînant dans quelque folle aventure...

Et de nouveau, Jaelle l'avait précédée, là où elle ne pouvait pas la suivre. Elle devait persuader Camilla de continuer, mais Magda devait rentrer avec les Terriennes.

Il faisait grand jour maintenant, et, quand elles eurent
fini de déjeuner, la vieille prêtresse revint, s'assit céré-
monieusement sur un banc de pierre, accompagnée de
Rakhaila, l'aveugle, et de Kyntha.

— Vous avez bien dormi ? On te donnera des médicaments, ma fille, ajouta-t-elle à l'adresse de Cholayna.

Puis, se tournant vers Kyntha, elle ajouta :

— Tu diras ce qui doit être dit.

Kyntha se tourna face à elle, et prit la parole, d'une voix
curieusement cérémonieuse.

— C'est votre sœur Marisela qui aurait dû vous parler.
C'était son devoir, que j'assume avec douleur. Vous êtes
venues chercher la Sororité, et Marisela vous conduisait
en un lieu où l'on vous aurait demandé vos raisons d'y
entrer. Nous n'avons pas le cœur de vous faire parcourir
ce chemin une nouvelle fois, c'est pourquoi je vous ques-
tionnerai ici. Que cherches-tu ? dit-elle, se tournant vers
Camilla.

Camilla dit d'une voix dure :

— Tu sais que je cherche celles qui servent la Déesse pour leur demander — ou demander à la Déesse — quel est le sens de ma vie.

Kyntha dit avec douceur :

— Elle ne répond pas à de telles questions, ma sœur. Tu devras travailler pour acquérir la sagesse qui te permettra d'entendre sa voix.

— Et où commencerai-je à chercher cette sagesse ? Dans votre Cité ? Alors, emmène-moi là-bas.

La vieille Rakhaila s'esclaffa.

— Comme ça ? Tu crois ça ? Ha !

— Tu as vécu une vie de travail et de souffrance, à la recherche de la sagesse, dit Kyntha. Pourtant, regarde Rakhaila. Elle est plus vieille que toi ; elle a souffert autant que toi, et elle n'a pas été admise. Elle se contente de rester à la porte, servante des bêtes qui portent les servantes de la Sororité.

— L'a-t-elle demandé ? dit Camilla. Plusieurs voies mènent à la Sororité. De plus je crois que tu as le devoir de m'y conduire, parce que je l'ai demandé. Fais ton devoir, ma sœur, afin que je puisse faire le mien.

La vieille prêtresse fit signe à Camilla et tapota le banc à côté d'elle, comme elle l'avait fait pour Rafaella la veille.

— À celle qui demande, on lui répondra, dit-elle. Je te souhaite la bienvenue, petite-fille de mon cœur.

Le cœur de Magda se serra douloureusement. Jaelle était partie avant elle, avec Marisela. Maintenant, Camilla l'avait devancée et lui était enlevée.

Kyntha dit à Rafaella, d'une voix qui n'était pas dure mais légèrement sarcastique :

— Tu sais maintenant que la Cité ne regorge pas de bijoux et de richesses ; désires-tu toujours y aller ?

Rafaella secoua la tête.

— J'ai accepté un contrat légal, dit-elle. La mission s'est mal terminée, ma compagne est morte. Je ne regrette pas la quête mais je n'ai aucun désir d'être *leronis*. Je laisse cela à d'autres.

— Va donc en paix, dit Kyntha. Je n'ai pas autorité sur toi.

Elle se tourna vers Vanessa et poursuivit :

— Et toi ?

— Sans vous offenser, je trouve que ce sont des sornettes, dit Vanessa. Merci. Mais, non.

Kyntha sourit.

— Qu'il en soit ainsi. Je te respecte d'avoir si fidèlement suivi les autres, alors que tu n'avais aucun intérêt pour cette quête...

— Tu me fais trop d'honneur, dit Vanessa. Je suis venue parce qu'il y avait des montagnes à escalader.

— Alors, je dirai que tu as eu ta récompense, et que tu l'as bien méritée, dit Kyntha.

Puis elle s'inclina devant Cholayna.

— Sœur d'un monde lointain, tu as toujours cherché la sagesse, sous bien des cieux étrangers. Tu révères la vie et tu cherches la vérité. La Sororité a lu dans ton cœur. Si ton désir est d'entrer dans la Cité, tu peux venir et chercher la sagesse parmi nous.

Pour la première fois, Magda sentit la pensée de la Terrienne ; elle ne put la lire en paroles, mais elle perçut leur sens, et cette recherche de la connaissance qu'à sa façon, Cholayna avait poursuivie toute son existence.

Puis Cholayna soupira, un soupir d'infini regret.

— Mon devoir est ailleurs, dit-elle. Je crois que tu le sais. Je ne peux pas suivre mon désir en ce domaine. J'ai fait un autre choix en cette vie, et je m'y tiendrai.

De nouveau, Kyntha s'inclina, puis elle se tourna enfin vers Magda.

— Et toi ? Quel est ton désir ?

Le soupir de Magda fit écho à celui de Cholayna. Elle dit :

— J'aimerais venir à vous. Je voudrais... mais moi aussi, j'ai des devoirs, des responsabilités... Je suis désolée. Je voudrais...

Mais elle savait qu'elle devait repartir avec Cholayna et Vanessa, vers le monde d'en deçà des montagnes. Si cette sagesse lui était destinée, alors, une autre fois, on lui redonnerait sa chance, et elle serait libre de la saisir. Sinon, cette sagesse n'avait pas de valeur. Elle devait retourner vers sa fille, et vers celle de Jaelle...

Kyntha fit un pas vers elle. Elle la prit par le menton et lui releva la tête de force. Elle dit :

— C'est le moment de la vérité ! Parle !

Sa voix résonna comme un gong.

— Le cours de ta vie avance. *Quel est ton véritable désir ?*

Magda se souvint de ce qu'Andrew lui avait dit quand elle était arrivée à la Tour Interdite. *Il n'est pas un de nous ici qui n'ait dû mettre sa vie en pièces pour la reconstruire ensuite. Et certains l'ont fait deux ou trois fois.* Au loin, il lui sembla entendre un appel de corbeaux.

Repartirait-elle jamais ? Elle écarta cette idée. Si elle ne repartait jamais, c'est que c'était sa destinée. Elle avait abandonné la Maison de la Guilde quand l'heure en était venue, et elle y était retournée pour fonder la Société de la Chaîne d'Union, afin de tisser des liens entre ses deux mondes. Jaelle avait foncé de l'avant, sachant qu'elle avait vaincu les défis du passé, et regardant vers l'avenir. Magda aurait le courage de la suivre.

— J'aimerais suivre Camilla à la Cité. Mais j'ai un devoir envers mes compagnes...

Il y eut un bref silence, puis Rafaella dit, bourrue :

— C'est bien de toi, Margali ! Tu crois que je ne suis pas capable de ramener Vanessa et Cholayna à Thendara ? Reste ici, et fais ce que tu as envie de faire, bon sang ! C'est moi, le guide de montagne. Qui a besoin de toi ?

Magda battit des paupières. Pour rudes que fussent ces paroles, elles n'étaient qu'amour ; ce que Rafaella venait de lui dire se résumait à deux mots : *ma sœur.*

— Mais oui, Lorne. C'est réglé. Quand Cholayna sera en état de partir, tu iras vers cette Cité.

Vanessa alla se placer à côté de Rafaella.

— Nous avons décidé cela hier soir, pendant que tu dormais.

Magda regarda autour d'elle, incrédule. La vieille prêtresse lui fit signe. Elle s'approcha comme une somnambule et s'assit sur le banc, sentant les mains glacées de Camilla dans les siennes.

La fin d'une quête ? Ou le commencement ? Toutes les quêtes se terminaient-elles comme cela, par une montée vers le sommet d'une haute montagne, d'où se révèleraient des horizons inconnus ?

Achevé d'imprimer en février 1994
sur les presses de l'Imprimerie Bussière
à Saint-Amand (Cher)

POCKET - 12, avenue d'Italie - 75627 Paris Cedex 13
Tél. : 44-16-05-00

— N° d'imp. 563. —
Dépôt légal : février 1993.

Imprimé en France